D1857763

Über dieses Buch

»Merkwürdig ist, daß noch kein Schriftsteller diese große Zeit Badens (1845–1869) für einen Roman verwendet hat. Als ich vor fünf Jahren Baden zum Wohnsitz wählte, wurde ich bald auf diese Möglichkeit aufmerksam, aber ich wartete, bis ich mich eingelebt hatte. Der Roman ist geschrieben; er verwebt das Einzelschicksal einer großen Frau mit den großen Tagen von Baden-Baden.« Er gibt im Grunde die hinreißende Geschichte einer Emanzipation und zugleich das Porträt einer Frau von Welt. Mit ›Hortense oder Die Rückkehr nach Baden-Baden‹ ist Otto Flake ein zeitloses Meisterwerk gelungen, das die Flucht eines jungen Menschen aus der Tradition und die Rückkehr zu sich selbst an einem Einzelschicksal überzeugend beschreibt. Mit ihrer Gelassenheit entwaffnet diese Frau ihre Gegner. Ein »im Spiegel« geschriebenes Buch.

Der Autor

Am 29. Oktober 1880 in Metz als Sohn deutscher Eltern geboren, wuchs Otto Flake im Elsaß auf. In Colmar besuchte er das Gymnasium, in Straßburg studierte er Germanistik, Philosophie und Kunstgeschichte. Nach Aufenthalten in Paris und Berlin, wo er regelmäßiger Mitarbeiter der ›Neuen Rundschau‹ wurde, war er während des Ersten Weltkriegs in der Zivilverwaltung in Brüssel tätig. 1918 ging er nach Zürich und schloß sich dem Dada-Kreis an; in den folgenden Jahren unternahm er Reisen in Europa, wurde 1928 in Baden-Baden seßhaft, wo er am 10. November 1963 starb. – Rolf Hochhuth und Peter Härtling gaben 1973–1976 eine fünfbändige Ausgabe von Flakes Werken heraus, die neben den Erzählungen und Essays seine wichtigsten Romane berücksichtigt.

Otto Flake

HORTENSE

oder

Die Rückkehr nach Baden-Baden

Roman

Fischer Taschenbuch Verlag

Fischer Taschenbuch Verlag
November 1980
Ungekürzte Ausgabe
Umschlagentwurf: Jan Buchholz / Reni Hinsch
Foto: Artreference/Schwarz
Fischer Taschenbuch Verlag GmbH, Frankfurt am Main
Lizenzausgabe mit freundlicher Genehmigung
des S. Fischer Verlages, Frankfurt am Main
Copyright 1933 by S. Fischer Verlag A-G., Berlin
Alle Rechte vorbehalten durch Fischer Taschenbuch Verlag GmbH,
Frankfurt am Main
Gesamtherstellung: Hanseatische Druckanstalt GmbH, Hamburg
Printed in Germany
1280-ISBN-3-596-22271-0

ERSTER TEIL

I

Im Jahre 1845 ereignete sich in einer Familie des badischen Adels, die im mittleren Teil des Großherzogtums, beim Austritt der Rench in die Rheinebene, ansässig war, ein Vorfall, der in der Folge nicht aufgeklärt werden konnte.
Kurz vor der Trauung mit dem Freiherrn von G., die der Koadjutor, ihr Oheim, vollziehen sollte, ging die achtzehnjährige Hortense von Wierssen im Bahnhof von Oos spurlos verloren.
Es war auf der Heimreise von Baden-Baden, wo sie bei der Schwester des verstorbenen Vaters zu Besuch geweilt und ihren Vetter Georg zum Träumen gebracht hatte. Dem jungen Menschen war es schwergefallen, die Verlobte eines anderen in ihr zu sehn.
Sie fuhr im Schutz desselben älteren Fräuleins, von dem sie vor ein paar Wochen hergebracht worden war, zum Vormund zurück. Damals hatte den Damen das neue Beförderungsmittel der Eisenbahn nur bis Oos zur Verfügung gestanden, jetzt benutzten sie die inzwischen fertiggestellte Anschlußstrecke.
Angesichts der Notwendigkeit, nun auch noch von einem Zug in den anderen umsteigen zu müssen, verlor die Begleiterin, der der glühende Augusttag schon genügend zugesetzt hatte, vollends den Kopf. Als sie sich ohne den Schützling im Appenweirer Zug davonfahren sah, flüchtete sie zuerst in eine Ohnmacht, dann in einen Weinkrampf.
Spät am Abend langte sie auf dem Gute an. Der Telegraf war noch keine öffentliche Einrichtung. So wurde es Mittag, bis die Botschaft in Baden-Baden eintraf und Georg von Wierssen Nachforschungen beginnen konnte, die ihn nach Karlsruhe und Mannheim führten, weil man annahm, Hortense habe aus Versehen den Zug nach dem Unterland bestiegen.

Warum aber, wenn nur ein Versehen vorlag, hatte sie sich nicht bei den Verwandten gemeldet, die sie sowohl in Karlsruhe wie in Mannheim besaß? Als sich in Baden-Baden Leute fanden, die sie mit einem französischen Schauspieler gesehen haben wollten, und festgestellt war, daß auch er den Badeort verlassen hatte, blieb nichts übrig, als eine gemeinsame Flucht zu vermuten, so bitter diese Annahme auch für den Stolz der Familie sein mochte.

Der Bräutigam trat alsbald zurück. Statt seiner stellte sich ein Bekannter Wierssens zur Verfügung. Er war in Wiesbaden gewesen und ließ, da er noch nichts von dem Verschwinden Hortenses wußte, gleich in der ersten Minute die Bemerkung fallen, in den Spielsälen sei er auf eine junge Person aufmerksam geworden, die er nur deshalb nicht für Fräulein von Wierssen gehalten habe, weil sie sich inmitten eines Schwarmes von ausländischen Kavalieren bewegte.

Er erbot sich, seinen Freund Georg nach Wiesbaden zu begleiten. Er hieß Manfred Jörcher, studierte noch und war der Sohn eines Karlsruher Geldmannes, der in kurzer Zeit große Gewinne erzielt hatte, indem er sich längs der künftigen Eisenbahnen Gelände sicherte.

Als Jörcher erfuhr, daß das Mädchen aus Wiesbaden doch Fräulein von Wierssen sein könnte, verliebte er sich nachträglich in sie: über Nacht war sie seinen Wünschen, um nicht zu sagen seiner Begierde zugänglich geworden.

Er beschrieb mit einem merkwürdigen Glanz in den Augen die erregte, funkelnde Art, mit der sie sich inmitten jenes Schwarmes bewegt hatte. Etwas wie Bewunderung schwang in seinen Worten: warf eine Frau die Tür der Bürgerlichkeit hinter sich zu, so sprang vor ihr das Tor der Welt auf; wer für seine Person wagte, handelte für die anderen, die weniger mutig waren.

Wierssen in seiner Unruhe achtete nicht auf diese Aphorismen, die er zurückgewiesen haben würde. Aber er fand den Vorschlag des Freundes, auch in den beiden anderen rheinischen Spielhöllen, in Homburg und Ems, Nachforschungen anzustellen, richtig. Jörcher trennte sich in Ems von ihm: er fuhr, angeblich im Auftrag seines Vaters, nach Köln weiter. Wierssen kehrte mit leeren Händen nach Hause zurück. Im Herzen trug er den Haß gegen die Spielbanken, der ihn

zwanzig Jahre später in die erste Reihe derer führte, die von der Regierung die Aufhebung verlangten.
Wieder in Baden-Baden, suchte er die Spur jenes ohne nachweisbaren Grund für einen Schauspieler gehaltenen Franzosen aufzunehmen. Er wandte sich an die Pariser Polizei, die ihm nur insofern dienen konnte, als sie feststellte, daß der hochtönende Name, den der Franzose geführt hatte, ein Phantasiename war.
Zäh von Charakter, verbrachte er bis zur Revolution von 1848 seine Ferien in der französischen Hauptstadt. Dann kamen die Unruhen im Badischen selbst, und nachher war das Gefühl eines großen Einschnittes und einer neuen Zeit so stark, daß er diese Reisen aufgab. Er heiratete, erzog zwei Söhne, sah einen an der Rachenbräune sterben und wurde in dem langgestreckten Land hin und her versetzt.

Als Manfred Jörcher seinen Freund Georg von Wierssen nach Wiesbaden begleitete, um ihn bei den Nachforschungen nach der Base zu unterstützen, wußte er, daß der bessere Spürsinn bei ihm war. Wierssen gab nicht zu, daß Hortense aus Abenteuerlust verschwunden sein könne. Er gestand sich nicht einmal ein, daß er sie um seinetwillen suchte. Er wollte nur Zwang oder Unerfahrenheit gelten lassen und glauben machen, daß ihn nichts als eine der Familie gestellte Aufgabe treibe.
Jörcher zweifelte nach jenem ersten Eindruck in den Spielsälen nicht daran, daß das Mädchen freiwillig gegangen war. Leidenschaft setzte er voraus, aber keinen Augenblick die zu einem Glücksritter, sondern die zum Ungebundenen selbst. Eine junge Person von Stand, die die Heirat mit einem Freiherrn ausschlug und sich vom erstbesten Ausländer entführen ließ, besaß das Temperament, das ihn reizte. Er träumte Tag und Nacht davon und war entschlossen, ihren Weg zu kreuzen. Das Studium, zu dem ihn sein Vater anhielt, langweilte ihn; er hatte ganz andere Pläne.
Bereits in Homburg nahm er eine Spur auf, die mit größter Wahrscheinlichkeit die richtige war. Er sah vor der Post einen Mann, den er damals in Wiesbaden unter den Begleitern Hortenses bemerkt hatte, und folgte ihm in ein Kaffeehaus. Er schätzte ihn ab, dann redete er ihn an und erkundigte

sich ohne Umschweife, wieviel er für eine Auskunft verlange.
Um ein paar Goldstücke erhielt er sie. Der sagenhafte Franzose, dem sich Fräulein Hortense angeschlossen hatte, war ein Wallone, der unter tönendem Namen als angeblicher Liebhaber Edelsteine aufkaufte, mit Rubinen aus Italien kam und nach Spa reiste. Das Paar war tags zuvor in Begleitung eines jungen Engländers nach Köln aufgebrochen.
Jörcher rechnete sich aus, daß er nicht viel verlor, wenn er einen Tag in Ems zugab. Hier, im letzten der rheinischen Spielbankbäder, konnte er Abschied von Wierssen nehmen. Sein Vater arbeitete mit einer Brüsseler Gesellschaft, die den Bau von Eisenbahnen finanzierte: er schützte einen entsprechenden Auftrag vor. Mit Mitteln war er wohlversehen.
Von Aachen bis Spa nahm er Extrapost und traf in diesem Badeort, der alle Spieler anzog, das Paar dort, wo er es vermutete, an der Roulette. Der Diener steckte der jungen Dame ein Briefchen zu, worin Herr Manfred Jörcher aus Karlsruhe Fräulein von Wierssen um eine Unterredung bat.
Die erste war kurz; er begnügte sich, die Erschrockene zu beruhigen und eine Aussprache am nächsten Tag vorzuschlagen. Sie kehrte an den Spieltisch zurück; er stellte sich gegenüber auf und beobachtete den Mann, dessen Widerpart er war. Ein Feigling, dachte er, und sah mit Genugtuung, wie hochmütig sie ihn behandelte.
Er selbst zählte dreiundzwanzig Jahre – kein Grund, schüchtern zu sein. Andere Söhne mußten sich gegen den Willen ihrer Väter durchsetzen. Das traf in seinem Falle nicht einmal zu; Vater und Sohn waren sich einig, daß eine neue Zeit begonnen hatte, in der das Kapital die Welt befruchtete und dem, der sich bereit hielt, bisher nicht gekannte Gewinne in den Schoß warf.
Während er den Wallonen abschätzte und die jugendfrischen Farben Hortenses mit anderen Mitteln als denen des rechnenden Verstandes aufnahm, machte er seinen Lebensplan. Es würde ihm nicht schwerfallen, die Erlaubnis des Vaters zu erlangen, wenn er ihm mitteilte, daß er in Brüssel Finanzmann gleich ihm werden wolle. In dem neuen Königreich

Belgien stand einer der Throne des neuen Zeitalters, die Börse.

Silber und Gold auf den Spieltischen klirrten leise. Es war nicht nur ein materieller Ton: jedes Ding der Welt nahm durch ihn Klang an, jedes konnte man in ihn verwandeln. Es war auch der Ton, der ihn fortan begleiten würde, und dort der schönen jungen Person wollte er das Selbstbewußtsein verdanken, ohne das im Anfang auch Geld keinen Wert hatte.

Sie hielt die Augen gesenkt, während die Hand mit dem Amethystring unachtsam den Rechen bediente. Sie wußte, daß er sie unverwandt anschaute, und hob zuletzt den Blick. Die Kerzen des Kronleuchters, Trotz und noch alles von der Unverdorbenheit der Jugend schimmerte darin. Eine feine Röte stieg bis zum Haaransatz. Dann sah sie wieder auf das grüne Tuch. Er war zufrieden: um ihre gutgeschnittene Nase, die Lebenskraft verriet, flog ein Hauch. Sie hatte verstanden, weshalb er ihr gefolgt war. Sie wäre keine Frau gewesen, wenn es nicht Eindruck auf sie gemacht hätte, ließ er sich von seiner jungen Menschenkenntnis sagen.

Sie wandte sich ihrem zweiten Nachbarn zu, auf den er bisher nicht geachtet hatte. Es war ein junger Mann von unverkennbar englischem Typus, und Jörcher erinnerte sich der in Homburg erhaltenen Auskunft. Er schätzte diesen Gegner sofort als den ernster zu nehmenden und schwerer zu verdrängenden ein – er stellte die britische Zähigkeit in Rechnung. Aber auch den geringeren Wagemut: die jungen Männer dieser Rasse hatten eine bestimmte Vorstellung von der Frau, die sie hinderte, die Wirklichkeit zu sehen. Es wäre nicht nach seinem Geschmack gewesen, als dritter mitzureisen.

Die Aussprache fand auf einer Spazierfahrt statt. Jörcher gebot dem Kutscher, eine Stunde weit in die Argonnen zu fahren. Hortense trug ein geblümtes Kleid mit drei Volants; das Gesicht schützte der herabgezogene Hut, der Schirm darüber war nur kokette Zugabe. »Kleid und Schirm«, sagte er, »sind dieselben, die Sie an dem Tage trugen, als ich Sie in Begleitung Ihres Vetters vor dem Badener Konversationshause sah und bedauerte, daß ich keinen Vorwand fand, um

Ihnen vorgestellt zu werden.« Sie lachte leise auf und behauptete, das sage er aufs Geratewohl.

»Gar nicht«, erwiderte er und schaute auf ihren Hals: »Damals trugen Sie ein braunes Samtband, heute ist es ein schwarzes. Ich könnte Ihnen auch das Abendkleid beschreiben, das Sie bei unserer zweiten, ebenso einseitigen Begegnung trugen, in Wiesbaden, als ich noch nicht wagte, zu glauben, daß Sie Fräulein von Wierssen sein könnten.«

Sie verstand die Zusammenhänge nicht, er mußte sie erklären.

»Was hätten Sie getan, wenn Sie Ihrer Sache sicher gewesen wären?« fragte sie.

»Ich hätte Ihnen das Briefchen, das Sie gestern abend bekamen, damals geschickt. Ich hielt Sie für unerreichbar – man soll nie den Mut verlieren.«

Und jetzt, wo sie Freiwild war, besaß er ihn?

Freiwild? Nach bürgerlichen Begriffen, ja. Mehr bedeutete dieses Wort nicht. Sie hatte den Bezirk der Wohlbehütetheit verlassen und sich in einen neuen begeben, in dem sie sich dem Leben stellte. Das war etwas anderes als gejagt werden. Sie setzte sich ein, sie stand selber auf dem Anstand, als Jägerin, nicht als Wild.

Sie hatte sich lässig zurückgelehnt, sie richtete sich unmerklich auf. Für jedes Tier gibt es einen Ruf, bei dem es Schwinge, Ohr und Muskel spannt, für jede Seele auch.

Was bot ihr der Wallone? fuhr er fort; nichts, was der Entwicklung fähig war. Der Engländer? Ihn konnte eine Frau, wenn sie mit Geschick vorging, dazu bringen, daß er sie heiratete. Das hätte sie zu Hause haben können, vermutlich besser. Er seinerseits? Einen freien Vertrag, denselben, den er mit sich selber abgeschlossen hatte: sich einen Platz im Leben erobern, an seiner Tafel und in seinem Gedränge.

Er hatte Geschmack genug, ihr nicht die Genüsse des Landes Kanaan auszumalen, sondern dem, was sie da begonnen hatte, einen Sinn zu geben. Von hundert, die gleich ihr und, wenn man nicht zu genau war, auch gleich ihm die Brücken hinter sich abgebrochen hatten, verschwanden auf die Dauer hundert in den Niederungen, weil sie das vielleicht zunächst mühelos Erreichte nicht zu halten verstanden. Erst auf tausend kam einer, der sich behauptete. Dieser eine mußte man

sein. Aufsteigen mußte man, den Pflock immer wieder vorstecken und richtig rechnen. Eben das war die Aufgabe, die er sich selbst gestellt hatte – er konnte sie besser bewältigen, wenn sie ihm zweimal gestellt wurde, auch für sie.
»Bitte, lassen Sie halten«, flehte sie ihn an. Sie war blaß geworden. Er griff nach dem Schirm, der über ihr wie ein Palmwedel schwankte, und schloß ihn. Er wies den Kutscher an, ein Stück vorauszufahren, sprang ab und reichte ihr den Arm.
»Mut«, sagte er, »ich habe Energie für uns beide.«
Es war herrlich, auf dieser Waldstraße reden zu können, wie man nie im Alltag sprach. Achtzehn Jahre zählte sie, und es war ihm gelungen, sie aufzuwühlen, als sei sie eine reife Frau. Aufbrechen wollte er sie. Woher wußte er, daß Schmerz empfinden muß, wer fühlen soll? Es war sein höchster Tag.
»Was Sie da getan haben«, sagte er, »ist nüchtern betrachtet unentschuldbare Torheit. Das Ziel eines jeden Menschen ist, den oberen Klassen anzugehören. Sie standen schon durch Geburt auf der guten Leiter, sollten einen Mann heiraten, der selbst dann, wenn seine Geistesgaben gering sind, hoch im Staate steigen wird, und haben Sicherheit, Rang und Einfluß darangegeben. Das sind Dinge, die Ihnen im Blute liegen – der Schnitt Ihrer Nase sagt es mir, die Linie Ihrer Lippen, Ihr Kinn. Also werden Sie eines Tages wiedererwachen, und dann wird Ihnen der Weg verbaut sein. Es sei denn, daß Sie ihn freihalten und aus eigener Kraft erreichen, was die Abstammung Ihnen geboten hätte. Der Umweg, der auf den wohlbekannten Weg mündet, das ist der Sinn.«
»Mein Gott, was habe ich getan?« sagte sie und sah sich aus dem Zimmer des Wallonen stürzen in einer so kalten Verzweiflung, daß nur Gleichgültigkeit gegen alles, was kommen würde, half.
Als habe er ihre Gedanken erraten, schloß Jörcher:
»Es ist zu spät, umzukehren. Die Familie würde Sie in ein Kloster schicken. Selbst Georg von Wierssen, der sich nicht eingestand, daß er in Sie verliebt war, würde zurücktreten. Es gibt nur ein Vorwärts – einer steht gegen die ganze Welt.«
Am zweiten Jahrestag dieser Spazierfahrt, von der sie, ohne ins Hotel zurückzukehren, ihn nach Brüssel begleitete, stellte

sie ihm das Zeugnis aus, daß er alles gehalten hatte, was seine eigene Person betraf.
Fast noch am Tage der Ankunft setzte er durch, daß die Gesellschaft, die den Bau von Eisenbahnen finanzierte, ihm die Möglichkeit gab, sich einzuarbeiten. Drei Monate diente er umsonst, neun mit Gehalt, im zweiten Jahr war er bereits selbständiger Konkurrent, hinter dem das Geld seines Vaters stand. Gegen Schluß dieses Jahres kam Jörcher senior, um die Verschmelzung zu vollziehen; der Sohn trat wieder in die Gesellschaft ein, diesmal als Vertreter des Karlsruher Hauses.

2

Bei dieser Gelegenheit stellte Manfred dem Vater die Freundin vor. Er führte ihn in eines der zwei Fenster breiten, zwei Stockwerke hohen Häuschen, die sich in der neuen Oberstadt zu reihen begannen, mit Spitzenvorhängen, Spiegelscheiben und Hyazinthen, Sinnbilder der bürgerlichen Verschwiegenheit. Er stellte sie unter dem Namen vor, den sie auf seinen Rat von Anfang an geführt hatte, es war nicht ihr deutscher.
Der Vater billigte die Wahl, vorausgesetzt, daß sie nicht zur Heirat führte. In diesem Punkte gab es kein Verhandeln. Die freilebende Frau mochte so tüchtig wie die andere sein – reizvoller war sie sowieso –, aber wenn man ihr auch noch die letzte Möglichkeit zugestand, löste sich alle Ordnung auf. »Romantiker«, sagte er, »soviel du willst, nur sei es als Realist.«
Nie war ein Zeitalter romantischer gewesen als dieses, in dem der Edelmann kühner als der Dichter träumen durfte. Nie wieder würde ein ähnliches kommen, nie mehr die Welt Aufträge auf hunderttausend Kilometer Schienenstahl vergeben. Es fand sich nicht genug Kapital, um allen, die eine Anleihe suchten, zu Willen zu sein. Staaten und Private wandten sich mit Vorliebe nach Brüssel, das ihnen keine politischen Bedingungen wie Paris und London stellte. Er billigte nicht am wenigsten, daß Manfred für seine eigene Person in zwei so einfachen Stuben lebte, daß sie einem

Asketen zugesagt hätten, statt sein Quartier in die vier wohlausgestatteten Hortenses zu verlegen. Das war eine gut überdachte Teilung, die den Kredit hob: selber nüchtern sein, aber durchblicken lassen, daß man Sinn für den Reichtum besaß und großzügig gegen Frauen war.

Denn die Nächsten ahnten die Zusammenhänge, obwohl Manfred Hortense niemals zumutete, in ihrem Hause etwas zu veranstalten, das im entferntesten einem Gelage glich. Für die Welt war sie eine vermögende Ausländerin, die in Brüssel Musik studierte und nicht so auftrat, daß man sie in festen Händen vermuten konnte. Das alles waren in den Augen des Vaters Garantien für die Zukunft des Sohnes. Wer die Form wahrte, dem half sie in entscheidenden Augenblicken, wenn freie Hand ein Vermögen wert war.

Nachdem er den Geist der Stadt einige Wochen ergründet hatte, war er überzeugt, daß man in den kommenden Jahrzehnten die ganze weite Fläche hinter den Boulevards der Oberstadt mit diesen aus grauem Lavastein gebauten Einfamilienhäuschen bedecken werde, und leitete die Gründung von Gesellschaften ein, die sich den Boden sicherten. In alle brachte er Manfred hinein, der Hortense zur Grundbesitzerin machte: er schenkte ihr in der Gemeinde Ixelles ein Gelände, das vorerst den Pachtzins eines Gärtners abwarf.

Manfred war fleischig, lebhaft, zugreifend. Nach den ersten Streifzügen durch die zahllosen Lokale der Unterstadt wußte er, daß sein Stern ihn an den Ort geführt hatte, der ihm vorbestimmt war. Man aß so gut wie in Paris, aber um ein paar Grade reichlicher, saftiger. Am liebsten ging er in die Restaurants, die aus dem Genuß der Seetiere eine Handlung der Weihe machten.

Man begann mit Ostender Austern, zu denen rindenlose, aufeinandergelegte Butterschnitten gegeben wurden. Man ließ einen Hummer folgen, der hinten im deutschen Binnenland ein Goldstück gekostet hätte. Man bekam Zander, der ihn noch königlicher als die Forellen des Schwarzwaldes dünkte. Und dieses Land zog ein Frühgemüse, das köstlich war.

Er stampfte mit dem Fuß auf, wenn Hortense, um schlank zu bleiben, ihm die Gefolgschaft versagte, und warf ihr vor, sie vernachlässige die erste Pflicht der Kameradschaft: im Temperament Schritt zu halten. Er meinte das bitter ernst. Wenn er sich beruhigt hatte, machte er sie auf die Ehefrauen aus dem Bürgerstande aufmerksam, die wie Pagoden auf den rotsamtenen Bänken aufgereiht saßen, über dem Vorbau des Busens das Mundtuch, an den dicken Fingern die Diamanten Brasiliens: sie tafelten stundenlang, und noch zwischen den Gängen aßen sie Butterkugeln auf winzigen Stückchen Brot. Hortense lachte, aber sie blieb fest. Sie schaute ihm zu, wenn er die Scheren mit seinen starken weißen Zähnen aufbrach oder die Tournedos mit kräftigem Messer eher zerhieb als zerschnitt. Er konnte so viel zu sich nehmen, wie er mochte, er wurde nicht dick; der geistige Umsatz glich es aus. Aber wenn sie ihrerseits ihn ärgern wollte, netzte sie den Finger mit einem Tropfen Chablis und zeichnete ein Oval auf die Platte: eine Anspielung auf die runde Form seiner Backen, die im Alter sicher einmal zu Hängetaschen werden würden. »Es sind die Backen der neuen Herren, die das Volk sich gibt, der Geschäftsleute; Louis Philippe nebenan in Paris hat sie auch«, sagte er gelassen und ließ sich nicht stören.

Sie wußte nie, ob es sie abstieß oder erregte, ihn mit so kräftigem Appetit essen zu sehen. Es war etwas Angreiferisches darin, dasselbe, das sie von ihren Liebesstunden kannte. Sie waren immer improvisiert. »Liebe ist herrlich, wenn man ihr auf der Stelle nachgeben kann«, sagte er, und es war ihm gleich, wo er sich gerade befand.

Er hatte lange gebraucht, um die Enttäuschung der ersten Zeit zu überwinden. Sie war nicht unberührt zu ihm gekommen, aber völlig ungeweckt. Von allem hatte er die bestimmte Vorstellung, und alles mußte ihr entsprechen. Es war ihr schwergefallen, Schritt mit seinem Ungestüm zu halten – sie hatte es gelernt. Ihre Sinne waren ihm so untertan, daß sie bis in die Knie die süße Schwäche empfand, sobald sie ihn von ferne erblickte. Es lag nur an ihm, wenn er ihr Herz dazu nehmen wollte.

Sie wußte nicht, ob er Wert darauf legte. Sie sprachen nie davon. Es wäre vielleicht nicht nötig gewesen, Tat gilt überall für den Willen. Aber die Gewißheit fehlte.

Er war immer strahlend, da immer alles nach seinem Wunsch ging, die Geschäfte und die Genüsse. Er war ihr treu, aber sie erriet den Grund nicht. Oft dachte sie, es sei so, weil er die

Zeit, anders zu verfahren, noch nicht für gekommen hielt. Manchmal, wenn sie in seinen Armen ausruhte, fühlte sie zart wie ein Kind, das für eine gute Hand dankbar ist, und das war der Zustand, aus dem in gerader Linie die Leidenschaft des Herzens erblühte. Er aber stand auf, um die Pfirsichschale zu holen und eine der Früchte zu schälen.

Der Mensch war seltsam. Nun saß sie, die sich außerhalb der Gesellschaft gestellt hatte, da und fand als letzte Weisheit, daß das Höchste, was ein weibliches Geschöpf seinem Freunde anbieten könne, der Wunsch sei, ihm die Gattin zu werden. Es quälte ihren Stolz – wie mit fünfzehn fühlte sie sich verpflichtet, anders zu sein, eine Frau, die gleich einem Wirbelwind durch die Männer fegt, und konnte es nicht. Die unverständliche Kraft, die sie aus den sicheren Verhältnissen gerissen hatte, war von ihr gewichen.

Sie ging zum Spiegel und befühlte die Haut, die an Geschmeidigkeit und Tönung jenen Pfirsichen aus der Schale nichts nachgab. Sie preßte die noch allzu weichen Lippen zusammen – genug mit den Gefühlen, man mußte sich zur Oper anziehen. Es war ein Galatag; eine von Meyerbeer entdeckte Sängerin spielte die Alice in Robert dem Teufel. Der Hof war anwesend: die entferntesten Barone, die an der deutschen Grenze ihre Schlösser hatten, waren herbeigeeilt; die englische Kolonie, die Gesandtschaften waren vollzählig. Die Lüster strahlten, die Logenschließer trugen schwarze Kniehosen, als seien sie Ritter des Goldenen Vlieses.

Was bin ich: fragte sie sich inmitten eines Angebotes von Rang und Namen und fand eine Antwort, die ihr Selbstbewußtsein nicht verwundete. Niemand rechnete sie zur Halbwelt. Die Männer, die sie in der Pause aufsuchten und auch ihr zu einem Cercle verhalfen, wußten nicht mehr, als daß sie mit dem Sohn ihres deutschen Bankiers befreundet war. Die wenigen Frauen, mit denen sie verkehrte, nahmen am letzten Anstoß an ihr, die wie sie selbst als Gast in einer fremden Stadt weilte.

Für das alles war sie Manfred verpflichtet. Sie hatte inzwischen beobachten gelernt und an Einsicht zugenommen. Sie wußte, daß sie es nur ihm verdankte, wenn sie, statt in einem Absteigequartier oder gar einem dieser Brüsseler Häuser zu verkommen, im Pelz zur Oper fuhr.

Er hatte noch mehr getan. Angesichts des Glanzes der Logen dachte sie an den Impuls, den er ihr während der Spazierfahrt in den Argonnen gegeben hatte. Der Umweg, der auf den Weg der Gesellschaft zurückführt, gibt den Sinn, hatte er gesagt; das verstand sie, dafür war sie eine Wierssen. Der Umweg führte in eine der Logen dort, auf den Stuhl neben einen der Männer, die die Macht im Staat ausübten.
Er, Manfred, wußte bereits, wie er in diesem Lande enden wollte: als Baron und Senator des Königreichs; wenn es ganz hochkam, als Finanzminister – schon betrieb er seine Einbürgerung. Sie aber war nicht in diese Rechnung des guten Rechners einbezogen. Warum nicht? Konnte er nicht die eine Nacht, die eine elende Stunde mit dem Wallonen vergessen, da er sie ja selbst ausgelöscht hatte? An jenem Tage war sie bereit gewesen, ihn anzubeten; er hätte alles aus ihr machen können.
»Ich bin kaum zwanzigjährig«, redete sie ihn in Gedanken an, »es ist ja nicht wahr, daß ich schon unwiderruflich gewählt hatte.« Ihr junges Gesicht verschloß sich; sie dachte angestrengt nach und suchte eine Erkenntnis festzuhalten, die man in ihren Jahren nur leben, nicht aussprechen konnte: wie wenig der erste Gang zum Mann bewies.
Die Musik erregte sie. Die Menschenstimme machte sie zittern. Sie sang für die, denen es nicht gegeben war, ihre Gefühle zu ordnen. Wie stark war diese Alice in ihrem Abscheu vor der Sünde, ihrem Glauben an das Reine und Gute.
Manfred war kein Robert und sie nichts so wenig wie eine Alice. Aber die Musik malte den Widerstreit in der eigenen Brust, und die Partitur stand noch lange auf ihrem Klavier. Manfred hörte es gern, wenn sie spielte. Aber er liebte das meiste nicht, er verlangte von der Musik raschen Umsatz und Bestätigung seiner selbst. So konnte sie nicht weiterleben – sie lebte in dieser Weise noch ein Jahr dahin. Sie ertrug nicht mehr, was er die Improvisation der Liebesstunde und sie die Hahnenmanier nannte. Er merkte die Veränderung sofort an dem Ausfall körperlicher Symptome, auf die er Wert legte; ihr weiblicher Quell versiegte.
Im Sommer 48 machte sie mit Manfred und einer amerikanischen Musikerin einen Ausflug nach dem Schlachtfeld von

Waterloo. Es war der Ort, den alle Engländer, die das Festland bereisten, zuerst aufsuchten, um die fabrikmäßig hergestellten, vor ihren Augen ausgegrabenen Andenken teuer zu erstehen.

Wagen reihte sich neben Wagen. Aus dem benachbarten grüßte ein junger Mann, unsicher, ob sein Gruß willkommen sei. Sie erkannte Robert Harald, der auf der Reise nach Spa der dritte gewesen war. Sie wechselte ein paar Worte mit ihm, stellte ihn ihren Begleitern vor und vernahm, daß er auf dem Weg nach dem Süden war. Er sah aus, wie von jeher ein gutgewachsener Engländer aussah, und ließ sie die ebenso feststehende Achtung vor ihrem Geschlecht spüren.

Wenige Tage später, als sie einer Einladung der Amerikanerin zum Tee folgte, drückte ihr Robert die Hand. Es war der Griff eines Mannes, der den Kricketschläger und den Golfstock zu führen wußte. Nein, er war noch nicht abgereist, er wollte Belgien kennenlernen. Die Entfernungen waren so klein, daß man jeden Abend wieder in Brüssel sein konnte und in einer Woche den ganzen Kreis des Sehenswerten um die Hauptstadt geschlagen hatte. Er lud die beiden Damen ein, ihm Gesellschaft zu leisten.

Sie fuhren am ersten Tag nach Mecheln, am zweiten nach Löwen, am dritten nach Namur; Gent und Antwerpen folgten. Manfred, den Harald nicht übergehen wollte, beteiligte sich am Ausflug nach Antwerpen, wo der Rocher de Cancale im Rufe stand, eine so gute Küche wie die zu Paris zu führen. Im Fenster eines Juweliers lag ein Schmuckstück aus Rubinen. Obwohl diese Steine Hortense an den Wallonen erinnerten, konnte sie nicht umhin, die Fassung zu bewundern. Am Abend, in Brüssel, überreichte ihr Manfred das Geschmeide. Sie wies es zurück; seit Wochen hatte sie sich ihm versagt, er es mit einer Ruhe hingenommen, die ihr weh tat. »Nimm ihn«, sagte er, »gestehe mir noch das Recht zu, dir ein Hochzeitsgeschenk zu machen. Bevor die Woche zu Ende ist, wird Mister Harald sich erklären.«

Das Kästchen wurde ihr vor ihrer Tür in die Hand gedrückt. Das war der Abschied, den Manfred Jörcher nahm. Sie hatte gerade eine Nacht Zeit, sich zu überlegen, was sie tun werde, wenn seine Voraussage zutraf. Am nächsten Tag brachte

Harald die Werbung vor. Er fragte nichts. Es berührte sie stark; sie verlobte sich mit ihm.

Sie empfand keine Liebe, aber Dankbarkeit, weil sie aufatmen durfte. Es verließ sie das beunruhigende Gefühl, daß nicht nur die Wahl des Bürgerlichen, sondern auch die des Leichtsinns verpflichtet. Wenn eine Frau sich für das Ungebundene entschied, muß sie auch ungebunden leben. Sie aber hatte sich an den Schein der Anständigkeit geklammert – es war unfair gewesen.

Dieses Zwiespaltes war sie nun ledig. Das machte sie so frei, daß sie wie eine von den zartesten Gedanken berührte Achtzehnjährige aussah, als sie sich in London mit Robert Harald trauen ließ. Seine Sippe saß im Norden, an der schottischen Grenze, er bemühte sie nicht. Er überschrieb die Hälfte seines Geldes auf seine Frau, die andere auf eine New Yorker Bank und bestieg mit Hortense ein Schiff, das sie nach Amerika brachte. Ihr zu Gefallen wählte er ein deutsches, obwohl es ein Segler war, es gehörte der Hamburg-Amerika-Linie und hatte den Vorzug der Neuheit.

Im Zwischendeck reisten Menschen aller Nationen. Die Goldfelder Kaliforniens zogen sie an. Eben führten die Staaten einen Krieg mit Mexiko, um sie sich anzueignen.

Unter den Passagieren waren auch Deutsche aus der Heimat Hortenses, Flüchtlinge aus den Freischaren Heckers, Struves und Herweghs. Viele hatten Verwandte in Texas. Hortense erinnerte sich, im Hause des Vormunds vom Mainzer Adelsverein gehört zu haben, der die auswandernden süddeutschen Bauern nach diesem, für unabhängig geltenden Staat lenkte. Jetzt hofften sie, dort die deutsche Republik zu errichten, die ihnen daheim zerschlagen worden war. Der heiße Atem der Revolution drang aus den Tiefen des Schiffes, das sich gleich einem Floß der Überlebenden von dem brennenden Europa entfernte; alle starrten auf die Vision im Rauch zurück, alle erzählten. In Paris und Berlin, in Rom und Wien, in Irland und Ungarn hatten sie geschossen, Barrikaden gebaut, Standrecht geübt und erlitten. Was erwartete sie in der Neuen Welt? War es nicht ein Unrecht, fragte Hortense ihren Mann, diese Menschenkraft dem heimatlichen Boden zu entziehen?

Sie konnte nicht ohne Ergriffenheit die badischen Mädchen

mit den dunklen Zöpfen sehen. Jahre später standen sie wieder vor ihr an der Reling, als sie das Gedicht Freiligraths las: »Ich kann den Blick nicht von euch wenden.« Durch Harald hörte sie von Ricardo und Malthesius, von dem Elend der irischen Pächter und jenem Franzosen, der Eigentum Diebstahl nannte. Sie war kein Mann, sie brauchte sich nicht zu schämen, daß sie nichts von den Zuständen der Welt gewußt hatte, aber sie atmete auf, noch tiefer als bei der Werbung Haralds. Es tat unsagbar wohl, von sich selber abzusehn.

Sie war eine Frau wie jede andere, sie wußte, wohin sie gehörte; kein Manfred warf ihr mehr vor, daß sie nicht glühend genug seine Umarmung teilte. An seinen Liebeskünsten verglichen war Harald ein Knabe.

Sie verglich und ahnte, worin das Eigentümliche des englischen Menschen bestand: er zweifelte nicht, er suchte nicht, er wollte nicht da Person sein, wo die Gesellschaft ihm die Auffassung lieferte. Die Ehe war ihm eine feste Einrichtung – hatte er sich für sie entschieden, so stand er zu ihr und verlangte von seinem Weibe nichts, was nicht jede Frau geben konnte.

Sie wäre sich gemein vorgekommen, wenn sie das Vertrauen, das er in ihre Charakterstärke setzte, enttäuscht hätte. Was gewesen war, ordnete sich dem Rückblick. Sie hatte unverdientes Glück gehabt, es war alles sauber geworden.

An dem Tage, an dem sie ihr zweiundzwanzigstes Jahr begann, erblickte sie vom Liegestuhl New York. Die Segel der Handelsschiffe verdeckten die Front der Häuser, der Rauch der Dampfer zog über die Dächer. Die Gebäude waren nicht höher als die englischen, und die Stadt bettete sich in freundliches Grün. Ein Mulatte begrüßte sie, als sei sie die heimkehrende Herrin.

3

Zwischen Jörcher und Robert Harald bestand gewiß keine Ähnlichkeit, es sei denn die der Entschlußkraft. Beide hatten in dem Augenblick, in dem sie Hortense sahen, das Steuer herumgeworfen – man konnte auch sagen, daß sie erst jetzt Kurs nahmen.

Harald war bis dahin ein junger Mann gewesen, der sein Erbteil auf der Bank Zinsen hecken ließ und den größeren Teil des Tages auf eine hellenische Art, den geringeren dort verbrachte, wo ein Einblick in die Arbeitsweise des Kapitals zu gewinnen war.
Er wollte nicht mehr als einen Einblick gewinnen. Mit der Unbefangenheit eines Engländers glaubte er, daß die Welt um des weißen Mannes willen geschaffen sei und man nichts als etwas Übersicht, einige Geduld und die Chance brauchte. Unter der Chance verstanden er und sein Halbbruder Peter, der von einer gälischen Mutter stammte, das richtige Feld, auf dem man um eine Pferdelänge früher durchs Ziel ging. Dank dem keltischen Einschlag besaß Peter mehr Phantasie oder Abenteuerlust, und dank dieser Eigenschaft wiederum hatte er als erster Europa verlassen – als Schrittmacher, der dem Bruder Nachricht geben sollte, wenn die Chance gefunden war. Er hatte sich in Mittelamerika herumgetrieben, dann in Louisiana etwas an der Baumwollbörse unternommen. Als die Staaten unter dem alten Vorwand, daß der Stärkere am besten Ordnung schaffen könne, die Hand auf Kalifornien legten, wollte er dem Bruder vorschlagen, den Mexikanern mit einem Schiff voll Munition und einem halben Hundert entschlossener Burschen zu Hilfe zu kommen, tat sich dann aber mit einem Iren in Saint Louis zusammen, der Zeltwagen mit Ausrüstungsgegenständen und Waren aller Art nach einem über Nacht heranwachsenden Ort namens San Franzisko schickte.
Soweit der Inhalt des Briefes, den Robert während seiner Verlobungszeit erhalten und damit beantwortet hatte, daß er den ersten Segler bestieg. Als er in New York an Land ging, fand er neue Nachrichten vor. Der Ire saß in Saint Louis, Peter in San Franzisko in einem Holzstore, den er durch ein Steinhaus ersetzen und fortan Bank nennen wollte. Denn ein noch größeres Geschäft als mit Waren war mit den Nuggets selbst zu machen, ihrer Aufbewahrung, ihrem Ankauf und ihrer bankmäßigen Verwendung. Für diese kam nur New York in Betracht, und das war der Teil des Geschäftes, den Robert übernehmen sollte.
So kam es, daß Hortense, kaum daß sie die Neue Welt betreten hatte, sich allein gelassen sah, da Robert mit dem

Mann in Saint Louis Fühlung nehmen und weiterhin eine Schar Auswanderer bis zu den Llanos estacados begleiten wollte, um einen Begriff von den Schwierigkeiten zu bekommen. Pioniersfrau, sagte er zu Hortense und stellte ihr eine Aufgabe.

Es war die erste ihres Lebens, den Frauen dieses Landes aber geläufig. Man räumte ihnen eine Stellung ein, die es anderswo nicht gab. Sie gingen allein aus; niemals fiel es einem Mann ein, Rechenschaft von ihnen zu verlangen. Sie hatten ihre eigenen Klubs und suchten sich ihre Interessen selbst. Die Oper war bedeutungslos, sie fanden den Ersatz in den Gotteshäusern der vielen Sekten. Man setzte sie nicht auf Plätze, sondern auf irgendein Grundstück, das im Straßenzug gerade zu haben war.

Da Robert noch nicht entschieden hatte, ob er New York zum Wohnsitz wählen würde, verfügte Hortense über reichliche Zeit. Sie verfiel darauf, jungen Leuten Klavierunterricht zu erteilen, und hatte ungeahnten Erfolg. Nach amerikanischer Manier legte man ihr nahe, sich Professor aus Belgien und das Unternehmen Konservatorium zu nennen. Sie verdiente sich damit ein angenehmes Taschengeld.

Als Robert von seinem Vorstoß in den mittleren Westen zurückkehrte, suchte er Anschluß an ein bestehendes Bankhaus, blieb aber selbständiger Leiter seiner Dreipartnerfirma. Er erkannte rasch, daß die Männer hierzulande ein Tempo vorlegten, das um ein Vielfaches das in England gewohnte übertraf. Er war energisch genug, sich anzupassen. Langsam veränderten sich sein Gesicht und sein Gaumen. Eines Tages, als sie aus der Annstreet, wo sie wohnten, nach dem Broadway einbogen, sahen sie einen Mann, der mit einem Backstein in der Hand zwischen anderen Backsteinen, die vor der St.-Pauls-Kirche, dem Astorhaus und noch einigen Punkten lagen, aufs rascheste hin und her ging. Sooft er an einen der Steine kam, hob er ihn auf, legte den in der Hand getragenen hin und eilte zum nächsten. Wenn die Kathedrale die volle Stunde schlug, begab er sich in Barnums Museum, löste eine Karte und verschwand darin. Eine Reihe von Neugierigen tat wie er, und das Ganze war die Reklame, die Phineas Barnum sich ausgedacht hatte, um die Aufmerksamkeit auf sein

Schautheater zu lenken, als ob die mißtönende Musik nicht genügt hätte, die er von einem Balkon über der Straße blasen ließ.
Die Amerikaner erkannten in ihm den Mann, der seine Zeit verstand. Sein Vermögen hatte er mit General Tom Thumb gemacht, dem Zwergkind, das sogar der Königin von England gezeigt worden war, und eben baute er sich davon bei Bridgeport Iranistan ein orientalisches Feenschloß.
Hortense sah Robert nicht mehr als die anderen Yankeefrauen ihre Lebensgenossen. Die ehelichen Beziehungen wickelten sich flüchtig ab. Sie wehrte sich dagegen, zu vergleichen, konnte es aber nicht verhindern, daß Manfred, der Lehrmeister, ihre Träume zu beunruhigen begann.
Zu Anfang des neuen Jahrzehntes fegte eine Krise durch die Staaten. Zugleich gingen dem Hause zwei der Goldtransporte, die bis Panama den Seeweg benutzten, dann die Landenge überquerten, durch Überfälle verloren.
Robert schlug ihr vor, das auf sie überschriebene Vermögen ins Geschäft zu stecken. Da sie sich Mutter werden fühlte, gab sie nur zwei Drittel frei. Robert machte eine Reise nach England, von wo er direkt nach New Orleans und flußaufwärts nach Saint Louis hinauffuhr, eine Angelegenheit von mehr als einem Vierteljahr.
Hortense versenkte sich in das Geheimnis, das in ihr heranwuchs. Sie litt viel, ihre Farben veränderten sich, Gelüste überkamen sie – die Frauen, die Bescheid wußten, sagten ihr, daß das Kind ein Mädchen sein werde. Es ergriff sie; sie wußte nicht, weshalb ihr ein Mädchen teuer war – vielleicht, weil sie ihr Geschlecht in diesen Monaten als die größte Tatsache der Schöpfung empfand.
Der Frühling war üppig wie der des niegesehenen Südens. Sie lag den halben Tag im Garten und hielt, Blumen und Vögel und das Himmelsblau vor Augen, Zwiesprache mit ihrem Kinde. Sie las, was sie in diesem nüchternen Lande an Versen auftreiben konnte, und verträumte die Abendstunden am Klavier. Nachts träumte sie von ihrer Mutter, die sie als Baby verloren hatte.
Aus dem zartesten Überschwang stürzte sie in den wildesten, der sie entsetzte. Aber es war kein Sturz – das Unbegreifliche bestand darin, daß sie ihn nicht als Gegensatz empfand, eines

steigerte sich unmerklich ins andere: ein ungeheuerliches Liebesbedürfnis überkam sie. Sie hätte die Welt umarmen, sich jedem, der ihrer bedurfte, geben mögen. Hingeben, dachte sie, es klang noch voller; es war die große, schwere Süße des Vergehens darin. Begehren, als Frau oder als Mann, schien ihr das Menschenrecht aller zu sein, die lebten. Eines Nachts träumte sie von Manfred. Mache mich zur Hetäre, forderte sie ekstatisch.
Zuerst waren nur die Nächte mit fessellosen Vorstellungen vergiftet, dann drangen sie auch in die Tagträume ein. An einem Morgen sah sie einen lebhafteren, geschmeidigeren und dunkleren Robert über den Gartenkies auf sich zukommen. Ein Schlag durchfuhr sie – er war durch ein Wunder so zurückgekehrt, wie sie ihn wünschte, so wie sie ihn liebend umarmen konnte. Es war Peter Harald, der Bruder, zu Schiff von den Antillen eingetroffen.
Sie war eine anständige Frau; sie verriet nichts von dem, was in ihr vorging. Aber sie zerriß den Batist, der ihre Brust umhüllte, und wurde in diesen tropischen Nächten rasend, wenn die Hände über die vollen Gefäße glitten, die die Milch des Lebens enthielten.
Als Robert heimkehrte, lag sie still wie ein Schiffbrüchiger nach dem Sturm im Wochenbett und wandte den Blick, der an der kleinen Valentine hing, kaum zu dem, der der Vater war. Mistreß MacCulloch, die Frau des Teilhabers, stellte ihr das Cottage zur Verfügung, das man nach drei Stunden Fahrt auf dem Fluß erreichte. Senkrecht, als sei er mit dem Lineal gezogen, floß der Hudson von Nord nach Süd auf New York herab. In der Zeit der Schwangerschaft war es eine körperliche Vorstellung gewesen, sooft sie im Kontor die Karte betrachtet hatte.
Langsam schaufelte sich der Dampfer stromaufwärts, am Kosciusdenkmal bei Westpoint und am Hydepark vorüber. Die Wände ragten steil auf; die gelbe Flamme der herbstlichen Wälder schlug von einem Ufer zum anderen. Die Landhäuser waren aus Urwaldholz gebaut, die bedeckte Piazza umzog sie. Auf der Piazza standen Liegestühle, in denen gut ruhen war, in einer südlich blauen und nördlich herben Luft. Sie las Emerson und Longfellow, beide waren nebenan in Massachusetts daheim, und was Irving betraf, so

war der Hudson sein Strom, den er zum amerikanischen Rhein gemacht hatte. Als sie wiederhergestellt war, kam Robert, um mit seinem Weibe zum Niagara zu reisen, der heiligen Stätte, die jeder Amerikaner besucht haben mußte – eben hatte er das Bürgerrecht für sich und sie erworben. Sie durchfuhren von Albany bis Buffalo die ganze Breite des Staates New York. Eine Symphonie in Mondgelb, Papageienrosa und Rostbraun waren die Ränder der großen Seen, aber die stäubende Wolke, die von den Fällen aufstieg, war ganz weiß – sie löste sich von dem Farbigen wie die Seele vom Körper.

Longfellows Hiawatha erschien, das Epos des Onandagahäuptlings, der die fünf Nationen der Irokesen zusammenfaßte, dreihundert Jahre war es her. Sie stutzte – warum sagte man in Europa immer, die Staaten seien ein neues Land? Sie waren legendenumsponnen, selbst seine Universitäten zweihundert Jahre alt.

Die Namen begannen in ihr zu klingen, Vermont, Delaware, Maryland, Virginia, und Robert war stolz darauf, daß sie es war, die ihn anhielt, ihr Boston, Philadelphia, Washington und Baltimore zu zeigen. In Philadelphia bewies Gerards College die Großzügigkeit amerikanischer Stifter. Um diese Zeit kam die schwedische Nachtigall aus Europa herüber. Barnum, der Elefanten in Ceylon einkaufte, konnte auch mit Jenny Lind einen Vertrag abschließen, der seinesgleichen nicht hatte und Amerika stolz machte. Wenige wußten, wer sie war, aber als sie eintraf, kannte sie jede Modistin in den Staaten. Humbug nannten es die Kritischen, Organisation er selbst. Er versteigerte die Plätze, der erste brachte siebenhundert Dollar ein.

Man spannte ihr wie allenthalben, wohin sie kam, die Pferde aus und stand im Irving House vom Zimmer bis zur Straße, um ihr die Hand zu schütteln. Man erzählte, wie uneigennützig und warmherzig sie war und für wie häßlich sie sich hielt und daß sie in ihrer Stimme ein Pfand sah, das zu verwalten Gottes Wille sei: nichts sprach die Amerikaner mehr an, so hielten sie es selber mit ihrer Gottesgabe, Geschäfte zu machen. Jenny Lind, sagten sie, und es klang wie eine Liebkosung; es brach ein Jenny-Lind-Fieber aus.

Die Feuerwehr in roten Blusen brachte ihr einen Fackelzug,

und was immer zu den Dingen gehörte, die in einem Laden gekauft werden konnten, war nach ihr benannt. In Washington machte ihr der Präsident seine Aufwartung, und als sie die Karte vorfand, wollte sie sofort ins Weiße Haus eilen – er war doch dasselbe wie ein Souverän und hatte sie befohlen. Amerika tobte vor Lachen und Begeisterung. Ende 1857 hatte das Kind sein fünftes, die Mutter ihr dreißigstes Jahr überschritten. Das Rechnen mit Lebensjahren wies wohl andere Gesetze als das mit den Größen des Einmaleins auf. Was für den Verstand nur zehn Jahre zurücklag, war für das Gefühl vor einem Jahrhundert geschehen, in einem Dasein, das nicht das eigene zu sein schien. Das Bewußtsein der Einheit entsprang einem frohen Leben, vielleicht auch einem schmerzlichen, nicht der Gleichgültigkeit, nicht dem Alleinsein.

Als Mutter war Hortense nicht allein, aber als Frau und als Mensch, der in dem, was er tut, einen Sinn sucht. Man fragte in diesem Lande nicht nach dem Sinn, es galt für europäisch, für romantisch, für sentimental. Sie hatte lange genug unter Amerikanern gelebt, um das Mitleid mit sich selbst zu verwerfen. Sooft es sich regen wollte, wurde sie zur Lady mit denselben schmalen Lippen, die hier Allgemeingut waren und ihr weh taten.

Gesicht und Gestalt waren so mädchenhaft, daß sie, die kleine Valentine an der Hand, oft für die junge Tante gehalten wurde. Hundert Frauen um sie begehrten nicht mehr; wie jener Narziß waren sie sich nur ein Bild im Spiegel. Wenn sie für jemand schön sein wollten, war es nicht der, den sie liebten, sondern der ihnen durch Heirat die Mittel verschaffte.

Die Unruhe, die sie an ihrem dreißigsten Geburtstag überkam, schwand nicht mit diesem Tage; sie glaubte mit Gewißheit zu fühlen, daß das Jahr eine Krise bringen werde. Sie verstand darunter nicht die beängstigende der Wirtschaft, die gewöhnlich mit der Regelmäßigkeit eines Kometen von kurzem Umlauf wiederkehrte, dieses Mal aber, nicht wankend und nicht weichend, die ganze Welt erschütterte. Amerikanische Akzepte waren in Europa nur Papier, selbst die Bank von England geriet in Schwierigkeiten, halb Hamburg brach zusammen. Die Firma erlitt so große Verluste, daß

Robert, wie er nachher gestand, an Selbstmord dachte, gleich hundert anderen, die ihn vollzogen.

Es war auch nicht der Augenblick, zu widersprechen – ihr Widerspruch war älter. Sie weigerte sich, das Leben nur mit den Augen des Erfolges zu sehen. Alles, was die Männer anführten, war richtig: der Kampf ums Dasein, wie man neuerdings sich ausdrückte, nahm erbarmungslose Formen an. Aber eben darum erschien er ihr sinnlos. Wer sich mit hartem Kiefer und wilder Ellbogenkraft in ihn stürzte, galt als großer Mann wie in Europa durch die geistige Leistung. Sie hatte es verlernt, auf einen Gesellschaftsabend neugierig zu sein, weil man sie mit einem Menschen von Bedeutung bekannt machen wollte. Es war immer der Mann mit den Kiefern und der Ellbogenkraft.

In den dem Anschein nach so männlichen Männern verkümmerte etwas, und in den so selbstbewußten Frauen versiegte es. Sie konnte sich weder die einen noch die anderen auch nur als Zuhörer der Krönungsmesse vorstellen, mit der sie der Organist der katholischen Kirche bekannt machte. Es war eine jener österreichischen Musikantennaturen, die vom Spaziergang durch die Felder zu den Pfeilern eilen, zwischen denen die Tastatur der Welt hängt. Für ihn hatten Hast und Geschrei der Börse denselben Sinn wie für den Gläubigen das Böse: der Gegensatz mußte sein, damit das Schöne Wert erhielt. Die Zeit nahte, da das Kind, das in der Obhut der weißen Mutter und der schwarzen Dienerin gut gedieh, zur Schule gehen sollte. Hortense überraschte Robert mit dem Vorschlag, sie und die Kleine nach Europa zu schicken. England, Belgien, Deutschland, das war gleich – aus der Ferne verschwanden die Unterschiede, und es blieb etwas Gemeinsames, an das sie mit jedem Tag sehnsüchtiger dachte. Robert war schon so sehr Amerikaner geworden, daß er mit dem geläufigen Argument antwortete, man könne einem Kinde keinen größeren Dienst erweisen, als daß man es im Lande der Freiheit aufwachsen lasse. Aber es gab einen Umstand, der ihn bewog, ihr Ansinnen nicht ganz abzulehnen. Peter in San Franzisko versprach sich Vorteile davon, wenn während der Krise die Brüder den Wohnsitz tauschten. Er wollte selbst die Börsenschlachten in Wallstreet schlagen.

Für Frau und Kind war die Reise zu gefährlich. Zunächst sollte Peter herüberkommen, man würde weitersehen. Peter traf ein, und es ging Hortense, wie es ihr ergangen war, sooft sie Gelegenheit gehabt hatte, sich mit Männern aus Europa zu unterhalten. Sie waren ihr nicht nur vertrauter, sie imponierten ihr auch mehr als die einheimischen, die eine fast kindliche, fast kampflose Auffassung von der Frau hatten. Gab es einen Schöpfer, der die Geschlechter geschaffen hatte, so konnten sie sich nicht vor ihm verantworten, wenn er sie fragte, was sie aus ihren Instinkten gemacht hatten. Zum Ausgleich waren sie die frischesten Burschen, die es auf beiden Hemisphären gab.
Peter hatte sich etwas vom Wissen des Europäers bewahrt, sei es, weil er an der Küste eines anderen Meeres, in einem romanischen Klima lebte, sei es, weil das Erbe seines Waliser Blutes noch fruchtbar war. Sie verglich, obwohl sie das Vergleichen fürchten gelernt hatte. Sie erschrak, als Robert sie bat, vorerst noch auf die Fahrt nach Europa zu verzichten und das Haus mit dem Schwager zu teilen.
Dieses Erschrecken bedeutete nichts gegen das Neue, das Hortense erfaßte, als sie nach seiner Abreise feststellen mußte, daß sie abermals schwanger war.
Aus Angst vor der Rückkehr jener mänadischen Gelüste mied sie den Garten, in dem sie damals die Versenkung gesucht hatte. Mit Blumen und Vögeln hatte es begonnen, mit der Gier nach Matrosen und Negern geendet. Sie floh die Musik, wie sie die Bücher floh, und da sie auch den neuen Hausgenossen einbezog, verfiel sie der Rastlosigkeit. Sie lief sich in den Tagesstunden müde, um abends, wenn Peter daheim war, erschöpft ins Bett zu sinken.
Sie nannte das Wesen, das sie unter dem Herzen trug, nicht das Kind, sondern die Frucht; eine Frucht trug keine Menschenzüge. In dem Grade, wie sie diese Liebe zerstörte, wuchs die zu Valentine. Valentine für sich zu haben, in einem stillen Städtchen der Alten Welt mit den gelben Häusern und den gewundenen Gassen zu erziehen, erschien ihr als ein Übermaß von Glück. Sie hörte die Glöckchen des Klosters den Abend einläuten, sah die Bank um die Linde und roch den Duft der Levkoje in Gärten, worin sich Schwestern mit weißen Hauben und blauen Röcken bewegten.

Die Frucht starb nicht ab; der Tag kam, an dem sie sich regte. Es trieb sie empor, zur Stadt hinaus, zur Küste. Die Sonne stand noch im Osten – im Osten lag das Land, in das sie gehörte. Warum konnte sie nicht ein Schiff besteigen, ohne Ankündigung, ohne Auseinandersetzung mit Robert? In Brüssel, in Paris gab es genug Ärzte, die ihr zu Willen waren. Er würde davon nichts wissen, nur nachträglich ihre Übersiedlung billigen müssen.

4

Sie traf ihre Vorbereitungen, überwies die Zinsen, die man ihr für die Einlage gezahlt hatte, nach London und belegte Passage auf einem neuen, von Bremern gebauten Schiff, das als der schnellste Dampfer galt.
Peter begriff die Verstörtheit nicht, die über die Frau des Bruders gekommen war, bis der schwarze Hausgeist ihm einen Wink gab. Als die schlimme Nachricht aus Saint Louis eintraf, wußte er nicht, wie er sich zu verhalten habe. Er bereitete Hortense schonend vor: im Gebiet, das Robert durchreiste, hatten sich, von den Agenten des Bundes betrogen, die Indianer erhoben.
Sie begriff sofort, alles Krankhafte war verflogen. Sie bestand auf Einzelheiten, der vollen Wahrheit, und konnte weinen, als sie das grausame Ende Roberts erfuhr. Er stand vor ihr, wie sie ihn in den ersten Zeiten achten gelernt hatte, männlich, gütig und sauber. Sie würde ihm den Sohn gebären und in Liebe zum Vater erziehen: er war nicht mehr die Frucht, er war Valentines Bruder, an dem sie so viel gutzumachen hatte, daß kein Beichthörer sie lossprechen konnte.
Sie gab die Fahrkarte zurück; der Erbe durfte nur da aufwachsen, wo sein Platz war. Peter, der die schwarzgekleidete Frau beobachtete, verstand zum ersten Male, daß Robert sie zum Weib genommen hatte. Einem Mann verlieh Tatkraft Wucht, einer Frau ein Letztes, das ihren Reiz erhöhte. Denn es war keine ins Ferne schweifende Kraft, sie band an den Ort das zu Verwaltende – er fühlte sich geheimnisvoll an die Priesterin der keltischen Sage erinnert. Er konnte mit ihr die geschäftliche Lage besprechen und gestand ihr Urteil zu. Er

scheute sich, weiterzudenken, es war noch zu früh. Aber warum sollte einer nicht von den alten Kelten zu den alten Juden, die die Leviratsehe gehabt hatten, hinübersinnen?
Der Juni dörrte die Stadt aus, das Volk übernachtete im Freien, die Feuerwehr durchraste die Straßen. Und in einer dieser Nächte brach auch im Haraldschen Hause ein Brand aus. Als man Hortense weckte, war der Zugang zum Stockwerk, worin Valentine mit der schwarzen Abigail schlief, schon durch Flammen und Rauch versperrt. Man rettete sie vom Garten her durchs Fenster, aber die Mutter wand sich zwischen den Stauden eines Beetes: sie war vorzeitig niedergekommen, mit einem Knaben, der sich nicht als lebensfähig erwies, gleichwohl wie ein lebender Mensch eine Reihe von Wirkungen ausübte.
Zunächst gab Peter sein Zimmer im Hause der Schwägerin auf, was so lange nicht nötig gewesen war, als das ungeborene Kind sie vor der Möglichkeit des Geredes geschützt hatte. Sie war schöner denn je: man konnte sicher sein, daß an dem Tage, an dem die berückende Zusammenstellung Rotblond und Schwarz fiel, die Bewerbungen um ihre Hand einsetzen würden.
Sie war auch eine gute Partie geworden. Die Krise begann sich zu lösen, Europa nahm die amerikanischen Waren wieder auf. England setzte seine Kräfte ein, um des furchtbaren indischen Aufstandes Herr zu werden; es führte zugleich einen kleinen Krieg in China. Das geheimnisvolle Japan öffnete seine Häfen den Fremden. Der französische Kaiser rüstete zum Krieg mit Österreich, und die durch den Krimkrieg geleerten Magazine begehrten nach Waren.
Peter konnte nicht mehr nach San Franzisko zurückkehren, das der Mann in Saint Louis übernahm. Im Laufe der Monate wagte Peter, sich die nicht zu Ende gedachten Gedanken einzugestehen. Er wagte sogar, das, was er empfand, Begehren zu nennen. Das Verwandtschaftsverhältnis und die geschäftliche Beziehung erlaubten ihm, Hortense jeden Tag zu besuchen. Ihr Bannkreis war nicht an den Ort gebunden, aber der ihres Körpers begann mit dem Augenblick, wo er den Vorgarten des Hauses betrat; der Rosenduft, in dem sich Frische und Reife beglückend mischten, floß ihm untrennbar mit dem Fluidum der Frau zusammen.

Hortense hatte das neue Haus nur mieten wollen und erst nachgegeben, als Peter sie bedenken ließ, daß die Grundstükke New Yorks teuer zu werden begannen: es konnte eine Zeit kommen, wo der Mietpreis den jetzigen Kaufpreis überstieg. Bei dieser Regelung erfuhr er, daß sie die Absicht hatte, nach Ablauf des Trauerjahres Amerika zu verlassen. Die Wartezeit war sie dem Andenken Roberts schuldig.

Es war noch lange bis dahin, dachte Peter, vieles konnte sich ereignen. Er wußte nicht, ob sie seine Gefühle erwiderte; aber er besaß ihre Sympathie. Sie sah es gern, wenn er ihr beim Spiel zuhörte; er war musikalischer als Robert. Die amerikanischen Dinge beurteilte er freier als der Bruder; er merkte, daß sie es liebte, wenn er sich gehenließ.

Manchmal sprach sie seinen Vornamen deutsch aus, und er vernahm, daß man »Dummer Peter« sagen konnte und es nicht boshaft klang. Komisch, meinte er, daß Pieter nicht dasselbe wie Peter war. Er hielt allerlei Künste bereit, die dem Kinde Vergnügen machten, Billardkugeln jonglieren, sie heimlich mit Golfbällen vertauschen, die mit einem Male nicht mehr auf dem grünen Tuch rollen wollten, und unter dem von Hortense eingeführten Tannenbaum Geschichten vorlesen.

Als die Kleine im Eifer des Tobens um diese weihnachtliche Zeit Pa zu ihm sagte, schaute er zu Hortense hinüber und hielt ihren Blick fest. Sie errötete ein wenig, wie es für solche Überraschungen vorgeschrieben war, schüttelte aber den Kopf mit einer Bestimmtheit, die ihm keine gute Nacht bereitete. Am Neujahrstag, der ein Jahr der Erregungen beendete, suchte er die Entscheidung. Er mußte hören, daß sie nach dem alten Europa zurückkehren werde. Sie wolle damit nicht sagen, daß sie nie mehr heiraten könne, aber sie vermöge es jetzt nicht.

»Ich habe die Freiheit«, fügte sie hinzu, »einmal in einer Weise begehrt, von der du nichts ahnst. Zwei Todesfälle haben sie mir gegeben, man soll gehorsam sein.«

Gegen wen? fragte er sich. Gegen die Fügungen des Himmels? War sie denn quäkerisch geworden? Oder meinte sie es heidnischer gegen eine Möglichkeit des Lebens? Dann konnte auch er gehorsam sein – indem er weiter um sie warb.

Der Frühling kam; oft hatte er den Eindruck, daß sie sich

streicheln oder küssen oder in die Arme nehmen ließe, sobald seine Hände zu verstehen gäben, daß sie das tun wollten. Sie hatte einen freien, ruhigen Blick für ihn, ein leichtes, williges Lächeln, das ihn zugleich bezauberte und bestürzt machte.
»Dummer Peter?« fragte er, sie nickte.
Als der Todestag Roberts sich gejährt hatte, ordnete sie abermals ihre Angelegenheiten. Die Deutschen hatten einen neuen Dampfer eingestellt, er wurde in acht Tagen erwartet. Sie ließ allen Hausrat zurück; er fiel bei der Auseinandersetzung beim Notar nicht ins Gewicht. Peter würde das Haus beziehen – wer ein Haus hatte, nahm auch eine Frau. Er widersprach: alles bleibe stehen, wie sie es gebraucht habe, und nach einem halben Jahre besuche er sie in Europa, um seine Frage zu wiederholen – verbiete sie es ihm?
Das tue sie nicht, erwiderte sie; es komme nur darauf an, ob er sie in Europa ausfindig machen werde.
Er nahm es für einen Scherz. Da sie Teilhaberin blieb, mußte sie auch die Verbindung mit ihm aufrechterhalten. Dafür, ließ sie ihn wissen, gab es in London genug Sachwalter. Vollmacht hatte er selbst – nichts hinderte sie, irgendeinen Namen anzunehmen und irgendwo zu wohnen. Der Schauplatz war ihr Zimmer, am letzten Abend. Unten standen die paar Koffer bereit. Aus dem Garten, der kein Gegenüber hatte, weil er nach hinten lag, kam der schwere Geruch, den die Koniferen aussenden, wenn ein Gewitter zu erwarten ist. Es war eine Nacht ohne Wind, eine verhaltene Nacht zwischen zwei glühenden Tagen. Die Unterhaltung verstummte, zuviel Ungelöstes belastete die Gedanken. Hortense trat auf den Balkon, der ein Sprungbrett über die Finsternis war. Peter im Zimmer wußte nicht zu bleiben und nicht zu gehen. Der Amerikaner in ihm konnte nicht sagen, was er zu tun hatte; der Europäer verstand mehr: wenn du erreichen willst, daß sie deine Frau wird, so handle – weißt du nicht, daß Frauen eine andere Moral haben?
Aber in zwölf Jahren Kampf mit Männern, Nuggets und Baisse-Spekulationen hatte er verlernt, drängende Worte zu setzen. Er ging zu ihr, dann stand er da, hinter ihrer Schulter, und schwieg, das klopfende Herz nahm ihm Atem und Verstand.
Sie wandte den Kopf nach ihm, und da er etwas sagen mußte,

fragte er in seiner tödlichen Verlegenheit: »Dummer Peter, dem nichts anderes einfällt, wie?«
Er hörte sie leise lachen, fing die kleine Erschütterung der Schultern mit seiner Brust auf und wollte endlich den Händen nachgeben, die mehr Instinkt als sein Kopf hatten, als ein Blitz den schwarzen Abgrund spaltete. Die Frau fuhr zurück – danke für die Beihilfe, sie war wirklich nicht nötig, wandte er sich an das Element – und fand einen heißen Mund, der weich und frisch wie die Rosen war, die es ihm längst angetan hatten.
Zwölf Jahre Wildwest – er hatte geglaubt, ein Mann brauche nichts mehr zu erleben, um zu wissen, daß er ein Mann sei. Er lernte hinzu in dieser Nacht, in der Ströme vom Himmel stürzten und der ganze weite Lebensraum einer Stadt wie eine Höhle widerhallte. Er hörte nichts von alledem.
Am nächsten Abend hätte er den smarten Bericht in der Zeitung lesen können. Was ging es ihn an. Auf dem Tisch stand noch das mit Wein gefüllte Glas; er legte den genetzten Finger darauf und zog Spiralen über dem Rand – die Spirale setzte sich in ein überhöhtes Klingen fort, das wie ein Elmsfeuer aufschwebte –, ein Elmston, der ihm half, sich der Musik in der Stimme der Frau im Glück der Hingabe zu erinnern.
Als er sie am Morgen aufgesucht hatte, würde er sein Hab und Gut für die Behauptung verwettet haben, daß sie damit beschäftigt sei, ihre Koffer auszupacken. Just bei seinem Eintritt wurden sie abgeholt. Jetzt war sie schon zwei Stunden auf See. Nichts hatte sie bewilligt, keine Verabredung, keinen Brief, kein Wiedersehen. Was war sie denn, daß sie ihm eine Liebesnacht bewilligt hatte, nur eine Abenteuerin? Im Lauf der Wochen dachte er gerechter. In ihrem Handeln war eine Folgerichtigkeit, die er hinnehmen mußte. Für die Möglichkeit, über ihren Aufenthalt unterrichtet zu bleiben, würde er die Dividende eines Jahres gegeben haben. Er konnte niemand beauftragen, sie von der Landung an im Auge zu behalten. Was half es ihm, daß die Engländer und Kanadier dabei waren, ein Kabel zu legen, jeder auf seiner Seite, wenn es in Jahren noch nicht fertiggestellt wurde? Die Anweisung, die er mit dem nächsten Schiff nach London schickte, kam zu spät.

Als ihn ein Jahr danach Unterhandlungen ebendahin riefen, machte er einen Abstecher nach Brüssel, weil er in einem alten Brief Roberts die Mitteilung gefunden hatte, er habe Hortense auf dem Schlachtfeld von Waterloo kennengelernt. Neuerdings war sein Bankhaus mit dem Jörcherschen zu Brüssel in Verbindung getreten: so sprach er bei dieser Firma vor. Jörcher, ein Mann von imposantem Umfang und großer Tatkraft, lud ihn sofort zu Tisch ein und lächelte bei dem Einwand des Gastes, daß er Umstände machen werde. Beim Anblick der Stallungen, des Parks und des mächtigen Baues verstand Peter, daß hier großes Haus geführt wurde.

Während Jörcher ihm in den Gewächshäusern die Trauben zeigte, die von kalifornischer Üppigkeit waren, erkundigte er sich zur Überraschung Peters, ob er verwandt sei mit einem Engländer seines Namens, der vor zwölf Jahren oder dreizehn eine in Brüssel lebende Deutsche mit dem Vornamen Hortense geheiratet hatte.

Es berührte Peter unangenehm, daß Jörcher sich des Vornamens bediente, und etwas an seiner Mitteilung, daß er diese Dame gut gekannt habe, die Betonung, sagte ihm noch weniger zu. Später, als er die Place de la Monnaie überschritt, fiel sein Blick auf das Schild eines Agenten für Nachforschungen und Auskünfte. Er ging hinein und erkundigte sich, wie man feststellen könne, ob eine Dame, die vielleicht den Namen gewechselt habe, sich in Belgien aufhalte.

Der Inhaber, ein Franzose oder, wie man hier unterschied, ein Wallone, sah ihn überrascht an, als er alle Angaben machte, die zweckdienlich sein konnten, und versicherte, er werde gut bedient werden. Nach zwei Tagen erhielt er ein Schreiben der Agentur. Der augenblickliche Aufenthalt der Frau Harald sei nicht festzustellen; aber eine erschöpfende Auskunft über frühere Lebensumstände stehe zur Verfügung, man erwarte seinen Besuch.

Nachdem er den nicht geringen Preis angenommen hatte, übergab ihm der Mann ein Schriftstück, das für wahr zu halten Peter sich weigerte. Er erfuhr, daß der Zufall ihn zur ersten mithandelnden, in Spa von Monsieur Jörcher abgelösten Person geführt habe.

Die Wirkung auf Peter war schrecklich. Er verließ die Stadt sofort und machte, um wenigstens etwas von Europa zu

sehn, die damals fashionable Rheinreise. Er mußte lachen, wenn er diesen Bach mit dem Vater der Ströme verglich, gab aber zu, daß es etwas für sich habe, wenn man alle fünf Minuten in einem Nest aussteigen konnte, das da seit Römergedenken hing.
Die Langsamkeit der Fahrt brachte ihn zur Verzweiflung. Er erklärte dem Kapitän, er werde ihm einen Amerikaner an den Hals schicken, von dem er lernen könne, was Schnelligkeit sei. Das könnte ihm nichts helfen, war die Antwort, die Regierung würde auch den Amerikanern neun Meilen Höchstgeschwindigkeit vorschreiben. Die Regierung, du lieber Gott; was für eine lächerliche Gegend, diese Leute wußten nichts von freiem Wettbewerb.
Kein Ort wurde ihm so oft empfohlen wie Baden-Baden. Durch die Begegnung des französischen Kaisers mit dem Prinzregenten von Preußen war es in aller Mund. Im Augenblick fanden die Iffezheimer Rennen statt, die seit ein paar Jahren der Pariser Jockeiklub laufen ließ. Er wäre kein Engländer gewesen, wenn ihn die Pferde nicht angezogen hätten. Aber er hielt Baden-Baden für die Heimat Hortenses und fürchtete, ihr dort zu begegnen.
Er gestand sich nicht ein, daß er die Rheinfahrt gewählt hatte, weil er alle diese Namen von Spielbädern aus dem Bericht des Wallonen kannte. Insgeheim schaute er auf den badischen Bahnen nach dem Gesicht aus, das ihm teuer gewesen war.
Er besuchte den Rheinfall und, da er gerade in der Nähe war, Arenenberg, wo der Kaiser der Franzosen aufgewachsen war und als schweizerischer Hauptmann begonnen hatte. Er fuhr über den Vierwaldstätter See und ritt auf den Rigi. Dann wandte er sich nach Westen, bestieg eines Tages, nachdem er um Byrons willen Schloß Chillon besichtigt hatte, das Schiff nach Genf und erblickte in Ouchy unter den Wartenden ein Kind, das ihn an Valentine erinnerte. Im nächsten Augenblick erkannte er Hortense trotz Krinoline und Schal. Er trat zurück, damit sein Anblick sie nicht abhalte, über die Brücke zu gehen, und gestand sich in diesem Augenblick die Wahrheit ein.

5

Valentine war es, die ihn zuerst sichtete. Sie zerrte an der Mutter, die sich mit einem Begleiter unterhielt, den Peter in keiner ihm bekannten Rubrik unterbringen konnte. Wenn es ein Musiker war, dann einer von der dämonischen Art. Er hatte nie so tiefgebettete Augen gesehen. Hochliegende Bakkenknochen drängten sie gegen eine breite Stirn, die bedeutend und, man mußte es zugeben, schön war. Sie brannten in einem ruhelosen Feuer, der ganze Mensch schien krank zu sein, an den angelsächsischen Begriffen vom Normalen gemessen.

Vielleicht war es ein russischer Revolutionär, er hatte schon in London von ihnen gehört; zu Zürich und Genf saßen sie in ganzen Rudeln, was für ein Erdteil. Nie liebte er die Freiheit Amerikas mehr, und er empfand es bitter, daß Hortense sie nicht zu schätzen gewußt hatte.

Auch diesmal urteilte er ruhiger, als er ihren Wohnort kennenlernte. Mon Repos war ein alter Sitz in der grünwehenden Ebene zwischen Nyon und Genf. Er hatte ihrem Großvater mütterlicherseits gehört und war nach dem Aussterben der Familie unter den Hammer gekommen, jetzt aber durch Kauf Eigentum Hortenses geworden.

Die Front war weiß gestrichen; der gelbe Turm in der Ecke verriet durch seine Schlitze, daß er eine Wendeltreppe enthielt. Glyzinien, dick wie Biberschwänze, hingen über der Tür des Herrenhauses; an der äußeren Mauer durchwuchsen lila Klematis die roten Kletterrosen. Vom Tor bis zum Hause säumten die Blumen, die nach der Herrin hießen, die Zufahrt, überall standen Hortensien.

Die Sonnenfront ging nach dem See. Vom ersten Stock erblickte man ihn. Drüben, jenseits der opalfarbenen Fläche, die zart hingetuschten Ortschaften waren zwei französische Bäder. Dahinter stieg das Massiv auf. Der Fuß mit smaragdgrünen Wäldern lag frei, dann verhüllte sich der Berg. Auch der überblaue Gipfel war mit Schleiern umwunden, aber dazwischen lag eine besonnte Felswand nackt – es entstand ein ungemeiner Eindruck von Höhe.

Auf der Seeseite lag auch der Blumengarten. Er hatte einen von Weinlaub ganz umsponnenen Altan. Ein Maulbeerbaum mit schwarzen Brombeerfrüchten war in Schirmform geschnitten und überschattete den, der hier ruhte, las und träumte. Es war der Lieblingsaufenthalt Hortenses, die in einer Nische alles zur Hand hatte, was man zu einem Tee brauchte.

Bei der Begegnung auf dem Schiff war Peter befangen, Hortense abweisend gewesen. Erst als er ihr versichert hatte, daß nur ein Zufall ihn zum Genfer See geführt habe, war er aufgefordert worden, sie zu besuchen.

Sie hatte ihm das Haus gezeigt, die Hausgenossen vorgestellt und beim Abschied gesagt:

»Mein lieber Peter, schauen ist leichter als fragen und Antwort stehen. Wenn du drüben im Turmflügel, der für männliche Gäste bestimmt ist, ein Zimmer beziehst, wirst du nach acht Tagen aus dem unzufriedenen Freund, der du jetzt bist, der besänftigte geworden sein. Come and see.«

Er hatte ein wenig geschwankt, sich aber tags darauf mit seinem Gepäck eingestellt. Auf dem Hause flatterte das Sternenbanner. Da sie alle längst eingebürgerte Amerikaner waren, bezog er die Ehrung nicht auf sich, wurde aber eines Besseren belehrt.

»Du mußt wissen«, sagte sie, »daß man dich verständnislos ansehen würde, wenn du nach Mistreß Harald fragen wolltest. Ich bin hier Madame de Liotar, wozu noch ein Zusatz de Marville gehört – es ist der Name meines Großvaters. Ich nahm ihn an, weil es ein Mittel ist, um leichter Fuß zu fassen. Um genau zu sein, ich nenne mich Harald de Liotar und werde unter diesem Namen nach der vorgeschriebenen Zeit Kantonsbürgerin werden.«

Er mußte es zufrieden sein, jede Frage verbot sich. Er begriff, daß seine Hoffnung, sie in das Haus in der Ann-Street zurückzuholen, sinnlos war, und versuchte, Trost in dem Gedanken zu finden, daß diese Frau ihm mehr zu schaffen machen würde, als für einen Geschäftsmann und Bürger gut sei – ein unfairer Gedanke, den er rasch verwarf.

Er hatte sich mit dem, was ihm durch Zufall in Brüssel bekannt geworden war, abgefunden. Nicht nur war es etwas, das sie allein anging – er bejahte es längst, Erlebnisfähigkeit machte eine Frau anziehender. Er strich die Segel und liebte sie abermals. Oh, er stellte Fortschritte im Verständnis fest,

und nun kam das Reiten. Sie hatte ein paar Pferde im Stall stehen. Überall sah man hier Stuten und junge Hengste auf den umgatterten Wiesen. Schon am zweiten Morgen lud ihn Hortense zu einem Ritt ein. Seit den Tagen in Arizona hatte er keinen Pferderücken mehr unter sich gespürt. Und sie nicht seit den Tagen der Kindheit, als man von den Hängen des Schwarzwaldes gen Offenburg durch die Rheinebene galoppierte. Sie war fast dreiunddreißig, er wußte es; aber sie verstand sich auf Pferde, er merkte es schon, als sie sich dem Tier näherte. Es war, als ginge das sinnliche Fluidum des nackten Leibes auf sie über. Sie trug einen geknöpften Rock, der allen Anschauungen der Zeit Hohn sprach, und als sie am Rand des Jura in eine menschenleere Gegend kamen, nahm sie Herrensitz.
Ein Beben, das um die Nase flog, ein verdichteter und verschleierter Glanz in den Augen, das kleine Kinn, das willensstark sich dem Luftzug entgegenhob – er scheute sich fast, so viel von ihr zu erraten. Er hatte sie nicht gekannt; wer sie gewinnen wollte, mußte ihr begegnen können in der Lust, Herrin zu sein. Herrin oder Herr, das war nur Sache der Zuteilung und des Wechsels.
Mein Gott, wenn Mistreß MacCulloch, die Gattin des Teilhabers daheim und Präsidentin der Methodistengemeinde, sie sähe oder ihn, die Bank wäre in vier Wochen zugrunde gerichtet. Gleichwohl, er widerstrebte nicht mehr, und was die Hoffnung betraf, so gab er sie nicht auf.
Vor einer Tanne, die der Sturm über den abschüssigen Weg geworfen hatte, entstand eine Meinungsverschiedenheit. Hortense setzte ungeachtet seines Einspruchs zum Sprung an. Er fiel ihr in die Zügel und zog sie, da ein Hieb auf seine Hand erfolgte, mit einem Griff um die Hüfte auf seinen Sattel herüber; in Wildwest hatte man dergleichen geübt.
Sie schlug ihn ins Gesicht, er lächelte und küßte sie. Dann öffnete er den Schraubstock des Armes, ließ sie zur Erde gleiten und sprang selbst ab, um begütigend mit der Hand ihren zuckenden Mund zu glätten.
»Nicht so«, bat er, »nicht hassen wollen, es verzerrt die Lippen« – die einmal weich und zärtlich für mich waren, dachte er für sich hinzu.
Als sei sie zwanzig, schossen ihr Tränen der Demütigung in

die Augen – »Dummer Peter?« fragte er und zündete langsam, um ihr Zeit zu lassen, eine Zigarette an. Eine Hand kam und nahm die Papyros; er glaubte, sie werde fortgeschleudert werden, aber sie wurde zwischen Frauenlippen versetzt.
»Friedenspfeife?« fragte er.
Ihre Augen sahen ihn fest an, dann flog ein Lächeln aus dem Gatter der Wimpern, und sie hielt ihm die Hand hin. Er schüttelte sie amerikanisch, aber es schien ihm eine Gelegenheit zu sein, es zum erstenmal im Leben mit dem europäischen Handkuß zu versuchen.
»Wo hast du das gelernt, Peter?« erkundigte sie sich.
»Ich las zwischen Brüssel und Spa einen Roman, worin Don Juan alle zwei Seiten einer Frau die Hand küßte.«
Er war nicht über Spa gefahren, aber er wagte die Anspielung; sie sollte wissen, daß ihm alles bekannt war.
»Komm, ich erzähle es dir auf dem Heimweg«, schlug er vor und berichtete nun, was ihm begegnet war. Er hatte diese Dinge ohne sein Zutun erfahren, es war gut so, und er liebte sie. Jawohl, er sah die Frau in ihr, die ihn doch noch heiratete. Dann müßte er zu ihr nach Europa kommen, erwiderte sie. Er fühlte, daß sie fest bleiben würde.
»Und ich wollte mich doch in den Kongreß wählen lassen«, sagte er.
»Du mußte dich nicht wählen lassen, du mußt selber wählen. Verkaufe das Geschäft und mach in Genf eine Bank auf. Wer mir heute morgen gesagt hätte, daß ich vor Mittag vom Heiraten sprechen würde, wäre mir wahnsinnig erschienen.«
Was konnte man hier finanzieren, erkundigte er sich, Uhrmacherei und Spielsäle?
Er irrte sich, Genf war eine Bankierstadt schon seit den Tagen Neckers. Heute konnte er bei den Rothschilds Tee trinken – Genf hatte Zukunft, weil es das französische Hinterland hatte. Die Franzosen kostete der Ehrgeiz des Kaisers Geld, sie brauchten Anleihen. Sie glitten in ein ernstes Gespräch. In Amerika, setzte er ihr auseinander, zogen sich Wolken zusammen, er durfte nicht mehr lange mit der Heimkehr zögern. Die Negerfrage spaltete die Union. Die Baumwoll-, Zucker- und Tabakstaaten weigerten sich, über die Freilassung der Sklaven zu verhandeln, der Norden verlangte sie immer dringender. Wenn es so weiterging, wenn der Präsi-

dentschaftskandidat Lincoln im November gewählt wurde und im März des nächsten Jahres sein Amt antrat, kam es zu einer Auseinandersetzung mit den Waffen. Was dann? Alles wurde in Frage gestellt, Geschäftsgang, Flüssigkeit, Rente.
»Liquidiere rechtzeitig«, sagte sie, »es ist ein Grund mehr, herüberzukommen. Hier haben wir keine Neger.«
»Nein, nur Anarchisten aus aller Herren Ländern«, warf er ein, der Gelegenheit froh, im zwanglosen Geplauder eines Heimrittes etwas über ihren seltsamen Hausgenossen zu erfahren.
Er hielt Karkoff für einen Anarchisten? Karkoff war mit russischer Mystik getränkt. Russen dieser Art sahen in ihrem Zaren ein Instrument Gottes, um die Welt zu züchtigen.
Nun, davon verstand er nichts. Aber wenn er gestern abend richtig gehört hatte, war der Mann vom Zaren nach Alaska verbannt worden. Nebenbei, Amerikanern fiel es schwer, sich damit abzufinden, daß auf dem freiesten Kontinent ein absoluter Monarch gebieten durfte.
Sie sah nicht ein, was die Staaten damit zu tun hatten; Kanada lag ja dazwischen. Aber es stimmte. Karkoff war Sträfling in Sibirien gewesen, dann hatte man ihn zur Pelzkompanie nach Alaska geschickt. Es schien, daß der Zar auch die züchtigte, die ihn liebten – es hing mit der Bauernbefreiung zusammen, die dort dieselbe Rolle spielte wie bei ihnen die Freilassung der Sklaven.
»Ist er außer Mystiker noch etwas, vielleicht Musiker?« fragte Peter.
»Ja, dafür galt er auf dem Schiff. Man erzählte sich, daß ein Russe mit uns fahre, der aber nicht spielen könne, weil seine Hände bei der Flucht nach Kanada Schaden gelitten hätten.«
»Und du nahmst ihn mit?« erkundigte er sich.
»Ich nahm mich seiner an. Wir sammelten für ihn, und mir fiel die Aufgabe zu, ihn zur Annahme zu bewegen. Es war nicht leicht, er ist ein gebildeter Mann. Herzen in London empfahl ihn nach Genf, und als ich dieses Wort hörte, bekam ich Heimweh – ich meine, daß ich Sehnsucht bekam, zu erfahren, ob noch jemand von diesem Teil der Familie am Leben sei; den andern in Baden mochte ich nicht sehn.«
»Warum nicht? Weil du sie einst heimlich verlassen hast? Als

Mistreß Harald zurückzukehren, scheint mir kein schlechter Ausgleich zu sein.«

»Selbstverständlich; ich habe mir das auch schon gesagt. Es ist noch immer Zeit, wir werden sehen.«

»Wir werden zusammen hinfahren, wenn du aus Madame Harald de Liotar wieder Mistreß Peter Harald geworden bist.«

»Du bleibst entschlossen?« fragte sie weich.

»Das Weib soll dem Manne folgen, so steht es geschrieben. Der Mann folgt dem Weibe, so wird es geübt. Sag, wirst du auf mich warten, wenn es Krieg um der Schwarzen willen geben sollte und ich mich länger festgehalten sehe, als ich heute möchte?«

»Heute sagst du. Heute hast du es eilig. Die Fahrt nach Amerika ist lang, mit jedem Tag kehrt ein Stückchen deiner Vernunft zurück, der männlichen Vernunft, der die Arbeit an dem einmal Begonnenen wichtiger als eine Frau ist, und wenn du Long Island erblickst, wird nur noch gelten, was geschrieben steht: es soll das Weib dem Manne folgen.«

»Nicht, wenn du mit drei Worten zusagst. Sprich nach: ich werde warten.«

Eine Natter, die sich vor dem Huf des Pferdes bäumte, enthob sie der Antwort. Das Tier scheute, dann fiel es in Trab. »Vorwärts«, rief sie über die Schulter und hielt die Spitze für den Rest des Weges.

Wenige Tage waren ihm gegeben, wenn er vor Beginn der Herbststürme den Ozean überqueren wollte. Die Schwalben waren schon fortgeflogen, auf den Weidegattern sammelten sich die Stare. Die Sonnenblumen hingen schwer, der Oleander warf gilbende Blätter ab. In der Luft war schon die Dünne, die an Oktobertagen die Rufe der Winzer hallend macht.

Eine Mahnung war in all diesem zart Dahinreifenden, und wenn er nicht am Mississippi die Lieder der Schwarzen gehört hätte, würde er geglaubt haben, nur in Europa sei Musik und Gefühl und der Mut, die Frauen noch mit Shakespeareschen Aussagen zu umkreisen.

Elender Puritaner, der er war. Als am Nachmittag eine Gesellschaft von Genfern zum Tee kam, alles Leute mit zwei »de« im Namen, gefiel es ihm, daß sie mit Richtern, Universitätsleuten und Ständeratsfrauen verkehrte; auch ein polnischer Graf war dabei. Es gefiel ihm, weil Hortense nun wieder Dame war, die man nicht mit einem Cowboygriff auf seinen Sattel herüberriß.

Am Abend mußte er für seine Feigheit büßen. Er fand sich nicht mehr zu der Kühnheit des Morgens zurück und wünschte es doch, und wiederum wünschte er es nicht, da er nun schon die ihm Angelobte in ihr sah und die Anschauungen eines Gentleman ihm Selbstzucht nahelegten.

Welchen Sinn hatte es, eine Ehe zu schließen, wenn man vorher in sie einbrach?

Der Teil seines Ichs, der mit dem matten Abschied am Abend, dem einsamen Zimmer und den langen Gängen, die diesen Flügel von dem des Lebens trennten, unzufrieden war, hielt sich schadlos, indem er in die Bilder jener Sturmnacht flüchtete, die der Abfahrt Hortenses vorangegangen war.

Er sprang auf; wenn er nicht in die Sünde der Knaben fallen wollte, mußte mit der Wartezeit aufgeräumt werden. Dieser ganze Plan war falsch. Eine Frau sollte von dem Mann, den sie liebte, nicht verlangen, daß er sein Lebenswerk verkaufte, wie man alte Stühle verkauft.

Was waren ihm diese französisch sprechenden Männer mit dem Bändchen im Knopfloch und den zugespitzten Vollbärten? Nie würde er ihre Sprache beherrschen – konnte es ein überzeugenderes Argument für Hortense geben? Willst du am Ende noch, wandte er sich in Gedanken an sie, daß ich mir diese provinzhaften Haare wachsen lasse? Er versetzte seinem Kinn ein paar herzhafte Stöße, nur um zu fühlen, wie sauber und jung es sich anfaßte. Er war Hortenses heute morgen Herr geworden, er würde es auch morgen früh werden.

Mit diesem Entschluß schlief er ein, mit ihm erwachte er. Als er die Tür öffnete, um das warme Rasierwasser hereinzunehmen, fiel ein Zettelchen zu Boden. »Frühstück: auf dem Altan«, lautete die Botschaft.

Was für ein Morgen! Der smaragdfarbene Fluß, die nackten Wände der Gipfel der Berge hatten sich nahtlos zusammengefügt, zwischen dem Grün des Sees und dem Blau der Höhe. Er verstand nicht, daß Hortense, nur weil ihr die Färbung des Kammes nicht gefiel, diesem strahlenden Tag einen föhnigen Abend voraussagte.

Shakehands oder Handkuß, das war hier die Frage. Was für ein Morgen und was für eine bezaubernde Frau. Sie trug ein loses Etwas, halb resedagrün, halb malvengrau, mit schwarzsamtnen Rüschen. Der Nacken, gestern schlank, nur von ein paar Löckchen umspielt, war heute, mit einer schweren Flechte, römisch. Gott und die Kammerfrau mochten wissen, wie man mit gewachsenem Haar so umspringen konnte.
Während er seinen Tee trank und für eine rechtschaffene Pfanne mit Speck und Ei dankbar war, da er das Elend der kontinentalen Frühstücke kennengelernt hatte, die Hortense wiederum verteidigte, weil eine Frau keine Mahlzeit, nur eine Anregung wünschte, überlegte er, ob dies der richtige Ort und die richtige Stunde für seinen Angriff sei. Er wollte sie für sich haben, fern von dieser kleinen Welt, wo alles ihr gehörte und schöner war, als er wünschte.
»Reiten wir wieder?« fragte er.
»Gern, Peter Fitzgerald.«
Nun also, so würde er es mit der anderen Hortense versuchen, die er gestern kennengelernt hatte. Sie ging ins Haus, um sich umzuziehen; er schlenderte durch den Garten und begriff, daß einer hier die Lockung spüren konnte, sich sein eigenes Leben einzurichten. Das Kind, das mit der Mutter Englisch sprach und im Umgang mit den Einheimischen Französisch lernte, hatte eine deutsche Erzieherin, eine verwitwete Adlige, die zugleich Hortense als Gesellschafterin diente und sie deckte, wenn männliche Gäste kamen. Auch das war vernünftig und auf lange Sicht eingerichtet.

6

Als sie zum Tor hinausritten, sprengte vom nahen Nyon ein Reiter heran. Es war der Pole vom vergangenen Nachmittag.
»Ich wollte Sie zu einem Spazierritt abholen und wußte nicht, daß Sie schon einen Begleiter haben, Pardon«, sagte er auf französisch. Peter sah ein, daß Hortense nichts übrigblieb, als ihn aufzufordern. Aber Spannung und Sinn dieses Ausfluges waren dahin.

Der Pole ritt gut, er hatte bei den Kosaken gedient. Jetzt unterhielt er die Ausländer von seinem unglücklichen Vaterland und machte Andeutungen über einen Aufstand, der alles ändern werde. Ach, man wußte, daß das Romantische die Frauen gewann; aber ohne Zweifel war er ein anziehender Mann, mit grauen Herrenaugen, einem spitzgedrehten Schnurrbart, einer Furche zwischen der Unterlippe und dem gemeißelten Kinn, die dem Gesicht Charakter gab. Und er war das, was die Franzosen einen homme à femmes nennen. Das gehörte zu Europa, das war Europa selbst.
Peter ertrug es nicht, zu sehn, wie vertraut Turobin Hortense musterte. Sie verriet zu viel von ihrer intimsten Natur; auf ihn, Peter, wirkte es, als werde sie zum Mädchen, das selber nicht weiß, wie es als Weib sein wird, während die Kenner sich die Lippen netzen. Dieser Fremde ermutigte sie, als sei dies nicht ein Spazierritt durch die gesittete Landschaft der Frau von Staël, sondern eine Hetze in den Steppen. Mund und Augen der Reiterin, das war mehr, als man einem Dritten zeigen durfte – wer sagte ihm, daß der Mann mit den spielenden Backenmuskeln nicht der Dritte war? Wie stand er mit ihr, daß er ohne Anfrage gesattelt und gespornt erscheinen durfte?
Peter wurde ganz matt; die niedergehaltene Eifersucht auf das Vergangene brach durch und verband sich mit der auf das Gegenwärtige. So, aus fremder Hand, wollte er Hortense nicht übernehmen. Der Pole blieb zu Tisch. Karkoff und die deutsche Baronin waren anwesend. Die beiden Slawen standen auf dem Kriegsfuß. Das Weltmännische des einen wurde von dem, was der andere für wesentlich hielt, nicht anerkannt. Nach dem Kaffee sagte Karkoff, der Französisch haßte, zu ihm, der sich nicht zum Russischen verstehen wollte, auf deutsch:
»Gutter Tak fürr Musik! Sie wollen?«
Der Pole setzte sich ans Klavier, der Russe nahm die Geige aus dem Kasten. Sie spielten ein Rondino von Beethoven, das Peter entzückte und, da er ein offener Mensch war, bewog, sich einzugestehen, daß die Gesellschaft der alten Welt Mittel besaß, um sich aus allem Zwist ins Harmonische zu erheben, die der neuen unbekannt waren.
Undenkbar, daß ein Amerikaner, der seinen Mann an der

Börse stand, sich vor seinesgleichen an ein Instrument setzte, geschweige denn, daß er es wie ein Künstler beherrschte gleich diesem Aristokraten, den für einen Abenteurer zu halten Peter der Instinkt des Nebenbuhlers warnte. Turobin kannte Chopin so gut, daß er in jedem Konzert hätte einspringen können. Im Lisztkreise verkehrte er so freundschaftlich wie andrerseits im Jockeiklub der Rue de Helder. Das Zimmer hallte international von den Fürstinnen und Gräfinnen, die mit Liszt gelebt hatten, und Turobin wußte schon, daß der Meister, des Widerstandes gegen die neue Musik überdrüssig, damit drohte, von Weimar nach Rom überzusiedeln, oder daß der Tannhäuser doch noch in Paris aufgeführt werde. Peter waren es Namen, so fremd wie die von Flaubert und Schopenhauer, der in dieser Woche gestorben war, von spätem Ruhm getröstet.

»Es ist alles anders als drüben«, sagte er zu Hortense, als der Pole endlich gegangen und die Ruhepause überstanden war.

»Könntest du dich hier wohl fühlen?« fragte sie, ein Pförtchen öffnend, das seewärts führte.

»Wäre ich ein Rentner, der sich umschaut, wo er den Lebensabend verbringen kann – ja. Willst du mir eine Frage erlauben?«

»Ich will jede beantworten, die du stellst. Seit dem Frühstück bin ich darauf gefaßt.«

»Verriet ich mich denn?« erkundigte er sich erstaunt.

»Während du mit deinem Ei beschäftigt warst, schieltest du mich wie ein Dackel an, der eine Tücke plant.«

»Dackel, was ist das? Ach ja, die netten deutschen Hunde. Hm, habe ich wirklich wie einer dieser braunen Teufel nach dir geschnappt?«

Sie nahm seinen Arm und drückte ihn:

»Guter Peter, um so reizender war es, daß du schweigen konntest. Dann kam Turobin, und du mußtest noch immer schweigen – es tat mir leid für dich.«

»Das wiederum ist reizend von dir – es tut mir wohl für mich. Wohin gehen wir? Willst du aufs Wasser?«

»Wenn du rudern kannst.«

»Das einem Oxfordmann zu sagen! Aber was ist mit dem See? Er hat eine Färbung wie von Öl, und die Boote liegen mit toten Segeln fest.«

»So fängt der Föhn an. Rudere nicht zu weit hinaus. Man kann nicht wissen, wann der Sturm kommt.«
»Du meinst, es gehe heute nacht los? Komisch, daß immer große Aufmachung ist, wenn einer von uns eine Reise antritt.«
»Du willst doch nicht morgen fahren?«
»Ganz recht, mit dem ersten Zug.«
Sie sagte nichts; man hörte eine Weile nur die Ruder das Wasser durchschürfen. Der See war nahezu schwarzblau; und nur wenn die Tropfen vom Ruder fielen, glänzten sie silbrig. »Und die Frage, die du stellen wolltest?« erkundigte sie sich. »Würdest du einen Mann wollen, der sich mit siebenunddreißig zur Ruhe setzt? Was würdest du von ihm denken?«
»Daß er jung genug ist, um anderswo von vorn zu beginnen. Loben sich die Männer in den Staaten nicht dafür, daß sie dreimal, fünfmal von vorn anfangen, wenn sie Mißerfolg gehabt haben? Keine Arbeit ist ihnen zuviel, geht es mit der einen nicht, so geht es mit der anderen, und jedesmal setzen sie ganz unten an. Das brauchst du nicht einmal, du brauchst nur Dollars in Franken zu verwandeln.«
»Doch nicht nur das. Ich müßte mich wieder in einen Europäer verwandeln, nachdem ich nun glücklich zur Hälfte und mehr ein Amerikaner geworden bin. Du hast mir einmal gesagt, daß man nachgeben soll, wenn sich eine neue Möglichkeit bietet. Eine andere Wahrheit ist ebensogut: man soll seinen Gang weiterbohren, wenn man an dem Punkt herauskommen will, den man sich vorgenommen hat.«
»Ich weiß: mit Lincoln der Republikanischen Partei zum Sieg verhelfen. Du willst dir treu bleiben, du wählst dich, nicht mich.«
»Siehst du nicht, daß du dasselbe tust, wenn du dich weigerst, mich nach Amerika zu begleiten? Zwei Egoisten sind wir, die von Liebe reden, ohne zu wissen, daß lieben soviel ist wie unegoistisch sein. Vielleicht wissen wir es, gestehen es uns aber nicht ein. Zwei Dickköpfe sind wir – wer gibt zuerst nach? Ich will es tun – verhilf mir zu der Sicherheit, die ich verlangen darf. Sag, daß du auf mich warten willst, wenn Schwierigkeiten entstehen, und tausche mit mir das Zeichen der Bereitwilligkeit, den Verlobungsring. – Was sind das für

Vögel?« fügte er hinzu, um ihr Zeit zu lassen. »Wenn wir nicht so tief im Binnenland wären, würde ich sie für Möwen halten.«

»Es sind Möwen, man hat mir erzählt, daß sie erst neuerdings hier beobachtet werden«, antwortete sie versonnen. »Du würdest alles tun, um so rasch wie möglich zu liquidieren, ich weiß. Aber weißt du deinerseits, wie alt ich bin? Wenn ich mit achtzehn einen Mann gekannt hätte, der gut zu mir gewesen wäre, würde ich wie jedes Mädchen in diesem Alter drei, vier Jahre auf ihn gewartet haben. Ich kannte ihn sogar, er war auf seine Weise gut zu mir, und ich wartete, aber er wollte mich nicht zur Frau.

Soll man fünfzehn Jahre später auf so lange Sicht eine Bindung eingehen? Es wäre nicht mehr meines Alters. Weißt du, was wir am schwersten ertragen? Wir sind das schwache Geschlecht nicht deswegen, weil wir mehr als ihr vom Körper abhängen, sondern weil wir die Einsamkeit nicht ertragen. Wer eine Frau verstehen will, braucht nur das zu wissen. Alles leitet sich davon ab, das Weiche, das Zärtliche, das Wankelmütige, die Angst, die Untreue noch – alles Gute und Schlechte.«

Er hatte ihr gesagt, wovon sein Kommen abhängen könnte, von der Präsidentenwahl, der Baumwolle, dem Tabak, dem Krieg, der Stockung der Geschäfte – von so vielen Dingen, von zu vielen. Im Munde der Achtzehnjährigen klänge es unerträglich nach Berechnung – sie war kein Mädchen mehr, sie konnte nicht mehr allein sein, wie sie es sogar noch in diesem Jahr des Suchens nach einem Haus, nach Umgang, nach einer Landschaft und einem Kreis gewesen war. Eben hoben sich die Umrisse eines neuen Lebens ab, etwas Leises, Schönes begann zu klingen, ein Gefühl, unbefangen und gehorsam zu sein – es ging über ihre Kraft, Monate, vielleicht Jahre lang nicht zu wissen, woran sie war.

Er hatte die Ruder eingezogen, als sie so lange sprach.

»Halte dich fest, ich mache dir einen Besuch«, sagte er, ging durch das schwankende Boot und setzte sich neben sie. »Es war eine Rede, die Hand und Fuß hat, und am trefflichsten war, was du von mir sagtest: daß ich ja selbst Bedingungen stelle. Willst du mir noch eine Frage gestatten? Bist du die . . .«

Er stotterte ein wenig.

»... Geliebte Turobins?« ergänzte sie ruhig. »Nein, noch nicht.«
»Aber er beschäftigt dich?«
»Ja.«
»Und du sagst dir, daß du frei bist und daß eine Frau, die ihre Pflicht in der Ehe getan hat und vielleicht nicht glücklich war, das Recht hat, die neue Freiheit so anzuwenden, wie es ihr gut dünkt, und daß ein gewisser Mut dazu gehört und daß an Persönlichkeit gewinnt, wer nach ihm lebt, und ...«
»... daß es doch falsch ist und ...«
»Es ist gar nicht falsch, o Königin, und man muß es billigen, wenn man nicht ein selbstgerechter Barbar ist. Wenn die Fürstinnen die Welt herausfordern, um mit Liszt zu leben, und die Welt nicht streng darüber urteilt – warum soll Hortense Liotar nicht recht sein, was ihnen billig ist? Darum sage ich, o Königin, und füge nur den Wunsch hinzu, daß du wie jene die Leidenschaft finden mögest, die rechtfertigt. Ohne die Leidenschaft ist alles, was wir uns ausdenken, um unser Handeln vor uns selbst zu billigen, doch nur zurechtgelegt. Howgh, ich habe gesprochen, und wir können wieder eine Friedenspfeife rauchen.«
Diesmal war es eine Zigarre, das männlichere Kraut. Sie bestand darauf, einen Zug daraus zu tun; mit der Aufmerksamkeit, die ihm zur Natur geworden war, sah er ihr zu, wie sie dieses Ding mit weißen Zähnen und weichen Lippen handhabte.
»Schade, daß es sich nicht wie die Feder der Friedenskongresse aufheben läßt, eine Reliquie aus der Stunde, in der wir Freunde wurden.«
»Man müßte dich lieben, Peter«, sagte sie leise und wußte nicht, ob er es gehört hatte, da er auf seine Ruderbank zurückging und das Boot zum Ufer wandte. Zwischen See und Gebirge schoben sich Wolken und bauten die Föhnmauer auf, die eine Feuerwand war. Als man bei Tisch saß, brach der Sturm los.
Valentine fürchtete sich vor dem Schlafengehen. Frau von Hönne kam zurück und erklärte, das Kind sei so erregt, daß man ihm den Willen tun müsse: es verlange, sowohl die Mutter als Onkel Peter an seinem Bett zu sehen.
So gingen sie zu ihm, über eine alte Eichentreppe, die so breit

und bequem war, daß man sie hätte hinaufreiten können. Peter reichte Hortense den Arm; an der Art, wie sie Fühlung nahm, merkte er, daß sich etwas geändert haben mußte. War zu vermuten, daß so sich liebende Frauen anhängten? Aber weder jetzt noch bei der Rückkehr in den Salon sagte sie ein Wort, das auf eine Sinnesänderung schließen ließ.

Karkoff erging sich am Klavier in Paraphrasen zu dem Thema, das der Sturm vorspielte. Die Bäume rauschten, als würden ihre Kronen die Erde fegen. Hortense nahm eine Strickerei zur Hand. Peter legte Patiencen, und Frau von Hönne ordnete Marken in ein französisches Album. Die anderen waren daran gewöhnt, nur Peter schaute ein wenig verwundert, gab aber zu, daß es eine interessante Beschäftigung sei, und stellte Beiträge in Aussicht.

Das Album war die Erinnerung an eine glückliche Ehe auf dem Land, und es war nach Ansicht der braven Frau zugleich eine Geldanlage fürs Alter. In dreißig Jahren mußten die Werte aus den Anfangsjahren schon selten geworden sein, und auf vierzig rechnete sie noch. Sie war eine zuverlässige Frau mit trockenem Witz, wie Peter nicht ohne Genugtuung um Hortenses willen feststellte.

Wenn er an das dachte, was er in diesem gepriesenen alten Europa beobachtet hatte, an die chinesische Mauer, mit der man den Verkehr der Geschlechter umgab, wurde ihm angst für die Schwägerin. Verlobte durften hierzulande nicht einmal am hellen Sonntagmorgen allein zur Kirche gehen, und wenn man Hortense mit der Zigarette gesehen hätte, wäre sie von Genf bis Lausanne verpönt gewesen. Die herrnhutische Gesellschafterin würde die Kalvinisten beruhigen. Außer auf Briefmarken verstand sie sich aufs Militär. Sie empfahl Peter für den Fall, daß es in seinem Land zum Krieg kommen sollte, sich vom Großen Generalstab in Berlin einen Mitarbeiter des Herrn Moltke auszuleihen – die Welt werde Wunder erleben. In Preußen wußte man still und zäh zu arbeiten. Peter versprach, Präsident Lincoln, vorausgesetzt, daß er gewählt wurde, daran zu erinnern – was sie mit völligem Ernst aufnahm. Von der Ungezwungenheit unter Republikanern hatte sie schrankenlose Vorstellungen. »Gott gebe, daß Sie eine gute Überfahrt haben«, sagte sie angesichts des Unwetters, »ich an Ihrer Stelle würde kein französisches Schiff nehmen, fahren Sie nicht nach Cherbourg, sondern nach Bremen, auch wenn es länger dauert.« Es sollte ein Tag kommen, an dem die Zurückgebliebenen sich dieser Warnung erinnerten. Im Augenblick stand die Unzuverlässigkeit der Franzosen zur Erörterung. Sie urteilte von dem kurzbeinigen Kaiser, daß er mit Knebelbart, Epauletten und roten Hosen wie ein Tambourmajor für Neger aussehe, und hielt es kurzerhand für eine erwiesene Sache, daß seine Mutter sich mit einem Juden vergessen habe. Andere böse Zungen sprachen wenigstens noch von einem holländischen Admiral. Sie tat ihn in ihrem legitimistischen Haß so energisch ab, daß Peter sich nicht versagen konnte, sie in Verlegenheit zu setzen, indem er sie fragte, ob der Name dieser Königin von Holland nicht Hortense gewesen sei.

Aber bei dieser Gelegenheit stellte sich heraus, daß die anwesende Hortense ihren Namen in der Tat von jener Stieftochter des Korsen ableiten konnte: die Liotars waren vor der Revolution einmal mit einem Zweig der Beauharnais versippt gewesen und hatten sich in den napoleonischen Zeiten daran erinnert: so war der Vorname für die Töchter herkömmlich geworden, zuletzt für die Mutter Hortenses. Im Badischen hatte die Mutter dann den Namen einer anderen Beauharnais häufig verbreitet gefunden, jener Stephanie, die Großherzogin von Baden und der Legende nach die Mutter des unglücklichen Kaspar Hauser gewesen war.

So kam man von einem zum anderen, und es war anheimelnd, unter einem Kronleuchter von den Weltläufen zu sprechen, während draußen der Föhn den See peitschte und die Trauben kochte – in den Dörfern stand Strafe darauf, nicht die Feuer im Herd zu löschen, das Gebälk war an diesen Tagen wie Zunder.

Hortense behauptete, vieles, was sie von den Zuständen wisse, sei wie ein Erinnern, als habe sie hier schon einmal gelebt. Die Deutsche nickte mit einem wohlwollenden Blick auf den gesenkten Scheitel, zu dem auch Peter hinschaute. Die Kerzen entzündeten Reflexe darauf – erst heute hatte er an den Lärchen diesen Altgoldton gesehen.

Als man sich gute Nacht wünschte, erwähnte Hortense die Schriftstücke, die sie ihm für Amerika mitgeben wollte, und wies ihn an, im Salon auf sie zu warten. Er setzte sich in einen Sessel und rauchte. Nach einer Weile vernahm er ein Geräusch hinter dem Stuhl. Eine Tapetentür öffnete sich, er erblickte die letzten Stufen eines Treppchens und auf der untersten Hortense. Von der Tür war nichts mehr zu sehen, als sie sich wieder geschlossen hatte. Da er ein Mann war, machte er sich noch rasch klar, daß es die äußere Hauswand war und über dem Salon das Zimmer Hortenses liegen mußte.

Spät in der nächsten Nacht traf er in Paris ein; am folgenden Nachmittag ging er bereits in Le Havre an Bord. Es blieb ihm gerade so viel Zeit, daß er einen Brief an die Frau schreiben konnte, die ihm das Opfer ihrer Wünsche gebracht hatte. Ob er in Amerika blieb, ob er nach Genf übersiedelte, es war an ihm, die Entscheidung zu treffen.

In jenen Tagen dauerte es mindestens drei, gewöhnlich vier Wochen, bis die Schiffsgesellschaften sichere Nachricht über die Ankunft eines Amerikadampfers erhielten. Wenn ein Schiff überfällig war, dauerte es unter Umständen doppelt so lang, bevor sie die Öffentlichkeit unterrichteten.

Stürme, Eisberge, gelegentlich ein im Warenraum ausbrechendes Feuer konnten einen Kapitän zwingen, die ihm vorgeschriebene Zeit nicht einzuhalten, und bis das festgestellt und nach Europa mitgeteilt und an die Zeitungen weitergegeben war, gingen die Tage dahin, den Angehörigen in Furcht, den Aktionären in Sorge. Nicht immer fand man just die Planke, auf die der Name des Schiffes gemalt war. Von der »Impératrice« fand man einen Rettungsgürtel, und auf eine nicht weiter überprüfbare Weise sickerte das Gerücht durch, der Dampfer habe eine Kesselexplosion gehabt. Tatsache war, daß nach der gesetzlichen Frist Lloyds die Versicherungen auszahlten.

7

Um die Stunde, da Peter die französische Grenze überschritt, meldete sich Turobin bei Hortense, um sie zu einem Spazierritt abzuholen. Statt ihrer trat die umfangreichere Frau Hönne ein und teilte ihm mit, Hortense habe unter dem Einfluß

des Föhns eine schlaflose Nacht verbracht, sie fühle sich zu müde.
In den drei Tagen, die er vorübergehen ließ, ohne sich zu zeigen, regelte Hortense ihr zukünftiges Verhalten. Den Nachbarn und den Genfer Bekannten hätte sie noch nicht zu sagen brauchen, daß sie gebunden sei; aber wenn sie Turobin davon unterrichtete, daß sie nicht mehr mit ihm ausreiten werde, war ein ausreichender Grund nötig. Das hatte zur Folge, daß sie denselben Grund auch denen angeben mußte, die mit ihr verkehrten.
Als eine der Damen, deren zwei »de« Peter an den Überfluß spanischer Namen erinnert hatten, sich zum Kaffee einfand, teilte sie dieser Kusine fünften Grades mit, daß sie sich verlobt habe. Sie fügte hinzu, Peter werde nach Genf übersiedeln. Es konnte ihm nur den Weg bereiten; rief er sie nach Amerika, so war es noch immer Zeit.
Am Abend erhielt sie den Brief, den er an Bord geschrieben hatte. Sie beantwortete ihn sofort. Dem Namen Peter schien es eigentümlich zu sein, daß jedes Eigenschaftswort sich ihm willig verband und einen zärtlichen Klang annahm. Die Leidenschaft war über sie gekommen.
Jene Kusine erfüllte die ihr stillschweigend zugewiesene Aufgabe. Als Turobin wiederum erschien, wußte er schon Bescheid. Unter diesem Gesichtspunkt war es ein starkes Stück, daß er mit einem Ausritt rechnete und Reitdreß trug. Hortense überhörte seine Frage; sie hoffe, ihn bald wiederzusehen, sie habe sich entschlossen, den Mittwoch als ihren Jour fixe einzurichten. Frau von Hönne geriet in helle Empörung, als sie von seiner Taktlosigkeit vernahm, und machte bei der nächsten Gelegenheit eine recht deutliche Andeutung; es kam ihr durchaus nicht darauf an. »Chère Madame«, erwiderte er hochmütig, »die Regeln der Gesellschaft sind mir bekannt. Frau von Liotar ist vor ihrer Verlobung mit mir ausgeritten, ohne Groom. Ich zog daraus den Schluß, daß sie sich selbständig genug fühle, um an den Vorschriften eine kleine Korrektur anzubringen, wie man das überall in der großen Welt tut. Unsere Vorschriften haben ja nur den Sinn, daß sie für ganz junge Frauen und den Mittelstand eine Norm aufstellen. Ich nahm an, daß Frau von Liotar, der hier nicht allzuviel Abwechslungen zur Verfügung stehen, auch ferner-

hin sich nicht ängstlich abschließen werde. Darf ich fragen, ob Sie in ihrem Auftrag mit mir sprechen?«
Nein, Hortense wußte nichts davon.
Er machte eine ironische Verbeugung. Sie hatte diesen Mann unterschätzt.
In der Folge verdoppelte er seine Anstrengungen, um Hortense zu sehen. Er ließ Bemerkungen über die Langeweile der Provinz einfließen und benutzte die Tatsache, daß Hortense Paris nicht kannte. Man mußte diesen Mittelpunkt des Lebens gesehen, man mußte mindestens eine Saison in ihm gelebt haben, und die Saison stand vor der Tür.
Bei einer der Schnitzeljagden, um die er sich verdient machte, gelang es ihm, Hortense abzudrängen. Er hatte bei den früheren Ausritten gut beobachtet und wußte, daß die Berührung mit dem Pferderücken auf sie wirkte wie auf andere erregbare Frauen Zigeunermusik oder der Alkohol. Er hatte seine Erfahrungen, als letztes blieb der Angriff im geeigneten Augenblick. Als sie am Rand eines Waldes den Galopp zügelten, machte ihn die rasch atmende Frau mit den schönen, geöffneten Lippen wild, er riß sie an sich:
»Man lebt nicht so, wie Sie leben. Sie kennen die Leidenschaft nicht. Sie haben zuviel unter Kaufleuten gelebt, die ihre Frauen in Missionsvorträge schicken. Sie gehören zu uns, durch Geburt und Rasse, ich will Ihr Führer sein.«
Er glaubte gesiegt zu haben; ihr Haar fiel nach rückwärts über seinen Arm; er sah die geschlossenen Augen und die zartgespannte Kurve des Kinns; aber die Lippen waren schmal. Unversehens glitt sie unter dem Arm durch und sagte ruhig:
»Sie haben die Wahl, mir Ihr Wort zu geben, daß Sie Nyon innerhalb einer Woche verlassen, oder mich die Herren dort um Hilfe angehen zu sehn.«
Er zuckte die Achseln, schaute aber zurück. Sie ordnete ihr Haar, während die farbigen Röcke näher kamen. Sie wandte sich an den ältesten der Herren:
»Ich bedauere, mich von Ihnen entfernt zu haben.«
»Befehlen Sie über uns«, erwiderte der Präsident und streifte Turobin mit einem kalten Blick.
Der Pole fuhr ein paar Tage später nach Paris, die Türen hatten sich ihm verschlossen.
Man kannte Karkoff und seine Geschichte. Man wußte, daß

er keine Unterkunft hatte, wenn Hortense sie ihm versagte. Zur Not konnte man ihn für den musikalischen Mentor der Familie halten. Er unterrichtete Valentine, die eine so große Begabung verriet, daß er vorschlug, sie auszubilden, und stand Hortense zur Seite, die den langen Winter und die noch längere Wartezeit benutzen wollte, um die seit den Brüsseler Tagen entstandenen Lücken auszufüllen; viel Neues war inzwischen in Europa komponiert worden.
Niemand verdächtigte ihn, er machte sich nichts aus Frauen. Er las seine Philosophen, schrieb selbst Abhandlungen über russische Mystiker und erschöpfte sich mit den beiden Instrumenten, die er gleich gut spielte. Das Cello nannte er den dunklen Dämon, die Violine den hellen. Seine weltliche Leidenschaft war das Hasard. In Genf und an mancherlei Orten des Ufers konnte man auf die Kugel setzen. Aber wer nach den Glücksspielen verlangte, wie sie in den rheinischen Bädern geboten wurden, fuhr über den See und noch ein paar Stationen mit der Bahn ins Rhonetal, nach einem sonst bedeutungslosen Ort namens Saxon, der in allen Ankündigungen vollen Ersatz für Baden-Baden und Homburg versprach. Sobald Karkoff, der auch in anderen Familien Unterricht erteilte, eine Handvoll Franken zusammen hatte, besuchte er die Kasinos. Verlor er, so kehrte er noch am selben Abend zurück; gewann er, so mußte man ein, zwei Tage auf ihn warten. Wenn Hortense oder Frau von Hönne ihn fragten, wie er das Spiel mit seinen religiösen Anschauungen vereinen könne, gab er zur Antwort, es gehöre nicht mehr und nicht weniger als alles, was man Welt nenne, zum Reich des Bösen, daher es in einem Rang mit Börse oder Krieg oder geschlechtlicher Gier stehe. Es gehörte für ihn ganz einfach zu den Leidenschaften, über die er Ansichten äußerte, die die Herrnhuterin empörten.
Sie sagte, das Böse sei in einem wohlerwogenen und beschränkten Grade da, um den Eifer für das Gute zu stärken. Er, es fülle die Welt in unvorstellbarem Maße aus, es sei die Substanz und die Kraft selbst. In solchen Augenblicken war er ihr unheimlich, mit seinen tief im Schatten liegenden Augen und den scharfen Furchen. Niemand erriet, wie alt er war.
Er hatte Heimweh nach Rußland, von dem er zu sagen

pflegte, man dürfe es nicht Mütterchen nennen, es sei die große Mutter der Griechen. Die Zeitungen brachten Nachrichten, die ihn erregten. Es hieß, daß die Aufhebung der Leibeigenschaft bevorstehe. Was einst Verbrechen gewesen war, entsprang nun dem Entschluß des Zaren. Hortense suchte in seinem Auftrag festzustellen, wer von ihren Bekannten Beziehungen zu einflußreichen Russen oder gar zum Gesandten in Bern selbst hatte. Durch den Präsidenten, der nach der Erfahrung mit dem Polen zunächst auch dem Russen mißtraute, konnte sie ihm eine Empfehlung an den Gesandtschaftspopen verschaffen, und er machte sich auf den Weg nach der Bundeshauptstadt.

Ein paar Tage hörte sie nichts von ihm, vermißte ihn auch nicht – die französische Gesellschaft gab zu, daß Peters Schiff mit Besatzung und Fahrgästen untergegangen war. Sie verließ ihr Zimmer nicht mehr und erteilte Frau von Hönne Vollmacht, alle Briefe zu öffnen, alles nach ihrem Gutdünken zu ordnen.

Inzwischen fuhr Karkoff, der mit Vornamen ebenfalls Peter hieß, nach Bern. Der Pope nahm ihn gut auf und gab ihm Gelegenheit, die Umstände, die einst zu seiner Aburteilung mit einer zusammengewürfelten Schar geführt hatten, ausführlich zu erzählen.

Da er nichts mit Revolutionären und Kommunisten zu tun hatte, gehörte die Begnadigung zu den Dingen, die nicht unmöglich erschienen. Er setzte an Ort und Stelle eine Eingabe auf, die der Pope weiterzuleiten versprach.

Er hatte wie viele Russen ein Temperament, das keine Mittellage kannte, und sah schon alle Hindernisse beseitigt; nur eines blieb, die Beschaffung des Reisegeldes. Die innere Stimme führte ihn geradeswegs nach Saxon-les-Bains.

Er kam gegen vier Uhr ausgehungert an, ließ sich etwas zu essen geben und vernahm, daß um fünf der letzte Zug in Richtung Genf abfuhr. Wenn er Glück an der Roulette hatte, konnte er ihn nehmen. Zunächst beobachtete er das Spiel. Rot hatte eine Serie, es kam siebenmal hintereinander heraus. Die Spieler begannen zu zögern, und als Schwarz folgte, setzten sie um. Er fühlte mit unbedingter Gewißheit, daß eine neue Reihe von sechs Rot folgen werde – sieben und sechs ergab dreizehn –, und belegte diese Farbe mit ein paar Goldstücken, die er sorgsam gesammelt hatte; in den Jahreszahlen kam die Sieben vor.

Er gewann, ließ fünfmal stehen und erhob sich mit einem Gewinn von mehr als sechstausend Franken. Zuerst ging er in der falschen Richtung, es war unterdessen bereits dunkel geworden. Als er den Bahnhof betrat, schlugen die Schaffner die Türen zu.

Die Bank hatte um fünf geschlossen, um acht öffnete sie wieder. Damit er nicht in Versuchung geriet, ließ er sein Geld im Hotel zurück und schaute beim Trente-et-Quarante zu, das er nicht kannte. Die Einsätze waren höher, der Ton war besser, aber zum Teufel, es lag ihm nichts an Vornehmheit, und er kehrte dorthin zurück, wo man die größere Spannung fand, zur Roulette.

Der Zufall, der für ihn mehr als das Bedeutungslose war, wollte es, daß eine jener Russinnen, die über zehntausend Seelen, die sie besaßen, wie ein Fürst des achtzehnten Jahrhunderts zu herrschen verstanden, beim Anblick dieses düsteren Gesichts ein Kreuz schlug und den Begleitern in ihrer Sprache unbekümmert mitteilte: »Diesem da ist es bestimmt, die Bank zu sprengen.«

Er lief auf sein Zimmer und kehrte mit allem zurück, was er besaß. Inzwischen war Zéro herausgekommen, die Einsätze gingen an die Bank. Wer ein Spieler war und seine Listen geführt hatte, wußte, daß man oft bis zu zweihundertmal warten mußte, bis dieselbe Zahl wiederkehrte. Karkoff schaute zu der Alten hinüber, sie nickte, er häufte das Maximum auf Null.

»Messieurs, Mesdames, faites le jeu«, sagte der Croupier, nahm eine neue Kugel, die schwerer als die vorangehende war, und ließ sie rollen.

»Zéro«, riefen die Stimmen auf einmal, es war fast ein Schrei. Er hatte siebentausend Franken gewonnen.

Er setzte sie auf Rot und verlor. Der Glaube der Fürstin stärkte ihn, er nahm den Gewinn des Nachmittags, schüttete ihn zweimal auf Rot und verlor.

»Weiter, Väterchen«, sagte die Russin, die seine Herkunft erraten hatte. Er machte eine leere Bewegung – sie schob ihm ein Bündel Noten hin.

»Setze auf dein Lebensjahr«, gebot sie, aber er war älter als sechsunddreißig. Sie zog die Noten wieder an sich: »Du bist eine taube Nuß. Geh hin und nimm hier, wenn du kein Reisegeld hast.«

Er stürzte hinaus. Die Nacht war kalt, das Gebirge schon bis auf die mittleren Hänge verschneit. Er ließ sich im Hotel Papier geben und schrieb Hortense einen zerknirschten Brief, in dem er sie um hundert Franken bat, damit er seine Rechnung und Heimreise bezahlen könne.

Diesen Brief las Frau von Hönne zuerst: über die sündhaften Summen empört, wollte sie ihn noch einen Tag ohne Nachricht lassen. Später, bei ihrem einsamen Abendessen, beschloß sie, das Geld noch heute zur Post zu schicken. In diesem Augenblick trat Peter Karkoff selbst ein. Er hatte noch zehn Franken im Mantel entdeckt und damit, indem er an das Alter von Valentine dachte, dreihundertundfünfzig gewonnen. Aber nicht das war der Grund zu seiner Eile. In den Depeschen hatte er die Nachricht gefunden, unter der Hortense zusammengebrochen war.

»Wo ist die Barina?« fragte er. Das Madame der Franzosen war ihm ebenso zuwider wie das Gnädige Frau der Deutschen; er ließ nur Barina oder Lady gelten.

»Sie können sie so nicht sehen«, gab Frau von Hönne zur Antwort, »sie hat seit gestern das obere Stockwerk nicht verlassen.«

»Es ist notwendig, daß ich sie sehe. Man kann sie nicht eine zweite Nacht allein lassen. Hat sie das Kind zu sich gerufen?«

»Gerufen – nein. Aber Valentine hat ihr wenigstens gute Nacht gesagt. Was wollen Sie ihr sagen, ein Mann?«

»Sie halten mich auf, es nimmt mir die Kraft. Lassen Sie aus meinem Zimmer den Samowar holen und schicken Sie ihn in einer Stunde zur Barina mit heißem Wasser, Holzkohlen, Tee und einer kalten Platte – vergessen Sie nicht zwei Tassen und auch alles übrige für zwei.«

Damit verließ er das Zimmer. Sie fühlte sich beleidigt, wenn sie ihm auch recht geben mußte, weil er diesen Versuch machte. Ihr war es nicht gelungen, länger als ein paar Minuten mit Hortense zu sprechen. Sie hielt es für selbstverständlich, daß er unverrichteterdinge zurückkehrte. Aber die Zeit verging, und sie schickte ein Mädchen nach dem Samowar.

»Stellen Sie alles auf den Tisch vor dem Zimmer der gnädi-

gen Frau«, befahl sie. Als es soweit war, klopfte sie selbst an die Tür. Hortense saß am Kamin, in dem ein Holzfeuer brannte, und hielt ihr mit einem entspannten Lächeln die Hand hin:
»Bleiben Sie bei uns«, sagte sie; »Peter Petrowitsch ist ein guter Tröster. Er hat mir erzählt, wie die Sträflinge von Moskau nach Tobolsk marschieren, man kann sich einen solchen Jammer nicht vorstellen. Wir wollen Tee trinken, dann wird er uns von Bergwerken berichten.«
»Man vergißt das eigene Unglück, wenn man von dem noch größeren der anderen hört«, meinte die Herrnhuterin ein wenig gesalbt. Hortense lächelte ihr wiederum zu. Ungeachtet ihrer Erklärung verstand Frau von Hönne nicht, was Karkoff getan hatte, um Hortense so ruhig zu machen. Er war ihr unheimlicher als je, man hörte jetzt soviel von Hypnotismus reden, und es gab protestantische Theologen, die sich nicht schämten, durch ihn die Wunder Jesu zu erklären.
Aber an diesem Abend verzichtete sie, was alle Jubeljahre einmal vorkam, auf den Schlaf vor Mitternacht. Als sie nach der Uhr sah, weigerte sie sich zu glauben, daß es schon viel später sei. Sie war nicht nur erschüttert, sie fühlte sich auch auf eine seltsame Weise erhoben. Sie begegnete in Karkoff zum erstenmal der Macht des Erzählers, der selbst keine Schlüsse zieht, nur auf Geschehenes zurückschaut. Der Tod gehörte zum Leben, und das Leid, das erlitten war, verlor seinen Stachel. Bekämpfen konnte man nur das Leid, das noch nicht geschehen war.
Die Welt bietet jederzeit ein Beispiel für das an, was einen Menschen gerade beschäftigt. Am nächsten Tag fuhr Karkoff mit den beiden Frauen nach Genf, um den Vortrag eines Mannes namens Dunant anzuhören, der am Abend der Schlacht von Solferino und während der nächsten Tage auf der Kampfstätte geweilt hatte, um der Öffentlichkeit zu sagen, was da Unmenschliches geschah.
Warum ließ man die Verwundeten tagelang liegen, wo sie gerade gestürzt waren? Auf einen, der sich zum Verbandsplatz schleppen konnte oder von einem Kameraden aufgelesen wurde, kamen hundert, die der Hitze, dem Brand erlagen. Man hätte viele und alle betreuen können, wenn die

Christenheit bereit gewesen wäre, neben dem Soldaten den Samariter aufs Schlachtfeld zu schicken.
Was sollten die paar Feldscherer mit ihren entsetzlichen Messern – das ganze Hinterland mußte aufgerufen werden. Das große Zauberwort der Französischen Revolution, das Organisieren, half auch hier. Der Samariter mußte unverletzlich sein, man mußte ihn, seine Wagen und Lazarette durch ein Zeichen schützen, das alle Kriegführenden anerkannten. Der verwundete Feind war kein Feind mehr – rüstet nicht nur die Armeen des Hasses, sondern auch die Kolonnen der Liebe aus.
Das Übereinkommen, das Henri Dunant von den zivilisierten Staaten verlangte, nannte er zu Ehren seiner Vaterstadt die Genfer Konvention, und dem organisierten Samaritertum gab er den Namen des Roten Kreuzes. Es verlautete, daß er seine Erlebnisse und Forderungen in einem Buch niederlege, das sich an das europäische Gewissen wenden werde.
Frau von Hönne hatte anfangs geglaubt, es handle sich um einen der Schwärmer, die das stehende Heer abschaffen wollten – sie war Preußin und verachtete Männer, die sich vor dem Krieg fürchteten. Aber sie gehörte auch einer Gemeinschaft an, die den Glauben nicht nur mit den Lippen übte – sie fühlte beglückt, daß es für die Religion noch immer Gelegenheit zur Tat gab.
Karkoff, der auch sehr trocken sein konnte, gab zur Antwort, sie gehörte zu jenen Deutschen, die immer Zeugnisnoten ausstellen müßten. Sie schaute ihn unwillig an, da sie vermutete, daß das eine Herabsetzung sei. Im Augenblick hatte er bei ihr einen Stein im Brett, aber man wurde nicht warm mit diesem Asiaten, der sich der weiten Seele der Russen rühmte.

8

Um die gleiche Zeit, Mitte November, teilten die Zeitungen mit, daß der von der Republikanischen Partei Amerikas aufgestellte Präsidentschaftskandidat gewählt worden sei. Abraham Lincoln war ein Name wie ein anderer; wenige Leute in Europa wußten, daß er eine Entscheidung bedeutete. Die Kriegsgefahr und der Tod Peters verstärkten die Neigung Hortenses, ihren Anteil aus der Bank zu ziehen, mochte sich auch ihr Einkommen dadurch um einen ansehnlichen Betrag verringern. Die Verhandlungen mußte jemand führen, der mit den amerikanischen Verhältnissen vertraut war. Am ehesten fand sie ihn in London. Durch den letzten Abend mit Peter hatte alles ein verändertes Gesicht erhalten. Es war schön gewesen, sich hier ein Leben nach ihrem Sinn einzurichten. Dann hatte sie es mit Peter teilen wollen. Jetzt kamen über sie die Stimmungen einer zur Witwe Gewordenen, die an einem Ort, der einmal mit Leben erfüllt war, die Einsamkeit fürchtet. Sie überlegte, ob sie sich nach einem Käufer für den Besitz umsehen solle.

Während dieser Zweifel trat ein Ereignis ein, das sie unvorbereitet traf. Es war nicht wie in früheren Fällen, wo sie sofort wußte, daß sie Mutter wurde. Aber in diesem Monat blieben die Tage aus, die sich noch im vorangehenden zu ihrer Beruhigung eingestellt hatten. Von Frau MacCulloch hatte sie einmal gehört, daß der erste Monat täuschen könne, erst der zweite die Gewißheit bringe.

Ihre erste Regung war, sich Frau von Hönne anzuvertrauen. Die Herrnhuterin würde darauf bestehen, daß sie dieses Kind zur Welt brachte. Alle weiblichen Instinkte in ihr selbst verlangten, daß sie das tat. Sie erlebte noch einmal den Überschwang, mit dem sie sich gegeben hatte. Es war der der Selbstentäußerung gewesen – des Opfers, hatte Peter in seinem letzten Brief ausgedrückt. Wenn man je von einem Kind der Liebe sprechen durfte, dann von diesem; sie schluchzte.

Unmöglich, unmöglich – uneheliches Kind und uneheliche Mutter waren in diesem Erdteil wie in jenem erbarmungslos verpönt. Wen sollte sie als Vater nennen? War es eine Schuld, nicht ein Mädchen aus dem Volke zu sein, das mit einem Aufwerfen des Kopfes seine Angaben machte? Welchen fremden Händen sollte sie das Kind übergeben? Sie konnte sich nicht hier oder anderswo niederlassen und ein Baby mitbringen. Was hätte sie Valentine sagen sollen?

In Brüssel hatte sie von Ärzten gehört, bei denen Frauen aus allen Ländern sich in Pension gaben; die Pariser Privatkliniken machten ein blühendes Gewerbe daraus. Genf war für seine helfenden Frauen berühmt oder berüchtigt, wie man

wollte. Aber Genf kam am letzten in Betracht, und Brüssel verbot sich. So blieb Paris, in das Turobin sie hatte entführen wollen. Der Gedanke, sie könnte ihm dort unter diesen Umständen begegnen, entmutigte sie so tief, daß sie nahe daran war, zu Peter Karkoff zu flüchten.
Er verstand alles, enthielt sich jedes Urteils, würde sie begleiten und beschützen. Aber er war ein Mann, sie konnte nicht mit ihm über diese Dinge sprechen. Einmal hatte sie das Leben, das in ihr wuchs, als Frucht und erst spät als Kind empfunden. Nun ging sie den umgekehrten Weg. Sie fühlte, daß sie sich verhärtete, und weinte. Aber es gab Augenblicke, wo sich verhärten mußte, wer noch Lebenswillen besaß. Viele Stimmen redeten in diesen grauen Tagen, an denen der See verhängt war, in ihr.
Das Blut der Ahnen redete: die Führung behalten, nicht ein armes Geschöpf werden, das sich um eines Makels willen von der Gesellschaft ausgeschlossen sah. Von der Gesellschaft mochte jeder denken, wie er wollte – sie, Hortense, hatte nicht das Recht, Valentine von ihr auszuschließen. So vollzog sie das Todesurteil über das ungeborene Kind.
Die Notwendigkeit, nach London zu reisen, gab den Vorwand. Sie übertrug Frau von Hönne die Aufsicht über Haushalt und Kind. Unter Umständen konnten zwei Monate vergehn, bevor sie zurückkehrte; der Verkehr mit Amerika war langwierig. Es blieb die Frage, was mit Karkoff in dieser Zeit geschehen solle. Frau von Hönne ging nicht so weit, daß sie sich weigerte, mit ihm allein zu hausen. Aber diese Aussicht war ihr auch nicht angenehm.
»Wie wäre es, Peter Petrowitsch«, erkundigte sich Hortense, »wenn ich Sie für einen Monat nach Baden-Baden schickte? Ich möchte, daß Sie dort Erkundigungen nach meinen Verwandten einziehen. Es müßte auf die verschwiegenste Weise geschehen und auf die ausführlichste. Aber ich fürchte, daß Sie dem Spiel nicht widerstehen können und nach wenigen Tagen ohne Mittel sind.«
Sie setzte ihm im einzelnen auseinander, was sie zu erfahren wünschte. Was die Verführungen des Spiels betraf, so half man sich durch die Abmachung, daß er jeden Samstag auf der Bank eine bestimmte Summe erheben konnte und im übrigen sein Wort gab, Maß zu halten.

Als alles geregelt war, fuhr Hortense nach Paris. Hier brauchte sie nur eine Zeitung zur Hand zu nehmen. Die französischen Ärzte machten weniger als die deutschen ein Hehl daraus, daß eine Maison de santé ein Geschäftsunternehmen sei. Die Zahl der ausländischen Namen fiel ihr auf; sie wählte den eines deutschen oder jüdischen Arztes, dessen Anstalt Tivoli hieß und in der Rue Saint Lazare gelegen war.

Nach einer flüchtigen Untersuchung erklärte er, sie tue gut, zur Beobachtung ganz in das Haus überzusiedeln. Er gab sie an einen jungen Arzt ab, der ihr die Leiterin vorstellte. Es war eine Frau mit einem unangenehm verschlossenen, viel andeutenden Gesicht. Alles stieß Hortense ab, die Unsauberkeit, das Essen, die Gehilfen, die mit aufgekrempelten Ärmeln und Blutspritzern auf den Schürzen wie Metzgerburschen oder gar Folterknechte aussahen. Da sie erregt war, glaubte sie einen unfaßbaren Hauch von lichtscheuem Geheimnis zu spüren. Sie sehnte sich nach Schwestern mit glatten Scheiteln und gutem Gesicht – das Haus schien keine zu beherbergen.

Ihre Nachbarin war eine blonde Person, die eine gute Kinderstube gehabt haben mußte und noch nicht mündig war. Sie erhielt tagsüber Besuch von würdig aussehenden Leuten, an die sie am Abend Briefe schrieb: am nächsten Morgen hatte sie alle gegen alle aufgebracht, und die Auseinandersetzung konnte weitergehen.

Hortense kannte bald jeden dieser Namen, es waren die hessischer und französischer Adelsfamilien. Das zweiundzwanzigjährige Mädchen war in Kassel mit einem Vetter durchgegangen, der bei den Zuaven stand und sie in Paris sitzenließ. Sie hatte ein Zimmer genommen und war von der Wirtin, einer gewissen Mariquitta, mit einem Senator zusammengebracht worden. Sie beschrieb diese verheiratete Dirne so anschaulich, daß Hortense von ihr träumte, der Name prägte sich ihr ein. Als der Senator merkte, daß das Mädchen schwanger zu ihm gekommen war, zog er sich zurück. Olga von H. wandte sich an die Eltern, die einen Onkel mit seiner Frau schickten; der Onkel wiederum bestand darauf, daß die Familie des Zuaven an den Verhandlungen teilnahm.

Man scheute sich, offen zu verlangen, was man für das einfachste hielt. Sobald Fräulein Olga den Standpunkt der

Widersacher kannte, bezog sie den entgegengesetzten. Das hübsche, sehr eitle Mädchen, das alle Männer im Hause gegeneinander ausspielte, unterhielt Hortense über die Liebe, die sie für ihr Kind empfand: nie würde sie sich von ihm trennen, es solle sie entsühnen, eine Mutter sei heilig. Am nächsten Tag erklärte sie sich bereit, auf den Wunsch der Verwandten einzugehen, wenn man ihr das Erbteil auszahle; am Abend schrieb sie einen Brief, in dem sie alles zurücknahm.

Hortense litt. Der Zufall, von dem Peter Karkoff sagte, daß es ihn nicht gäbe, führte ihr die eigene Frühzeit und die Wendung, die alles hätte nehmen können, vor Augen. Sie ertrug es in dem Gedanken, daß es einen Sinn habe, sein Schicksal durch fremdes durchschimmern zu sehen.

Sie konnte weder erreichen, daß ihr das Ergebnis der Untersuchung mitgeteilt, noch die eine Frage, auf die es ankam, beantwortet wurde. Man sah wohl eine gute Pensionärin in ihr, die noch Monate zahlen würde. Von Olga v. H. erfuhr sie, was mit den Kindern geschah, die hier geboren wurden. Man schaffte sie, wenn die Mutter über eine Abfindungssumme verfügte, in die Normandie zu Bauern, die von der Leiterin einen Teil des Geldes erhielten und niemand Rechenschaft schuldig waren, wenn die Kleinen an Lungenentzündung starben.

Am Ende der Woche flüchtete Hortense zu einem Arzt, den das deutsche Mädchen ihr als zuverlässig genannt hatte. Es war der Doktor in der Avenue Montaigne. Obwohl er selbst ein Gesundheitshaus für akute und chronische Krankheiten, Wasserbehandlung und Niederkünfte hatte, erklärte er sofort, daß sie sich getäuscht haben müsse, und bestätigte diese Diagnose nach kurzer Zeit.

Er führte das Ausbleiben der Tage auf den Schock zurück, den sie durch den Tod Peters erlitten hatte, oder auf ihre Lebensweise der letzten Jahre oder auf beides.

»Sie sind Amerikanerin?« fragte er. »Ich darf offen sprechen. Einen Mann, der enthaltsam lebt, verweisen wir auf die Damen, die keine Schwierigkeiten machen. Einer anständigen Frau den entsprechenden Rat geben, hieße alle Illusionen zerstören. Aber die Natur kennt keine gesellschaftlichen Unterschiede, sie redet auch nicht durch die Blume. In den besten Jahren eine unbefriedigende Ehe, dann alle zwölf Monate einmal eine Begegnung unter zu heftigem Gefühlseinsatz, dann wieder nichts – das hat Störungen zur Folge ... die sich beheben lassen, wie gesagt.«

Das war deutlich. Alles an diesem ersten Aufenthalt in Paris war verdeutlichend. Sie hätte ihn nicht missen mögen. Die Worte des Doktors enthielten etwas, das man nicht einfach zur Kenntnis nahm. Wenn die, die das Leben kannten, solche Ratschläge gaben, wie war dann dieses Leben? Im Untersuchungszimmer fielen nicht nur die Kleider – auch die Schleier fielen, die einer Frau von den Erziehern, den Priestern, der Gesellschaft umgehängt worden waren. Da stand sie nun, entblößt, wie man die Wahrheit anhören mußte: dieser arme Körper nichts als eine Maschine oder im besten Fall ein Tier, dem nicht zu widerstreben war.

Für Olga v. H. tat sie zweihundert Franken in einen Umschlag und sandte ihn nach diesem Tivoli. Mochte das Mädchen glauben, einer seiner Freunde besinne sich auf seinen Anteil am Schmerzensgeld. Da sie so billig davongekommen war, überlegte sie, ob man dem jungen Ding nicht weiterhelfen könne. Sie brauchte es sich nur als Hausgenossin am Genfer See vorzustellen. Irgendwo zwar ruhte der Hebel versteckt, den man an einen Charakter ansetzen konnte; doch dadurch, daß man noch einmal eine Gelegenheit zur Besserung bot, wurde er nicht gefunden.

Sie selbst hatte Glück gehabt – sie hatte immer Glück gehabt, was den äußeren Lebensgang betraf. Nie hatte sie die Sphäre, wo es Mariquittas gab, auch nur gestreift. Wenn sie an ihr Frauenschicksal dachte, lag freilich kein Grund vor, sich für auserwählt zu halten. Das Vergangene war tot, das Künftige ohne Umriß, und beiden fehlte die Erfüllung, von der jede Frau träumte.

Sie trat vor den Spiegel, der neben der Balkontür des Hotelzimmers hing und ebenso tief reichte. Dieser Tage begann sie ihr vierunddreißigstes Jahr – ein Datum, das man nun schon für sich behielt. Aber sie konnte zufrieden sein; Lippen und Kinn waren fest, die Augen klar und an ausgeruhten Tagen ohne Fältchen. Man durfte sie für dreißig halten und der Figur nach für jünger.

Sie ging aus, um den besten Zug nach London festzustellen.

Der Boulevard dröhnte. Überall hallten Hammerschläge; überall waren Gerüste, Neubauten und Lücken, durch die man bis ins engste Mittelalter zurückschaute. Ein modernes Ninive war die Stelle, an der die Große Oper gebaut werden sollte.

Die Stadt sprengte ihr Gewand, erweiterte ihren Lebensraum, lag im Fieber einer neuen Zeit.

Busineß, sagte man in New York; les affaires hier, wie einst in Brüssel. Damals oder heute, dieselbe Klasse von Männern war am Werk. Mit vierzig konnten sie den Bauch nicht mehr verbergen; dafür trugen sie ein Bändchen im Knopfloch und kämmten, einen Solitär am Finger, den Bart, der schwarz und seidenweich sein mußte. Sie hatte kaum den Fahrdamm überschritten, als sie angesprochen wurde. Wenn sie vor einem Schaufenster stehenblieb, stellte sich ein älterer Herr neben sie, der wie jener Senator der Mariquitta aussah. Trat sie aus dem Laden, so wartete schon jemand, der inzwischen ihre Spur aufgenommen hatte. Sie fühlte sich in diesem Augenblick ganz als Amerikanerin; niemand wagte drüben eine Frau zu belästigen. Was für ein schmutziger, zurückgebliebener Erdteil war das – es war ja der Orient. Von der Neuen Welt aus gesehen, begann er in Boulogne.

Sie hätte einen Wagen nehmen können, wollte sich aber nicht zwingen lassen. Als das beste Mittel erwies sich die Abwehr mit ein paar englischen Worten. »Oh, là-là, c'est une Miß«, sagten die Herren und sprangen zurück, als seien sie einem Skorpion zu nahe gekommen. Es begann sie zu amüsieren, bis sich ein junger Dandy fand, den nicht einmal die Sprache abschreckte – er verstand sich sogar auf die amerikanische Färbung ihrer Kehle.

Eine andere englische Stimme fiel ein, und dem jungen Mann wurde mit einer lässigen Geste bedeutet, daß er unerwünscht sei. Ein Blick auf die Gestalt des Fremden genügte ihm, um zu gehorchen. Es war ein so hochgewachsener Mann, daß er nicht aus diesem Land stammen konnte. Sie hielt ihn für einen Schotten, und sein nach beiden Seiten geteilter, unten gestutzter Bart erinnerte sie an den Mylord mit Plaid, der seit ihren Kindertagen für die Zeichner des Festlandes eine feststehende Figur war.

Aber es ging ein solches Bewußtsein von Stand und Rang

von ihm aus, daß das leiseste Lächeln sich verbot. Wenn er kein Herzog war, war er irgendein anderer Hocharistokrat. Den grauen Zylinder in der Hand, sagte er:
»Madame weiß mit den Sitten des Landes nicht Bescheid. Wenn Madame erlaubt, werde ich die paar Schritte zu einem Fiaker mitgehn.«
So gelangte sie doch im Wagen zum Bahnhof, wo sie für den nächsten Nachmittag Karten nahm.
Eine alleinstehende Frau konnte in jener Zeit in kein Restaurant gehn. Sie war gezwungen, im Hotel, wo man sie kannte, zu essen. Wenn sie das Angesprochenwerden nicht mit in Kauf nehmen wollte, sah sie wenig von einer Stadt wie Paris, es sei denn, daß sie ewig Wagen fuhr. Im Louvre, bei Betrachtung der Gioconda, mußte Hortense sich damit abfinden, daß eine Hand sie betastete.
Im Hotel aß man an der Table d'hôte. Indessen gab es auch einen Saal der kleinen Tische. Als der Maître d'hôtel sie am Abend an den von ihr bestellten führte, verbeugte sich nebenan der Herzog, wie sie ihn nannte. Es entging ihr nicht, daß er die Zeitung, die an der Karaffe lehnte, alsbald beseitigte. Im übrigen nahm er keine Kenntnis von ihr. Die Angestellten redeten ihn mit Votre Altesse an. Nachdem das Obst aufgetragen war, legte er ein Etui neben sich. Der Kellner bot ihm Feuer.
»Vorausgesetzt, daß es Madame nicht stört«, hörte sie ihn sagen. Sie hielt es für richtig, die Frage nicht zu überhören. Er hatte Augen zwischen Grau und Blau; unter buschigen Brauen blitzten sie drohend, scharf und hochfahrend. Gleichwohl hatten sie etwas, das ihr besser als das viele Haar gefiel.
Der Bart wird einmal eisengrau sein, dann wird er wie ein österreichischer Fürst aussehen, der Gemsen im eigenen Gebirge jagt, dachte sie, ohne sagen zu können, woher sie diese Erinnerung bezog.
»Madame ist Amerikanerin?« fragte er, die Zigarette entzündend. »Ich habe in den südlichen Staaten Damen getroffen, die rauchten, es stand den Kreolinnen nicht schlecht.«
»Ich bin nie über den Norden und Washington hinausgekommen«, erwiderte sie und dankte ihm nochmals für seinen Beistand; am Morgen war sie kaum dazu gekommen. Er

hoffte, daß diese schlechten Erfahrungen ihr Urteil über Europa nicht trübten.
»Ich bin geborene Europäerin«, gab sie zur Antwort.
Er nannte seinen Namen; es war der historische bayerischer Fürsten, die auch Standesherren in Österreich waren. Sie wußte nun, worauf jene Erinnerung zurückging, auf Erzählungen des Vormunds, der zu Gemsjagden im Salzkammergut eingeladen worden war. In seinem Zimmer hatte das Bild eines Mannes gehangen, der diesem hier aufs Haar glich – auf die Haare, die Barttracht, fügte sie lächelnd hinzu und überwand die Furcht, ihren Mädchennamen zu nennen.
»Es könnte stimmen«, sagte er nun auf deutsch, »auch mein Vater trug diesen Airedaleschnitt, er ist herkömmlich.«
Da sie nicht blutmäßig Amerikanerin war, sprach er etwas freier von diesem Land. Er hatte die Aztekenstaaten mit einer gelehrten Expedition bereist und in den Rocky Mountains Bären gejagt. In der Pariser Gesellschaft hatte sie keine Bekannten?
Er sah sie fragend an.
Niemand; sie nahm einen mangelhaften Begriff von Paris mit. »Schade«, sagte er. »Wenn dies London wäre, dürfte ich, ohne mißverstanden zu werden, mich anbieten und Ihnen einiges zeigen. In London hat ein Herr das Recht, eine befreundete Dame zum Essen einzuladen, und der Dame steht es frei, Revanche zu geben.«
Daraus entstand eine Verabredung für London. Er küßte ihr die Hand und verabschiedete sich.

9

Am nächsten Morgen brachte ihr sein Diener ein Briefchen. Er müsse seine Pläne ändern und nach Wien fahren. Er erkundigte sich, ob er sie zum Ersatz für das Londoner Frühstück zu einem im Café de Paris einladen dürfe. Sie sagte zu und lernte die beste Küche kennen, die es damals in Paris gab.
Die Unterhaltung bezauberte sie. Sie hörte zum erstenmal von der Frau, die auf dem österreichischen Thron saß. In Amerika war sie Demokratin genug geworden, um sich zu

verschließen, wenn ein Mensch zu hoch über andere gestellt wurde. Kaiserin Elisabeth, die Tochter des Herzogs von Bayern, der ein unhöfischer, ungebundener Mann war, floh das Zeremoniell der Hofburg.

Der Fürst billigte es nicht, in diesen Höhen galt die Pflicht mehr als das persönliche Glück – aber wenn man nicht gegen Elisabeth war, mußte man ganz für sie sein. Es war eine Liebesheirat gewesen; sie hatte die für den jungen Kaiser ausersehene Schwester nur begleitet, als sie nach Ischl zur Brautschau fuhr: der Kaiser, von dem man nicht sagen konnte, daß er ein beschwingter Mensch sei, hatte dieses eine Mal alles beiseite geschoben und die Sechzehnjährige gewählt. Was seither in sieben Jahren geschehen war, entzog sich der Kenntnis. Jetzt weilte die schöne Frau einsam auf Madeira. Die erste ihrer Leidenschaften, das Reiten, war ihr verboten; konnten die beiden anderen, die Natur und das Lesen von Gedichten, in diesem Alter genügen? Für das Volk war sie schon die unglückliche Gefangene im goldenen Käfig; die Ungarn verehrten sie leidenschaftlich, wie sie immer verehrten; der Kaiser hauste in den vierhundert Zimmern des Schönbrunner Schlosses allein, und der Wiener Hof hatte zwar die schönsten und freiesten Frauen Europas, aber keine Fürstin.

Man konnte sagen, daß sie ein natürlicher Mensch war. Was geschah, wenn in der Amazone eine Katharina schlummerte? Dann kam es früher oder später zu einem ganz großen Skandal. Man durfte indessen annehmen, daß sie sich immer wieder auf die Flucht vor sich selbst begab: Betrug und das Gemeine waren ihr verhaßt. Der Fürst ließ durchblicken, daß er mit diesem abwägenden Urteil unter seinesgleichen allein stand. Er hatte viel gesehen, und sein Rang hatte ihm Türen geöffnet, die anderen verschlossen blieben. So in Japan, wo ihm der Schogun eine Audienz gewährt hatte; von der Forderung, daß er sich zur Erde werfe, war huldvollst abgesehen worden.

Er hatte dort sogar einen Faden gesponnen, der sich zu einer Beziehung verdichten mochte, wenn sie auch nicht Bayern, sondern den Herren Preußen zugute kam. Die Japaner, die noch Helm und Fledermausmantel, Schwert und Bogen trugen, wollten eine Studienkommission nach Europa schik-

ken, und er hatte sie darauf aufmerksam gemacht, daß neben den ihnen schon bekannten Militärmächten eine neue im deutschen Norden heranwuchs.
Er war so vielen Menschen und unter ihnen sicher auch Frauen begegnet, daß sie sich fragte, was ihn bewog, ihr Aufmerksamkeit zu schenken. Er erwähnte seinen Sohn, dem er eine Goldarbeit aus der Inkazeit geschickt hatte. Also war er verheiratet oder verheiratet gewesen, obwohl er keinen Ring trug.
Als die Rechnung auf diskrete Pariser Art beglichen war, dankte er ihr für die angenehmen Stunden und bat sie, eine bei vielen Völkern gebräuchliche Sitte anwenden zu dürfen: Der Gastfreund erhielt ein kleines Geschenk, das einen bescheidenen Kunstwert hatte – in seiner japanischen Sammlung war ein Sächelchen, das ihr zu schicken sie ihm erlauben müsse. Sie willigte zögernd ein; er konnte ihr bei dieser Gelegenheit das Londoner Hotel nennen, das für sie in Betracht kam. Dann führte er sie zum Wagen.
Im Hotel wartete eine Depesche auf sie. Frau von Hönne teilte ihr mit, daß Valentine an Scharlach erkrankt und nach Nyon gebracht sei. Während sie noch las, näherte sich der Diener und blieb ehrerbietig stehen. Seine Durchlaucht lasse die gnädige Frau bitten, zu gestatten, daß er sie zum Bahnhof bringe und ihr die Sorge um das Gepäck abnehme.
Sie lehnte nervös ab, dann bat sie den Mann, sofort eine Depesche für sie aufzugeben. Sie nahm auch weiterhin seine Dienste in Anspruch; es zeigte sich, daß sie nur bei größter Eile den Zug nach Genf erreichen konnte.
Am Schalter warf sie ihre Adresse auf ein Stück Papier und übergab es dem Diener. Die geringste Höflichkeit verlangte, daß sie den Fürsten jene Aufmerksamkeit nicht nutzlos nach London schicken ließ.
Die Erkrankung Valentines war so schwer, daß Hortense für den Weihnachtstag das Erlöschen erwartete; der Widerspruch des Arztes klang matt.
»Was tun Sie?« fragte Frau Hönne. »Sie dürfen das fiebernde Kind nicht in brennende Lichter sehen lassen.«
Hortense hatte ein Bäumchen geschmückt und ins Zimmer gestellt. Es sollte zur Totenfeier dienen. Sie war in wildem Aufruhr. Es gelang ihr nicht, was man ihr empfahl, sich in

Demut zu beugen. Die Tröstung der Herrnhuterin, die in Schicksalsschlägen keinen sich selbst erklärenden Ablauf, sondern eine zu deutende Fügung sah, erregte sie bis zum Haß.

Wenn Gott einer Mutter, um sie für irgendwelche Vergehen zu strafen, ihr Kind nahm, dann war das eine Verrechnung, die die Mutter freisprach – sie brauchte diesen Gott nicht auch noch zu lieben. Tötete Gott aber ein Kind, um die Mutter zu läutern, so trieb er eine verlogenere Philosophie, als je ein Mensch erfunden hatte. Du sollst nicht töten, auch nicht um des höheren Zweckes willen – du sollst alle Geschöpfe lieben, alle sind gleich wertvoll.

Auch als das Kind die Krise überstand und die Macht des Fiebers sich brach, erkannte sie nicht an, daß ein Wunder geschehen sei. Warum sollte sie auserwählt sein, warum nicht die Mutter am Bette nebenan? Gott griff nicht in den Ablauf der von ihm geschaffenen Welt ein, die eine Strafe war, der Sinn enthüllte sich nicht schon in ihr.

Sie vermißte Peter Karkoff, der sie unterstützt hätte – er, der das Christentum von sich selbst reinigen wollte, damit der große christliche Gedanke der nicht strafenden Liebe frei werde.

Sie schickte Karkoff eine Depesche, er kehrte sofort zurück. Der Bericht, den er mitbrachte, war eine lange Totenliste. Der Vormund Hortenses und seine Frau waren gestorben. Der Onkel und die Tante in Baden-Baden hatten das Zeitliche gesegnet. Ein Bruder der Tante lebte noch, er bewohnte das Haus am neuen Schloß, in dem Hortense zu Besuch gewesen war.

Karkoff hatte erkannt, daß er sich an ihn halten müsse, und war Gast in der Weinstube geworden, in der jener verkehrte. Alle älteren Leute lebten in einer doppelten Vergangenheit: der des Ortes und der eigenen. Wollte man von dieser etwas hören, so brauchte man nur die Rede auf jene zu bringen, und die kindische Natur des alten Junggesellen tat ein übriges. Er erinnerte sich noch an die Nichte der Schwester: man hatte sie beim Eintritt der Mündigkeit gesucht, um ihr das Erbteil der Eltern auszuzahlen. Sie blieb verschollen, und sechs oder sieben Jahre später war sie durch Aufgebot für tot erklärt worden, der Staat und Georg von Wierssen hatten sich in den

bescheidenen Betrag geteilt. Georg von Wierssen war verheiratet und Vater eines Sohnes. Er lebte als Amtsrichter im Norden des Landes.
Die Todeserklärung erschreckte Hortense und hatte zur Folge, daß sie den Gedanken, der sie bei dem Tode Peters beschäftigte, ins Badische zurückzukehren, fallenließ. Sie bat Karkoff, über das, was er nun von ihrer Vergangenheit wußte, zu schweigen.
»Ob ich hier oder in Rußland bin«, erwiderte er, »ich werde vergessen. Es könnte sein, daß ich bald nach Rußland zurückkehre.« Er hatte Nachricht aus Bern erhalten. Im Laufe des Januar traf die Begnadigung ein. Hortense stattete ihn mit dem Nötigsten aus. Die Trennung fiel ihr schwer. Die Musik sagte ihr in dieser Zeit nichts. Sie dachte manchmal an die Kaiserin in Madeira. Der Fürst hatte recht; Natur und Verse oder Musik waren gut, um ein wenig Schönheit ins Leben zu tragen, aber sie waren kein Ersatz, der Mensch brauchte den Menschen. Von ihr wurde nicht verlangt, daß sie vor sich selbst floh, weil sie es dem Range anderer schuldig war, nicht in den Mund der Leute zu kommen.
Die Gestalt der Kaiserin wurde ihr seltsam vertraut: aus einer glockenhaften, bis zum Boden reichenden Folge von Volants rang sich der schlanke Oberkörper, immer in der Halbwendung der fliehenden Amazone. Dieses Bild lag dem Päckchen bei, das vom Fürsten gekommen war.
Es enthielt eine indianische Puppe aus Rentierleder, mit geflochtenen Zöpfen, für Valentine bestimmt, und einen japanischen Elfenbeinknauf, einen geduckten Bettler darstellend, geeignet als Verschluß für die Schnüre eines Handbeutels. Sie dankte in herkömmlichen Worten – sie konnte mit diesem verheirateten Mann keinen Briefwechsel beginnen.
Das Kind erholte sich schwer, die Seenebel taten ihm nicht wohl. Sie schickte es mit Frau von Hönne auf die Höhe ob Territer, wo der Himmel über Schneefeldern blaute. Sie selbst fuhr, nachdem das Haus zum Verkauf ausgeschrieben war, nach London, um die Verhandlungen mit Amerika zu betreiben. Ihr erster Gang galt der Bank, die den Rest ihres Heiratsgutes verwaltete. Der Inhaber, der einen Ring von reichen Quäkerfamilien leitete, wies sie an einen geeigneten

Sachwalter. Sie vernahm die neuesten Nachrichten aus Amerika.
Die Spaltung zwischen Nord und Süd war vollzogen. Elf Südstaaten waren aus der Union ausgetreten und nannten sich die Konföderierten. Senator Davis hatte sein Amt niedergelegt und war von den Abtrünnigen zum Präsidenten gewählt worden. Die Entscheidung lag bei den Waffen.
Es war nicht zu erwarten, daß die beiden, mit Hortense nicht verwandten Mitglieder des Haraldschen Bankhauses bereit sein würden, jetzt ihre Einlage zurückzuzahlen. Sie mußte auch mit dem Ausfall der Dividende rechnen, solange der Bruderkrieg währte. Der Sachwalter ging ihre Einnahmen durch.
Die Zinsen aus dem Londoner Guthaben und aus der Verpachtung des Brüsseler Grundstückes reichten nicht im entferntesten aus, um davon zu leben. Er riet ihr, das Grundstück zu verkaufen. Es mußte seit 1847 bedeutend im Wert gestiegen sein, und wahrscheinlich hatte sie dem pachtenden Gärtner durch die Jahre ein unberechtigtes Geschenk gemacht. Über diesen Punkt ging sie hinweg; sie hatte dieses Eigentum nicht einwandfreier Herkunft nie als Geldquelle betrachten wollen. Aber sie konnte die Vermutung des Sachwalters bestätigen: bei der Bank waren öfter Fragen nach ihrem Aufenthalt eingegangen; ohne Zweifel handelte es sich um Käuferangebote.
Der Sachwalter vertrat den Grundsatz, daß jemand, der nicht zu den großen erbeingesessenen Familien gehörte, gut tue, in längeren Zwischenräumen seine Kapitalien flüssig zu machen, festgelegten Besitz in den Generalnenner aller Dinge zu verwandeln: so verlangte es der innerste Geist dieser liberalen Epoche. Man mußte geben und nehmen, tauschen und gewinnen – es gab immer eine Möglichkeit, Geld von neuem vorteilhaft anzulegen.
Hortense führte zum erstenmal ein rein gesellschaftliches Leben, nicht als Frau eines Hauses mit eigener Dienerschaft, sondern als Fremde, der eines dieser neuen Weltstadthotels jede Bequemlichkeit zur Verfügung stellte. Claridge mit seinen fürstlichen Preisen war freilich auf die Dauer zu teuer; sie übersiedelte ins Palacehotel, Buckinghamgate. Der alte Große Mann, wie die Quäkerfamilien ihren Führer nannten,

der Sachwalter und der amerikanische Gesandte öffneten ihr die Türen einer Gesellschaft, in der sich stärker als an einer anderen Stelle der Welt Handel und Grundbesitz, Geld und Aristokratie durchdrangen. Das Selbstbewußtsein und die Bereitschaft, ein gesegnetes Zeitalter auszunutzen, waren allen gemeinsam. Da Hortense Amerikanerin war, galt sie für reicher, als der Wahrheit entsprach. Und daß sie Witwe war, verstärkte die Beachtung, die man ihr entgegenbrachte. Wenn sie sich entschloß, nach London überzusiedeln, hatte sie Aussicht, in kürzerer oder längerer Zeit durch Heirat das zu werden, was sie schon einmal gewesen war, Engländerin. Der Anwalt machte eine Andeutung; er fand, es sei die einfachste Lösung, die sich für sie finden lasse.
An welchem Ort und zu welcher Zeit ein Mensch in einer Gesellschaft auftauchte, es erfaßte ihn alsbald der Reigen, der sich um zwei Pole schlang: Rente und Liebe. Und Liebe sagte man nur, um ein Wort zu haben, das jede Spielart der möglichen Beziehungen einschloß. Der Reigen führte nirgendwohin, er drehte sich nur um sich selbst, es war ein Wechsel von Betäubung und Aufpeitschung. Man kam nicht zu sich, so viele Galaopern, Konzerte, Wohltätigkeitsfeste, Nachmittagstees und Abendbälle gab es. Daß jemand, der sich in dieses Treiben stürzte, auch nicht zu den andern kam, lehrte sie Thackeray. Als sie ihn in einer Buchhandlung liegen sah, erinnerte sie sich, daß der Fürst ihn gelobt hatte. Der Reigen verwandelte sich in den Jahrmarkt der Eitelkeiten. Es tat wohl, zu wissen, daß man ihm auch Widerstand leisten konnte – es half ihr ein wenig, nicht viel. Sie erinnerte sich, von Peter Karkoff gehört zu haben, daß in einem Londoner Häuschen zwei Deutsche lebten, die das alles, die Gesellschaft, das Kapital, die Börse, mit einer unheimlichen Entschlossenheit verwarfen und sich nicht wie Thackeray mit der Satire begnügten. Sie wollten das Geld, die Fabriken, die Bodenschätze in die Hand des Arbeiters geben und den Besitz aufteilen.
Sie wußte nicht, was sie dazu sagen sollte. Wenn Karkoff es gebilligt hätte, statt daß er es ablehnte, würde sie sich diese kommunistischen Gedanken vielleicht angeeignet haben. Sie war eine Frau, sie konnte nicht glauben, wenn man ihr Zahlen und Lohntabellen vorsetzte; sie wollte von einem

Temperament überzeugt werden. Karkoff hatte ihr von russischen Studentinnen erzählt, die unter das Volk gingen, um ihm geistige Waffen und die der unmittelbaren Tat in die Hand zu drücken.

Es klang wie ein Märchen, und da dem so war, entzündete sich ihre Phantasie. Sie sah verschneite Elendsquartiere und unter Bahnübergängen verlumpte Gestalten, die im Schnapsrausch nach Hause wankten, wo sie ihre skrofulösen Kinder schlugen. Der Wunsch, zu helfen, war so unmittelbar wie damals, als Henri Dunant von den Schrecken des Schlachtfeldes erzählt hatte.

Sie wußte, es war verächtlich, sich nur gefühlvoll erregen zu lassen; die Leidenden wollten kein Mitleid. Den Weg hätte man finden müssen. Warum war Peter Karkoff nicht da? Warum war er nicht anders, ein Mann, der begehrte und nahm, den man lieben und dem man folgen konnte? Sie haßte den Arzt, der in Paris so deutlich benannt hatte, was ihr fehlte.

Wenn sie vom Ball aus den Armen der Männer kam, machte sie sich Vorwürfe, weil sie das Trauerjahr für Peter nicht einhielt, und sehnte sich nach den Armen des einen. Die Improvisationen Jörchers, die zwei Begegnungen mit Peter kehrten in ihren Träumen wieder, und eines Morgens, schon im halben Bewußtsein des verminderten Schlafes, wurden ihr die Knie schwach, weil der Fürst neben ihr ging und die Hand auf ihre Schulter legte.

Die Erregung folgte ihr in den wachen Tag. Am Abend, es war im Februar, sollte sie wieder tanzen; sie sagte ab, und da sie nicht zu Hause bleiben wollte, ging sie, aufs einfachste gekleidet, nach Eastend in eine Versammlung, in der die Kommunisten zu streikenden Seeleuten sprachen. Der Hansomman, der sie durch die trüben Gassen fuhr, schüttelte den Kopf; Kleidertrödler riefen »Clo', Clo'«, die Verkäufer von gebratenen Kartoffeln »all hot, all hot«. Im Saal erblickte sie nie gesehene Gestalten; jüdische Kaftane mischten sich mit chinesischen Zöpfen. Englische Mütter mit Säuglingen saßen neben fremdartigen jungen Mädchen in roten Blusen. Saalordner und Bobbys teilten sich in die Wache. Die Luft war entsetzlich. Um einem Matrosen, der den Tabaksaft unter die Bank spuckte, zu entgehen, wechselte sie den Platz und stellte

sich an die Tür neben einen hochgewachsenen Mann, den sie nicht weiter anschaute.
Eine Hand berührte ihren Arm. Sie sah einen Havelock, einen Halsschal, dann ein Gesicht, das sie hier am letzten erwartet hätte. Es war der Fürst.
»Ich«, sagte er leise, »habe mir das in den Hafenstädten angewöhnt; Sie sind hier nicht am Platz. Zu guter Letzt könnte es unangenehm werden. Wenn der Redner geendet hat, gehen wir.«
Sie empörte sich gegen seine selbstsichere Art, folgte ihm aber ins Freie. Sie nahm auch den Arm, den er ihr reichte, und stieg in die Kutsche, die sich schließlich fand.
»Ich habe mir oft überlegt, wie ich Sie wiedersehen könne, aber die Docks habe ich mir nicht träumen lassen. Was nun? Ich müßte Sie sofort nach Hause bringen. Aber so ungezwungen begegnen wir uns nicht mehr. Es ist geradezu eine Fügung. Ich wollte Sie zu einem Frühstück in Piccadilly einladen – lassen Sie mich ein Abendessen in der City daraus machen. Ich kenne ein Lokal, das ein Italiener führt; es ist einwandfrei. Sie sehen Zeitungsleute, Künstler und viele Ausländer – es wird darum nicht uninteressanter für Sie sein.«
Ihren Einwand, daß sie nicht passend angezogen sei, ließ er nicht gelten.

10

Sie erkannte die Journalisten sofort; sie hatten etwas von der Smartneß der amerikanischen, der Plage aller gutgestellten Leute. Der Ton gefiel ihr, sie hörte gern lachen. Der Fürst, der Italienisch sprach, wählte Speisen aus, die sie nicht kannte. Der Wein wurde in umflochtenen Flaschen auf den Tisch gestellt. Er verdünnte ihn sorgsam für sie.
»Kennen Sie Italien?« fragte er. »Ich liebe das Land; als halber Österreicher, der ich bin, darf ich seine Politik nicht billigen. Aber hören Sie.«
Er vergaß, daß sie nichts von dem verstand, was der dunkle Herr, der zur Tür hereinstürzte, seinen Freunden mitteilte. Einem Augenblick tiefsten Schweigens folgte ein so ungestü-

mer Ausbruch, daß Hortense sich in eine Negerstadt New Yorks versetzt glaubte.
»Es ist eine Nachricht von großer Bedeutung«, sagte der Fürst. »Gaeta hat sich Garibaldi ergeben, und der König von Neapel damit die letzte Festung seines Reiches verloren; Viktor Emanuel wird es sich einverleiben, und mit Ausnahme von Venetien und Rom wird ganz Italien sardinisch sein. In Wien macht man um diese Stunde finstere Gesichter.«
Von Garibaldi wußte sie nichts, als daß er seine Leute in rote Hemden steckte.
»Wir sind Nordländer und meinen, wer pathetisch auftrete, könne nichts leisten«, erwiderte er, »aber man muß gesehen haben, wie die Jugend ihm zuströmt. Es ist ein neues Prinzip; dem König sind die Hände gebunden; ein Patriot stellt sich an die Spitze des Volkes und tut die Arbeit für ihn – Metternich wäre entsetzt und würde das Ende der Monarchien nahen sehn.«
»Ich bin Amerikanerin genug, um es für möglich zu halten, und Sie, Fürst?«
»Daß ich Fürst bin, liefert die Antwort. Selbst wenn ich glaubte, daß es in hundert Jahren keine Könige mehr gäbe, würde ich nicht nur nichts tun, um die Entwicklung zu beschleunigen, ich würde sogar alles tun, um ihr Hindernisse in den Weg zu legen.
Das begriff sie nicht. Er zog unzufrieden die starken Brauen zusammen. Warum sich den ersten Abend durch Politik verderben? Er hoffte, daß es nicht der letzte war.
Sie überhörte die Frage. Wie konnte ein Mann dem, was er für unabwendbar hielt, Hindernisse bereiten?
Weil, belehrte er sie, Gegnerschaft nötig war. Nichts war so gottgewollt wie Gegnerschaft, Ideen, die sich ungehemmt verwirklichen konnten, nahmen das Tempo des Sturzes an.
Sie hörte mehr auf den Klang der Stimme als auf die Worte. Die Worte hätte zur Not auch Peter Karkoff sagen können; der Klang war ganz anders; er war ungeduldig und herrisch. Wenn sie erregt war, dachte sie deutsch – mit großen Herren ist nicht gut Kirschen essen, lautete ein deutsches Sprichwort. Sie verschloß sich. Irgendwo tat es weh. Er ließ den Kaffee bringen und füllte ihr Täßchen, wie er ihr auch vorgelegt hatte.

»Sie sind unzufrieden mit mir«, sagte er. »Darf ich mich erkundigen, ob Sie es auch damals in Paris waren?«
»Nein, warum fragen Sie?«
»Weil dann alles in Ordnung ist. Die erste Begegnung entscheidet. Der Augenblick, wo man sich unsympathisch zu sein glaubt, mag danach ruhig kommen. Es scheint, daß es für die Entwicklung einer Freundschaft nötig ist. Man sammelt noch einmal alle Widerstände, man scheut noch einmal vor dem Nachgeben.«
Freundschaft, Nachgiebigkeit – er nahm als selbstverständlich an, daß sie Freunde wurden?
Er wünschte es. Und er sah kein Hindernis, wenn er auch zugeben mußte, daß er nichts von ihr wußte. Aber er hielt sie für eine selbständige Frau, die, wenn er das sagen durfte, etwas einsam war – vielleicht gerade dann, wenn sie sich viermal am Tag umzog, um unter Menschen zu gehen?
Sie warf den Kopf zurück. Er überschritt die Grenze, an die man sich in der Gesellschaft hielt. Einen Augenblick lang bezweifelte sie, daß er das war, wofür er sich ausgegeben hatte. Sie wußte, wie Bayrisch klang, seine Sprache war ungefärbt wie die der Norddeutschen. Sie sagte es ihm. »Das geht auf meine Mutter zurück«, erwiderte er, »sie sorgte dafür, daß wir den Dialekt auf das Gebiet innerhalb der blauweißen Pfähle beschränkten. Wir mußten Hochdeutsch wie eine fremde Sprache lernen. Sie war eine Preußin, die Familie dürfte Ihnen nicht unbekannt sein, es ist die Blüchers. Die Nachkommen des Feldmarschalls gingen nach England und wurden katholisch; im Augenblick bin ich bei ihnen zu Besuch. Wenn es Ihnen lieber ist, daß ich bayrisch rede, kann ich auch damit dienen.«
In Oberbayern und Niederösterreich, vernahm sie nun in einer Aussprache, die sie seit vielen Jahren nicht mehr gehört hatte, gab es keine Dockarbeiter, keine Kommunisten, kein Whitechapel, nur Bauern, Holzfäller, Fischer und Jäger, um nicht Wilderer zu sagen. Es war ihm vorgeschrieben, was er zu sein hatte; nur ein wurzelloser Narr würde ihn loben, wenn er dort nicht Standesherr wie sein Vater sein wollte. In London legte er den Frack an, in München die Hoftracht, auf seinem eigenen Boden den Lodenrock und die Gamsfeder.

Wenn in seinem Park eine Eiche stand, der der Förster nur noch fünf, sechs Winter gab, dachte er nicht daran, sie umzuhauen, weil ihre Jahre beschränkt waren – er überließ sie dem natürlichen Ablauf. Genauso verhielt es sich mit den Königen und Ständen, um noch einmal auf eine Antwort zurückzukommen, die ihr offenbar nicht gefallen hatte und doch selbstverständlich war.
Es kam auf den Ton an, gab sie zur Antwort; vorhin war er schroff und hochmütig gewesen.
Er nickte. Es war Ungeduld gewesen. Eltern, Pfarrer, Erzieher hatten sie zu bekämpfen gesucht, seine Ehe war an ihr gescheitert; von seinen Versuchen, dem König als Diplomat oder im Reichsrat zu dienen, konnte man das gleiche sagen.
»Genug für heute«, schloß er unvermittelt, »bilden Sie sich selbst ein Urteil, indem Sie mir Gelegenheit zum Verkehr mit Ihnen geben. Es taugt nichts, sich zu zergliedern. Man tut es, um sich zu rechtfertigen – aber das kann man billiger haben, indem man nicht anders sein will, als man ist. Die Schwierigkeit besteht nur darin, jemand zu finden, der uns bejaht.«
Hortense hatte etwas, worüber sie nachdenken konnte, bevor sie ihn wiedersah. Bis dahin vergingen ein paar Tage; über Sonntag fuhr er zu Freunden in Mittelengland.
Sie ihrerseits suchte Alexander Herzen auf, an den Karkoff sie empfohlen hatte.
»Ach, Peter Petrowitsch«, sagte er, »er hat seinen Frieden mit dem Zaren gemacht – man kehrt nicht nach Rußland zurück. Er verrät unsere Sache, aber das ist kein Grund, daß ich ihn nicht als Menschen schätze und seine Freunde begrüße. Kommen Sie, es gibt Tee und Diskussion bei uns, und zwischendurch lese ich Korrekturen: ›Kolokol‹, die ›Glocke‹, Sie wissen wohl.«
Er führte sie in einen Kreis von Männern und Frauen, und wie er eben im Vorzimmer geredet hatte, redeten sie alle, unheimlich geläufig, als wäre ihr Hirn oder ihre Seele ein Apparat mit einem Papierstreifen, der länger und länger wurde. – Gräfinnen, junge Jüdinnen, Adlige und Offiziere, die vor fünf, vor zehn und mehr Jahren ein unbedachtes Wort aus ihrer Bahn geworfen hatte.
Hortense erkannte zwei der Redner vom Vorabend, und

ohne den Fürsten wäre es die Erfüllung eines Wunsches gewesen. Hier konnte sie erfahren, was es mit alledem auf sich hatte, Saint Simon, Proudhon, Sozialismus und Kommunismus. Alle wollten ein neues Rußland. Sie fällten, wie der Fürst sich ausgedrückt hatte, Baum um Baum, bis der Park nicht mehr da war, und keiner hätte sagen können, was er auf die leere Fläche pflanzen wollte.

Alle fielen mit gellender Stimme über Karkoff her, der sie Gespenster genannt und das getan hatte, was sie ihrerseits Verrat nannten – dorthin gehen, wo allein ein Russe wirken konnte. Nie verstand sie Karkoff besser; die Heimat war ihm so heilig, daß er sogar um Begnadigung bitten konnte.

Ein Moskauer Fürst hatte seine Geliebte, eine Deutsche, in ihrer Sprache »Mein Herz« gerufen, der Sohn beider sich danach »Herzen« genannt. Er war in der Verbannung grau geworden, die Stimme klang schwermütig; das Gesicht war das eines weisen Fauns, und den ganzen Mann trieb wie alle hier eine Unruhe ohne Rast und Atem umher.

Seine Frau lud Hortense zum Wiederkommen ein. Aber sie wußte, daß ihr »Danke, gern« nur eine Höflichkeit war. Die Düsterheit Karkoffs hätte sie nicht abgeschreckt; die Menschenungeduld des Fürsten erschien ihr verständlicher angesichts dieser Literaten, die die Welt zerredeten und ihre Wochenschriften über die Grenze schmuggelten, tragische Maulwürfe, die unter dem Licht wühlten, von dem etwas, das Ochrana hieß, sie ausgeschlossen hatte.

Am Sonntag war Empfang beim amerikanischen Gesandten, im kleinen Kreis, ohne Pianist und Sängerin; das ungeschriebene Gesetz der Sonntagsruhe verbot es. Schon vor Wochen war ihr ein jüngerer Mann als Namensvetter vorgestellt worden. Dann hatte sich ergeben, daß er in vierter oder fünfter Generation von dem gleichen Harald wie Robert und Peter abstammte.

Er hatte sogar Ähnlichkeit mit Robert, wenn es auch mehr die des Typus als des Blutes sein mochte. Er hatte ihr Aufmerksamkeiten erwiesen, sooft er ihr begegnet war. Heute erkundigte er sich, ob sie mit ihm und seinem Vater am nächsten Tag speisen würde. Einer Vetternschaft zuliebe, die nur dem guten Willen entsprang, nahm sie an.

Der Vater war, wie alle englischen älteren Herren waren.

Nach einer angeregten, aber anstrengenden Unterhaltung, die ihr das Bild Roberts und die mit ihm verlebten Jahre gegenwärtig machte, begleitete der Sohn sie auf einem Spaziergang durch den verschneiten Hydepark, dann zum Hotel. Es fehlte nicht mehr viel an der Teestunde, und sie lud ihn ein.

Er wußte von ihr nur, was er bei Tisch erfahren hatte. Er forschte nicht, er hielt sie für die Frau, die zu ihm paßte. Sie war nicht einmal erstaunt, als er sie um ihre Hand bat – so einfach war eine Werbung unter Angelsachsen, die nicht nach Charakter und Neigungen fragten, weil sie voraussetzten, was angemessen war.

Sie schaute ihn ruhig an, lange und prüfend. Da war die Gelegenheit, von der man ihr gesprochen und an die sie selbst gedacht hatte: eine Stellung in der Welt, irgendwo ein efeuumsponnener Sitz und in der Stadt eine Wohnung; Sicherheit, ein zuverlässiger Gefährte mit blondem Scheitel, blauen Augen, langem Kinn, und nichts, was an die Tiefe rührte, wo alles heilig-unheilig war. Wieder Normalunterhaltungen über das Wetter und die Aussichten Mister Disraelis oder seines Gegenspielers Gladstone; wieder Wohltätigkeitsbasare und Kricket, vielleicht auch schon ein Tennisplatz.

Sie hörte sich sagen, daß sie gebunden sei. Er änderte keine Miene. Eine Frage war beantwortet, man konnte sachlich bleiben. Der Rest war gute Haltung und ein kräftiges Händeschütteln. Wenn sie ein Wort gesagt hätte, würde er sie am Abend ins Drury Lane begleitet haben.

Es war nur ein Zwischenfall, sie vergaß ihn und traf sich mit Bekannten. Aber als sie endlich allein war, brach sie zusammen. Es wurde ihr heiß und kalt – wohin trieb eine Frau, die das Sichere ausschlug? Was hatte sie veranlaßt zu sagen, daß sie gebunden sei? Wer band sie, der Fürst, der angedeutet hatte, daß er allein sei? Was für eine lächerliche Vorstellung: ein Fürst, der, sie fühlte es, seines Ranges wegen nicht sagen wollte, daß auch er ein Mensch sei. Wie sie den Bart haßte, der seinen Mund verbarg, haßte sie diesen Rang. Hatte er nicht erwähnt, daß er auch mit den Wittelsbachern versippt sei? Was wollte er von ihr – daß sie seine Geliebte wurde? Niemals. Wenn sie nicht heiraten konnte, suchte sie ihren Geliebten selbst.

Sie hatte Angst, ihm wieder zu begegnen, und entschloß sich zu der längst fälligen Heimreise über Brüssel. Als alles geregelt war, die Koffer für das Frühboot bereitstanden, kam der Rückschlag. Das Herrenhafte an ihm zog sie an, das Herrische stieß sie ab. Sie begehrte ihn, und wenn er an diesem verlorenen Abend, der wie eine Leere zwischen zwei Zuständen war, den Weg nach London gefunden hätte, würde sie sich gegeben haben.

Am übernächsten Nachmittag war sie in Brüssel und sah bereits auf der Fahrt zum Hotel de Saxe den Neubau des Jörcherschen Bankhauses. Sie ließ den Chasseur anfragen, ob der Inhaber für sie zu sprechen sei, und erhielt die Antwort, bevor sie sich umgezogen hatte.

Jörcher kam ihr mit ausgestreckten Händen entgegen.

»Welche Überraschung und wie oft haben wir hier gewünscht, Ihren Aufenthalt zu kennen. Sie sehen wunderbar aus, während man von mir nicht behaupten kann, daß ich noch schöner geworden sei.« Aber er strahlte vor Befriedigung darüber, daß ihm just gestern die Erlaubnis des Königs, das rote Bändchen der Ehrenlegion zu tragen, zuteil geworden war. Hortense fand, daß sein Gesicht die weiten Flächen eines Bonvivants bekommen hatte. Imposant – das war einmal ein Versprechen gewesen; jetzt war es ein Anblick. Er lud sie zum Abendessen ein, und sie bemerkte belustigt, daß er von seiner Verheiratung wie jemand sprach, der sich entschuldigen zu müssen glaubt.

Sie lehnte ab:

»Vielleicht morgen, heute bin ich nur Geschäftsfrau.«

»Sie wollen verkaufen?« fragte er aufhorchend, und es war ihm eine neue Genugtuung, ihr mitteilen zu können, daß sie an diesem Grundstück ein Schatzkästlein besaß. Sie hatte nie über die Zusammensetzung von Brüssel nachgedacht, aber jetzt, nach so vielen Jahren, erkannte sie hellsichtig, wie die beiden Elemente der Stadt auf ihn gewirkt hatten – bürgerlich war er ganz Franzose der Oberstadt, schwarz der Rock und schwarz der Seidenbart; seelisch war er derber und breiter geworden; ihr Ohr hörte den flämischen Akzent der Unterstadt heraus.

Er schickte zu den Herren, die das Grundstück kaufen wollten. Sie wappnete sich, als sie die verschlagenen Augen sah.

Zunächst mußte sie ihre Huldigung über sich ergehen lassen. »Madame«, begann der ältere, »im Jahre 1847 war diese Parzelle dreitausend Franken wert; wir wenden einer Dame gegenüber nicht die Methode des Feilschens an, wir bieten sofort den äußersten Preis, er beträgt das Zehnfache des ursprünglichen. Wenn es Ihnen genehm ist, können wir sofort zu Maître Vanderlip fahren und die Übergabe vollziehen.«

»Meine Herren«, erwiderte sie, »nicht einmal in Amerika, wo ich zwölf Jahre lang mit einem Geschäftsmann verheiratet war, entschließt man sich so schnell, es sei denn, daß an der Großzügigkeit des Angebots kein Zweifel bestehen kann. Wir verabreden vielleicht, uns übermorgen wieder hier zu treffen.«

Kein Einwand half. Als Jörcher mit ihr allein war, wollte er ihr zureden. Sie schnitt ihm das Wort ab:

»Wir werden das Geschäft zusammen machen, auf Teilung.«

»Niemals«, versicherte er, »das dürfen Sie einem Mann von Ehre nicht zumuten.«

»Mein lieber Manfred, Sie werden die Hälfte nehmen oder sie der Stadt für ihre Armen geben. Ich habe die Parzelle, wie Ihre Freunde sich ausdrückten, schon von London aus abschätzen lassen: sie ist mindestens sechzigtausend Franken wert, die heute Ihnen gehören könnten. Als ich mich verheiratete, hätte ich darauf verzichten müssen – ich habe es nicht getan, um etwas, das einmal gewesen ist, nicht abzuleugnen. Aber damals würden Sie mir dieses Geschenk nicht gemacht haben, wenn Sie gewußt hätten, daß es heute das Zwanzigfache wert ist – also werden wir teilen. Alles hat seine Moral, auch der Wertzuwachs.«

Er bewunderte sie:

»Sie wissen etwas von der Macht des bons sens. Man kann alles so darstellen, daß es völlig überzeugt. Ich widerstrebe nicht mehr, wir werden uns zusammentun, und wir werden die Sechzigtausend erzielen. Ich werde von meiner Hälfte eine Stiftung für Seemannswaisen machen, das liegt der Kronprinzessin besonders am Herzen, und ich werde noch etwas dazulegen.«

»Und, sobald die Kronprinzessin Königin geworden ist, zum

Baron ernannt werden, woran Sie schon damals nicht zweifelten.«
»Geldleute fühlen sich mitunter geschmeichelt, wenn man sie durchschaut«, sagte er lachend.

11

Er kam nochmals auf den Abend zurück. Warum ihn einsam verbringen? Da sie seine Klientin war, gehörte es zum Dienst des Geschäftsmannes, daß er den Abend ihr widmete. Die Restaurants der Altstadt waren vorzüglich wie am ersten Tag – erinnerte sie sich der »Sole frite«?
»Ihre Frau ist die Klientinnen gewohnt?« erkundigte sie sich ironisch. »Mein Lieber, Sie sprechen wie ein Ehrenbürger des Marolle. Den Abend werde ich auf eine Weise verbringen, für die Sie kein Verständnis hätten.«
»Mit einer Grammatik auf dem Kopfkissen?« fragte Jörcher, er konnte noch immer drastisch sein.
»Mit einem Versbuch«, erwiderte sie.
»Verse, gerechter Gott. Eine Frau wie Sie, die sich mit mir nur in der Königlichen Oper zu zeigen brauchte, um meinen Ruf als galanter Mann aufzufrischen. Seit wann lesen Sie Gedichte, lernt man das in Amerika?«
»Seit ich von einer Kaiserin hörte, die das liebt. Seither nehme ich, wenn mir Zucht nottut, einen Versband zur Hand. Zuerst glaubt man, es gäbe nichts Nutzloseres. Dann bewundert man die Reinheit und Strenge des Ausdrucks. Zuletzt fühlt man sich frei von allem, was unwesentlich ist. Man kommt in Ordnung mit sich selbst, und am nächsten Tag hat man einen klaren Kopf.«
Nachher ärgerte sie sich, weil sie ihm diesen überflüssigen Einblick gestattet hatte. Seit der ersten Begegnung mit dem Fürsten las sie vor dem Einschlafen oft Gedichte, und sie war nicht bei Byron oder Heine stehengeblieben. Sie hatte gefunden, daß es auch dem musikalischen Gefühl zugute kam. In einer Londoner Buchhandlung hatte sie am letzten Tag eine schöne Ausgabe der Dante-Übersetzung des Königs von Sachsen gefunden und gekauft, weil sie durch den Abend mit dem Fürsten auf Italien aufmerksam geworden war.

Ich bin ein deutscher Backfisch, dachte sie, der für das schwärmt, was der Held seiner Träume lobt. Aber es beschwerte ihr Gewissen nicht. Sie fühlte sich wunderlich gehoben an diesem Abend, froh ohne Grund. Vielleicht weil das Wiedersehen mit Jörcher hinter ihr lag – durch die Jahre war es ihr wie eine Pflicht gegen sich selbst erschienen. Nicht nur das Vergessen löschte eine Erinnerung aus; auch der Mut, ihr noch einmal ins Auge zu sehn, tat es.
Als sie das Hotel betrat, übergab ihr der Portier einen Brief. Sie glaubte, Jörcher habe einen reitenden Boten hinter ihr hergejagt, um die dritte Einladung zum Abend zu übermitteln. Sie öffnete den Umschlag und erblickte die Karte des Fürsten.
Er war im Hotel de Saxe abgestiegen und ließ sie es wissen, indem er um ihre Nachsicht bat. Daß er ihr nach Brüssel folgte, sei mit Absicht geschehen; daß er sein Gepäck ins gleiche Hotel schickte, sei Zufall gewesen. Ihren Namen habe er erst bei der Eintragung ins Fremdenbuch gesehn, und es habe ihn veranlaßt, sich von einer Sekunde zur anderen Herr von Neudeck zu nennen. Über die Berechtigung könne man streiten, über die Nützlichkeit nicht.
»Der Herr Baron befindet sich im Salon«, erläuterte der Mann hinter der Schranke.
Sie betrat, ohne zu zögern, den Raum, mit demselben freien Gefühl, das die Gnade dieses Tages war.
Ein Mann, der die Gestalt des Fürsten hatte, ging auf sie zu; aber ohne Vorbereitung hätte sie ihn nicht erkannt. Der Bart war bis auf einen englischen Rest auf der Oberlippe verschwunden, und sie wußte alles in einem Augenblick – daß es ihr zu Gefallen geschehen war und daß sie diesen festen, schöngeschnittenen Mund liebte.
»Zehn Jahre jünger sind Sie, Herr von Neudeck«, begrüßte sie ihn, »und der Tochter-Vater-Respekt, den ich für Sie empfand, ist dahin.«
Es war wie eine Entzauberung im Märchen; der strenge alte Berggeist, der die Gemsen über den Abgrund hetzte, hatte sich in einen Prinzen verwandelt, der ihresgleichen war.
»In einen schönen jungen Mann von achtunddreißig«, gab er zu bedenken.
»Im alten Rom und im neuen Amerika hatte man keine

andere Bezeichnung für dieses Alter«, erwiderte sie; es entsprach den dreiunddreißig, die ihrer waren.
Nie hätte sie so mit ihm reden können, als er noch Seine Durchlaucht gewesen war. Auch sie war wie verwandelt, gab den Ton an und führte. Hier wollten sie nicht bleiben, der rote Plüsch war entsetzlich. Der Portier grinste, als sie das Hotel mit diesem Baron, der ihr nachgereist war, verließ. Es konnte ihr gleich sein; alles war ihr gleich an diesem Abend, den die Gaskandelaber der Großstadt mit Licht überschütteten – aber dahinter lagen die alten Gassen, die um ein halbes Jahrtausend älter waren.
War es nicht herrlich zu fühlen, wie die Zeit von ihnen abfiel, wie sie mit jedem Schritt eine Generation hinter sich ließen? Marolle, Marais, Sumpf – hier hatten sie einmal als Pfahlbürger gehaust, die vielen, die lauten, die derben, und diese Eigenschaften paßten noch immer auf sie. Aus Hauswänden, die steil wie eine Festungsmauer waren, quoll es von Kindern. Es roch, es kreischte wie das Volk, es rief ihnen spöttisch und ermunternd nach.
»Wie ein Gang durch das Judenviertel in Wien ist das«, sagte der Fürst; und sie: »Ich möchte es sehn, ich möchte Italien sehn, in Deutschland und Spanien durch alle Städte gehn – wer aber begleitet mich?«
»Es wäre zu machen«, antwortete er, »alles, was man will, ist zu machen.«
Sie drängte sich an ihn; die Schatten der spitzen Häuser wurden tiefer, die Laternen schwankten verloren im Wind. Noch eine Biegung, und jenseits eines Platzes reihte sich, als seien hier die Speicher Vinetas, eine Giebelfolge so hoch, daß ihr Gold des Mondes bedurfte, um aufzugleißen. Grand'place, Brothaus, Zunftbauten war ihr Name in der Wirklichkeit, von der nicht feststand, daß sie ernsthafter als das Verzauberte sei.
Sie wandte sich um; an einer Wand hinter dem Brünnchen, das so unanständig Wasser von sich gab, mußte eine flämische Tafel hängen, zum Gedächtnis an den Tag, an dem hier Egmont hingerichtet worden war. Ein Wort war ihr in der Erinnerung geblieben, das für deutsche Ohren so komisch klang: durch die »Unvertragsamkeit« Albas hätten die Grafen das Leben verloren.

Sie fand die Tafel, konnte aber in der Finsternis nicht lesen. Sie stellte sich auf die Fußspitzen, der Fürst fing sie auf und hielt sie fest. Die süße Schwäche durchschlug sie bis in den Schoß, sie stieß den Schrei der Erregung aus, durch den sie Macht über Peter Harald gewonnen hatte.
Woher wußte sie, erkundigte sich der Freund, von dieser Tafel und diesem Wort? War sie schon früher einmal in Brüssel gewesen?
»Als ich achtzehn war, ließ ich mich hier auf dem Konservatorium ausbilden«, log sie mit der Unbefangenheit der liebenden Frau und dachte dankbar, daß Brüssel ihr doch noch das Glück gewährt habe. Sie stiegen zu den Boulevards auf und tasteten sich durch ein neues Gewirr von Gassen zur Sohle zurück. Es war das Viertel der Liebeshäuser, die Eingänge schimmerten rosa und blau. Sie gingen schweigend vorbei; nur einmal fragte sie:
»Gibt es das in jeder Stadt der Alten Welt?«
»In jeder, auch der Neuen«, erwiderte er.
Dann aßen sie in dem kleinen Lokal, wohin Jörcher sie am häufigsten geführt hatte, und sie erinnerte sich des Zorns, mit dem er festgestellt hatte, daß Frauen in ihrer Unselbständigkeit es dem Begleiter überließen, für sie zu wählen. Sie suchte mit Sorgfalt aus. Als sie aufschaute, erkannte sie in dem Mann, der mit seiner Frau am Nebentisch saß, den Wallonen. Es erregte sie nicht, es belästigte sie nicht einmal – es führte sie mit einem Schlag, als hätte sie Oberons Silberhorn gehört, zu der Hortense zurück, die mit achtzehn diesem Erstbesten gefolgt war.
Sie sah die Tandbuden am Baden-Badener Kurhaus, die Tischchen davor, die kurze Allee der Kastanien dazwischen: dunkel war ihr Grün, fast war es schwarz. Schwer lagen die Flechten auf dem Nacken des Mädchens, aber sein Gang war, als sei Schreiten ein Dahinwehen, das die Gewänder rückwärts bauschte. Ein Geigenstrich, ein Rosenduft, ein tiefer Blick; ein Klirren von Gold, ein Flammen von blutrotem Samt und das Wiehern eines Füllens, das die Hufe warf – es genügte, um alle Tore der Welt aufzustoßen.
Oft hatte sie versucht, sich diesen Zustand zurückzurufen; gelungen war es nie.
Was tat Neudeck, wenn sie ihm sagte: »Der dort mit der

fetten Frau und den verdickten Fingernägeln war der erste, der mich besaß?« –

»Warum entblößt du dich?« antwortete er, wenn er so herrenhaft war, wie sie ihn sah. »Weil die Vorschrift es verlangt? Es ist viel Muffiges an diesem Wahrheitswahn, viel für die kleinen Leute, die man lehrt, daß Demut, Selbstauslieferung, Bekenntnis unter allen Umständen das Höchste sei. Beichte, wenn du dich entlasten willst; aber wahre deine Selbständigkeit, wenn du dich stark genug dazu fühlst.« In dieser Stunde wurde das Verhalten geboren, das sie fortan befolgte. Ob es gut oder schlecht war, stand dahin. Aber da sie sechzehn Jahre gebraucht hatte, um es wiederzufinden, nannte sie es das Erlebnis der Freiheit und bejahte es.

In der Frühe des nächsten Morgens zog sie in das Hotel Bellevue in der Rue Royale und teilte Neudeck durch ein paar Zeilen mit, daß es keine Verpflichtung für ihn gebe, nicht einmal die, seine Rückkehr nach London um einen Tag zu verschieben. Warte er gleichwohl auf sie, so möge er sich am Abend im Lokal von gestern einfinden.

Am Vormittag ging sie zu Jörcher. Er schaute sie prüfend, dann ein wenig spöttisch an – sie war über Nacht aufgeblüht, er ahnte die Wahrheit, für Dinge der Liebe hatte er Blick. Er fand sie erregend, er machte kein Hehl daraus. Warum nicht in der Brüsseler Gesellschaft Fuß fassen, eine distinguierte Fremde, die eines dieser stillen Häuschen im neuen Quartier Leopold mietete, an einem Square mit Springbrunnen und Blumen? Wußte sie, daß Brüssel die Stadt der Azaleen geworden war?

»Brüssel ist ein verlockender Wohnort«, erwiderte sie, »aber ich wäre zu sehr von Ihrem guten Willen abhängig. Ich bin nicht so sicher, daß Sie wie ein Gentleman schweigen, wenn ich Ihnen die Chance verweigerte, und das würde ich tun.« Er legte die Hand aufs Herz.

»Lassen Sie's gut sein«, sagte sie, »von mir zu Ihnen ist eine Verrechnung fällig, die nie zu Ihren Gunsten aufginge. Jetzt führen Sie mich zu diesen Leuten, dann dürfen Sie mich zum Mittagessen einladen, bei Ihnen draußen oder in der Stadt – wie Sie eine Klientin zu behandeln pflegen.«

Er konnte ihr sagen, was die Makler bieten würden. Sie waren schon bei ihm gewesen und wollten bis fünfzigtausend gehn. Es kam auf Hortenses Festigkeit an. Wenn sie noch ein, zwei Jahre warten konnte, hatte sie einen Trumpf mehr in der Hand.

Aber es gab noch einen anderen Weg. Nur die Tatsache, daß sie ihm die Eigenschaften des Gentleman abgesprochen hatte, stand entgegen. Er ließ sich ein wenig bitten, dann setzte er ihr den Vorschlag auseinander, den er hatte machen wollen. Er war bereit, den Verkauf für sie zu übernehmen, ihren Anteil von dreißigtausend Franken auszuzahlen und, falls er mehr als sechzigtausend erzielte, den Überschuß mit ihr zu teilen.

Sie war großzügig gewesen, als sie ihm die Hälfte angeboten hatte; er konnte es auch sein. Die Stiftung mochte noch ein wenig warten – am besten bis zu dem nicht mehr fernen Tag, an dem die Kronprinzessin Königin wurde. Er war dann sicher, daß sie inzwischen nicht das Gedächtnis verloren hatte, erklärte er mit einer Offenheit, die entwaffnete.

Sie überlegte, daß er nichts als die Zinsen von einem oder zwei Jahren verlor, und nahm an. Die Makler mußten sich mit einem Absagebrief zufriedengeben. Als die Glockenspiele den Mittagschoral anschlugen, verließen Hortense und Jörcher das Zimmer des Notars. Vor der Tür stand ein Coupé, der Kutscher öffnete mit gesenktem Hut den Schlag. Jörcher hatte auf das Frühstück unter vier Augen verzichtet. Sie tat ihm für manches, was sie am Morgen gesagt hatte, Abbitte. »Ich habe schon oft gewünscht«, ließ er sich vernehmen, »Sie in meinem Hause als Gast zu sehn – nicht nur um Ihnen zu zeigen, daß ich es zu etwas gebracht habe. Um ehrlich zu sein, ich hatte nie ein schlechtes Gewissen, wenn ich an Sie dachte. Ich erinnere mich, was mir durch den Kopf ging, als in Waterloo Herr Harald auftauchte: eine Heirat muß ein neues Kapitel beginnen, nicht ein altes abschließen. Ich weiß nicht, ob Sie mich verstehen – man soll nicht heiraten, weil man sich verpflichtet fühlt; es muß ein wenig Romantik dabeisein, sei es auch nur die völlig neuer Verhältnisse, Beziehungen und Möglichkeiten. Sie wurden Bankiersfrau in Amerika, ich Schwiegersohn eines Chinaexporteurs. Gestehn Sie doch, daß wir beide unser Leben nicht rückgängig machen würden.«

»An Ihnen ist ein Advokat verlorengegangen – des bon sens.

Sie haben recht; ich weiß nicht, was aus mir geworden wäre, wenn Sie mir damals die Ehre erwiesen hätten, mich zu heiraten. Vermutlich hätte ich unter Ihrer Untreue gelitten und mich wie Madame Bovary gerächt. Die Verrechnung ist begraben, wir können Freunde sein – in vernünftigen Grenzen.«

»Ich bin zäh; Grenzen hat man schon oft umgesteckt. Pardon, das sollte nichts als die Erwiderung auf ein Stichwort sein. Wir sind bei Polykrates angekommen – erlauben Sie, daß er Sie auf seine Zinnen führt. Darf ich Sie vorbereiten? Meine Frau ist kränklich, sie ist oft an den Stuhl gefesselt. Nein, nicht von Anbeginn, sie war ein so frisches, blondes Mädchen, wie nur je ein alter Holländer eines mit Pelzbesatz und Scheitel gemalt hat.«

Il ne faut jamais jurer de rien; you never can't tell me – in allen Sprachen riet die Weisheit ab, etwas zu behaupten, daß es unmöglich sei. Am Morgen hätte Hortense geschworen, daß sie nie Gefallen an der Frau Manfred Jörchers finden werde – am Nachmittag hatte sie dieses zarte Geschöpf und ihr Töchterchen, das im Alter Valentines stand, zu einem Osteraufenthalt am Genfer See eingeladen und fast mit Bedauern die Aufforderung, auch den Abend mit ihr zu verbringen, abgelehnt.

Die Fahrt zum Hotel reichte nicht aus, um sich zu sammeln. Umsonst schloß sie die Augen und verdichtete alle Energien auf das Bild Egon Neudecks. An diesem Namen war wenigstens der Vorname wahr. Noch immer wußte sie nichts von seinen täglichen Umständen. Teils hatte sie sich gescheut, danach zu fragen, solange er nicht selbst das Bedürfnis hatte, davon zu sprechen. Teils war gestern nicht der Tag der Wirklichkeit gewesen, ein Tag ohne Raum und Zeit, an dem nur das Absolute galt. Sie machte die Unterschiede der Philosophen, ohne je von ihnen gehört zu haben.

Und dann, auch die neue Haltung, der neue Lebensplan hatten Anteil gehabt. Bevor sie nahm, hatte sie geben wollen, damit es ein Geschenk war, das sie selbst auswählte.

Die Selbständigkeit durfte nicht darunter sein. Heute würde sie ihm sagen, wie sie sich alles dachte. Um Mutter Hönne noch mehr an Valentine zu fesseln, wollte sie die mittellose Frau zur Mitbesitzerin von Mon Repos machen. So gewann

sie die Möglichkeit, zwei-, dreimal im Jahr Egon auf ein paar Wochen zu treffen, in Italien, in Frankreich, wo immer der Erfahrene ihr etwas zeigen wollte. Viele Menschen sollten zu ihr kommen, aus allen Kreisen, auch den geistigen – es war nichts Neues am Genfer See. Auch Egon hinderte nichts, sich unter ihnen zu zeigen – seltsam, dachte sie beunruhigt, daß ich sein Gesicht nicht mehr sehe. Sie sah es nicht mehr einheitlich, bald war es das des Fürsten, bald das Neudecks.
Es blieb ihr keine Zeit, darüber nachzudenken, der Wagen hielt vor dem Hotel. Sie ging durch die Halle zum Portier; ein Mann mit dem Käppi und dem Umhang der Polizisten löste sich vom Hintergrund und trat neben sie, während sie mit dem Portier sprach.
»Madame verzeiht, Madame wird erlauben, daß wir ein paar Fragen über den Sieur Neudeck an Sie richten.«
Verstört folgte sie ihm in einen Raum, wo sich bald der herbeigerufene Kommissar einfand. Ihre Bitte um Auskunft lehnte man höflich ab, zuerst möge sie sagen, was sie von Neudeck wisse. Sie berichtete über ihr erstes Zusammentreffen in Paris, über das zweite, über das unerwartete dritte – sie merkte mit Schrecken, wie zufällig sie alle gewesen waren.
Nein, sie hatte Neudeck nicht mitgeteilt, daß sie nach Brüssel fahren wolle, er war ihr ohne Verabredung nachgereist. Es blieb ihr nichts übrig, als das zu sagen, und es entsprach dem Wortlaut nach der Wahrheit. Sie erklärte, weshalb sie sich in Brüssel aufhielt, nannte den Namen Jörchers und des Notars.
Sie ließ die Herren im Glauben, den Abend habe sie bei Jörcher verbracht und Neudeck nur gebeten, ihr den Weg zu zeigen. Zum Glück war sie allein zurückgekehrt, und ein Blick auf die Mienen verriet ihr, daß man sie über Nacht nicht ausspioniert hatte.
Zuletzt fragte man sie, weshalb sie heute morgen das Hotel gewechselt hatte. Sie fühlte, daß man eine bestimmte Antwort erwartete und daß sie sich durch sie retten konnte. »Ich wollte Abstand wahren und bin, als Herr von Neudeck mir gestern abend seine Anwesenheit mitteilte, nur deshalb nicht umgezogen, weil es zu auffällig gewesen wäre.«
Es war unwahrscheinlich, sagte man ihr, daß sie noch einmal belästigt würde. Aber man wünschte doch, daß sie sich noch

einige Tage zur Verfügung hielt. Das konnte sie bewilligen, sie würde morgen in das Jörchersche Haus übersiedeln. Nun endlich erfuhr sie, was gegen Neudeck vorlag.
Ein Ostender Gastwirt hatte ihn als den Mann erkannt, der sich im vorigen Sommer der Bezahlung seiner Schulden durch die Flucht entzogen hatte. Seiner eigenen Angabe nach war er ein deutscher Schauspieler, der den Namen seiner Mutter dem fürstlichen seines Vaters vorzog.
Sie erkundigte sich, was mit ihm geschehen werde.
»Da er genug Geld bei sich hat, um die Forderung zu bezahlen, hat der Ostender keinen Strafantrag gestellt – wir werden ihn nur ausweisen, vorausgesetzt, daß ihn nicht seine Heimatbehörde sucht.«

12

Hortense hätte für die Erlaubnis, sofort abreisen zu können, viel gegeben. Sie verbrachte die zwei Tage, die ihr auferlegt waren, im Hause Jörchers. Wenn die Polizei sich bei ihm nach ihr erkundigt hatte, gab er es mit keinem Wort zu verstehn. Aber es war nicht wahrscheinlich. Vom Polizeistandpunkt gesehen, handelte es sich um eine Bagatelle.
Ohne den Wallonen, den sie fürchtete, wäre sie am liebsten in Brüssel geblieben. Sie hatte Angst vor der Reise und den langen Stunden, in denen die Gedanken sich nicht ablenken ließen, niederdrückende, demütigende Gedanken.
Jörcher, der sie zum Zug begleitete, stand vor dem geöffneten Fenster und reichte ihr Stück um Stück einige Zeitschriften, die Pariser Illustration, den Punch, den Bazar und die Gartenlaube. Da sah sie in Begleitung eines Agenten Neudeck vorübergehn. Sie verbarg ihr Gesicht hinter dem großen Format der Leipziger Illustrierten, die eben durch das Fenster kam.
Man schob ihn ab, er fuhr mit ihr im gleichen Zug. Warum hatte sie nicht die Linie nach Metz gewählt, die überdies die kürzere war? Was lag ihr an der Rheinfahrt, durch die sie sich hatte bestimmen lassen!
Zwischen Lüttich und Aachen faßte sie einen Entschluß. Sie nahm an, daß Neudeck in Aachen einige Förmlichkeiten zu

überstehen hatte und nicht gleich weiterfahren konnte. Sie setzte fest, daß sie aussteigen und, wenn es sich machen ließe, mit ihm sprechen würde. Sie hätte nicht sagen können, was sie leitete; aber sie fühlte, daß es für ihre Ruhe notwendig war. Wenn sie sich einem Mißverständnis und einer Gefahr aussetzte, wollte sie es in Kauf nehmen. Auf dem Aachener Bahnhof übergab sie ihren Koffer einem Dienstmann mit der Anweisung, ihn bis zum nächsten Zug aufzubewahren. Dann ging sie in der Halle, wo die Schalter waren, auf und ab und wartete. Nach einer Weile erschien Neudeck. Sie prüfte seinen Anzug, seine Haltung und sprach sich in einem Punkte frei: das Auge war nicht verantwortlich für ihre Leichtgläubigkeit gewesen. Von den Gamaschen bis zum Hutband war er wie ein Londoner Klubmann gekleidet, und niemand, der ihn sah, kam auf den Gedanken, daß hier nur eine Rolle gespielt wurde.

Er suchte die Fahrpläne, dann erblickte er Hortense.

»In einer Stunde geht ein Personenzug nach Köln, in drei ein Schnellzug. Zum mindesten darf ich Sie um die Stunde bitten«, wandte sie sich an den Mann, den sie vor einigen Nächten du genannt hatte.

Es tat nicht weh, zu denken, daß es ein jubelndes Du, Du gewesen war, das schönste, das heißeste, die erste Kommunion mit dem fürs Leben gefundenen Freund. Was sie am meisten gefürchtet hatte, das Gefühl der Scham, fehlte ganz – vielleicht weil er nicht zwanzig und nicht fünfundzwanzig war. Unter Menschen, die wußten, was sie taten, war für Empfindlichkeiten kein Platz.

»Gern«, erwiderte er höflich, »es wäre mir nur lieb, wenn ich etwas zu mir nehmen könnte, ich bin ausgehungert.«

Sie wählten einen Tisch in der Bahnhofswirtschaft. Hortense sah ihm schweigend zu, während er mit seinen gutgegliederten, starken Fingern Gabel und Messer handhabte.

»Sie sind Sportsmann?« fragte sie.

»Ich bin in vielerlei Sport geübt, vom Schwimmen bis zum Golf, vom Angeln bis zum Bergsteigen.« Er hielt die Gabel zwischen den Fingern und drückte sie zu einem Stück Metall zusammen. »Ich könnte Ihnen auch zeigen, wie man ein Spiel Karten von zweiundfünfzig Blatt in zwei Teile zerreißt«, fügte er hochmütig hinzu.

»Sind Sie auch Spieler?« setzte sie das Verhör fort.
»Sie meinen Falschspieler? Nein, vorerst noch nicht.«
»Man hat mir gesagt, der Fürst, dessen Namen Sie führen, sei Ihr Vater gewesen?«
»Ja, er lernte meine Mutter kennen, als sie ihr erstes Engagement in Regensburg hatte. Das war ihre Angelegenheit, aber meine ist es, daß er sich verpflichtet fühlte, seine Hand über dem Kinde zu halten.«
Sie verstand nicht. Warum drückte er sich so gewunden aus?
»Sein fürstliches Selbstbewußtsein war so groß, daß er sogar in dem unehelichen Sohn etwas sah, das man erhalten mußte.« Mein Gott, dachte sie, was für eine Auffassung. Wie verbissen er das sagte. Haßte er den Vater?
»Ganz recht, ich haßte ihn. Weil er, noch als ich Student war, in jede Einzelheit meines Wohlergehens hineinredete, es aber grundsätzlich ablehnte, mich zu sehen oder auch nur direkt mit mir zu verhandeln. Er hatte einen Vertrauensmann, der in alles eingeweiht war und ihm wie ein Höriger diente. Verstehen Sie denn nicht, daß er meinen Stolz maßlos verletzte?«
Sie übersetzte es sich ins Weibliche und begriff. Man hatte ihm Rechte bewilligt, aber die Liebe versagt. Sie dachte an ihre eigene Jugend, und ein Gefühl der Angst überkam sie bei dem Gedanken, daß zwischen ihm und ihr eine Ähnlichkeit bestand.
»Du sollst nicht richten«, sagte sie, »es ist unmöglich, ihm vorzuwerfen, daß er für Sie sorgte.«
»Es war der Ursprung allen Unglücks. Ich hätte niemals wissen dürfen, daß ich einen Fürsten zum Vater hatte.«
»Ich kann kein Unglück darin sehn, der Sohn einer Schauspielerin und eines Fürsten zu sein. In London besuchte ich einen Russen, der dem Schicksal nach Ihr Bruder sein könnte. Seine politische Tätigkeit sagte mir nicht zu, aber eine große Gemeinschaft von Menschen verehrten ihn als Führer und bedeutenden Mann.«
»Sie meinen Alexander Herzen. Aber was soll das, Frau Hortense? Sagen Sie mir, was Sie veranlaßt hat, hier auf mich zu warten. War es Mitgefühl?«
»Ich glaube nicht«, erwiderte sie, »ich tat es um meinetwillen. Ich bin keine Abenteuerin, die sich für irgendeine Nacht

irgendeinen Genossen nimmt; ich will wissen, wie der Mann beschaffen ist, der Macht über mich gewinnen konnte.«

»Ich bin bereit, Ihnen Rede zu stehn.«

»Sie sollen nicht Rede stehn, Sie sollen erzählen.«

»Mit meiner Erzählung sind sentimentale Empfindungen unlöslich verbunden – ich will sagen: wie immer ich die Worte setze, die Wirkung auf den, der Wohlwollen für mich hat, ist sentimental.«

»Wir werden sehn. Es ist nicht gesagt, daß ich gerührt sein werde. Da Ihr Vater für Ihre Erziehung sorgte, werde ich Sie zum Beispiel fragen, weshalb Sie nicht das wurden, was man ein brauchbares Mitglied der Gesellschaft nennt. Was hinderte Sie daran?«

»Was sonst als das Blut. Es trieb mich zuerst aus der bürgerlichen Bahn, dann aus der künstlerischen. Sie kennen die deutschen Verhältnisse? Da ist alles nach Ständen geschieden, und die mittleren ordnen sich den oberen demütig unter. Es war eine Demut, die ich mit den väterlichen Augen sah. Ich brauchte nicht zu lernen, wie man als Fürst auftritt, ich wußte es. So ging ich zur Bühne, wo einer viele Gelegenheiten hat, Fürsten und Könige zu spielen. Ich hatte großen Erfolg, fast so großen wie meine Mutter, die inzwischen eine Tragödin von Rang geworden war, und wenn ich durchgehalten hätte, würde mir heute Laube in der Burg die Intriganten anvertrauen.

Das Unglück war, daß mir der geschminkte Zustand nicht genügte. Ich konnte nicht abtreten, wenn der Vorhang gefallen war. Ich beobachtete die Leute, die Grafen blieben, wenn sie aus dem Theater kamen, und fand, daß sie sich nicht auf ihr Handwerk verstanden. Manchmal war eine ihrer Frauen bereit, den Vergleich zu ziehen. Nichts macht einen Mann ehrgeiziger als Frauen, die ihm sagen, daß er seinen Platz in der Welt noch nicht gefunden hat. Ich spielte in Prag, als eine von ihnen, die einen großen Titel hatte, mit mir fliehen wollte. Als ich packte, erhielt ich die Nachricht, daß mein Vater gestorben sei und mir ein kleines Vermögen, eine größere Summe, hinterlassen habe.

Ich fuhr nicht nach Dresden, wo sie mich erwartete, sondern nach Hamburg. Ich nahm den Namen meines Vaters an und fand jeden Anschluß, den ich haben wollte. Ich habe alle

Erdteile gesehen. Wenn ich etwas von der Artillerie verstanden hätte, wäre ich in Japan geblieben, dafür interessierte man sich dort brennend.«

Ein Beamter mit der Schelle betrat den Raum und machte sie auf den Abgang des Kölner Zuges aufmerksam.

»Es sind ungewöhnliche Verhältnisse«, sagte Neudeck, »ich darf die Pflicht, Ihnen Gesellschaft zu leisten, mißachten und Abschied von Ihnen nehmen.«

»Lösen Sie zwei Karten«, wies sie ihn an, »ich werde mit demselben Zug fahren, um den Rest Ihrer Geschichte zu hören.«

»Die Geschichte hat kein anderes Ende als alle Geschichten aus der Wirklichkeit«, sagte er, »das Geld nahm ab, es kehrte zurück, es ging von neuem aus.«

»Wir haben noch anderes zu besprechen.«

»Wie Sie wollen«, erwiderte er.

Die Stunden bis Köln vergingen im Flug.

»Daß Sie sich mir in Paris als Fürst vorstellten«, sagte sie, »erkläre ich damit, daß Sie dort als Fürst auftraten. Was ich wissen möchte, ist, aus welchem Grund Sie mir aus München die Geschenke schickten.«

»Weil Sie mir gefallen hatten. Ich habe während meiner Gastrollen nie das Gefühl der Täuschung gehabt. Die kleinen Andenken waren versprochen, also schickte ich sie.«

»Ich glaube nicht, daß das Ihr einziger Beweggrund war. Dachten Sie daran, mich wiederzusehn?«

»Ja. Wenn es nicht Winter gewesen wäre, hätte ich einen Besuch am Genfer See gewagt. Statt dessen fuhr ich Ihnen nach England nach, wo eine Reisebekanntschaft immer bereit war, hohe Einsätze an mich zu verlieren.«

»Fürchten Sie denn nicht, entlarvt zu werden?«

»Der legitime Sohn meines Vaters, der Chef des Hauses, sieht mir sehr ähnlich. Im Notfall konnte ich mich für ihn ausgeben und genügend Zeit gewinnen, um mich aus der Affäre zu ziehen.«

»Welche Absichten hatten Sie mit mir? Sprechen Sie offen.«

»Das tue ich seit Stunden. Es ist klar, daß ich oft daran dachte, mich durch eine Heirat mit einer Ausländerin in Ordnung zu bringen. Die Frauen haben es mir im allgemeinen leicht gemacht, zumal die angelsächsischen Witwen. Aber sie wollten alle in München oder Wien leben, ich sollte ihnen dazu verhelfen, Hofluft zu atmen. Und es war zwar leicht, Macht über sie zu gewinnen, aber eine wärmere Beziehung kam nie zustande. Unbewußt fühlten alle, daß ich eine Maske trug.«

»Das ist richtig, auch ich fühlte es und irrte mich nur im Motiv, solange ich Sie für einen hochfahrenden Fürsten hielt.«

»Ich spürte es, aber an Ihnen war etwas, das mich hoffen ließ. Was ich jetzt sage, klingt ungemein brutal! – Ich weiß nicht, ob ich es sagen darf.«

»Selbstverständlich«, bat sie.

»Als ich Ihnen nach London folgte, legte ich mir einen Plan zurecht. Ich wollte Sie zuerst mit den Mitteln des Mannes erobern, dann die große Beichte ablegen. Verstehen Sie recht, an Ihnen war etwas, das mich hoffen ließ. Sie sind kein Durchschnittsmensch, Sie haben Mut und Herz. Um es kurz zu machen, ich rechnete damit, Ihre Verzeihung zu erlangen und nach der Beichte, wenn auch nicht sofort, von Ihnen geheiratet zu werden.«

»Und Ihre zerrüttete Ehe?«

»War Berechnung. Bei der Enthüllung wollte ich sagen können: in diesem Punkt wenigstens besteht kein Hindernis.«

Sie schaute lange auf die Felder hinaus. So also war es gewesen. Keine Wahrheit tat weh, Unsicherheit war viel schlimmer.

Sie dachte an den Gang durch das nächtliche Brüssel, den Augenblick auf der Grand'place. So also ging es zu. Der eine schwang im höchsten Gefühl, der andere rechnete kühl, und es gab nicht einmal einen Mißklang – unheimlich war das.

»Sagen Sie, wie war es möglich, daß der Mann aus Ostende den Strich durch die Rechnung machte? Trugen Sie im vorigen Sommer keinen Backenbart?«

»Ich war glatt rasiert, wie heute.«

»Und Sie rasierten sich, weil Sie gemerkt hatten, daß der Bart mich störte. Ohne mich würden Sie sich am allerletzten in Belgien bartlos gezeigt haben?«

»Gewiß.«

»So bewahrte mich also der Bart, und diese Liebesgeschichte ist in Wahrheit die einer falsch gewählten Barttracht?«
Sie lachte leise auf.
Er hatte mit einem harten Gesicht erzählt, jetzt überzog es sich mit einer Röte, die tiefer und tiefer wurde, bis er wie mit Blut übergossen dasaß.
»Mein lieber Freund«, sagte sie, »Sie sind nicht so verhärtet, wie ich bis zu diesem Augenblick glaubte. Aber es bedarf schweren Geschützes, um Sie in Gang zu bringen. Das Ungeheuer in den Gerüsten dort scheint der Kölner Dom zu sein – es bleibt nicht mehr viel Zeit, um Ihnen zu sagen, was noch zu sagen ist: Sie mußten die Beichte vorher ablegen – Sie verstehn?«
»Mit welchem Erfolg? Sie wollen doch nicht behaupten, daß ...«
»... ich Sie geheiratet hätte? Wer kann sagen, was er täte, wenn das und das wäre? Es ist eine müßige Beschäftigung. Bleiben Sie bei dem, worauf es ankommt: man soll nicht betrügen, wenn Vertrauen und Seelisches auf dem Spiel stehn. Wohin werden Sie sich von Köln wenden?«
Er zuckte die Schultern:
»Nach Homburg oder Baden-Baden.«
»Um zu spielen?« fragte sie geringschätzig. »Und wieder als Fürst? Ein Mann wie Sie, der Bildung, Energie und Erfahrung besitzt? Daß man mit zwanzig trotzt, verstehe ich; mit achtunddreißig – aber wir sind angekommen.«
»Sie haben recht, mich an mein Alter zu erinnern«, antwortete Neudeck ruhig; er suchte inzwischen in der Reisetasche ein Etui und steckte es in den Rock. »Nein, bitte, nehmen S i e den Dienstmann, es scheint der einzige zu sein.«
Er sagte noch etwas von Personenzügen, aber so undeutlich, daß sie verwundert zurückschaute: er war damit beschäftigt, in großen Zügen eine Seite eines Notizbuches zu beschreiben. »Alles Gute«, rief sie ihm zu. Er schaute auf und nickte lässig. Sie hatte die Rheinfahrt aufgegeben und erfuhr, daß sie unmittelbar Anschluß nach Frankfurt finden könne. Die Lokomotive zog an, kaum daß sie sich gesetzt hatte. Sie blickte hinaus und sah, daß ihr Wagen neben dem stand, in dem sie angekommen war.
Dann weiteten sich ihre Augen vor Entsetzen. Drüben saß

Neudeck mit weit zurückgelegtem Kopf und schnitt sich mit einem wilden Ruck von einem Ohr zum andern den Hals durch. Das Rasiermesser blinkte in der Sonne. Sie stieß einen Schrei aus und fiel in Ohnmacht.

13

Als Hortense zu sich kam, roch sie Kölnisch Wasser, sah Pappeln vorübergleiten, fand sich auf dem Polster liegen. Leute bemühten sich um sie und fragten, was geschehen sei, um sie so zu erschrecken.
Sie schauderte.
»Ich – ich dachte an einen Toten«, stammelte sie.
Der Schaffner kam; sie hörte, daß der Zug zuerst in Bonn halten werde. Der Beamte erkundigte sich, ob sie aussteigen wolle.
»Nein, ich fahre weiter«, entschied sie.
Man würde sie in die Untersuchung verwickeln und wie in Brüssel festhalten, wenn sie nach einem Selbstmörder fragte. Mehr, man würde wissen wollen, wie sie zu dieser Kenntnis kam. Wozu, ihm half es nicht mehr. Zuletzt würde sie noch der Mutter Rede stehn müssen; sie nahm an, daß die Worte, die er niedergeschrieben hatte, eine Anweisung waren, die Mutter zu benachrichtigen. Wenn der Dienstmann den Toten zu sehen bekam, würde er sagen, daß eine Dame im Kupee gewesen sei. Sie zitterte bei jedem Aufenthalt, gelangte aber unbehelligt nach Frankfurt.
Im »Schwan«, wo sie abstieg, hing das Bild Schopenhauers, der hier ein halbes Leben lang gegessen hatte. Sie erinnerte sich der hohen Meinung Turobins und beschloß, am nächsten Morgen in eine Buchhandlung zu gehn. Da sie auf die Literatur aufmerksam geworden war, besuchte sie das Goethehaus.
Der Angst der ersten Nacht, im Schlaf den schrecklichen Vorgang im Kölner Bahnhof zu sehn, wurde sie durch den Vorsatz Herr, sich nicht Vorwürfe zu machen, für die kein Grund bestand. Sie überlegte ruhig. Vieles Unverstandene wurde klar, wenn man es oft und unerregt überlegte.
Ihr Spott über den Bart, der Hinweis auf sein Alter, was

immer sie sonst gesagt hatte – es war nicht genug, um ihn in Verzweiflung zu stürzen, wenn er die Verzweiflung nicht schon kannte. Keiner tötet sich, der nicht seit langem mit diesem Gedanken vertraut ist, hatte sie einmal gehört.
Wenn sie sich den Charakter Neudecks vorstellte, glaubte sie zu wissen, daß ungeachtet aller großen Gaben ein starker, toter Punkt in ihm war – von dem früher oder später einmal die Lähmung ausgehen mußte. Er erkannte die Liebe nicht als eine der Mächte der Welt an und fühlte es wohl im tiefsten.
Wozu sich verantworten, dachte sie unwillig; nie würde ich ihm die Schuld zugeschoben haben, wenn ich selber in Brüssel meinem Leben ein Ende gemacht hätte. Ihre letzten Worte mochten in ihm Einsicht und Entschluß in einem ausgelöst haben. Wenn das Schuld war, konnte ein Mensch durch seine bloße Anwesenheit, seinen Anblick schon eine Schuld begehn. Im Angesicht des Todes hatte auch der Unwille keinen Platz mehr. Eben mochten sie einen armen Körper in der Anatomie zerschneiden. Warum nicht zugeben, daß alle voreinander schuldig waren? So mußten alle einander verzeihen.
Sie wußte nicht, daß das Buch, das sie gekauft hatte, das Wesen der Welt aus dem Leid erklärte. Sie schlug es im Zug auf und las das Wort Selbstmord. Es war eine Abhandlung, worin der Philosoph bewies, daß der Selbstmord zu den natürlichen Rechten gehöre. Es schien ihr herausfordernd geschrieben zu sein, aber es trug doch zu ihrer Ruhe bei.
Dann las sie, was der bissige alte Mann über die Weiber zu sagen hatte. »Die Dame, dies Monstrum europäischer Zivilisation und christlich-germanischer Dummheit, mit ihren lächerlichen Ansprüchen auf Respekt und Verehrung« – welch ein Grobian, dachte sie empört und verstand Turobin nicht.
Aber mit dem Lesen verhielt es sich wie mit dem Urteilen – man durfte nicht unwillig sein. Sie vertiefte sich und legte das Buch erst fort, als der Ruf Karlsruhe in ihr Bewußtsein drang. Sie nahm es rasch wieder zur Hand, beugte sich tief darüber – der Mann, der mit seinem Begleiter einstieg und ein paar Bänke weiter Platz nahm, war Georg von Wierssen.
Sie konnte der Unterhaltung folgen; es ließ sich ihr nichts Persönliches entnehmen. Georg erzählte von der Großherzo-

gin Stephanie, die vor kurzem in Mannheim gestorben war, nach einem erstaunlich langen Leben, das von der Zeit des ersten Napoleon bis in die so andersgeartete des dritten gereicht hatte. Er habe die charmante Frau oft gesehen und nie versäumt, ihr seine Aufwartung zu machen, obwohl er die Napoleoniden und allgemein die Franzosen nicht möge. So kam er auf Baden-Baden zu sprechen, und wie wünschenswert es sei, die französischen Pächter samt ihrer Spielbank loszuwerden.

Hortense hatte einmal, damals, Eindruck auf ihn gemacht. Auch er war nun ein Sieben- oder Achtunddreißiger wie Neudeck. Er hatte ein gutes, männliches Gesicht, wenn man ihm auch ansah, daß es ein Beamtengesicht war. Es fehlte ihm das Freie, das sie liebte.

Wäre er allein gewesen, so hätte sie ihn vielleicht angesprochen, obwohl sie sich ermüdet und unvorteilhaft aussehend fühlte. Er verließ den Zug in Oos; sie schaute ihm nach und sah, daß der Mann neben ihm ein Kaplan war. Nun fiel ihr auf, daß er selbst schwarz gekleidet war, und sie entdeckte an seinem Arm den Trauerflor. Hatte er ein Kind oder die Frau verloren? Es war zu spät, um auszusteigen.

Sie suchte Baden-Baden, aber der Ort lag in einer Falte. Sie sah jedoch das Alte Schloß und den Merkur und dann die vom Blitz gespaltene Yburg. Dann kam Offenburg; zum Gebirge hin lag das Haus ihrer Jugend, das ein Haus des Alters mit ewig verschlossenen Fenstern gewesen war. Vormund und Tante, zwei leberkranke Menschen, die Sonne und Licht haßten, Gefangene der Grämlichkeit und des Geizes.

Je näher sie der Schweizer Grenze kam, desto schwerer wurde ihr zumute. Das Schicksal war gegen sie. Es erlaubte ihr, wie der Pariser Arzt gesagt hatte, einmal im Jahr einen Tag der Liebe und versagte das Morgen. Robert war von den Indianern getötet worden, Peter bei einem Schiffsunglück umgekommen, Neudeck von eigener Hand gestorben – brachte sie den Männern Unglück? In solchem Aberglauben konnte man nur schlechtes Gewissen sehn – wie verbreitet mußte es sein, da alle abergläubisch waren.

Als sie sich zu Basel in den »Drei Königen« eintrug und während des Gesprächs mit dem Portier ein paar Seiten zurückblätterte, sah sie den Namen Peter Harald. Ihre Nerven hielten nicht mehr stand, die Tränen schossen ihr in die Augen, und in der Nacht, die folgte, brach die Haltung zusammen, mit der sie sich in dem Augenblick gewappnet hatte, als man ihr in Brüssel die Verhaftung Neudecks mitteilte. Wäre Valentine nicht gewesen, so hätte ihr nichts mehr am Leben gelegen.

Sie hatte telegraphiert, Frau von Hönne und das Kind erwarteten sie. Sie waren von der Höhensonne schwarz gebrannt, mit olivgrauem Einschlag.

»Ich habe Nachrichten für Sie, keine hat mit der anderen zu tun, aber sie passen zusammen«, sagte Frau von Hönne geheimnisvoll, ließ sich aber nicht bewegen, darüber zu sprechen, bevor das Abendbrot abgetragen und Valentine zu Bett gebracht war.

Sie begann mit dem, was sie selbst betraf. Ihr Bruder, der Hamburger Kaufmann, war gestorben. Einsiedler seit dem Tod seiner Frau, hatte er angeordnet, daß die Verwandten erst nach dem Begräbnis von seinem Tod unterrichtet würden. Er hinterließ seinen beiden Kindern, die kleine Mädchen waren, im wesentlichen ein von der Mutter eingebrachtes Gut im oldenburgischen Fürstentum Lübeck, zwischen Plöner und Kellersee, bei Malente in der Holsteinischen Schweiz. Unter der Bedingung, daß sie den Besitz bewirtschaftete und die Kinder erzog, erhielt Frau von Hönne die Nutznießung.

Lübeck ausgenommen, hatte Hortense keinen dieser Namen gehört; die preußische Geographie war in Baden wohl nicht für wichtig gehalten worden.

»Wir haben dort nichts mit Preußen zu tun«, verwahrte sich Frau von Hönne und zählte noch einmal auf: Oldenburg, Lübeck, Holstein, Ratzeburg, Mecklenburg; das alles war etwas für sich und viel schöner, als Hortense mit ihrem süddeutschen Hochmut ahnen konnte – Seen, helle Nächte, Schilf, rechtschaffenes Roggenbrot, gerade und behagliche Menschen.

»Ach, Sie sind schon verliebt«, sagte Hortense, »Sie werden mich verlassen.«

»Sie nicht gern, und am wenigsten das Kind«, erwiderte Frau von Hönne, »nun hören Sie die zweite Nachricht: Mon Repos hat einen Liebhaber gefunden, es ist ein

Schotte. Wohin würden Sie gehn, wenn Sie verkaufen können?« –
»Ich weiß es nicht, auf Reisen.«
»Eine Frau, die eine neunjährige Tochter hat, kann nicht nur auf Reisen gehn. Sie muß auch eine feste Bleibe haben, wie wir dort oben sagen. Ich sehe ein, daß man von Ihnen nicht verlangen soll, daß Sie sich in Malente vergraben, obwohl es in meinen Ohren so poetisch wie Mon Repos klingt. Aber Sie könnten sich im Herrenhaus, das Räume im Überfluß besitzt, ein Stockwerk mit eigenen Möbeln einrichten. Ich würde Valentine mit meinen Nichten erziehn und für Sie beten, wenn Sie sechs Monate von den zwölf in dem zubringen, was Sie die große Welt nennen.«
Am nächsten Tag fuhr Hortense nach Genf, um einen Atlas zu kaufen. Das Herz sank ihr, wie weit dieses eutinische Land von Italien war, an das sie insgeheim gedacht hatte. Aber sie sah ein, daß es an der Zeit war, Valentine in Verhältnisse zu versetzen, die Dauer versprachen. Sie sagte sich, daß das in Amerika geborene Kind gefährdet wurde, wenn sie es durch halb Europa schleppte. Sie mußte es entweder zur Engländerin oder zur Deutschen machen.
»Zur Deutschen«, erklärte Frau von Hönne, »und besser zur Norddeutschen als zur Süddeutschen. Preußen, das ist die Zukunft.«
»Also doch Preußen?« neckte Hortense sie.
»Gewiß doch. Schleswig-Holstein wird vielleicht eines Tages preußisch werden, und Preußen ist nur ein anderes Wort für das geeinte Deutschland.«
Seit ein paar Wochen hatten sie in Berlin wieder einen König, nicht nur einen Prinzregenten, und jedermann wußte, daß ihm nichts so sehr am Herzen lag wie die Armee, die noch auf dem Friedensfuß von 1814 stand, so zu vergrößern, daß der Franzosenkaiser es sich zweimal überlegte, bevor er mit ihr anband.
Der Schotte kam aus Chamonix herüber. Hortense verlangte den Anschaffungspreis, mit dem er einverstanden war. Am nächsten Tag sollte die Verbriefung erfolgen. Sie schreckte vor der Entscheidung zurück. Hier war sie Frau von Liotar auf eigenem Grund und dem der Väter. Das war doch der Sinn des Ankaufs gewesen – bodenständig werden, dem Kind eine Heimat schaffen.

Und doch, hier blieb sie fremd. Alle waren reizend zu ihr, aber ohne einen Mann zur Seite, würde sie nie Schweizerin werden, aus dem einfachen Grunde, weil die Ideen und Zustände, die die Leute in diesem Lande bewegten, gar nicht bis zu ihr fanden. Sie sah Valentine als Französisch plapperndes junges Mädchen, vaterlandslos, international. Vielleicht war doch etwas an diesem Preußen, von dessen Aufstieg Frau von Hönne so viel sprach.
Am nächsten Tag unterschrieb sie. Der Schotte zahlte in britischen Konsols, die sie nach Lübeck überwies. Vier Wochen später verließ sie Mon Repos, man schrieb den 1. April 1861, und es war Ostermontag.
Frau von Hönne reiste nach Norden, Hortense mit Valentine über Lyon nach der Riviera; es war in dieser Jahreszeit der beste Weg nach Italien. Man hatte verabredet, daß Frau von Hönne ihr nach Florenz Nachricht geben solle. Lautete sie günstig, so wollte Hortense im Sommer nach Malente kommen. Bis dahin konnte das Haus wohnlich eingerichtet sein.
Das Kind empfand den Unterschied zwischen dieser Reise, auf der die Mutter heiter war, und der großen über Meer und Länder, die es nicht begriffen hatte. Hortense zog es nach amerikanischer Art an, einfacher und vernünftiger, als auf dem europäischen Festland Sitte war.
Von den kleinen Mädchen, die wie Erwachsene aussahen, meinte Valentine, sie seien falsche Puppen; als Hortense ein wenig nachdachte, fand sie den Ausdruck vortrefflich. Über die französischen Knaben, die lange Hosen und ein Spazierstöckchen trugen, konnte Valentine nur lachen. Auf die deutschen Kinder freute sie sich. Aus irgendeinem Grunde hielt sie viel von ihnen.
Sie hatte ausgesprochene Neigungen und Abneigungen, die Urteile kamen wie aus der Pistole geschossen. Die englische Rechtschreibung behandelte sie souverän; für das, was sie mit der deutschen machte, blieb kein Wort mehr übrig. Sie begann Geschmack an den Büchern zu finden. Die Rhône war der Mississippi, da sie gerade Onkel Toms Hütte las, das im Jahre ihrer Geburt erschienen war. Maisfelder gab es auch, warum sah man nichts von den Aufsehern, die die Peitsche über den armen Schwarzen schwangen?

War sie dieser Geschichte müde, so ließ sie sich von der Mutter, die ein Suitcase voller Bücher mit sich führte, die Grimmschen Märchen oder die Andersens geben, die sie ebenfalls für deutsche hielt. Bei dieser Gelegenheit kam es heraus, wie sie sich Deutschland vorstellte – Wälder mit Holzfällerhütten, Berghänge, auf denen der Hirtenbub weidete, Seen mit wilden Schwänen.
Hortense legte Grimms Michelangelo oder Burckhardts Cicerone, durch die sie sich auf Italien vorbereitete, zur Seite und las die Märchenbücher der Kleinen. Welch ein Glück, daß sie das Kind hatte. Niemand, der ein Kind liebte, konnte ganz untergehn.
An der Riviera kannte man sich nicht aus. Monako hatte Mentone an Sardinien abgetreten, Sardinien trat es an Frankreich ab, immer mußte sie den Paß zeigen. In Monako war eine Roulette aufgestellt worden – aber die Herbergen waren mittelalterlich.
Sie fuhren in einer Feluke nach Genua. Nie hatte sie so hohe Häuser gesehen; ging man dann auf der Rückseite der Kulisse, so war man in den engsten Gassen der Welt. Frauen mit weißen Schleiern durchwandelten sie, und Valentine bestand darauf, einen zu erhalten.
In Pisa wurde Hortense einem Schock ausgesetzt. Vor dem schiefen Turm, den Valentine mit Sorge betrachtete, glaubte sie, Neudeck sei von den Toten auferstanden: der Mann vor ihr ging wie Neudeck, er hatte seinen Rücken und seine Kopfhaltung. Sie hörte ihn mit seinen italienischen Freunden lachen. Neudeck hatte nie gelacht. Sie wußte nicht, was sie denken sollte; nachher erinnerte sie sich, von Neudeck gehört zu haben, daß alle Söhne seines Vaters einander ähnlich sähen. Sie fühlte sich einen Tag lang verstört.
In Florenz, in der herrlichen Kühle des Domes, begegnete sie ihm wieder. Er hob Valentine das Schleierchen auf, das sie verloren hatte, und sagte aufs Geratewohl ein paar englische Worte. Hortense sah sein Gesicht, und es berührte sie, daß es offener und heiterer war, die Starrheit Neudecks fehlte ihm ganz. Er trug einen blonden Vollbart wie die französischen Studenten, und sie bemerkte, daß er ihn wie ein Araber durch die Rechte zog.
Florenz war klein, Fremde trafen sich immer von neuem. Sie

sah ihn auf der Alten Brücke vor den Ständen der Juweliere stehn und ging zurück, obwohl der Bogen über den Arno sie mit einer unbegreiflichen Kraft anzog. Eine Erinnerung aus den Kindertagen regte sich und gab ihr Geheimnis nicht her. Aber als sie mit Valentine in einer dieser reizenden Patisserien saß, die ganz weiß waren, von Glas und Marmor schimmerten, fiel ihr die grausige Geschichte von der abgehauenen Hand ein, die in Hauffs Märchen stand. Auf der Arnobrücke hatte der nächtliche Vermummte den levantinischen Arzt angesprochen.

»Warum lachst du?« fragte Valentine.

»Ich habe nicht gelacht, nur gelächelt«, erwiderte sie und versuchte den Unterschied zu erklären.

»Lächeln ist schöner«, meinte das Kind, »der Herr dort hat auch nur gelächelt, als er vorüberging.«

Sie folgte dem Blick Valentines und sah abermals den, der fast ein Doppelgänger Neudecks war. Er befand sich in Begleitung der Damen aus Pisa und ihrer Kinder.

»Schau nicht hinüber, das tut man nicht«, gebot sie.

»Die Kinder schauen auch herüber.«

»Dafür sind es Italiener, du bist englisch erzogen und kein Junge wie sie.«

Diesen Unterschied anzuerkennen, weigerte sich das Mädchen. Waren Jungens mehr? Sie konnte nur zugeben, daß Jungensbücher besser als Mädchenerzählungen waren – in ihnen kamen keine Gouvernanten und Schokoladenkränzchen vor, sondern Abenteuer, Schiffbrüche, nur wahre Geschichten. Sie sagte es mit blitzenden Augen, und der Herr am Nebentisch lächelte wieder über die kleine Amazone. Hortense war es unangenehm, sie brach auf und überlegte, ob sie Florenz mit Rom vertauschen solle. Auf der Post gab man ihr zwei Briefe, von Anna von Hönne und Frau Jörcher. Anna schrieb, am Plöner See sei Übergangszeit, sie komme nicht aus den großen Stiefeln heraus. Hortense möge vor dieser Aussicht nicht erschrecken; es gebe kein besseres Mittel, um eine Zunahme an Tatkraft zu spüren, als Männerstiefel anzuziehen. Sie, Hortense, werde noch lernen, daß eine vollwertige Dame nur sei, wer auch Gutsfrau mit allem Drum und Dran sein könne. Die Buchenwälder grünten, das Haus werde geweißt und der Kirchturm mit neuem Schilf

gedeckt, zum Ärger des Storches, der finde, daß man diese Arbeit hätte früher besorgen können. Eine Photographie lag bei; Hortense erblickte eine hübsche Front mit zwei Säulchen, einem Überdach aus Ziegeln und der Vortreppe.
Jeanette Jörcher teilte ihr mit, daß der Arzt den Vorschlag Hortenses, die Reise nach Genf durch die nach Florenz zu ersetzen, befürworte, vorausgesetzt, daß eine Wohnung außerhalb der Stadt zur Verfügung stehe. Sobald Hortense etwas Passendes gefunden und telegraphiert habe, werde Jörcher seine Frau nach Italien bringen.

14

Hortense trug im Cookschen Reisebüro ihre Wünsche vor. Man nannte ihr einen Sitz auf dem ersten der nördlichen Hügel, er gehöre einer deutschen Dame. Sie konnte darin nur einen Vorteil sehn. Man besorgte ihr einen Wagen und, da es bereits später Nachmittag war, auch einen Begleiter.
Bis zum Tore hing aus jedem Hause die Fahne des vier Wochen alten Königreiches Italien. Nach dem Fall von Gaeta hatte in Neapel und Sizilien das Volk abgestimmt und die Vereinigung beschlossen. Florenz, erläuterte der junge Mann, befand sich in einer eigentümlichen Lage. Bis vor zwei Jahren Hauptstadt eines Großherzogtums, war es nun die einer Provinz, hoffte aber, da Rom noch päpstlich blieb, an Stelle Turins, das zu entfernt war, Hauptstadt des ganzen Landes zu werden.
Der alte Hof sei geflohen, nach dem Abzug der Diplomaten ständen viele Häuser leer, und der Boden habe an Wert verloren. Zu den Diplomatenfrauen gehöre auch die deutsche Dame; ihr Mann, der Bayern vertreten habe, sei gestorben, sie geblieben.
Der Weg war schlecht. Er zog sich zwischen Mauern hin, über denen alte Bäume rauschten. Von Zeit zu Zeit kam ein verwildertes Tor, dann sah man urwaldhafte Rhododendronbüsche. Sie blühten in allen Farben, von Blaßlila bis Purpurrot, und auf ihren Blättern war ein Ölglanz. Viadukte überzogen das Gelände, in den Falten des weißen Bodens standen schwarze Zypressen.

Die Bayerin war die süddeutsche Abwandlung Annas von Hönne; die Welt schien voll von ihnen zu sein. Sie trug zwar keine Wasserstiefel, wohl aber Holzschuhe, die auf dem Backstein der Küche hallten. Am Herd stand eine italienische Magd und kochte, wie man zur Steinzeit gekocht hatte. Die eine Hand bediente den Blasebalg, der das Holzkohlenfeuer anfachte, die andere den Löffel. Es roch nach Knoblauch und Katzen.

Hortense hatte, seitdem sie in Italien war, gelernt, Komfort als ein angelsächsisches Vorurteil anzusehn. Aber sie wußte nicht, was Jörcher verlangte. Die Bayerin führte sie hinter das Haus und bat sie, ein wenig Geduld zu haben, bis sie sich umgezogen habe. Ein Garten verlor sich in die Ferne, im Vordergrunde stand auf dem Rasen ein junger Mann und betrachtete, den senkrechten Pinsel vor das Auge haltend, ein Bild, das an der Staffelei hing.

Valentine hatte nie dergleichen gesehn und erkundigte sich, was der Herr da tue. Zufällig bediente sie sich des Französischen. Der junge Mann machte der Dame, die er für eine Landsmännin hielt, eine leichte Verbeugung und nahm das runde, oben eingedrückte Ding ab, das wohl ein Künstlerhut war. Wie konnte ein Mann so dichtes, feines Haar haben – es war aschblond, fast silbergrau.

Die Frau des Hauses kehrte mit einem Seidenkleid, in die Witwe des Gesandtschaftsrates verwandelt, zurück und führte Hortense durch den Garten bis zum Rand eines Wäldchens, bei dem der Rothschildsche Besitz begann. Eine Tafel hing am Gitter und teilte mit, daß hier die Jagd verboten sei.

»Welche Jagd?« erkundigte sich Hortense verwundert.

»Auf Singvögel. Man zahlt einen Betrag, dann nimmt sich die Polizei der Sache an und schützt die zwei Amseln, die noch übriggeblieben sind. Das ist hierzulande so.«

Jetzt wußte Hortense, was ihr in dieser Landschaft aufgefallen war – die Stille in den Bäumen, obwohl es Frühling war. Am Genfer See, in Baden, in den Gärten von New York, überall war der Raum mit dem Jubel der Vögel gefüllt – in Italien briet man sie, obwohl das Volk so leidenschaftlich sang.

Vor dem Wäldchen, noch auf dem Boden der Villa Bavaria, stand das gelbe Häuschen, das für Jeanette Jörcher in Betracht

kam. Hortense war so entzückt, daß sie es fast ohne Vorbehalt gemietet hätte; für sich selbst nahm sie im Hauptgebäude ein paar Zimmer. Am nächsten Morgen siedelte sie über.
In einer anderen Ecke des Gartens lag die Limonaia, ein Bau mit Rundfenstern, worin die Orangenbäume überwinterten; ein Treppchen führte auf das flache Dach. Hier standen Segeltuchstühle mit hohen Schirmen, hier entdeckte Valentine die Staffelei des Malers. Als Hortense hinzukam, zeigte er dem Kinde Skorpione; sie saßen unter den obersten Steinen der Brüstung.
Er stellte sich ihr vor: Emile Ungemach aus Straßburg. Er hätte den Ort nicht zu nennen brauchen, ihr alemannisches Ohr hörte den deutschen Akzent aus seinem Französisch.
Er klopfte die Pfeife aus und steckte sie in die Hose. Hortense war seit Amerika an die Pfeife gewöhnt, wenn auch nicht an eine mit dem knebelbärtigen Napoleon. Sie bat ihn, sich keinen Zwang aufzuerlegen: er holte sie wieder hervor und stopfte sie aus einem Lederbeutelchen.
Aber neu war ihr, daß man im Freien malte; sie hatte geglaubt, ein Maler sei an Atelier und Nordlicht gebunden.
»Für die großen Schinken, Historien- und Kostümbilder«, erwiderte er verächtlich, »wir in Barbizon und Fontainebleau sind Freiluftmaler.« – Und er entwickelte ihr ein Programm, von dem sie nicht viel verstand.
»Hier«, sagte er, »sollte man nur mit Wasserfarben malen. Für Öl ist der Himmel zu trocken, sind die Konturen zu scharf, hier kann man nur wie das Trecento oder wie die Deutschen malen, blau, rot und grün; die Atmosphäre fehlt, der Duft, das Zarte, der Einfluß der Seeluft fehlt. Der Norden ist nicht nur schöner als der Süden, er ist auch reicher und gebrochener.
Florenz mit seinen Kuppeln und Ghibellinentürmen lag unter ihnen, lavagrau und gelb. Damit konnte man nichts anfangen, erklärte er und stellte Motive aus Paris auf die Brüstung. Seinekais hinter silbergrauen Schleiern.
Sie erkannte die Häuser mit den gleichmäßigen Dachfirsten und den ebenso langen eisernen Balkonen, den lustigen Kaminen und den Holzläden an den Fenstern wieder; aber so leicht, so hingehaucht hatte *sie* sie nicht gesehn.
Oh, Paris, sagte er, war die schönste Stadt der Welt, man

mußte den Frühling in ihr gesehn haben, das erste Aufbrechen der Kastanienknospen, das erste Wiegen der Blätter, die hellgrün gegen das Grau der Häuser standen. Überall anderswo war eine Stadt der Gegensatz zur Natur – nicht in Paris, ein Künstler konnte nur dort leben.
Er mochte fünfundzwanzig Jahre alt sein; sein Haar war so weich, daß man fast Lust hatte, mit der Hand hindurchzufahren, und er wußte nicht, daß sie erschrak, weil sie seine junge Begeisterung für das Bildermachen und eine Stadt hinreißend fand – war nicht schon alt, wer den Enthusiasmus jung nannte?
Er schenkte ihr eine Radierung des Straßburger Münsters und begleitete sie in die Stadt, um den richtigen Rahmen für sie zu wählen. Sie glaubte, das Münster stehe frei auf einem großen Platz. Er beschrieb ihr das Spalier der Krämergasse, die bewirkte, daß man nicht eine ganze Fassade sah – man sah nur über Portal und Rosette einen Ausschnitt der ungeheuren Steilwand und erst, wenn man die Ecke erreichte, zur Linken der Plattform den Turm, der auf ihr noch einmal vom Grund aus in die Höhe wuchs.
Sie nahm seinen Vorschlag an, ihr die Florentiner Galerien und Kirchen zu zeigen. Er schaute das alles aufmerksam an, er war kein Barbar, aber das alles war auch einem Geiste entsprungen, dessen Zeit gewesen war. Wer durfte widersprechen, wenn ein neues Jahrhundert mit neuen Augen sah? Italien, das war Mittelalter und Renaissance, der Norden war Gegenwart.
Er lachte über diese Toskaner und Römer, bei denen Marchese sein mußte, wer mitzählen wollte. Sohn eines Bierbrauers vor den Toren Straßburgs, ließ er den Adel des zweiten Kaiserreiches gelten – fünfzig, sechzig Jahre war er alt und doch wenigstens von diesem Jahrhundert.
Er hielt es für selbstverständlich, daß sie auf seiner Seite stand, nachdem er erfahren hatte, daß sie aus Amerika kam. Es war ein Reiz mehr in seinen Augen; alles an ihr bezauberte ihn, ihr Haar, nach dem sich die Frauen, und ihr Gang, nach dem sich die Männer umschauten, ihr ausdrucksvoller Mund, ihr Kind.
Er nutzte die Möglichkeit des Malers, jeder Huldigung ein sachliches Gewand zu geben, stündlich aus. Er brauchte nur

zu sagen: »Nicht Florenz ist Ihre Stadt, Venedig ist der Rahmen, in den Sie gehören. Warum? Weil man hier nur Jungmädchen im Reigen, dort aber Frauen mit ihrer Süße und ihrem Geheimnis malte.«

Da er nicht wagte, sie um Sitzungen zu bitten, schlug er vor, Valentine in einem Gang von Weinlaub und Sonnenlichtern zu malen. Der Geruch von Ölfarben wurde Hortense vertraut, und wenn er ihre Nüstern traf, begannen sie leise zu zittern.

Er hatte ein längliches Gesicht; nichts darin von den Kanten derer, die zur Börse gingen. Die Schärfe, die in seine blauen Augen trat, wenn er sie auf einen Gegenstand einstellte, zielte in die Weite, der Blick rückte den Gegenstand ins Ferne. Der Künstlerhut, ein wenig schief aufgesetzt, mißfiel ihr – er ließ sich willig zu Bartolini führen und danach zum Coiffeur, damit er ihm etwas von seinem zu langen Haar wegnähme.

Da es noch frühe Morgenstunde war, schaute sie zu. Zu spät sagte sie sich, daß es nicht richtig sei – sie sah im Spiegel die Hingebung der Augen, die sie suchten. Sie war zuviel mit ihm zusammen, man sah sie zu oft mit ihm im Wagen. Nachdem man sich in der Stadt müde gelaufen hatte, war es anstrengend, den heißen Weg zur Villa zu Fuß zu gehn: so winkte man dem spähenden Vetturino und bezahlte ihn abwechselnd.

Sie wünschte, daß Jörcher und seine Frau schon da wären, und dachte doch, daß dann diese Tage nicht wiederkehrten, in denen sie sich einem halb mütterlichen Gefühl überließ. Wie auch immer ein Gefühl gefärbt sein mochte, es war schön, so bedingungslos verehrt zu werden.

Am fünften oder sechsten Tag dämmerte die Nacht schon herauf, als sie die Abendandacht im Dom verließen und nur einen Wagen fanden, der ein Wägelchen mit zwei Sitzen war. Der lateinische Gesang hatte sie erregt; es gab keinen anderen, in dem sich das Harmonische und das Tiefe so vollkommen begegneten.

Sie erschauerte vor der Kühle und verstand nun, daß die Menschen in dieser Stadt am heißesten Mittag den Schafspelz mit sich führten. Kurz vor dem Tor ließ Ungemach halten und kaufte in einem kleinen Geschäft eine Decke für sie.

Gleichwohl genügte sie nicht, als jenseits des Tores die Hohlwege kamen, aus denen die Glut des Tages und die Frische der Nacht in einem stiegen. Er bot ihr Schutz mit seinem Körper, und sie duldete es, daß er den Arm um ihre Schulter legte.

Als sie ihm durch einen Händedruck dankte, ergriff er die Finger und küßte sie. Sie hörte den dunklen Ton seiner Stimme, die ein wenig heiser klang, und spürte die Weichheit seines mädchenhaften Haares.

Am nächsten Morgen fragte er an, ob er ihr die Cascinen zeigen dürfe. Sie lehnte ab und erfuhr von der Bayerin, daß er allein gegangen sei.

»Sie dürfen sich nicht wieder der Nachtluft aussetzen«, sagte die kleine, rundliche Frau, »es ist gefährlich, die Malaria lauert in den Sümpfen, leisten Sie mir ein wenig Gesellschaft, ich habe im Rosengarten zu tun.«

Fern von dem afrikanisch weißen Staub der Stadt, im grünen Hag der Kletterpflanzen, war es fast ein deutscher Frühlingsmorgen. Geballte Wolken unterbrachen die Eintönigkeit des südlichen Blaus, und in den Tannen der Baronin Rothschild sangen zwei Amseln, die mit der Unterstützung der Polizei ihres Lebens sicher waren.

Hortense schaute Frau Gisela zu, die mit einer kleinen, ungemein fleischigen Hand die Schere führte. Sie kannte diese Hände aus Amerika, es waren die der Organisatoren unter den Geschäftsleuten, von den überschlanken Ungemachs verschieden wie Alte und Neue Welt. Die Fingerenden waren breit, man durfte nicht gut von Spitzen sprechen. Nichts konnte phantasieloser sein, nichts lebenstüchtiger.

Sie wußte nicht mehr von Frau Gisela, als daß sie einen Mann gehabt hatte. Und doch, wieviel erriet man von einem Menschen, wenn man vier-, fünfmal mit ihm zusammen gewesen war und ihn ganz unbefangen beobachtete. Frau Gisela, das war sanfte Zäheit. Nie erregte sie sich, alles sagte sie höflich, aber sie setzte ihren Willen durch und behielt das letzte Wort. Ihr Weibliches war unentwickelt, ein Mann hatte sie gewiß nie beunruhigt.

Ein Schottlandpferdchen mit dichten Scheuklappen ist sie, dachte Hortense belustigt, aber was sie sehen kann, das sieht sie gründlich.

»Haben Sie keine Sehnsucht nach Ihren bayerischen Bergen?« fragte sie.

»Ach, Berge, da bekommt man nur Asthma. Und in München ist es so rauh, daß die Pittipaläste gar nicht hinpassen. Wenn schon Florenz, dann das echte. Das Hofbräu ist gut, aber der Chianti nicht schlecht, und was in dem einen Lande Rettich heißt, heißt im andern Artischocke.

»Wissens S'«, setzte die Hausfrau ihre Überlegung fort, »als wir hierherkamen, jammerte mein Mann immer nach den deutschen Kartoffeln. Sie sind so teuer, hab' ich ihm gesagt, wie bei uns die Trüffeln, und umgekehrt. Seitdem hat er sich so gründlich an die Trüffeln gehalten, daß es ein schlechtes Ende nahm.«

Die Ärarischen in München, erzählte sie, machten ihr Schwierigkeiten wegen der Pension; sie fanden, es gehöre sich, daß sie sie in der Heimat verzehre. Und Deutsche kamen nicht genug über die Alpen – Wanderburschen und pfälzische Musikanten schon, aber nicht die, die gleich den Engländern gut zahlten. Besser würde es erst, wenn die Österreicher die Bahn über den Brenner bauten, aber sie hatten Angst, daß die Franzosen sich dann nach Tirol fanden.

Am Nachmittag werde sie übrigens ein bayerischer Herr besuchen; der Bruder des Fürsten, bei dem ihr Bruder Syndikus sei, erweise ihr die Ehre, seinen Kaffee bei ihr zu nehmen. Aber er stelle Ansprüche an die Unterhaltung, und sie fürchte sich ein wenig: dürfe sie nicht auch Frau von Liotar dazubitten?

Hortense erkundigte sich nach dem Namen des Fürsten und wußte im voraus, daß sie den hören würde, den Neudeck geführt hatte. Der Bruder, gräflicher Standesherr mit dem Titel Erlaucht, galt in der Familie ein wenig als Tunichtgut, wenn man ihm auch nichts anderes als freiere Ansichten und ein in diesen Kreisen unerwünschtes Temperament vorwerfen konnte.

Hortense schaute in die Ferne. Fäden wob jeder Tag; aber ein Einschlag wurde es erst, wenn man sie aufnahm. Sie hatte Furcht vor den Mitgliedern dieser Familie. Warum mußte er die Frau besuchen, bei der sie wohnte – oder sie bei der Frau wohnen, die er besuchte?

»Wenn Sie etwas anderes vorhaben ...«, meinte Frau Gisela.

»Ich habe nichts anderes vor, ich werde mich gern einfinden«, erwiderte Hortense. »Kommt er allein, gibt es auch eine Gräfin?«

»Das schon, aber sie reist nie mit ihm, eine bigotte Frau, die sich nicht einen Tag von ihrem Beichtvater trennt. Er ist das Gegenteil, die einfachen Leute mißbilligen es, sie halten ihn für einen Heiden, weil er immer bei den Arabern in Afrika steckt und wie ein Beduine den Burnus trägt, nur um ein paar Elefanten oder Nashörner zu schießen.«

Aber es schmeichelte ihr, daß das Geschenk, das er für sie mitbrachte, just vom Nashorn stammte – ein gegerbter Fuß mit Silberrand, das Leder so hart wie Eichenholz.

»Erlaucht sind zu gütig«, sagte sie und suchte einen neuen Satz mit Erlaucht zu bilden: was hatte Erlaucht mit ihrem Bart gemacht?

»Meine verehrte Frau von Harlaching«, erwiderte er, »wenn Sie Erlaucht sagen, wird mir nichts übrigbleiben, als Sie mit Frau Gesandtschaftsrat anzureden, Titel um Titel. Warum nicht Graf, es ist ein kurzes und in allen Romanen gern benutztes Wort.«

Was den Bart betraf, so war er auf ärztliches Gebot gefallen, um eine Entzündung der Wurzeln zu bekämpfen; vom Rubikon bis zum Sudan war es mit der Sauberkeit der Barbiere nicht weit her, und den Kammerdiener, der ihn in Florenz erwarten sollte, hatte er bei seinem todkranken Kinde gelassen.

Er lachte über ihre gerührte Miene, trat vor den Spiegel und sah sich unzufrieden an. Die Stirn war verbrannt, der untere Teil des Gesichtes viel heller. So konnte man sich nicht in Gesellschaft blicken lassen – wenn die dritte Tasse für eine fremde Dame bestimmt war, geriet er in Verlegenheit.

»Ich dachte, es würde Ihnen angenehm sein, Frau von Liotar kennenzulernen«, sagte sie bestürzt.

»Inschallah, Fatum«, tröstete er sie. Liotar, das konnte ein Name aus der Französischen Schweiz sein – war es am Ende die rotblonde Dame mit dem lebhaften Mädchen? Das Mädchen hatte er vorhin im Garten gesehn, und beide waren ihm in Pisa und unten in der Stadt aufgefallen.

Worauf Frau Gisela dem Mädchen, das den Kaffee brachte, Auftrag gab, Frau von Liotar zu bitten. Als Hortense eintrat, ging sie ihr entgegen und zog sie wie ein Kind, das man vorstellen will, in die Mitte. Ihre kleine, feste Hand half, ohne daß sie es ahnte, der Bestürzten, sich zu fassen. Hortense wußte nichts von der natürlichen Erklärung für den verschwundenen Bart – war hier Brüssel, hatte sie alles, was inzwischen geschehen war, geträumt? Die Ähnlichkeit mit Neudeck trat nun vollends hervor.

Haltung, gebot sie sich. Man wurde vor sich selber lächerlich; abtöten oder nachgeben, Florenz verlassen oder die Segel streichen. Die Entscheidung fiel, bevor sie die erste Tasse getrunken hatte. Der Graf erkundigte sich nach Valentine, sie tauschten ein paar Sätze miteinander. Die Gastgeberin war mit dem Tisch beschäftigt; etwas, das sie ausschloß, senkte sich über den Raum.

15

Während die übrigen Zimmer des Hauses mit italienischer Nüchternheit eingerichtet waren, stand in diesem hier, das Frau Gisela bewohnte, alles, was sie aus Bayern mitgebracht hatte.

»Ich weiß nicht«, sagte der Graf, »ob Nüchternheit das richtige Wort für die italienische Haltung ist; es scheint mir etwas im Spiel zu sein, das auf Grausamkeit verweist. Der Südländer verbraucht ein Haus ebenso rücksichtslos wie das Tier, das ihn trägt oder seinen Karren zieht. Es ist eine naive Grausamkeit, die mit dem wohlwollenden Klima zusammenhängt. Komfort ist ein sentimentaler Begriff. Der Schweizer schont sein Haus, der Deutsche pflegt alles, was ihm unter die Hände kommt, die Kleider, den Garten, den Wald. Es wirkt da deutlich die Erinnerung nach, wie schwer es einmal war, das alles der Natur abzuzwingen.«

»Wie geistreich«, sagte Frau Gisela.

Er schaute sie kühl an, dann sah er das Lächeln Hortenses, die daran dachte, wie ungeduldig Neudeck gewesen war, wenn man ihn nicht sofort verstanden hatte.

»Ach nein«, erwiderte er, »was ich eben sagte, wurde mir in Afrika klar, und Afrika ist zu streng, als daß man geistreich sein dürfte.«

Ich werde ihn nach Neudeck fragen, dachte Hortense, ich werde mit ihm über Neudeck sprechen. Es muß sein, vorher kann ich sie nicht auseinanderhalten.
Die Gelegenheit kam sofort. Frau Gisela wurde hinausgerufen, es waren Holländer, die bei ihr mieten wollten.
»Das werde ich meinem Bruder nicht berichten«, sagte der Graf, »er fände es nicht standesgemäß. Er weiß besser als ich, was man seinem Stande schuldig ist.«
»Sind Sie ein Frondeur?« fragte Hortense.
»Im Ausland bisweilen, zu Hause nie.«
»Das ist eine zynische Antwort.«
»Die Sie mißbilligen. Frauen hassen den Zynismus.«
»Es klingt, als ob Sie es bedauerten?«
»Wenn ich mich wiederholen darf: in guter Gesellschaft bisweilen, in schlechter nie.«
»Keine Frau kann dulden, daß man das Leben auch nur in Zweifel zieht. Frauen müssen den Zynismus hassen.«
»Wie geistreich, würde unsere gute Frau Gisela sagen. Ich werde ein Abkommen mit Ihnen treffen, das bloße Geistreiche in unseren Unterhaltungen zu meiden.«
»Wie soll ich das verstehn?«
»Ich hoffe auf die spätere und ...«
»Wissen Sie, daß Sie einen Doppelgänger haben?« unterbrach sie ihn.
»Wie soll ich das verstehen?«
»Ich kann mich von dem Eindruck, schon mit Ihnen gesprochen zu haben, schwer befreien.«
»Ist das so selten? Mein eigener war, daß ich Sie beim zweitenmal als gute Bekannte begrüßen würde.«
»Ich meine nicht das. In Paris und London begegnete ich einem Mann, der zum mindesten in allen äußeren Einzelheiten Sie selber war, fast noch bis auf die beiden Barttrachten, in denen ich Sie hier gesehen habe.«
»Das ist so seltsam, daß Sie mir Näheres erzählen müssen. Ich fürchte, daß unsere Wirtin bald zurückkehrt – würden Sie es anmaßend finden, wenn ich Sie zum Abendessen in der Stadt einlade?«
»Sie vergessen, daß ich außerhalb der Stadt wohne und weder allein noch in Ihrer Begleitung zurückfahren kann.«
»Dann morgen mittag zum Lunch?«

»Obwohl wir nicht in London sind, nehme ich an. Ich werde um zwölf im Palazzo vecchio vor Judith und Holofernes sein.«
»Hat Fräulein Valentine hier im Hause Spielgefährten?«
»Gar nicht, immerhin hat sie den Garten.«
»Die Kinder der Freunde, bei denen ich wohne, haben sich nach ihr erkundigt. Wenn Sie die Kleine mitbringen, würden wir sie dort abholen. Es wäre zugleich eine Gelegenheit, eine dieser Stadtburgen aus der Signoriazeit kennenzulernen – sie hat nie den Besitzer gewechselt.«
Sie verstand, er wollte das Rendezvoushafte der Verabredung mildern, und die Einführung bei dieser Familie war ohne Zweifel nicht alltäglich.
Am Abend suchte Ungemach ihre Gesellschaft, aber sie zog sich aufs Zimmer zurück. Am nächsten Morgen grüßte er schweigend, als sie zum Wagen ging. Man wird immer schuldig, dachte sie und blieb stehn, um ihm ein paar freundliche Worte zu sagen.
Er verbeugte sich stumm. Als seien sie dem Licht, das alle Pupillen verengte, nicht untertan, behielten seine blauen Augen ihren eigenen, tiefen Glanz. Sie folgten ihr, und unter der Torfahrt schaute sie sich unwillkürlich um. Da stand er, ein aschblonder Mohr, der seine Schuldigkeit getan hatte, und es sah aus, als sei er nicht willens, sich wie ein Stock fortstellen zu lassen.
Ihr Gefühl sagte ihr, daß es nicht fair play war, ihn als dienenden Kavalier abzusetzen. Warum erkannte man das immer erst nachher? Die Frauen in Europa empörten sich, wenn man sie mit einem Manne zusammenbrachte, nur weil sie mit ihm über die Straße gegangen waren – aber nur in Amerika und allenfalls in England leitete er nicht gleich Rechte ab, weil man Bilder mit ihm angesehen hatte. Warum machst du Ausflüchte, sagte sie sich, du hast ihm erlaubt, dir seine Neigung zu zeigen, du hast ihm Zugeständnisse gemacht, und jetzt fährst du zu dem, der deines Alters ist. –
»Was ziehen Sie vor«, fragte der Graf, »ein einheimisches Lokal oder eines im Pariser Stil?«
»Ein einheimisches«, erwiderte sie; er nickte beifällig.
Der Koch brachte Fisch und Fleisch, damit man auswählte, und man wählte mit Bedacht. Jedermann hielt es so; auch der

kleine Mann schickte mit einer Handbewegung ein Gemüse zurück, das ihm nicht gefiel – hier galt die Demokratie der Ansprüche. Der Wein, der im Körbchen mit dem Henkel stand, erinnerte Hortense an den Abend im italienischen Restaurant zu London; sie machte sich klar, daß sie vorsichtig sein mußte und den Halbbruder nur als Fürst Neudeck kennen durfte.
Sie berichtete über die erste Begegnung in Paris und verlegte die zweite in das Londoner Hotel; Brüssel verschwieg sie.
»Sie haben ihn also nicht in Gesellschaft gesehen? War es nicht, wenn ich mir die Bemerkung erlauben darf, ein wenig unbedacht, sich von ihm ins Café de Paris einladen zu lassen?«
»Sie vergessen, daß ich in diesen Dingen als Amerikanerin fühle und alt genug bin, um zu wissen, was ich sagen darf. Ich nahm seine Einladung so ruhig an wie gestern die Ihre.«
»Das ist wenig schmeichelhaft für mich.«
»Warum? Er war nicht weniger Standesherr als Sie. Als ich Sie in Pisa sah, hielt ich Sie für seinen Bruder.«
»Sie sind einem Hochstapler begegnet. Ich hoffe, daß Sie sich nicht allzusehr für ihn interessierten?«
»Ich interessierte mich für ihn«, erwiderte sie hochmütig.
»Warum sollte ich nicht? Es kam nie der Gedanke, daß er nicht sein könnte, für was er sich ausgab.«
»Was ist aus ihm geworden?«
»Er verschwand eines Tages, wie er an einem anderen aufgetaucht war.«
»Es scheint mir, daß ein Gespenst zwischen uns steht.«
»Beschwören Sie es«, sagte sie.
Er schaute rasch auf und hielt ihren Blick fest, bevor sie ihn senken konnte. Sie errötete; die Welle, die vom Herzen aufstieg, rundete das Kinn, löste die Lippen und endete in den Augen als ein Lächeln, das ihn bezauberte. Behutsam tastete er nach der Tasche; die Hand kehrte langsam zurück und legte Briefschaften auf den Tisch.
»Heute kam ein Stoß Post«, sagte er, »die erste seit der Rückkehr aus Ägypten. Einiges, das ich nicht herumliegen lassen wollte, habe ich zu mir gesteckt. Es betrifft jemand, der sich als unseren Halbbruder bezeichnen konnte und in Köln Selbstmord begangen hat. Sie wußten es?«

»Ich wußte es.«
»War er Ihnen mehr, als Sie vorhin angaben?«
»Es gab einen Augenblick, wo nicht viel daran fehlte; dann erfuhr ich die Wahrheit über ihn«, antwortete sie und dachte: Gott vergebe mir die Lüge, ich darf mich nicht aus der Hand geben, ich würde willenlos.
»Von Anfang an«, sagte er, »war es mir klar, um wen es sich handelte.«
»Warum verschwiegen Sie es?«
»Weil ich gelernt habe, daß man immer nur soviel zugeben soll, wie jeweils nötig ist.«
Auch sie hatte es gelernt, und sie stimmten aufs beste überein. Gleichwohl war sie überzeugt, daß er die Wahrheit nicht ertragen hätte.
Neudecks richtiger Name war Egon Frommel gewesen, und er hatte es mit einer phantastischen Zähigkeit verstanden, sich alle Nachrichten zu beschaffen, die den Fürsten betrafen: wohin er reiste, wie er sich anzog, was er las und von seinem Stand dachte – ein Besessener, der eine Rolle nicht spielte, sondern lebte.
Solange er außerhalb Europas weilte, war sein Doppelgängertum nicht weiter gefährlich, zumal da er nie Schulden auf den angenommenen Namen machte, und durch sein Ende erübrigten sich alle Schritte, die die Brüder gerade hatten unternehmen wollen.
Es war die Grabrede auf Neudeck. Der arme Geist, der ihm angemessenen Form bewußt, aber nie teilhaftig, hatte die Ruhe gefunden.
»Das Gespenst, das zwischen uns stand?« fragte er.
»Ist beschworen«, erwiderte sie.
»Dann darf ich Sie bitten, den Kaffee bei meinen Freunden zu nehmen.«
Sie erhob sich federnd. Gehn dürfen, die schwingende Erde unter den Füßen fühlen, aus der Sonne eines Platzes in den Schatten einer Gasse tauchen, welch ein Glück.
Der Marchese und seine Frau bewunderten sie, als sei sie die Beatrice Dantes und eben vor fünfhundert Jahren den Lugano entlanggegangen. Sie zeigten ihre Zeichnungen Michelangelos und Leonardos, wie man anderswo das Gästebuch zeigt, und der kleine Giacomo machte sie auf den Robbiafries

in seinem Zimmer aufmerksam wie andere Kinder auf die vom Onkel mitgebrachte Eisenbahn.

Alter und Jugend gingen in dem auf, was allein Wert hatte, der Gegenwart, und als Hortense sich in der Unterhaltung der Sprachen, die ihr geläufig waren, nebeneinander bediente, weil jede ihre besondere Ausdrucksmöglichkeit besaß, wurde es ein Gleichnis – alles ist nur da, um benutzt zu werden. Hatte nicht der Graf von den Italienern gesagt, sie brauchten die Dinge schonungslos auf? Was war man selber anders als solch ein Ding? So greife dich an, dachte sie und begann, italienische Worte und kleine Sätze den anderen nachzusprechen. Man war von ihrem Gehör entzückt, ein Flügel stand da, unversehens wurde aus der Siesta eine Stunde Musik, und die Florentiner waren stolz, sie besser mit Verdi bekannt zu machen.

»Wir haben eine Tochter in Siena, die wir jeden Monat besuchen«, sagte die Marchesa, »wir fahren morgen und würden uns freuen, wenn auch Frau von Liotar uns begleiten würde. Siena ist schön.«

»Siena ist so schön«, erklärte der Graf, als er Hortense zum Wagen brachte, »daß man es der Frau, die man begehrt, allein zeigen möchte.«

»Zu nah«, erwiderte sie, »zu nah für die Leute, die wir kennen, und zu früh für zwei Menschen, deren Bekanntschaft erst einen Tag alt ist.«

»Ich tröste mich mit der Hoffnung, daß man es mir überlassen wird, Sie zu führen.«

In den alten Städten waren die Kathedralen Wasserburgen, zwischen zwei Armen auf Roste gesetzt; aber der Dom, den sie am nächsten Tag sah, war der Gral, aus einer Wolke von Engeln auf eines Berges Kuppe gesenkt. Die heidnischen Wölfinnen auf den zwei Säulen machten den christlichen Klang noch voller.

Sie war von einem protestantischen Priester getraut worden, und ihr Kind folgte dem Bekenntnis des Vaters; seit den Brüsseler Tagen hatte sie keine katholische Kirche aufgesucht, um darin zu beten. Aber während sie über den stillen Platz auf die Vorhalle zuschritt, stieg in ihr, bevor noch das Dämmerlicht des Schiffes sie umfing, die Sehnsucht auf, vor einem Beichtstuhl zu knien. Sie nahm das Weihwasser von den Fingerspitzen des Grafen, und es berührte sie tief, ihm jenseits aller Dinge zu begegnen, für die man der Absolution bedurfte.

Als sie zur Stadt hinabstiegen, kam ihnen Ungemach entgegen. Die Treppe war so schmal, daß er sich an die Wand lehnen mußte, um sie vorbeizulassen.

»Wer ist der blonde junge Mann?« fragte der Graf.

»Ein französischer oder elsässischer Maler aus der Villa Bavaria.«

»Kann er etwas?«

»Ich glaube. Er hat ein Bild Valentines angefangen, es ist freilich kein Porträt, sondern eine Freilichtstudie, wie er das nennt.«

»Malt er es in Ihrem Auftrag?«

»Nein, er bot sich dazu an.«

»Ich würde das Bild gern sehn. Taugt es, so möchte ich es Ihnen als Erinnerung an Florenz schenken. Darf ich?«

Am Abend, auf der Heimfahrt nach der Villa, überholte der Wagen Hortenses vor dem Tor einen Fußgänger; es war wiederum Ungemach. Der Tag hatte so viele Eindrücke gebracht, daß Hortense nicht mehr an den Vorschlag des Grafen dachte. Der Platz neben ihr war frei, sie bot ihn dem Maler an.

»Danke nein«, sagte er – »danke ja«, verbesserte er sich, »ich hasse Kröten, und heute abend hüpft eine nach der anderen über den Weg.«

»Wie hat Ihnen Siena gefallen?« erkundigte sie sich.

»Gar nicht, ich hatte einen schlechten Tag. Die Fremden ärgerten mich, sie traten alle paarweise an; das wird langsam langweilig für den, der allein ist.«

»Ich weiß, ich vernachlässige Sie. Es tut mir leid. Aber ich habe Freunde gefunden, die mich einluden und in der nächsten Zeit wohl damit fortfahren werden.«

»Qui s'ecxuse s'accuse«, erklärte er. Sie fand es töricht und, was schlimmer war, ungezogen. Aber es war ihr so leicht zumute, daß sie auch nichts erwiderte, als er nun vorbrachte, was kommen mußte – daß er, der Bürgerssohn, mit Grafen und Marchesen nicht in Wettbewerb treten könne.

Sie fühlte sich so froh beschwingt, dem grollenden Jungen so überlegen, daß sie mit einem Gedanken spielte, der übereins da war: wenn man sicher gewesen wäre, daß es diesem komischen Geschlecht half – wenn es einen Mann befreite, warum ihm dann nicht die Stunde schenken, nach der er sich sehnte? Nie hatte sie verstanden, wenn sie las oder hörte, daß eine Frau aus Mitleid, aus Kameradschaft, aus halber Mütterlichkeit sich geben könne. Aber man lernte vieles verstehn, wenn man, wie sie, nicht mehr in der Ehe lebte. Wem schadet es, willig zu sein? Der Frau? Es kam auf die Eleganz an, mit der sie es tat. Dem, der ihr nachher die Freiheit nahm? Er würde es billigen müssen. Wenn du da neben mir Instinkt hättest und dich in deinem Trotz nicht für minderwertig hieltest, könnte ich in Versuchung kommen.

Aber es stand nicht dafür, und überhaupt, das alles war nur Überschuß am Abend eines Tages, an dem sie sich hätte verschwenden mögen. Plötzlich fiel ihr die Absicht des Grafen ein, das Bild zu sehen. Sie berichtete Ungemach. Er warf den Kopf zurück – danke nein, dachte sie spöttisch und wartete, bis der kleine Kampf ausgekämpft war. Der Ehrgeiz, das geschmeichelte Selbstgefühl siegten. »Wir sind alle bestechlich«, hätte sie ihm fast gesagt, »und das heißt nur, daß wir alle keine Helden sind.« Wie arm und einfach war doch das Menschliche. Sie hatte sich freigekauft, es würde in den nächsten Tagen keine Gesichter mehr geben, und man würde eine kleine Verbeugung machen, wenn sie in der Stadt zu Grafen und Marchesen fuhr. Da sie fröhlich war, konnte sie auch grausam sein. Sie sprang zuerst vom Wagen und reichte Ungemach die Hand:

»Ja doch«, befahl sie, als er zögerte, »man muß immer danke ja sagen.«

Sie fand einen Brief Jeanette Jörchers vor. Der Arzt hatte doch Bedenken gehabt, Florenz sei im Sommer zu heiß, und man habe sich für einen Höhenort am Genfer See entschieden. Sie war froh, Jörchers Neugier entgangen zu sein. Frau Gisela mußte sich mit der Absage zufriedengeben und vernahm, daß auch Hortense nur noch acht Tage bliebe. Sie wollte noch zwei Wochen an Venedig und Oberitalien wenden, dann war es Zeit, Malente aufzusuchen, das nach den Berichten von Frau Hönne so romantisch wie Mon Repos war. Am nächsten Tag, als der Graf sich mit Ungemach verständigt hatte, fragte sie ihn, ob Mitte Mai die Paßstraße

über den Brenner befahrbar sei. Es wurde eine lange Unterhaltung. Sie begann, als Hortense von ihren Plänen für die Zukunft sprach, am nordischen Ende.
»Eutin und Lübeck«, sagte er überrascht, »wissen Sie auch, daß wir eine Art Nachbarn werden? Von Lübeck kommt man in ein paar Stunden nach Rostock, und von Rostock ist es ein Katzensprung nach Doberan, wo ich ein Gut habe und jeden Sommer zwei Monate Aufenthalt nehme, um nach dem Rechten zu sehen und in Heiligendamm meine Reverenz beim Großherzog zu machen. Die Küste ist mit kleinen Bädern übersät – ohne Zweifel würden Sie auch ohne mich auf den Gedanken kommen, daß sie Valentine und Ihnen guttun.«
Was aber den Brenner betraf, so war das auch sein Weg, und sogar Venedig befand sich auf seinem Programm. Er hatte eine Unmenge Verwandter im österreichischen Heer, und einige standen in Venedig.
»Ich kann«, erwiderte sie, »Ihnen nicht verbieten, dieselben Straßen und sogar dieselben Postpferde wie ich zu nehmen. Ich will es auch nicht, ich erlaube Ihnen, mich über den Brenner zu begleiten. Aber in Venedig möchte ich Sie nicht sehen, weil Sie dort zu bekannt sind. Es ist etwas anderes, wenn Sie zufällig am gleichen Tage, sagen wir aus Bozen, aufbrechen – übernehmen Sie es, für den Zufall zu sorgen. Sie werden frühestens acht Tage nach mir Florenz verlassen und nie vergessen, daß ich eine Lady aus den Staaten bin, die ihre Anordnungen und Entschlüsse selbst trifft. Ihr Stand hat viele Nachteile für mich, und ich wünschte, Sie wären nur ein Gentleman wie ein anderer. Der einzige Vorteil, den ich sehe, besteht darin, daß es einem Grandseigneur freisteht, so unabhängig wie ein großer Künstler zu denken.«

16

Ohne Zweifel entging ihr dadurch, daß sie allein war, vieles in Venedig. Als Frau konnte sie am Abend weder die Gassen durchstreifen noch auf dem Marktplatz sitzen. Wer reiste, dem half es nichts, sich der Romane der Sand und mancher anderer Vorkämpferinnen zu erinnern.

Wenn nach der Meinung des Grafen schon Siena die Anwesenheit eines zweiten Ichs verlangte, wieviel mehr Venedig, wo die Farbe nicht eine Malerangelegenheit, sondern Celloton und Geigenstrich, die Musik selber war. Und Musik war Gefühl, Sehnsucht, Glück, sie war einfach die Liebe.

Wenn sie damals von Köln nach Venedig versetzt worden wäre, hätte sie es nicht ertragen, ausgeschlossen zu sein. Venedig ertrug nur, wer von der Erinnerung oder der Hoffnung lebte, wen Trauer oder Erwartung nährten. Sie kannte den Grafen nicht, und der Verstand sagte ihr, daß ein Mann, der wirbt, wie der Mond am Himmel nur seine eine Seite zeigt. Wer nur begegnen wollte, wen er kannte, und sicher war, begegnete nie. Aber sie hatte die Erwartung.

Auf Anraten des Grafen bediente sie sich auf österreichischem Gebiet ihres amerikanischen Namens, der dem des Passes entsprach. Die italienischen Provinzen der Monarchie wimmelten von Spionen, und nicht zum mindesten beobachtete man alleinstehende Frauen, je vornehmer, desto angelegentlicher.

Die milde Gelöstheit Bozens war so schön, daß sie jeden Tag, der ihr noch blieb, dankbar hinnahm. Ihre Fenster im »Greif« gingen auf den Johannplatz, aber am liebsten saß sie auf ihm selbst, nur durch eine kleine in Kübeln gezogene Wand von den Vorübergehenden getrennt, und las deutsche Zeitungen, die viel Aufregendes zu melden hatten.

Eines Abends, als sie aufschaute, sah sie den Grafen um die Ecke biegen. Ihr Herz schlug rascher, sie sprang auf und ging ihm entgegen, er hatte sie noch nicht erblickt. Er trug einen englischen Reiseanzug.

»Jeder Zoll ein Lord«, sagte sie zärtlich spottend und streckte ihm die Hand hin.

Sie aßen in der Gaststube, aber dann war guter Rat teuer. Zu einem Spaziergang konnte sie sich nicht entschließen, da Valentine oben allein lag. Was man hier Salon nannte, war nicht größer als die Wartestube eines Arztes und ebenso dumpf. So blieb nichts anderes als der Platz. Klein, heiter und geschlossen war er wie ein vertrautes Zimmer, in das man nach langer Reise zurückkehrt. An diesem Gleichnis, in das die von den Dächern zu den Futtersäcken der Fiaker schwirrenden Tauben nicht passen wollten, merkte sie, wie sehr sie sich sehnte, anzukommen.

»Wo ankommen?« fragte er.

»Ankommen schlechthin«, erwiderte sie, »dort, wo es Sinn und Verstand hat, wo die Menschen an ihrem Kirchturm oder ihrem König hängen, es ist gleich, und mir zeigen, wie auch ich lieben kann.«

»Worauf bezieht sich das?« erkundigte er sich verwundert.

»Auf Malente.«

Und er hatte geglaubt, einen Bayern von seiner Heimat sprechen zu hören. Warum nicht Münchnerin werden, warum dieser Drang nach dem Norden bei einer Frau, die so unpreußisch wie sie war?

»Mag sein«, sagte sie, »daß der Preußenglaube der Frau von Hönne mich angesteckt hat oder daß die Einigung Italiens Eindruck auf mich machte. Ich habe in Florenz etwas gespürt, was mir unbekannt war – das heißt, ich habe es schon in Amerika kennengelernt, aber da berührte es mich nicht persönlich. Hier, Cotta läßt es sich aus Berlin melden, man spricht dort ganz offen davon, daß Preußen für Deutschland werden könnte, was Savoyen für Italien ist.«

Er lachte über ihre aus der »Augsburger Allgemeinen« bezogene Weisheit, aber dann sagte er ablehnend:

»So weit sind wir noch nicht. Ich bin Bayer. Sie können von mir nicht verlangen, daß ich der kleindeutschen Lösung zustimme, dafür liegt für uns Österreich zu nah. Auch sehe ich nicht den deutschen Cavour, der diese Aufgabe bewältigen könnte.«

»Das scheint mir nebensächlich zu sein. Wenn eine große Aufgabe gestellt ist, finden sich auch die, die sie lösen können.«

»Meine liebe Pythia, ich habe mir nicht träumen lassen, daß wir uns am ersten Abend über Politik unterhalten würden.«

»Mißfällt es Ihnen, weil ich eine Frau bin?«

»Kein Gesichtspunkt für mich, diese Auffassung ist dem Mittelstand teuer. Vorausgesetzt, daß eine persönliche Beziehung besteht, kann man ebensogut über den Zollverein wie über den Lohengrin sprechen.«

»Gut gesagt, mein lieber Grandseigneur. Wir haben also

etwas, worüber wir uns auf der langen Fahrt nach Innsbruck unterhalten können.«

»Wir haben uns über vieles zu unterhalten. Sie gehören nicht nach Malente, ich verstehe Sie nicht«, wiederholte er hartnäckig.

»Und ich möchte, daß Sie mich verstehn. Ich gebe zu, manchmal kommt es mir selber gesucht vor, daß ich mich und vor allem das Kind aus Süddeutschland verpflanze. Aber da Valentine kein Elternhaus und keinen Vater hat, sage ich mir, daß man für ein Gegengewicht sorgen muß, damit sie nicht ein Mensch wird, der alle Kraft nur aus sich selber zieht. Ich habe es an mir erlebt, daß das nicht ausreicht. Man muß zu einer Gemeinschaft gehören. Früher glaubte ich, dafür gebe es nur die Religion. Jetzt sehe ich klarer, es gibt auch die Nation.«

»Das hat alles Hand und Fuß«, erwiderte er. »Wenn Sie dem Kind eine seelische Heimat geben wollen, dürfen Sie es nicht in Genf oder Florenz erziehn. Was ich nicht einsehe, ist bloß die Wahl Norddeutschlands.«

»Die Bewegung geht von Norddeutschland aus«, verteidigte sie sich, »ich gehe dorthin, wo ihr Mittelpunkt ist.«

»Man sollte meinen, daß das eher Berlin als Malente sei?«

»Aber Berlin ist Stadt, und Malente ist Land. Der Adel hat nur Sinn, wenn er an die Scholle gebunden ist. Das will ich Valentine fühlen lassen, es ist soviel wie eine Mitgift.«

»Sie opfern sich Ihrem Kind.«

»Mißbilligen Sie es?« fragte sie zum zweitenmal.

»Als Katholik billige ich jedes Opfer, als Privatmann nicht immer. Aber es steht nirgends geschrieben, daß Sie sich südlich des Brenners entscheiden müssen, es kann auch auf der Paßhöhe geschehen.«

»Was für Pläne haben Sie, wie wird die Brennerreise sein?«

»In drei Tagen ist Pfingsten, eine Poststation von hier entfernt liegt Brixen. Brixen hat einen Bischof und ein Hotel, das zu den ältesten und angenehmsten gehört. Das sind vier Tatsachen, die man wohl unter einen Hut bringen kann. Wir steigen im ›Elefanten‹ ab, es ist der einzige Gasthof, der in Betracht kommt, und sehen uns die Pfingstprozession in der Bischofskirche an. Das Wetter ist herrlich, die Lage Brixens auch, und Fremde wird es in dieser Jahreszeit kaum geben.«

»Aber Garnison, Offiziere und Bekannte wie in Venedig.«
»Sie dürfen nicht zu ängstlich sein. Ich führe wie ein Potentat eine Reihe von Titeln und werde den einfachsten dieser Namen gebrauchen. Bartlos, wie ich jetzt bin, rechne ich damit, unerkannt zu bleiben. Um ein übriges zu tun, nehmen wir nicht Extrapost, dazu gehen wir erst hinter Brixen über.«
»Sie dürfen schon hier Extrapost für uns drei nehmen«, sagte sie sanft.
»In englischen Romanen und sogar in der englischen Wirklichkeit erklärt der Held der Heldin, wenn sie erst einmal Tee miteinander getrunken haben: ›Ich werde Sie Ellinor nennen, sagen Sie Charley zu mir‹. Wir haben schon viele Getränke miteinander getrunken, und die entsprechenden Namen wären einzusetzen mit Hortense und Franz Ludwig Egon Aribert Rainer. Erschrecken Sie nicht, wie andere Sterbliche habe ich einen Rufnamen, er ist Rainer.«
»Da wir nicht Held und Heldin sind . . .«
»Wir sind es; wie hätte ich Ihnen sonst schwören können, daß Sie, Hortense, immer die Lady aus den Staaten sein sollen, die alle Entschlüsse allein trifft?«
Also Brixen war es. Sie hörte den Namen zum erstenmal. Vielleicht vergaß sie ihn sofort, um ihn nicht hassen zu müssen; vielleicht war er der eine, von dem in den Sagen der Frauen überliefert war, daß es ihn irgendwo in der Welt für jede von ihnen gäbe.
Als sie vierundzwanzig Stunden später im »Elefanten« das Kind zu Bett gebracht hatte, zog Valentine sie wie jeden Abend zu sich herab und hielt sie in einer schweigenden Umarmung fest, in der man immer denken mußte, daß auch dieses junge Geschöpf einmal eine erkennende Frau sein werde.
War es eine Sünde, unter seinen Augen mit einem Liebhaber zu reisen, so mochte der Himmel ihr auch sie vergeben. Was da zu sagen war, hätte sie ruhig verteidigt, wie einer in der Prüfung seine These durchhält. Wenn der Himmel mit den Menschen in Verrechnung stand, durfte er nicht nur Verbote erlassen. Wenn er Treue von den Frauen verlangte, durfte er ihnen nicht den Geliebten hinwegraffen.
Sie löste sich aus den Armen des Kindes und suchte ihr

Zimmer auf. Als das Haus in Stille lag, öffnete sie die Tür, um ihren Gang zu gehn, durch weitläufige Korridore. Gedunkelte Bilder der Kaiser und aller, die in Jahrhunderten hier gewohnt hatten, hingen an weißgetünchten Wänden. Das Mondlicht fiel durch bleigefaßte Scheiben.
Wie viele mochten gleich ihr auf eine leise Frage am Abend ein leises »Vielleicht« geflüstert haben. Wenn die Nacht sank, stiegen im Blut die Wünsche auf – es war nicht rühmlich, es war nicht verwerflich, es war das tausendfache Schicksal – sie warf den Kopf empor.
Schritte kamen, sie schlüpfte zwischen zwei Schränke von gewaltigen Ausmaßen, ihre Schatten schlossen sich wie Türflügel vor ihr. Die Schritte waren lange verhallt, sie stand noch immer und hörte in sich hinein. Sie sah die Enge des Wagens, in dem sie weiterfahren würden, das vertrauende Kind, den scherzenden Rainer, sich selbst – es war ein falsches Idyll.
Sie ging in ihr Zimmer zurück, und es war nicht nur ein Valentine gebrachtes Opfer. Sie opferte auch dem eigenen Stolz; man nahm nicht eine Liebesstunde mit, weil die Gelegenheit günstig war. In der Nacht lebte sie, träumend, oft aufwachend, noch einmal in vergangenen Tagen. Nie hatte sie Rechenschaft von sich für die Flucht mit dem Wallonen verlangt. Sie tat es auch jetzt nicht; aber es schien ihr, als sei der Kreis geschlossen; wer sich verloren hatte, mußte sich wiederfinden.
Manchmal auch fuhr sie auf, um an Rainer zu denken – wartete er noch immer? Ein wenig hart war es wohl für ihn, aber Liebe mußte geduldig sein. Mit einem glücklichen Lächeln sank sie zurück.
Nach dem Frühstück erzählte er Valentine, wie der Elefant in das Schild versetzt worden war. Zuerst hatte er gelebt; tapfer war er von der Türkei heraufgetrappt, um sich selber als Geschenk des Sultans Soliman, der der Prächtige hieß, dem Kaiser in Augsburg darzubringen. In Brixen verendet, hatte er lange Zeit als ausgestopfter Helfer bei der Begrüßung der Reisenden gedient; dann war er zusammengeschrumpft und hing nun mit Bär, Einhorn und Löwe eben dort, wo die Wahrzeichen der Gasthöfe zu hängen pflegen. Hortense hörte ihm zu. Sie hielt eine Zeitschrift in der Hand, ohne zu

merken, daß sie es verkehrt tat. Sie lauschte mit dem inneren Ohr; wie er zu ihrem Kinde sprach, in dem er ein Hindernis sehen mochte, verriet ihr mehr als die selbstverständliche Ritterlichkeit, die er für sie hatte.

»Die Bilder stehn ja auf dem Kopf«, rief Valentine und brach mitten in ihrem Gelächter ab, als sie dem verdichteten Blick der Mutter begegnete. Sie empfand die fremde Schönheit, die in dieser Nacht unter dem ersten Stoß der Leidenschaft geboren worden war. Obwohl der Spazierfahrtwagen vor der Tür stand, widersprach sie nicht, als Hortense sie der jungen Tochter des Wirtes zuführte, die sich erboten hatte, das Kind in den großen Garten jenseits der Straße mitzunehmen. Auf dieser Spazierfahrt wurde alles, was zu sagen war, schon gesagt, bevor sie sich durch die Gassen gewunden und die Brücke über dem Zusammenfluß von Eisack und Rienz erreicht hatten.

»Das Herz Valentines haben Sie«, sagte Hortense.

»Und das der Mutter?« fragte er.

»Es wäre frei, aber der Freund ist ein verheirateter Mann.«

»Ja, das bin ich. Und Katholik und Standesherr dazu.«

»Was wollen Sie damit sagen?«

»Daß ich mich nicht scheiden lassen kann.«

»Daran habe ich nie gedacht.«

»Ich dachte daran, als Sie mir so viel Gelegenheit zum Nachdenken gaben.«

»War es zu einer Zeit, als Sie mich erwarteten?«

»Ich war überzeugt, daß Sie nicht kommen würden.«

»Und doch war ich schon auf dem Wege zu Ihnen.«

»Aber Sie fanden sich in dem alten Labyrinth nicht zurecht?«

»Ich fand den Mut nicht.«

»Das glaube ich Ihnen niemals.«

»Warum nicht?«

»Weil Sie sind, wie Sie sind, und wie Sie sind, ist es gut. Das klingt fast hegelianisch, finden Sie nicht?«

»Das kann ich nicht beurteilen. Ich weiß nur, daß ich mit Ihnen rascher vertraut wurde als mit irgendeinem anderen Mann.«

»Das ist ein Geständnis, das sich nur noch durch ein einziges überbieten läßt.«

»Sagen Sie es.«
»Sie sind die Frau, mit der ich von heute an jeden Tag zusammen sein möchte.«
»Das ist unmöglich, man kann Hindernisse nicht überwinden.«
»Man kann sie stehnlassen und umgehn.«
»Kann man das?« fragte sie und empfand den zweiten, stärkeren Stoß der Leidenschaft.

17

Zehn Tage später trafen Hortense und Valentine in Lübeck ein, wo der Zollverein und die Bahn aufhörten; Frau von Hönne holte sie ab. Sie war empört, daß Hortense sich um den Genuß gebracht hatte, die neue Heimat in der Maipracht zu sehn.
Hortense dachte an das Meer von Blüten, das den Brixener Kessel ausgefüllt hatte, und schwieg geduldig. Sie sah die südlich gewundenen Gassen, die italienisch gelben Laubengänge der Eisackstadt und liebte auf den ersten Blick Lübeck, weil es gleich jener aus den Zeiten emporwuchs. Es war stolzer, trotziger und reicher – »es ist unsere Stadt, die alles liefert, was wir brauchen«, sagte die praktische Anna, nunmehr Herrin auf Rittergut Breede.
Aus den Stallungen von Breede, aus nicht allzu fernen Biedermeierjahren, hatte sie eine Reisekutsche hervorgezogen und instand setzen lassen. Damit war sie in zwei Tagesreisen nach Lübeck gefahren. Ausgefallen? fragte sie erstaunt; erstens konnte man alle Einkäufe gleich mitnehmen, zweitens stand Jochen, der Kutscher, im »Hotel du Nord« als Diener zur Verfügung.
Als sie die vielen Koffer Hortenses sah, kaufte sie kurz entschlossen einen Beiwagen. Sie hatte Listen von den Dingen ausgearbeitet, die Hortense anschaffen mußte. Jedes Zimmer hatte ein Blatt, auf jedem Blatt steckte eine Probe der Tapete und der Möbelbezüge. Aber als sie vernahm, daß Hortense ein Klavier kaufen wolle, geriet sie in Verzweiflung – man konnte es doch nicht auf das Dach der Kutsche schnallen.

Dann nahm sie auch diese Sache in die Hand. Nachdem der Preis in Kurantmark vereinbart war, feilschte sie wie ein Levantiner beim Teppichkauf drei Tage um den Barrabatt oder, was dasselbe war, die freie Zustellung. Seitdem sie den Boden der Heimat berührt hatte, waren ihr neue Kräfte zugeflossen.

»Ich werde Sie Anna Antäa nennen«, meinte Hortense. Aber das mußte sie erst erklären, und dann war es in den Augen der Herrnhuterin nur heidnisches Zeug.

»Apropos Boden«, sagte sie, »wir müssen Ihnen noch Schaftstiefel für die Regenzeit kaufen, man vergißt doch immer etwas.«

Großen Wert legte sie darauf, Besuche zu machen. Wer in einer Gegend ansässig wurde, mußte sich Bekannte schaffen. Sie ihrerseits hatte Beziehungen zum Stadtpfarrer und einigen Geschäftsfreunden ihres verstorbenen Bruders. Hortense erhielt eine Einladung ihres Bankiers.

Als Amerikanerin wollte sie nicht mehr auftreten; der Zusatz Liotar hatte seinen Sinn verloren – so überlegte sie, ob es richtig sei, zu ihrem Mädchennamen zurückzukehren und sich fortan Frau von Wierssen zu nennen. Anna redete ihr zu. Zwar in Lübeck sei der Adel nicht nötig, aber auf dem Lande biete er Vorteile.

Da der Stadtpfarrer ein beschäftigter Mann war, hatte er mit der Sitte, sich um vier Uhr zu Tisch zu setzen, gebrochen und auf diese Zeit die Kaffeestunde verlegt; den Tee verpönte er, das war ein leichtfertiges Getränk. So gab es also Kaffee in geblümten Kannen und hohen Napfkuchen. Durch die Tüllgardinen sah man die durchbrochenen Giebel über dem Platz. Zwischen Backsteinkirchen rauschten Linden; tiefer und satter als im Süden war alles Grün.

Herrlich wie im Märchen rochen die Kaufmannshäuser nach Spezerei, glänzten die Messingbeschläge auf dem geschnitzten Holz. Fiel der Klöppel hallend nieder, hätte man sich nicht gewundert, das Marzipanmännchen selber die Tür öffnen zu sehen, mit Zopf und rosa Verschnürungen. Ein Geruch von Teer und Rotweinfässern lag über den Gassen. Sogar Anna gab zu, daß es der romantische Geruch der Ferne sei, und nannte ihn drastisch Schnupftabak für die Phantasie. Wenn man an einer Haustür schellte und inzwischen das Auge bis

zur Winde im höchsten Giebel schweifen ließ, sah man alle Güter der Welt in die Lager schweben. Ich habe Glück gehabt, dachte Hortense, sie fühlte sich heimisch werden – Heimat war, wo man den Märchengeist verspürte.
Weil der Himmel blau wie Kopenhagener Porzellan war, fand Anna, daß man die schönen Tage benutzen müsse, um diesen Fremden das Meer zu zeigen. Sie ordnete an, daß die Reisekutsche vorausfahren und sie in Pansdorf erwarten solle. Sie mietete einen Sandschneider und zeigte den beiden Travemünde und Niendorf.
»Das ist die Lübecker Bucht und für uns die Sommerfrische vor der Tür«, sagte sie, worauf Hortense von Doberan und der Verabredung mit dem Grafen erzählte.
»Man muß seinen Verkehr nicht zu hoch suchen«, erklärte Anna, aber diese Freundschaft machte doch Eindruck auf sie. Die Adelsfrömmigkeit kam bei ihr gleich nach der kirchlichen. Ein paar Wochen später, als sie sich ein wenig eingelebt hatte, wußte Hortense bereits, daß das hierzulande die gottgewollte Ordnung war. Ihre amerikanischen Jahre wirkten nach, und sie sah nicht ein, weshalb sie sie verleugnen sollte. Sie gab ihre Karten ab, auf denen korrekt stand: Frau Hortense Harald, geb. von Wierssen. Daß daraus im Umgang und gewohnheitsmäßig ein Harald von Wierssen wurde, war Sache der anderen, ihr aber um Valentines willen nicht unangenehm.
Auch Rainer benutzte diesen Namen, kaum daß sie ihn erwähnt hatte. Sie schickte ihm jeden Samstagmorgen einen Brief und begann am Abend den der neuen Woche. Es verging kaum ein Tag, an dem sie sich nicht mit ihm unterhalten hätte. Die Grundlagen ihrer Freundschaft standen fest: es waren die beiderseits gegebenen, an denen sich nichts ändern ließ.
Er hatte eine Frau, der er nichts als die Achtung schuldig war – sie baute sich ein selbständiges Leben auf. Sie hatten noch oft darüber gesprochen, ob sie sich nicht in München niederlassen sollte, und waren übereingekommen, daß dazu noch immer Zeit sei, wenn es ihr nicht gelang, bei Frau Anna heimisch zu werden.
Sie würden sich während zweier Sommermonate in Doberan und von Neujahr bis Ostern in London sehen; im Herbst

konnte man ein paar Wochen in Berlin oder Dresden einschieben. Sechs Monate im Jahr war sie allein – es mußte ertragen werden, diesen Preis zahlte sie für ihre Freiheit.
Anna von Hönne hatte den Brief aus Brüssel, worin Hortense ihr die Hälfte von Mon Repos anbot, nicht vergessen. Jetzt weigerte sie sich, von ihr mehr als den Zuschuß zum gemeinsamen Haushalt anzunehmen. Die Zimmer im ersten Stock wären unbewohnt geblieben, es war nicht Sitte, ins Herrenhaus Mieter zu nehmen.
Sie gab erst nach, als Hortense sie darauf aufmerksam machte, daß sie als Betreuerin ihrer Nichten keine Einnahmen zurückweisen dürfe, die den Kindern zugute kamen. Sie setzte also einen geringfügigen Betrag fest und widersprach von neuem, als Hortense sie nach Eutin zum Anwalt brachte, um einen Vertrag zu schließen, worin von Rechten und Pflichten die Rede war.
Sie hätte ihr auch ohne Advokat erlaubt, die vier Stuben himmelblau, seegrün, cremegelb und terrakottarot auszumalen. Zuerst behauptete sie, nur arme Leute sparten die Tapete. Aber als die Handwerker fertig waren, fand sie selber, daß es traumhaft sei; in jedem Zimmer stimmten der Anstrich, die Vorhänge und die Möbel überein. Malente war nicht ganz so nah, wie Hortense gedacht hatte, aber doch nahe genug, um die Kinder vorläufig dort in die Schule zu schicken. Später wollte man einen Hauslehrer nehmen.
Die Wochen vergingen. Die wichtigsten Besuche waren gemacht, aber Hortense hatte kaum etwas von der Umgebung gesehen, als die Schulferien nahten und die Frage gegenständlich wurde, ob man schon in diesem Jahr die Kinder ans Meer bringen sollte.
Da man erst drei Monate im Lande war und da Hortense ihre eigenen Wege ging, entschied Anna, daß die Buchenwälder und Seen um Breede auch Sommerfrische seien.
»Nein, ich würde es nicht billigen«, sagte sie zu Hortense, »wenn Sie Valentine nach Mecklenburg mitnähmen. Ein Kind soll nicht zuviel herumreisen, es braucht Gleichmaß und Ruhe, damit es Wurzeln fassen kann.«
Es ließ sich nicht leugnen, daß Anna Ansätze zur Autokratin zeigte. Sie erklärte, Hortense könne nicht ohne Begleitung in ein Seebad fahren, wo sie niemand als einen Mann kannte, der

seine Frau nicht mitbrachte und obendrein durch seinen Rang aller Augen auf sich zog. »Sie brauchen eine Gesellschafterin«, sagte sie, »und ich weiß jemand. Erinnern Sie sich an das junge Mädchen, das einen Augenblick hereinkam, als wir in Lübeck beim Stadtpfarrer Kaffee tranken? Es ist eine Waise aus seiner Verwandtschaft. Er sähe gern, daß ich Fräulein Paula in Breede aufnähme, damit sie lernt, wie man ein Gut bewirtschaftet. Sie ist erst zweiundzwanzig, reichlich jung für eine Anstandsdame, aber Sie würden mir einen Gefallen tun. Und eine Jungfer müssen Sie auch mitnehmen. Sie sind dann zu dritt und können auftreten, wie es sich gehört.«

»Inwiefern einen Gefallen?« fragte Hortense. »Denken Sie an den Pfarrer?«

»Nein, ich denke an Sie. Wenn Sie zehn Jahre älter wären, könnten Sie zur Not allein reisen, aber nicht in Ihrem Alter.«

»Ich bin in dem Alter, in dem in Deutschland die Frauen schon nicht mehr tanzen. In Italien habe ich eine Menge von Engländerinnen und Russinen der besten Art gesehn, die keine Gesellschafterin bei sich hatten. Die Jungfer will ich gelten lassen.«

»Wer fragt in Petersburg, was jemand in Florenz tut? Im Amtsgerichtsbezirk Eutin wird man Ihre Reise eher billigen, wenn Sie die Verwandte eines Pfarrers mitnehmen. Pfarrer haben manchmal ihren Wert. Sie dürfen sicher sein, daß es auch dem Grafen angenehm ist, daß Sie eine Gesellschafterin bei sich haben – wie sollte er Sie dort vorstellen, wenn Sie nichts als eine junge unbekannte Witwe sind? Das ist beinahe noch mißlicher, als ein unverheiratetes junges Mädchen zu sein.«

»Lange Rede, kurzer Sinn; eine Brombeerhecke voll Gründe und ein Körnchen Wahrheit. Dafür, daß Sie mich im Eifer des Gefechts junge Witwe nannten, will ich tun, was Sie wollen. Anna, Sie sind so spießbürgerlich wie eine Schwiegermutter. Um Sie nicht hassen zu müssen, muß ich Sie lieben, wir sollten du zueinander sagen, ich stehe mit der ganzen Welt auf du.«

»Mit Ausnahme des Grafen, will ich hoffen. Hortense, Sie du wirst doch keine Dummheiten machen? Bedenke, er ist ein verheirateter Mann.«

»Das wirst du so lange wiederholen, bis du ihn gesehn hast,

und dann wirst du etwas noch Schlimmeres entdecken, daß er nicht wie ein verheirateter Mann aussieht.«

Sie holte mit Lene, der Jungfer, Paula Störte in Lübeck ab und bestieg in Travemünde ein Sommerboot, das die Orte am mecklenburgischen Ufer bediente. Auf den Ozeanschiffen war sie weniger seekrank geworden als auf diesem kleinen Küstendampfer.

Der Jungfer, die aus Hannover stammte, ging es am schlechtesten. Als auch Hortense nach unten ging, unterhielt sich Fräulein Paula, die nichts von ihren frischen Farben verloren hatte, mit einem betreßten jungen Mann. Hortense nahm einen unbestimmten Eindruck mit, als fände das Mädchen Geschmack an dem, was man in England flirten nannte.

Sobald sie sich legen konnte, fühlte sie sich wohler. Aber der kleine Zoll, den sie der See zahlte, machte ihr nichts aus. Es war zugleich der, den sie für ihre Freude entrichtete. Dreiunddreißig Jahre war sie alt geworden, ohne je zur Vereinigung mit dem, den sie liebte, gereist zu sein. War sie zu alt für die romantischen Gefühle? Sie war vier Jahre jünger als der Freund, der sich wie die amerikanischen Männer etwas vom Knaben erhalten hatte. Und da er also jung war und doch älter als sie, so war sie jung nach allen Regeln der Zahlenkunst.

Rainer hatte nichts gegen die Begleiterin einzuwenden gehabt. Es war unter diesen Umständen leichter etwas Passendes für sie zu finden. Durch seinen Verwalter hatte er ihnen in einer Villa Heiligendamms das Erdgeschoß sichern lassen. Er holte sie vom Schiff ab. Wie vernünftig Männer angezogen waren; er trug weiße Hosen, blaue Jacke und Klubmütze.

Vom Zimmer Hortenses führte eine französische Fenstertür in den Garten. Da der Boden fest war, gab es sogar Blumen und Rasen darin. Ein paar Grundstücke weiter lag Rainers Pavillon, in Schweden aus geölten Hölzern zurechtgeschnitten, übers Meer gebracht und kunstvoll zusammengesetzt. Er war geräumig, enthielt ein Bad und erinnerte sie an die Landhäuser am Hudson.

Im Hintergrund wuchsen Birken und Eschen heran. Sie verbargen einen kleinen Stall, der einem Wägelchen und zwei Pferden Platz bot. Für gewöhnlich stand nur eines darin; die zweite Box war für die Stute, die bei den Heiligendammer

Rennen mitlief. Aber als er hörte, daß Hortense ritt, bot er ihr ein Pferd an und schlug vor, es bei einem Besuch auf Gräflich-Linde selbst auszusuchen.

Er tat das nicht ohne Geschick bei dem Abendessen, das er den Damen und zwei Ehepaaren am ersten Tage gab. Man hatte von Pferden gesprochen, und das Angebot war natürlich. Man bediente sich selbst. Außer dem Reitknecht war nur eine Köchin von Linde herübergekommen, das so nahe lag, daß Rainer es in einem halbstündigen Ritt erreichen konnte.

Man saß noch bei Tisch, als ihm ein Briefchen gebracht wurde. »Von Marie Kalergis«, sagte er, »darf ich sofort öffnen?«

»Ich bin den ganzen Nachmittag«, schrieb sie französisch, »mit den hohen Herrschaften (dies auf deutsch) zusammen gewesen und habe Sehnsucht (deutsch) nach Ihrem entzükkenden Pavillon, der eine Gewähr dafür bietet, daß man im kleinen Kreise sitzen wird. Ich sehe, daß er beleuchtet ist, und höre, wen Sie eingeladen haben – nichts bleibt in Heiligendamm verborgen. Darf ich hinüberkommen? Schreiben Sie keinen Brief, das stört nur, sagen Sie dem Lakaien einfach ja oder nein und Ihren Gästen Grüße.

PS. Ich habe noch gehört, daß Sie auf einem Sklavinnenmarkt eingekauft haben; darüber müssen Sie mir erzählen.«

»Ich freue mich«, wandte sich Rainer an Hortense, »daß Sie dieser Frau begegnen. Sooft ich mich für einen Kosmopoliten halte, brauche ich nur an sie zu denken, um klein zu werden.«

»In Venedig sah ich den Palazzo Vendramin-Kalergis.«

»Aus dieser Familie kommt ihr Mann, von dem sie sich getrennt hat. Durch Abstammung ist sie Deutsche, eine Nesselrode, durch Geburt Polin, durch Erziehung Russin – Graf Nesselrode, der Reichskanzler, dürfte ihr Vetter sein – und durch Heirat Griechin. Chopin sah in ihr die Frau, die am besten Chopin spielte, und Bülow hat es bestätigt. Liszt spielt mit ihr, und Wagner hätte das Defizit seiner Pariser Konzerte ohne sie nicht zahlen können. Napoleon machte ihr den Hof, und man glaubte sie schon an der Stelle zu sehn, die dann Eugenie einnahm. Temperament: eine Mischung aus allen Nationen, am liebenswertesten der slawische Einschlag; sie ist ganz weiblich.«

Als sie eintrat, war es, als komme die Königin im Märchen herein: große Gestalt, weiße Haut, aus Gold gesponnenes Haar und veilchenblaue Augen, die sie zusammenkniff, sie war kurzsichtig.
Hortense wehrte sich gegen so viel Glanz, und daß Rainer so enthusiastisch von ihr sprach, ließ sie Eifersucht empfinden, nicht am wenigsten, weil er sie weiblich genannt hatte. Als sie zugeben mußte, daß es berechtigt sei, fühlte sie sich bezwungen. In London hatte sie einige große Damen getroffen und keinen Unterschied zwischen ihnen und den Virtuosinnen der Bühne gesehn.
Es fiel ihr auf, daß diese Frau mit den verengten Augen sie und Paula aufmerksam ansah und den Blick auch zu den anderen wandern ließ. Die Menschen beschäftigten sie offenbar – von keiner jener Herzoginnen hätte man das sagen können; die Leute waren für sie Figuren, die aus irgendeinem Grund, der sie nichts anging, hinter den Kulissen hervorkamen.
Die einen nannten sie Madame de Kalergis, die anderen Gräfin. Sie kam aus Warschau und erzählte von dem Haß, den Polen und Russen gegeneinander empfanden. Die Mitglieder derselben Gesellschaftsklasse grüßten sich nicht mehr, und im Sächsischen Garten hielten die polnischen Studenten jeden an, der nicht schwarz gekleidet war. »Wir trauern dort um das Schicksal Polens«, erläuterte sie für Hortense. Gott allein wußte, wohin diese Dinge trieben. Sie fühlte sich als Polin und Russin zugleich, manchmal war sie des Lebens überdrüssig, der unlösbare Zwiespalt machte sie krank.
»Und nun, mein lieber Graf«, sagte sie zu Rainer, »erzählen Sie, wie ein Sklavinnenmarkt im Orient aussieht. Mußten Sie sich unkenntlich machen?«
»Selbstverständlich. Als Giaur aus dem Frankenland wäre ich mit Steinen verjagt worden.«
»Als was gingen Sie hin, als Türke mit Pluderhosen, der seinen Harem ergänzen will?«
»Für einen Türken dieser Art war ich zu mager, auch ist mir die Sprache fremd. Ich ging als Araber im Burnus.«
»Und? Ist es wahr, daß diese unglücklichen Geschöpfe völlig

unbekleidet dastehn und daß man ihr Fleisch wie das eines Kalbes prüft?«

»Man kann verlangen, daß sie sich so zeigen. Die wenigsten empfinden ihr Los als Unglück. Wenn man im Harem verschwindet, ist es völlig gleich, ob man zuerst auch noch geraubt wird.«

»Ich möchte noch vieles fragen, leider ist es zu indiskret. Aber waren nicht auch Christinnen darunter, ich meine solche aus dem Abendland?«

»Das kommt gelegentlich noch vor, wenn den maurischen Piraten ein Fang gelingt, aber diese Ware gelangt selten auf den offenen Markt; meistens wird sie benutzt, um Lösegeld zu erpressen.«

»Was würden Sie getan haben, wenn Sie Gelegenheit gehabt hätten, ein gutes Werk zu vollbringen?«

»Hätte ich als Graf von Gleichen zurückkehren sollen?« fragte Rainer trocken.

»Ich weiß nicht, was ich täte, wenn ich ein Mann wäre und überall hinreisen könnte, wo Abenteuer darauf warten, daß man sie besteht. Gab es je eine so abenteuerliche Zeit wie diese? Nehmen Sie Garibaldi, nehmen Sie Napoleon – apropos Napoleon, haben Sie gehört, daß er sich in die mexikanischen Händel einmischen will? Waren Sie in Mexiko? Mich fasziniert dieses Wort, ich an Ihrer Stelle würde nicht immer nach Afrika fahren, ich würde meine Verbindungen springen lassen und mich der französischen Expedition anschließen.«

»Vorausgesetzt, daß sie zustande kommt. Was nicht ist, kann noch werden. Wenn ich in Mexiko am gelben Fieber sterbe, werde ich an Sie denken.«

»Schweigen Sie, man muß nie vom Tode sprechen. Klopfen Sie sofort dreimal unter den Tisch.«

Als er nur lachte, tat sie es für ihn. Man stand auf und verteilte sich in den Räumen. Hortense stand eine Weile allein am Fenster und sah in den Garten.

»In Baden-Baden«, wandte sich Frau Kalergis an Hortense, »habe ich von einem Herrn von Wierssen gehört, der in der badischen Kammer die Abschaffung der Spielbank verlangte.«

»Es könnte mein Vetter sein, Georg von Wierssen.«

»Ganz recht, ich erinnere mich wieder. Man liebt ihn dafür nicht an der Oos.«

»Es läßt sich denken. Und es läßt sich über die Frage streiten, scheint mir.«

»Man streitet zu viel in dem unruhigsten aller Erdteile.«

»Amerika, das einmal mein Erdteil war, ist im Augenblick auch nicht ruhig.«

»Das ist wahr. Aber dort geht es wenigstens um eine große Sache – was dagegen macht es einem badischen Patrioten aus, ob man ein wenig spielt und ob man es unter französischer Anleitung tut? Viele würden aus Baden fortbleiben, und obwohl ich am letzten mit Spielern verkehren möchte, würde ich doch für die schöne Stadt fürchten. Sie müssen wissen, daß ich im Begriff bin, mich dort anzusiedeln. Sie selbst besuchen Baden-Baden auch?«

»Ich habe es vor vielen Jahren zum letztenmal gesehen, und es besteht wenig Wahrscheinlichkeit, daß ich hinfahre.«

»Das ist schade, meine liebe Frau von Wierssen. Sie gefielen mir schon beim zweiten Blick. Ich bin, glaube ich, drei, vier Jahre älter als Sie, aber das tut nichts. Was für schönes Haar haben Sie und, was bei dieser Farbe selten ist, gute Augen dazu.«

Sie waren während des Gesprächs in den Garten gelangt. Madame Kalergis überzeugte sich durch einen Blick, daß sie allein waren. »Behaupten Sie nicht, daß nicht etwas wahr an der Unzuverlässigkeit ist, die man den Rotblondinen nachsagt. Es ist die schönste Haarfarbe, die es gibt, aber diese Frauen sind auch die ehrgeizigsten, und das bedeutet, wenn sie nicht durch Geburt hochgestellt sind, daß sie sich unbedenklich jedes Mittels bedienen. Sind Sie mit der jungen Dame, die Sie mir vorstellten, verwandt?«

»Kaum bekannt. Ich habe sie, um jemand gefällig zu sein, gebeten, mir während meines Aufenthaltes hier Gesellschaft zu leisten.«

»Dann darf ich vielleicht sagen, daß sie zu dem Typus zu gehören scheint, von dem wir eben sprachen. Sie wägt die Menschen ab und hat Entschlossenheit. Ist sie arm?«

»Ich vermute es.«

»Une constellation intéressante. Verstehen Sie mich nicht falsch. Ich bin kein Richter über andere – ich bin es so wenig, daß ich Lust hätte, mich an diese junge Person zu wenden, wenn ich jemand für mein Haus in Baden-Baden brauche. Ihr Ehrgeiz ist, in die Gesellschaft zu kommen – ich könnte es ihr ermöglichen und sie zugleich ein wenig leiten. Sie ist klug, und es fehlt ihr an Erfahrung.«

Rainer fragte Madame Kalergis, ob sie in der Stimmung sei, Chopin oder Liszt zu spielen.

»Nein, das bin ich nicht«, erwiderte sie. »Das einzige, was ich heute spielen könnte, sind Improvisationen über ›Noch ist Polen nicht verloren‹. Als ich sechzehn war, hörte ich sie von Liszt in Warschau; damit begann unsere Freundschaft und seine Ungnade am russischen Hof. Aber was soll das hier unter glücklichen Deutschen? In den Berliner Salons begeistert man sich für Polen, in der Wilhelmstraße bietet man sich den Russen als Helfershelfer an, wenn die Kosaken die polnische Jugend zu Paaren treibt. Wir wollen lieber noch einen Gang am Strande machen.«

Es war eine der hellen Nächte, in denen das Auge den Himmel nach dem Nordlichtstreif absucht. Man brachte Madame Kalergis nach Hause, dann trennten sich auch Hortense und Paula von Rainer, der erklärte, die Nacht sei so schön, daß er nach Linde zurückreiten werde.

Aber als Hortense ihr Zimmer betrat, erblickte sie den Strauß von Blumen, die ihren Namen trugen.

»Wenn Hortensien auf Ihrem Tische stehen, werde ich kühn wie Romeo sein«, hatte Rainer in seinem letzten Brief geschrieben. So war der Augenblick gekommen, Julia zu sein. Wie alt mochte das junge Ding gewesen sein? Kaum sechzehn. In Verona hatte sie ihrer viele gesehn und flüchtig gedacht, daß es nicht angehe, so junge Menschen zu Vorbildern für die große Liebe zu machen. Unter ihren Sachen war ein weißer ärmelloser Mantel, mit einem Kragen aus weißem Hermelin, ein Geschenk, das Robert auf seiner Reise durch den Kontinent von einem Fallensteller erworben hatte. Sie entkleidete sich ohne die Jungfer, der sie den Abend freigegeben hatte. Niemand schlief neben ihr, Paulas Zimmer lag um die Ecke.

Ihn zog sie an und stellte sich ans Fenster, die Stirn an die kühle Scheibe gelehnt. Die Tür, die auf die Gartentreppe ging, stand offen; der Zug bewegte die zugezogenen Vorhänge. Draußen war bleiches Licht; die Eschen, die den Weg vor dem Gitter begleiteten, rauschten im Mitternachtswind. Sie war nicht Julia, das Kind mit der Amme – die Kraft der Versenkung kam über sie. Sie schloß die Augen und suchte Rainer, bis sie ihn sah. Er schlug ein dunkles Cape wie eine römische Toga über die Schulter; er verließ den Pavillon; er wandte sich nicht der Straße zu, sondern den Birken, wo der Stall lag; er war nur ein Schatten, der längs der Mauer glitt; dann wurde er deutlicher, auf einem Pfad, der zwischen leeren Grundstücken lief; er schwang sich über einen Draht; jetzt trennte sie nur die Wand ihres Hauses von ihm; sie glaubte das Tasten seiner Hand zu hören – die Vorhänge wehten stärker, er warf einen Schatten ins Zimmer voraus, sie sank in seine Arme.

Als sie vom Läuten der Sonntagsglocken erwachte, waren diese visionären Minuten das erste, woran sie sich erinnerte. Hatte sie geträumt? War auch das, was folgte, dieses drängende, sich schenkende Glück, nur ein Traum gewesen? Aber Lene trat ein, und doch hätte die Tür verriegelt sein müssen. Dann fiel ihr alles wieder ein: Nachdem Rainer gegangen war, hatte sie den Riegel zurückgeschoben und beim Krähen eines Hahns an den Streit um Nachtigall und Lerche gedacht.

Ihr erster Gang galt dem rückwärtigen Teil des Grundstücks. Da waren die Drähte, da der Pfad und hundert Meter weiter die Birkengruppe. Sie wußte nicht, was sie davon halten sollte. Sie schloß die Augen – alsbald kehrte die Kraft der Versenkung wieder, aber diesmal, hier im Tag, verwandelte sie sich in Willen: festzuhalten und zu lieben. Unwissend hatte sie sich in der ersten Nacht gegeben; wartete heute die zweite, in der sie wissend fühlte? In Stößen der Leidenschaft kam es, als sei der Menschenleib eine Welt, die gleich dem irdischen Planeten von kleinen Erdbeben geschüttelt werde.

Als sie sich umwandte, stand Rainer vor ihr. Während er sich über ihre Hand beugte, fragte sie ihn:

»Bist du diesen Pfad gekommen?«

»Jetzt nicht, heute nacht.«

»Und trugst ein Cape?«

»Einen schwarzen Burnus, ja.«

»Seltsam.«
»Es gibt Araber, die behaupten, Schwarz sauge die Sonnenstrahlen so gut auf wie Weiß.«
»Das meine ich nicht.« Sie erzählte ihm von der Vision. »Daß ich nichts Helles anziehn würde, ließ sich denken«, sagte er.
»Den Pfad hast du vielleicht geahnt, oder du hast dir gesagt, daß es gefährlicher sei, von der Straße zu kommen. Und so hast du eben geschaut, was war.«
»Ich habe es in dem Augenblick geschaut, wo es geschah. Ich sah, wie du das Tuch über die Schulter warfst.«
»Sei es. Im Orient hörte ich von solchen Dingen. Hortense, eine Intensive bist du, die man lieben muß. Intensia will ich dich nennen, wenn ich allein bin und an dich denke. Zwei Monate haben wir, und wenn sie zu Ende sind, werde ich nicht mehr ohne dich leben können.«
Eine Flamme durchschlug sie:
»Ich werde dir etwas sagen.«
»Ja.«
»Nicht hier, nicht jetzt. Laß uns zurückgehen, es könnte auffallen.«
»Ich habe Madame Kalergis verständigt, wir fahren nach Doberan zum Gottesdienst. Sag deinem Fräulein, das voller geheimer Spannungen ist, Bescheid.«
»Paula? Was findet ihr alle an ihr: Was heißt das, voller geheimer Spannungen? Fühlst du sie?«
»Jeder Mann fühlt sie. Die Kleine wird ihrer Aufgabe gut nachkommen.«
»Welcher Aufgabe?«
»Dafür zu sorgen, daß die Unruhe in der Welt nicht ausstirbt.«
»Es klingt, als sei sie dazu von Gott geschaffen.«
»Aus keinem anderen Grund. In diesen Dingen muß man antik denken.«
»Soll ich eifersüchtig sein?«
»Es wäre schade. Sei klug und bezwinge deine weiblichen Gefühle. Ich bin immun, sehe nur dich. Was für ein Glück, daß ich als jüngerer Sohn geboren wurde.«
»Was willst du damit sagen?« fragte sie, über so viel Sprunghaftigkeit verwundert.

»In der nächsten Sekunde werde ich wieder Sie zu dir sagen. Glaubst du, das sei etwas für einen Fürsten? Würde er dir auf der Fahrt zur Kirche heimlich die Hand drücken, was ich ohne Zweifel tun werde? Kannst du dir vorstellen, wie maskenhaft mein Bruder ist oder geworden ist?«
»Ich brauche nur an Neudeck zu denken.«
Diese Antwort machte ihn betroffen.
»Du meinst wirklich, daß er echt war?«
»So echt wie ein Schauspieler, dem man erlauben würde, vier Wochen lang als Fürst aufzutreten. Er wäre viel echter als ein Fürst im Leben.«
»Es ist dir nicht unangenehm, von ihm zu sprechen?«
»Von Neudeck? Gewiß nicht. Es ist mir nicht mehr unangenehm.«
»Ich wollte, ich hätte dich mit achtzehn gekannt.«
»Als du achtzehn warst oder ich?«
»Du – ich will sagen, daß ich etwas dafür gäbe, wenn ich dich so sehen könnte, wie du mit achtzehn warst. Wie warst du?«
»In der ersten Hälfte so, daß ich nicht verstand, wie man Prosa lesen kann, wenn es Gedichte gibt. Hier die Dahlie, sieh sie an, ein Kreis in Radien, fast ein Seetier mit einem Kalkgerüst – das ist so schön, daß mir mit achtzehn die Tränen in die Augen drangen, wenn ich dergleichen sah.«
»In der ersten Hälfte, sagtest du. Und in der zweiten?«
»Waren sogar Rosen nur Schnittblumen für mich geworden.«
»Wie war das möglich?«
»Nie sollst du mich befragen. Was ist das für ein Landauer?«
»Madame Kalergis läßt uns abholen. Wo ist das Mädchen Paula?«
Die Fahrt ging durch welliges Gelände. Ein Höhenzug strich den Horizont entlang. Rainer schaute von einem zum anderen und stellte fest, daß unter den vier Insassen, die nach einer protestantischen Kirche fuhren, nur einer, Paula Störte, diesem Bekenntnis angehörte. Die Marienkirche war alt und schön, sie stammte aus Zisterzienserzeiten. Sie hatte einen Umgang, einen hohen Chor und auf der Vierung ein spitzes Türmchen. Backsteinrot und Baumgrün gaben einen Zu-

sammenklang; Hortense warf ihre letzten süddeutschen Vorurteile über Bord. Dort unten traute man Mecklenburg wenig zu, und doch war es eine fruchtbare und schmiegsame Landschaft mit sanften Bodenfalten, es bedurfte nicht der Berge.

Sooft die Kronen aufrauschten, sah sie einen Saum von Bäumen, der sich von Finnland bis Ostende erstreckte. In Finnland hob ein Wind an, die Bäume vom ersten bis zum fernsten im Westen beugten sich in einem einzigen Dahinwehn.

Sie aßen im Logierhaus, dann fuhren sie nach dem Gute Rainers, hielten Siesta, bekamen Teegäste und suchten das Reitpferd für Hortense aus. Sachverständige war eine Polin, die junge Frau eines älteren Gutsherrn auf Rügen, die sich anbot, Hortense auszuhelfen, bis ihre Sachen geschickt würden.

Hortense dankte ausweichend, von einer Empfindung geleitet, als gelte es, sich der Annäherung eines Mannes zu erwehren. Sie fand Gelegenheit, ein paar Worte mit Rainer allein zu sprechen.

»Ich kann mit dir nur ausreiten, wenn du einen Groom nachfolgen läßt, selbst das ist noch zu wenig.«

»Selbstverständlich. Wir könnten auch die Polin auffordern, sie ist eine glänzende Reiterin.«

»Ich bin nicht sehr dafür.«

»Ich habe gesehn, daß du ihr gefallen hast. Sie macht sich nichts aus Männern. Du weißt, daß es das gibt.«

»Ja. Sie zeigte sich auch gegen Paula aufmerksamer, als nötig war. Es scheint, daß die Rollen sich vertauschen, ich werde froh sein, wenn ich das Mädchen abgeben kann. Madame Kalergis sprach davon, sie mitzunehmen.«

»Madame Kalergis hat sich mit der Plötzlichkeit der Weltdame entschlossen, morgen zu den Rennen nach Longchamps zu fahren.«

19

Der Strand war für Frauen nicht viel mehr als ein Vorwand. Die Anzüge, weit und am schicklichsten mit Volants besetzt, bedeckten die ganze Gestalt. An Händen und Füßen wurden sie gebunden – man konnte nicht darin schwimmen. Es galt als unpassend, sich im Sande frei der Sonne darzubieten; man war dazu verurteilt, mit Bademantel und Schirm im Korbstuhl stillzuhalten.

Die Polin setzte sich über die Vorschriften hinweg. Ihr Trikot lag knapp an und ging nur bis zu den Knien. Am Lande geschmeidig wie ein Panther, bewegte sie sich im Wasser wie ein Hecht. Die Männer standen auf ihrer Seite; die Frauen fanden es schamlos, auf dem Rücken zu schwimmen und, extravagant, eine Pagenfrisur zu tragen.

»Sie sind Amerikanerin«, sagte sie zu Hortense, »und ich habe gesehen, daß Sie sich aufs Schwimmen verstehen. Wenn Sie mitmachen und Ihre Gesellschafterin auffordern, können wir etwas unternehmen, das ich mir ausgedacht habe.«

Der Vorschlag war verführerisch, und Hortense, die in Mon Repos gelernt hatte, das Wasser zu lieben, sagte zu. Eine halbe Stunde abseits, nach Brunshaupten zu, lag eine Sandbank. Die drei Damen gingen zu Fuß, bis sie die Höhe der Bank erreichten. Hier wartete ein Junge, der sie hinausfuhr, das Boot daließ, zurückschwamm und nach ein paar Stunden wiederkehrte, um sie nach Heiligendamm zu rudern. Hortense hatte sich einen Anzug so zugeschnitten, daß er die Büste hielt und die Hüften bedeckte.

»Unsinn«, sagte Wanda von Sirwitz, »weit und breit ist nur Himmel, ich habe nichts als den Bademantel mitgenommen.«

Sie zog sich aus und war von den schmalen Fesseln bis zum kurzgeschnittenen Lockenkopf eine junge Amazone mit eingeschnittener Weiche und kleinem Busen.

»Unsinn«, wiederholte sie, als Paula den Anzug überstreifen wollte, »Sie sind in der Brust etwas stärker als ich, nehmen Sie den Halter, mehr brauchen Sie nicht.«

Mit einer herrischen Bewegung legte sie ihn Paula an, die den Kopf zurückwarf, nachdem sie unsicher zu Hortense hinübergeschaut hatte. Es war ein schönes Bild, schlanke weiße Körper im blauen Licht, aus dem eine Möwe herabstieß – in das sie wieder aufflog, das silberne Fischchen im Schnabel.

Und es war etwas Erregendes daran, das nicht die Nacktheit betraf. Als mache die Anwesenheit eines Mannes die Frauen unfrei, als gingen sie einen Umweg. Die Bewegungen waren

kürzer; das Herrinnenhafte Wandas griff auch auf Paula über, und Hortense verstand nicht, warum es ihr nicht mißfiel.
Sie brauchte lange, bis sie zu Rainer zurückfand. Als sie sich müde geschwommen hatte, nahm sie die Rückenlage ein und trieb mit geschlossenen Augen auf den kleinen Bergen und Tälern der Brandung dahin. Die Versenkung kam über sie, die Bilder der letzten Nacht kehrten wieder. Sie hatte gewagt, Rainer im Pavillon zu besuchen, einmal wollte sie im Zimmer des Geliebten gewesen sein. Dann hatte sie das Kind verlangt, ganz plötzlich. Es war Wahnsinn; er hatte es ihr gesagt, sie hatte es sich selbst gesagt und doch seinen Widerstand besiegt. Sie war die Stärkere gewesen, immer in der Liebe war einer der Stärkere.
Alte Worte, durch die Verwendung in Jahrhunderten abgegriffen, wurden neu, wenn der Augenblick kam, wo man sie brauchte. Millionen Frauen hatten dem, den sie liebten, gesagt: »Ich will ein Pfand von dir«, auch sie.
»Unsere Liebe«, beschwor sie ihn, »ist durch Umstände, die nicht in unsrer Macht stehn, gefährdet, gib mir ein Kind, in dem du und die Stunde, in der ich ganz mit dir verschmelze, fortlebt. Die Menschen? Es gibt Menschen, die ich durch die Kraft meines Willens zwingen werde, zu billigen, was ich getan habe. Anna wird mir helfen, nachdem sie sich entsetzt hat. Du wirst mir helfen, die Welt hat viele Städte, wo ich mich verbergen kann, bis das Kind geboren ist; ich werde nach Kopenhagen oder nach Bordeaux gehen. Ich werde einen Weg finden, um es zu mir zu nehmen; wenn es sein muß, lebe ich mit ihm in Amerika, es wird ein Junge sein. Wozu bist du hochgestellt, wozu bist du reich, wozu lachst du über die Moral von Kleinbürgern und Beamten? Es gibt für eine Frau eine einzige Moral: ihrer Liebe soll das Kind entspringen.« Sie legte sich in den Sand, den Blick von den Amazonen abwendend, den Töchtern Dianas, die vor der Mutterschaft flohen.
Sie nahm nicht mehr an diesen Ausflügen teil. Wanda versuchte, ein Wort für Paula einzulegen, Hortense lehnte ab. Bald danach fuhr die Polin nach Rügen zurück. Das Pferd, das sie ausgesucht hatte, blieb in Linde; Hortense wollte sich nicht der Erschütterung aussetzen.
Manchmal kamen ihr Zweifel, ob sie richtig gehandelt hatte –

es geschah immer dann, wenn sich dank Rainer ihr Bekanntenkreis vermehrte. Wußte sie, ob in einem Jahr diese Familien noch mit ihr verkehren wollten? Es bedurfte jedesmal einer neuen Umarmung, um wieder im Verlangen nach dem Kinde unterzusinken. Dann kam der Tag, an dem sie wußte, daß es ihr versagt wurde. Sie schloß sich ein und rechtete mit Rainer wie eine Frau des Alten Testaments mit dem Mann, der sie nicht zur Mutter machen konnte. Oder lag die Schuld an ihr? Hatte sie zu ekstatisch begehrt? Hätte sie sich damals an der Sandbank nicht müde schwimmen dürfen?
Als sie Rainer wiedersah, sagte er:
»Gib zu, daß es gut so ist. Laß mich offen sein – ich war im Begriff, mich dir zu entfremden. Es half nichts, daß ich mir sagte, man müsse dich bewundern. Das Maßlose erschreckte mich. Dein Bild in mir veränderte sich – ich hatte ein bestimmtes schönes Bild von dir. Ich liebte die Entschlossenheit, mit der du für dich und die kleine Valentine einen Lebensplan entwarfst; es war so viel Einsicht für das Richtige darin. Wenn Männer sich ihr Haus bauen, ist immer Theorie und Grundsätzliches dabei; es bezauberte mich, zu sehn, wie sicher und klug eine Frau das machte. In Brixen hast du mir gesagt, weshalb ich warten mußte: es wäre ein falsches Idyll gewesen. Dieser neue Plan wäre eine falsche Tragödie geworden.«
Er fuhr auf ein paar Tage nach Schwerin, um sich bei Verwandten zu zeigen. Als er zurückkehrte, hatte Hortense erkannt, daß Trennungen ein Heilmittel sind, wirksamer als jede Kur, der man sich unterzieht. Was an Verstimmungen und Wirrnissen geblieben war, hatte sich inzwischen von selbst erledigt. Das Gefühl für Rainer war wissender, drängender und klarer geworden, da es sich hatte ordnen können. Nun endlich ritt sie mit ihm aus, und der Verkehr mit Menschen, die Gewinnung neuer Freundschaften erlangte ihren Sinn zurück: Wurzel in einem Lebenskreis zu schlagen. Noch drei Wochen blieben ihr. Zählte man sie, so waren es zwanzig Tage; aber faßte man sie als Ganzes auf, so entsprang ihnen alles, die Kraft, nachher monatelang allein zu sein, die Erinnerung, die Fülle von Bildern, die Gewißheit und der Trost.
Als sie Abschied nahmen, zog sie seine Hand an ihre Brust

und dann an ihren Mund, um sie zu küssen, und er verstand es richtig: vom Schicksal sah man nie mehr als die Hand, und jeder war dem anderen Schicksal.

Dasselbe Schiff, das sie gebracht hatte, führte sie zurück, am Tage seiner letzten Fahrt.

»Ich habe einen Brief von Frau von Sirwitz bekommen«, sagte Paula, »sie macht mir denselben Vorschlag wie Frau von Hönne, den Winter bei ihr zu verbringen.«

Hortense sah sich vor die Frage gestellt, ob sie verpflichtet sei, dem Stadtpfarrer einen Wink zu geben. Sie beschloß, das Anna zu überlassen.

Zu Hause war der Drusch beendet, über die Stoppelfelder stapften Jäger und Hund. Aber in den Zweigen reifte noch der Segen. Es gab eine Apfelsorte, die golden zwischen Blättern von langer, spitzer Form gleich der der Aprikosen hing; Götterfrüchte, Walhalläpfel für Mutter und Kind.

Um die mit Stroh gedeckten Bauernhäuser schwebte schon der erste bleiche Hauch.

Anna ging auf Entenjagd. Man durfte im Boot dabei sein, denn man mußte sie in die schilfrauschenden Buchten rudern. Die Schrotflinte lag über ihren Knien, die Wasserstiefel kamen zu Ehren. Im See waren Inselchen, darauf nisteten die Möwen. Für Krebse war es zu spät, für Hechte noch zu früh, wenn man sich darauf versteifte, sie aus dem Eis zu holen: sie standen unter der gefrorenen Fläche und wurden durch einen Axthieb auf die Decke betäubt. Schwerer war es, sie unter gewöhnlichen Umständen mit dem Dreizack zu treffen; in dieser Kunst übten sich Männer und solche, die es werden wollten.

Die Buchenwälder färbten sich. Ob der große Eriesee oder der kleine Ukley, der gelbe Rausch war überall derselbe. Jahrtausende sanken zurück, wenn man quer durch das Dikkicht einen Weg zu diesem Waldsee suchte. Man vermutete ihn nicht, er war ein Auge, das die Finsternis aufschlug, wo sie am tiefsten war, ein dunkles Tierauge, vom Himmelslicht beglänzt. Opferstätte, Zuflucht war er gewesen, als noch die Wälder heilig galten; man wußte es durch eine geheimnisvolle Mitteilung unmittelbar.

»Anna würde nicht verstehen, wenn ich im Oktober schon wieder verreiste«, schrieb Hortense an Rainer. Sie liebte über

alles die Stunde, wenn Anna zu Bett gegangen war, das Haus in Stille lag und im Kachelofen die Buchenklötze sprangen.
Über dem Sofa hing das Bild Valentines, das der Straßburger mit dem seltsamen Namen gemalt hatte. Vor dem Sofa stand der ovale Tisch; auf seiner großen Platte konnte sie alles ausbreiten, was zum Schreiben nötig war, die Schatulle mit den Antworten Rainers, die beschriebenen Bogen, die zwei Armleuchter mit den gelben Kerzen. Gegenüber im Kirschholzschrank standen die Bücher, die Rainer ihr schicken ließ. Jede Woche kam ein Paket, sein Buchhändler hatte Auftrag, ihr alles Neue zu senden.
»Ich muß Anna erst an meine Lebensweise gewöhnen und bleibe in diesem ersten Jahr bis Neujahr hier. Es sind vier Monate, im fünften werde ich Dich sehn – mit Rechnen und Geduld wird man der Umstände Herr. Du bist nun in München? Geibel tut alles, um seinen Ruhm als Kunststadt zu verbreiten; er war neulich daheim in Lübeck und besuchte als Pfarrerssohn unseren Stadtpfarrer, der seine Gedichte in Partien anschafft, um sie zu Weihnachten zu verschenken. Anna freut sich auf ihr Exemplar, ich mache mir nichts daraus. Ich mag Männer nicht, die sich durch lange Haare fahren und, wenn sie in den Busen greifen, in jeder Hand einen Schmerz hervorholen; mit Brahms geht es mir manchmal nicht anders.
Aber das hat nichts mit München zu tun. Man sagt mir, daß es die Stadt sei, in der ich am ehesten Abzüge nach der Antike bekommen könne. Willst Du Dich erkundigen? Wenn Du so großzügig wie mit den Büchern bist, wird es ein Paket werden. Es schadet nichts, Marholtz in seiner feinen, stillen Art wird Dir dankbar sein.
Marholtz ist ein Student, der bei uns ein Jahr lang als Hauslehrer bleibt. In dieser Zeit schreibt er seine Dissertation über mehrstöckige Bauten bei den Griechen; die englischen Ausgrabungen in Milet erregen ihn. Er hat eine Neigung für mich, und ich hatte Angst, daß er sich verlieben werde. Aber da er vernünftig ist, haben wir uns stillschweigend auf Verehrung geeinigt.
Wir nahmen ihn innerhalb weniger Stunden auf Empfehlung unserer Nachbarn, die sich auf Bildung verstehn. Du schreibst, in der Münchener Gesellschaft gebe es so viele

Professoren, daß man einen Winter lang jede Woche einen Waggon voll fortschaffen könne und zähle zur Faschingszeit doch noch dreihundert. Ich nehme an, daß Du etwas übertreibst? Aber weißt Du, daß ich für den deutschen Professor etwas übrig habe?

Unser Nachbar, der Diplomat, ist der Sohn, Bruder und Schwager von Professoren, und der eine oder andere ist immer für eine Woche da. Ich habe nie so unterrichtete und hochstehende Menschen gesehn, es sind alles kleine Humboldts. Spotte nicht über das Gute, Wahre, Schöne. Neulich war Curtius dort zu Besuch. Man erwies mir die Ehre, mich einzuladen, und ich hörte ihn klagen, daß ein neuer Geist, der der Maschine, aufkomme und die Alleinherrschaft jener deutschen Dreifaltigkeit bedrohe. Was bedroht ist, kann man in Schutz nehmen. Auch Fürsten werden mir sympathisch, wenn ich höre, daß sie abgesetzt sind; ich vermute, daß sie dann menschlicher werden.

Deine Bücher sind schuld, daß ich mir eine so gute Stellung schaffe. Man hält mich für eine gebildete Frau, und die Musik tut ein übriges. Es gab mir einen kleinen Ruck, als ich vom Nachbarn erfuhr, daß er Dich kennt. Du hast ihn einmal in Anspruch genommen, als Du Dich mit einem Römer boxtest. Erinnerst Du Dich? Es ist einer der Schlözer.

Seine Söhne stehn in der Armee; teils ist es die preußische, teils die österreichische. Man findet das hier oft. Die jüngeren Söhne langweilen sich, im oldenburgischen Heer wird man schwerlich ein Moltke. So nehmen sie Dienst im deutschen ›Ausland‹. Andere gehen nach Dänemark und kehren aus demselben Grunde zurück.

Eines Tages wird man mit der Kleinstaaterei aufräumen, ich hänge noch immer an dem, was zu meinem Ärger die kleindeutsche Bewegung heißt. Aus Amerika bin ich gewohnt, in großen Flächen zu denken. Hast Du gelesen, daß es den Nordstaaten nicht gut geht? Ich lasse mir den ›Sun‹ kommen; er ist drei Wochen alt, bis er hierher findet, in Hamburg muß er noch einmal die Postkutsche nehmen – es ist eine Schande, daß Hamburg und Lübeck noch nicht durch die Bahn verbunden sind; auch daran ist die Kleinstaaterei schuld. Die Nordstaaten werden es zuletzt doch schaffen; Lincoln muß erst Ordnung in die Miliz bringen. Jeder rüstet

sich aus, wie es ihm gefällt; sie meinen, wenn einer die Kontorfeder mit der Flinte vertauscht, sei er schon ein Soldat. Ich habe sogar Geld von drüben bekommen, aber am schlechten Kurs verloren. Ich fahre morgen mit Anna nach Lübeck, um Weihnachtseinkäufe zu machen. Du solltest unsere Kutsche sehn, sie hat einen Berg von Pelzen, Kissen und Decken geschluckt, ich werde am Dach anstoßen. Schade, daß Valentine nicht mitfahren darf. Für sie wäre es die Zauberfahrt in der Märchenkutsche nach der Marzipanstadt im Pfefferkuchenmonat. Es ist ihre erste deutsche Weihnacht, und meine auch; im Hause des Vormunds gab es ein paar Wollsachen und einen Teller mit Äpfeln.
Gute Nacht, ich nehme nur noch das Kalenderchen heraus, um diesen Tag durchzustreichen. Bis Neujahr sind es noch zweiundzwanzig Tage; mit Rechnen und Geduld bezwingt man sogar die Zeit.«

20

Es entging Anna nicht, daß Hortense und Rainer sich jede Woche schrieben. Die Freundschaft war also groß? Sehr groß, antwortete Hortense und würde mehr gesagt haben, wenn Anna mehr gefragt hätte. Sie hatte oft Lust, sie ins Vertrauen zu ziehn. Anna war tüchtig, religiös und eine erfahrene Frau, aber sie neigte zur Trockenheit. Sie kam auch in der Moral mit dem Einmaleins aus, und Hortense hätte die Gute zwingen mögen, sich sozusagen ein wenig mit den Brüchen zu beschäftigen.
Aber ein stillschweigendes Übereinkommen hatte auch sein Gutes, und so begründete sie ihre Reise nach England damit, daß sie ihren Anwalt, ihre Bank und ihre Freunde aufsuchen wolle – alles Dinge, die durchaus der Wahrheit entsprachen. Sie traf Rainer in Köln.
»Kann man feststellen, wo Neudeck liegt?« fragte sie ihn.
»Ohne Zweifel.«
»Bitte, tue das für mich.«
Sie war empört, als sie sah, daß es noch tatsächlich eine Selbstmörderecke gab. Es widersprach aller Religion, die nicht da war, um die irdische Ordnung zu bestätigen, sondern um sie auszugleichen.

»Damit würdest du kein Glück beim Pfarrer haben«, sagte Rainer.
»Auch nicht beim Priester?« erwiderte sie unwillig. »Wenn das ein Unterschied ist, will ich ihn machen.«
Sie erzählte ihm von dem schrecklichen Ende Neudecks.
»Armer Kerl«, meinte er, »fast tut es mir leid, daß ich ihn nie gesehen habe.«
»Er wäre vielleicht noch am Leben. Ich könnte mir denken, daß du dich gut mit ihm gestellt hättest.«
»Er kaum mit mir.«
»Das kann man nicht wissen.«
»Du hältst zu ihm. Nichts, was dir begegnet, läßt du wieder los.«
»Es beschäftigt mich; nicht so, daß ich darüber nachdächte, ich gehe es von Zeit zu Zeit durch, und jedesmal ist das Bild reiner und klarer geworden.«
»Du stehst zu deinen Erlebnissen.«
»Das tue ich; du nicht?«
»Zu dir, ja. Im allgemeinen gesehen, sind Frauen treuer als Männer.«
»Nur wenn sie lieben. Ohne Liebe sind wir treuloser als irgend etwas unter der Sonne, aus keinem anderen Grund, als weil wir so lange suchen müssen, bis wir den finden, der uns treu macht.«
»Das sagte die kleine Anita auch.«
»Wer ist das?«
»Ein Ballettmädchen in München.«
»Das du unterhältst?«
»Die Geschichte spielt in der Vergangenheit, sonst würde ich sie nicht erwähnen.«
»Was tat sie?«
»Sie betrog mich, aber ganz naiv. Sie sprach von ihrem guten Recht, nach dem zu suchen, der sie heiraten würde, und führte in Ehrlichkeit eine doppelte Buchhaltung.«
»Und was sagtest du?«
»Nichts. Ich legte ihr etwas auf die Sparkasse, damit sie schneller heiraten konnte.«
»Führst du auch eine doppelte Buchhaltung?«
»Tun wir das nicht in irgendeiner Form alle – ich, der gebunden ist, du, die sich nicht binden kann?«

»Was tätest du, wenn du frei wärst? Aber wir reden nutzloses Zeug. Komm, wir wollen mit dem Gärtner sprechen.«
»Willst du die Antwort nicht hören?«
»Wenn du sie freiwillig gibst, ja.«
»Ich würde dich zur Gräfin machen, und du fändest gewiß in deinen Arien eine, die wir singen könnten, im Figaro, ich weiß nicht wo.«
»Im Don Juan: und komm auf mein Schloß mit mir ...«
»Das ist nicht legitim, es müßte eine legitime Arie sein.«
»Ich werde suchen – und nie finden, komm. Der gute Wille steht für die Tat. Es war doch schön, daß du mir das sagtest.«
»Zum Lohn«, erwiderte er, »verlange ich zweierlei: daß du wie ich im Claridge absteigst und daß du mir erlaubst, diese Ausgabe zu übernehmen; ich weiß, daß sie zu groß für dich ist. Du hast mich in Heiligendamm gefragt: ›Wozu bist du reich?‹ Wenn du nein sagtest, wäre es eine Mißtrauenserklärung – ich will eine des Vertrauens. Jedermann zahlt für seine Frau; wir brauchen keine künstlichen Unterschiede mehr zu machen.«
»Ich mache sie nicht länger. Wie sollte ich dich je sehn, wenn wir in verschiedenen Hotels wohnten? Aber ein Lohn ist des anderen wert. Führe mich zum Dom, damit ich nicht auch dieses Mal durch Köln reise, ohne ihn gesehen zu haben.«
Man arbeitete an der Verbindung zwischen Chor und Langhaus. Der südliche Turmstumpf stand noch, wie man ihn im vierzehnten Jahrhundert verlassen, wie Memling ihn mit seinem Kran gemalt hatte. Die Tage des Krans waren gezählt – die des wild wuchernden, nie beschnittenen Rosengartens auf der Plattform waren gezählt.
Die Bauhütten auf dem Domplatz, die Steinblöcke, die hämmernden und klopfenden Arbeiter erinnerten Hortense an die Durchbrüche in Paris. Es rührte, zu denken, daß zu der gleichen Zeit, da sie an der Seine alles einrissen, um die Hauptstadt der Welt auferstehn zu lassen, die Deutschen ein frommes mittelalterliches Werk zu Ende führten. Und ein wenig auch konnte man denken, daß ihnen der Auftrieb der Franzosen fehlte.
Es tat ihr wohl, daß man sie in London nicht vergessen hatte. Harald, der Namensvetter, war verlobt und lud sie auf seine

Hochzeit ein. Ihre Toiletten kosteten viel Geld, aber es lohnte sich. Sie sah das Beste, was Europa an Aufführungen zu bieten hatte. Sie fand einen Kreis von Freunden und wurde heimisch. Sie genoß Gastfreundschaft auf den Landsitzen und lud ein paar Menschen, die ihr gefielen, nach Deutschland ein, nachdem sie die Einwilligung Annas zu einem hübschen Plan erlangt hatte.
Die Freunde ließen sie ungern gehn: im Sommer – man schrieb 1862 – eröffnete London wieder eine Weltausstellung. Ende März trennte sie sich von Rainer und fuhr nach Brüssel, wo sie den April über bei den Jörchers blieb. Als sie in Breede ankam, hatte sich der Haushalt um eine Person vermehrt; Paula Störte war aus Rügen zurückgekehrt und von Anna aufgenommen worden, da der Stadtpfarrer nicht wußte, wohin er das Mädchen tun sollte.
Sie war recht anstellig und eine kleine Künstlerin in Kleidersachen. »Der Ursprung aller Fähigkeiten ist das Bedürfnis, etwas zu gelten«, meinte Marholtz, der gern über ästhetische Fragen philosophierte, »jede Frau, die als richtiges Frauenzimmer geboren wird, würde die erste Erfinderin der Mode werden, weil sie gefallen möchte. Hier gilt, daß einer, was er will, auch kann.«
Hortense sprach ihn auf Schopenhauer an, er errötete und gab es zu. Er hatte seine Arbeit beendet und fuhr zu Beginn des Sommersemesters nach Greifswald, um den Doktorhut zu holen.
»Sie kleidet sich zu elegant, sie trägt zu feine Wäsche, und sie ist launisch wie eine Großherzogin«, klagte Anna. »Zwei, drei Wochen geht alles gut, dann fällt sie ab. Nehme ich sie ins Gebet, so kommt sie wieder in Ordnung, bis zum nächsten Mal. Wir brauchen nur auszugehn oder Gäste zu haben; sie vergleicht, was sie nicht ist und andere sind, und die sündhaften Geister kommen über sie. Am ärgsten aber ist, wie sie auf die älteren Herren wirkt, ich mag dir das gar nicht erzählen.«
Sie erzählte es doch. Zufällig hatte sie Boske, den alten Satyr, zum Inspektor sagen hören:
»Teufel, das ist eine stramme Person, die müßte man als Haushälterin bekommen, es wäre dann nicht so langweilig auf der Klitsche. Das ist die Sorte, die in eine Menagerie

gehört – geben Sie ihr eine Peitsche in die Hand, und schicken Sie sie in den Käfig – die Bestien legen sich ihr zu Füßen.«
»Zirkusreiterin täte es auch«, antwortete der ewig angetrunkene Inspektor, der seine Zigarren über Nacht in Arrak legte, »haben Sie sie mal auf dem Gaul gesehen? Wie sie sich hebt und über dem Pferderücken liegt und die Knie anpreßt – da wird Ihnen ganz eigentümlich zumute.«
War es nicht eine Schande, so von einem Mädchen zu sprechen, nur weil es kein Geld und keine Aussichten besaß? Aber Paula hatte auch selber schuld, sie hörte sich die abgeschmacktesten Scherze der alten Jahrgänge mit übereinandergeschlagenen Beinen an und ließ sich mehr Allasch einschenken, als eine Dame trinken durfte.
Das alles, dachte Hortense, war schlimmer als die Betastungen auf dem Sklavenmarkt, von dem Rainer erzählt hatte. Sie schlug an einem schönen Maitag Paula vor, ihr Eutin zu zeigen; man mußte mit dem Mädchen sprechen. Sie nahm den zweisitzigen Korbwagen, Hortense kutschierte.
Es gab allerlei in dem Städtchen zu sehen. Jacobi, Stolberg und Voß hatten hier gewohnt, Karl Maria von Weber war hier geboren. Sie tranken im Voßhause Kaffee, dann mieteten sie ein Boot und fuhren auf dem Teich spazieren, der sich Eutiner See nannte. Das Boot war schwerfällig, die Ruder waren nicht für Frauenhände gemacht.
Paula umspannte sie so fest, daß die Knöchel weiß wurden. Sie hatte gewölbte, spitz zugeschnittene Nägel mit dem Hochglanz einer Londoner Dame und eine kleine energische Hand. Der Ring trug einen wertvollen Stein.
Sie ließ die Ruder fahren:
»Vergebene Liebesmüh'. Erzählen Sie ein wenig«, bat sie, »Sie haben viel von der Welt gesehn, ich bin nicht über Kiel und Stettin hinausgekommen, ich kenne nicht einmal Hamburg.«
»Ein wenig Geduld gehört dazu, Sie sind jung«, erwiderte Hortense.
»Man ist als Frau nicht lange jung. In zwei Jahren, mit vierundzwanzig, gehöre ich zu den Sitzengebliebenen – beinahe schon heute.«
»Das sind die schwer zu begreifenden deutschen Anschauun-

gen. In England ist es keine Seltenheit, daß man viel später heiratet.«

»Wir leben nicht in England, gnädige Frau, auch nicht in Amerika. Ich habe gelesen, daß es dort nicht Sitte ist, den jungen Mädchen eine Mitgift mitzugeben. Stimmt das?«

»Zum mindesten bleibt der Mitgiftjäger unbekannt. Jeder Mann ist entschlossen, das Rennen zu gewinnen, und die Aufgabe, seiner jungen Frau das Leben leichtzumachen, spornt alle seine Kräfte an.«

»Würden Sie mir abraten, nach Amerika zu gehn?«

»Unter gewöhnlichen Umständen nicht, heute ja. Die Staaten liegen im Bürgerkrieg.«

»Das würde mich nicht abschrecken. Es gibt keine Wehrpflicht, nicht wahr, nur Freiwillige, und man fragt nicht lange, wer jemand ist, wenn er nur schießen und reiten kann?«

»Mit was für Gedanken um Gottes willen gehn Sie um? Wollen Sie sich als Mann verkleiden und in die Miliz eintreten?«

»Wenn mich meine Figur nicht verriete, sofort. Nein, ich frage nur, weil mir gerade der Aufsatz in der Illustrierten einfällt. Es war da auch des langen und breiten von Barnum die Rede, der lebende Walfische, Indianerfamilien und Grislybären in seinem Museum zeigen soll. Ich kann mir das nicht vorstellen, mitten in der Stadt. Kennen Sie das Haus?«

»Es liegt auf dem Broadway, wir wohnten ganz in der Nähe«, erwiderte Hortense und geriet ins Erzählen. Paula fragte unermüdlich; am meisten interessierte sie die Stellung der Frau – was hatte sie im Sinn? Denn sie hatte etwas im Sinn, sie war viel zu klug, um Gefallen am Barnumschen Humbug zu finden – sie suchte sich ein Bild vom Yankeegeist zu machen.

Hortense dachte unwillkürlich an die von Anna belauschten Bemerkungen des alten Boske – wollte Paula sich Barnum anbieten? Amerika, wo die Männer sich den Frauen unterordneten, wäre ein Land für sie gewesen. Sie besaß Energie – seltsamerweise hatte Hortense diesen Eindruck seit dem Vorfall auf der Sandbank. Er haftete an den straffen, geschlossenen Schenkeln des Mädchens.

Statt zum Abendessen zurückzufahren, bestellten sie es im

Voßhause. Überein hatten sie sich entschlossen, noch zusammen zu sein. Hortense war sich nicht klar, ob Paula ihr gefalle, aber Paula beschäftigte sie. Rainer hätte gesagt, daß sie dem, was in ihren Lebenskreis trat, nicht widerstrebte.
Auf dem Heimweg kutschierte Paula. Über der Wasserlandschaft ging der Mond auf, es fehlte ihm nur ein Federstrich zur vollen Rundung. Vertraulich, ohne auf Abstand bedacht zu sein, kam er hinter den Wäldern herauf; man hätte ihn zurechtrücken mögen, er war ja viel zu groß.
An seinem Gelb entzündete der Smaragd im Ringe Paulas sein grünes Feuer. So mochte das Auge eines Raubtieres im Dschungel leuchten.
»Ich bewundere Ihren Stein«, sagte Hortense.
»Es ist ein Geschenk Wandas.«
»Sie haben sich mit ihr angefreundet?«
»Es war eine Leidenschaft«, erwiderte Paula und lenkte die Stute, die vor ihrem eigenen Schatten unruhig wurde, auf die dunkle Seite der Waldstraße. Eine Weile verging, dann sagte Hortense leise:
»Meine liebe Paula, ich weiß nicht, ob ich dazu etwas bemerken darf.«
»Alles, was Sie wollen, nur nicht, daß ich ein junges Mädchen bin. Gibt es etwas Trostloseres als die Existenz, zu der man uns verurteilt? In einem Alter, in dem unsere Freundinnen schon Mütter sind, bleiben wir das junge Mädchen, bis dann, ohne Übergang, der Tag kommt, an dem wir zur alten Jungfer werden.«
»Darin muß ich Ihnen ohne weiteres recht geben.«
»Nicht wahr? Bin ich nicht eine junge Frau? Einfach eine Frau wie Sie? Empfinden Sie einen Unterschied?«
»Wenn ich weiß, daß ich Sie nicht als halbes Kind behandeln muß, keinen«, gab Hortense zur Antwort. Im nächsten Augenblick fühlte sie sich umschlungen, kühne Lippen preßten sich auf ihren Mund. Der Ruck in den Zügeln setzte die Stute in Galopp. Sie machte Paula so lange zu schaffen, daß Hortense Zeit fand, ihrer Verwirrung Herr zu werden.
Zu Hause schloß sie sich in ihrem Zimmer ein und verbrachte eine wunderlich verwirrte Stunde. Sie hatte geglaubt, alle Tiefen der Leidenschaften zu kennen, und sah in eine neue. War es krank, zu denken, daß der Mann ein Umweg sei und

die Überwältigung des Gefühls durch eine Frau nichts Abstoßendes habe? Sie konnte Paula nicht böse sein.
Als sie erwachte, hatte sie sich wieder in der Hand. Unter der Post war ein Brief des Stadtpfarrers, der sie fragte, ob sie es ermöglichen könne, nach Lübeck zu fahren. Es handle sich um eine Angelegenheit, die mit jemand aus Breede besprochen werden müsse; er wende sich an sie, weil sie vielleicht mehr Verständnis als Frau Anna habe.
Es traf sich gut, sie mußte Schriftstücke des Londoner Anwalts durch einen Notar beantworten lassen; sie fuhr sofort. Der Pfarrer war nicht allein, Marholtz befand sich bei ihm.
»Ich denke, Herr Doktor«, sagte der geistliche Herr, »Sie erzählen Frau von Wierssen alles mit Ihren eigenen Worten, ich gehe so lange hinaus.«
Marholtz putzte seine Brille. Er war so erregt, daß er ohne Einleitung begann:
»Ich begreife es nicht, weil mir die Voraussetzung zu fehlen scheint. Aber davon verstehe ich nicht genug und muß Paula – Fräulein Störte – glauben. Ich darf es mit nüchternen Worten sagen, nicht wahr? Sie kam bald nach ihrer Abreise in Breede an, sie schrieb mir die Dissertation ab, weil ich die Reinschrift nicht in die Druckerei geben wollte, wir waren die einzigen jungen Leute, und wir vergaßen uns.«
»Das paßt so wenig zu dem Bilde, das ich von Ihnen habe«, unterbrach ihn Hortense, »daß ich fragen möchte, ob der stürmische Teil Sie waren?«
»Der stürmische Teil? Wenn Sie so ausdrucksvoll fragen: nein. Aber das ist keine Entschuldigung, ich muß die Folgen tragen, und von den Folgen erfuhr ich zwei Tage, nachdem ich ihr telegraphiert hatte, daß das Examen bestanden sei.«
»Warum telegraphierten Sie?«
»Ich hatte es versprechen müssen.«
»War zwischen Ihnen von Heirat die Rede gewesen?«
»Es ist entsetzlich, das alles zu erörtern. Wir hatten vom Heiraten gesprochen, aber im negativen Sinn. Paula, die ihre eigenen Ansichten hat, erklärte mir, ohne Vermögen zu heiraten sei Wahnsinn, ich brauche nicht zu fürchten, daß mein Eintritt in die akademische Laufbahn gefährdet werde, sie erhebe keinen Anspruch.«
»Und nachdem Sie diese Nachricht erhalten hatten, fuhren

Sie hierher, um sich dem Vormund Paulas zu offenbaren?«
»Ja.«
»Sie konnten sich sagen, daß er nur einen Weg sehen würde: die Heirat?«
»Ja, da das Kind jede andere Möglichkeit, zu der sogar der alte Herr zu haben gewesen wäre, ausschließt.«
»Was verstehen Sie unter anderen Möglichkeiten?«
»Vergessen oder eine geheime Verlobung bis zu dem Tag, an dem es sich zeigt, daß ich Fuß fassen kann.«
»Sie heiraten nicht gern?«
»Mein Gott, ich habe eine bescheidene Summe, die mir zweihundert Taler im Jahr abwirft, und ich muß mich mindestens drei Jahre lang durchhungern. Ich glaube, wir können den Pfarrer wieder hereinbitten.«
»Noch eins. Sie erwähnten, daß Ihnen eine Voraussetzung zu fehlen scheine.«
Er blickte sich hilflos um: »Die – die Vaterschaft«, stotterte er, »vielmehr die Mutterschaft.«
Hortense hätte fast hell aufgelacht. Sie bezwang sich und fragte ruhig: »Sie meinen die Konzeption?«
»Ja.«
»Weiß der Pfarrer von diesem Zweifel?«
»Nein. Er würde mich für einen Feigling halten, der sich entziehen will.«
»Ich an Ihrer Stelle«, entschied Hortense, »würde keinen Schritt tun, bis feststeht, daß Paula ohne Sie hoffnungslos bloßgestellt ist. Soll ich in diesem Sinn mit dem Pfarrer sprechen?«
»Nein, bitte nicht. Es hälfe nichts, und ich fühle mich zu schwach, um das durchzukämpfen.«
Der Pfarrer trat ein und übernahm die Leitung des Gespräches. Hortense erfuhr eine neue Tatsache: Paula wollte nach Amerika gehn, und der Pfarrer billigte es. Es gab drüben deutsche Schulen genug, und während des Krieges hatte ein Ersatzmann Aussicht, rasch anzukommen. Statt drei Jahre in Deutschland zu warten, konnte er Geld zurücklegen und in den Staaten einen Lehrstuhl anstreben. Deutsche Vorbildung war gewiß kein Hindernis.
Hortense glaubte klarzusehn, vorausgesetzt, daß Marholtz sich nicht irrte. Paula benutzte ihn, um in die Neue Welt zu

gelangen. In alledem ließ sich manche Ähnlichkeit mit ihrem eigenen Schicksal finden, aber so berechnend war sie doch nicht gewesen.
Es geschah nach dem Willen des Mädchens. Rainer, Hortense, der Pfarrer und ein Gönner des jungen Mannes brachten eine Summe zusammen, die fürs erste genügen konnte.
Eine Taufanzeige traf nicht ein, wohl aber die Mitteilung des Ehemannes, daß seine Frau ihn verlassen habe. Er selbst wandte sich, von Prescott begeistert, der Erforschung der mexikanischen Altertümer zu und hatte Aussichten.

21

Der Unterricht Valentines hatte unter der Unruhe gelitten. Mit einigen Familien wurde ein Dienst eingerichtet. Die Kinder fuhren morgens nach Eutin und kehrten abends zurück. Die Kutscher wechselten ab, und in Eutin fand sich eine Dame, die das junge Volk über Mittag betreute.
Hortense reiste in diesem Sommer nicht nach Heiligendamm. Sie lud ein englisches Paar und die beiden Jörcher nach Breede ein, Anna tat dasselbe mit dem Grafen. Platz war in Hülle und Fülle da. Wie in Mon Repos stand ein ganzer Flügel zur Verfügung. Zwei gute Boote wurden angeschafft, mit denen man hätte Regatten veranstalten können. Man jagte, fischte und schwamm; dann kam aus Neustadt, einem Städtchen in der Bucht, die Nachricht, daß die Jacht vor Anker liege.
Sie gehörte den Engländern, die die kleine Gesellschaft zu einer Fahrt nach Schweden und Dänemark eingeladen hatten. Man nahm östlichen Kurs nach Riga, nördlich nach Uleaborg, genoß Gastfreundschaft in Södermannland, legte in Kopenhagen an, stieß nach Kristiania vor und endete in Travemünde.
Es gab nur eine Sommerlandschaft, den Norden. Die deutsche Sehnsucht nach dem Süden machte Hortense wenig zu schaffen. Im Norden wurde man in Wasser, Mitternachtslicht, Wolken und Wind zum Geschöpf, im Süden rauschten die Wälder nicht. »Zuviel Bildung, zuviel Vergangenheit«, sagte sie, »und Männer, die nur singen.« Kein Salzgeruch,

kein Kampf mit den Elementen, keine Jugend. Selbstverständlich, sie übertrieb – man übertrieb immer, wenn man etwas liebte.

»Du solltest deine eigene Jacht haben«, ließ sie Rainer wissen, »wozu bist du reich?«

So hatte sie ihm geschrieben, als sie ihn um einen Beitrag für Marholtz bat; seither war es zu einem Refrain geworden.

»Wir wollen einen Vertrag machen«, sagte er. »Wenn du einwilligst, mich im Januar statt in London in München zu treffen, miete ich im Sommer eine Jacht. Wir besuchen Norwegen bis zum Kap; nachher fahren wir nach England hinüber; so kommt London nicht zu kurz, und du siehst es auch einmal in der Season.«

»Das ist schön. Nur eines tut mir leid, der unbenutzte Pavillon in Heiligendamm.«

»Setzen wir ihn für 1864 aufs Programm.«

»So lange voraus soll man keine Pläne machen. Darin bin ich abergläubisch. Ich fürchte den Neid der Götter.«

»Zu früh – wir kennen uns gerade ein Jahr und vier Monate.«

Bilder zogen an ihrem Auge vorüber: »Erinnerst du dich an Bozen?« fragte sie. »Tat ich nicht recht, mich für Norddeutschland zu entscheiden?«

»Du hattest in allem recht. Auch der norddeutsche Cavour hat sich inzwischen gefunden.«

»Meinst du Bismarck? Roon hat ihn aus Petersburg gerufen, aber als er ankam, schob man ihn nach Paris ab.«

»Er sitzt in Biarritz und packt in Paris gar nicht erst aus. In Berlin vergewaltigten sie den König, der nicht will und diesen Bismarck doch schlucken muß. Niemand mag ihn, ich auch nicht.«

Aber bald danach wurde Bismarck Ministerpräsident. Wenn man den Zeitungen glaubte, war er der Inbegriff aller Laster. Nicht nur die Freisinnigen griffen ihn an, auch den Konservativen war er verdächtig.

Zu Beginn des nächsten Jahres fuhr Hortense nach München. Rainer besorgte ihr eine kleine Wohnung in der Königinstraße, am Rande von Schwabing. Er hatte nicht übertrieben, alle Professoren der Welt schienen sich auf München geeinigt zu haben.

»Ich führe dich in einem einzigen Hause ein«, sagte er, »bei Frau von Pacher. Sie genügt, in einem Monat wirst du von diesem Mittelpunkt aller Dinge aus ein Netz gesponnen haben – ohne dich mit einer Spinne vergleichen zu wollen.«
»Auch nicht mit Circe?«
»Auch nicht mit ihr. Ich habe bei Pachers ein Bruchstück aus dem Tristan Richard Wagners gehört. Das ist eine andere Sache als die Backfischgeschichte von Lohengrin und seiner Elsa. Elsa heißt diesmal Isolde, und wenn wir zehn Jahre weniger zählten, wäre es eine Musik für uns.«
Seltsame Stadt. Griechische Tempel, Florentiner Paläste und eine Sorglosigkeit des Anzugs, des Auftretens, des Tons, die das Unerträgliche streifte. Aber Musik, immer wieder Musik.
Frau von Pacher war in der italienischen Schule ausgebildet worden, hatte aber die Laufbahn als Sängerin aufgegeben. Im Hause der schönen, liebenswürdigen Frau sah Hortense Heyse, Liebig, Dahn, Kaulbach, Bodenstedt; in ihrem Hause ging auch der neue Stern auf. Eines Tages kam aus Graz ein Mädchen an, das schon in der Wiege den Grazien verbunden worden war, es hieß nach der ersten Aglaia. Fräulein von St. Jörgen war die Tochter eines österreichischen Feldmarschalls – mit einem edlen, langen Gesicht und den im Nacken aufgebundenen Flechten Iphigenie als junge Frau von Stand.
In dieser Eigenschaft sang sie nur im kleinen Kreise, im Chor des Oratorienvereins und, was ebenfalls erlaubt war, für wohltätige Zwecke. Perfall und Hornstein, zwei musizierende Barone, gaben nicht Ruhe, bis der Generalmusikdirektor sie gehört hatte. Er bot ihr ein Bühnenengagement für den Herbst an. Die Briefe zwischen Graz und München gingen hin und her, die Hofgesellschaft drängte sich in den Pacherschen Salon, der König lud das Mädchen zum Souper ein, nachdem es für den Hof gesungen hatte, und setzte den Marschall in tödliche Ängste, weil Maximilian niemals unter Fremden aß und nicht stehn konnte, wenn die anderen saßen, und doch dabeisein wollte.
Hortense war gerade bei Frau von Pacher in der Ludwigstraße, als der Hofmarschall kam, um mit Fräulein Aglaia die

Einzelheiten zu besprechen. Der magere, rotblonde Mann sagte ihr, wie sie zu kommen, abzutreten und ihren Mantel während des Soupers zu verwahren habe. Aglaia antwortete ihm mit Witz und überzeugte ihn, daß alles gut gehn werde.

Nachdem feststand, daß sie die neue Jenny Lind und die zweite Sonntag sei, willigten die Eltern in die Bühnenlaufbahn ein, und Aglaia beschloß, zur letzten Ausbildung nach Baden-Baden zu fahren, wohin Frau Viardot, die überlebende Schwester der Malibran, überzusiedeln im Begriffe war.

»Alles geht nach Baden-Baden«, sagte Hortense zu Rainer. »Wenn ich je gezwungen werde, Breede zu verlassen, tue ich desgleichen.«

Sie begleitete Aglaia und Rainer zu Albert, um sich photographieren zu lassen.

Er hatte die Leidenschaft des Künstlers und das Auftreten des großen Herrn. Aus dem Dutzend Menschen, die in seinem Wartezimmer saßen, suchte er sich die heraus, die ihn anzogen, führte sie durch die drei Stockwerke seines Hauses, die alle dem Berufe dienten, machte zahllose Aufnahmen von ihnen und überließ die anderen seinen Gehilfen. Beim Abschied überreichte er den Damen Bukette aus Kamelien und Veilchen; sogar die Königinnen geruhten sie zu nehmen.

Einer der ersten Menschen, die Hortense in München traf, war Turobin. Er eilte nach Warschau, wo sich der Adel und die Jugend gegen die Russen erhoben hatten. Er raste vor Haß auf Bismarck, der sich um das Verlangen der Fortschrittspartei, gleich den Westmächten für die Polen einzutreten, nicht kümmerte, vielmehr einen Vertrag mit Rußland schloß, der jeder der beiden Mächte das Recht gab, bei der Verfolgung der Aufständischen die Grenze der anderen zu überschreiten.

Turobin war in der Verfassung, in der man glaubt, die Welt müsse den Atem anhalten, weil sich ein Schicksal vollzieht, und von jeder Frau erwartet, daß sie dem Helden, der vom Tode gezeichnet ist, noch einmal Liebe schenken wird. Hortense wies ihn sanft ab; er zuckte die Schultern, um die er stoisch den Mantel zog. Wenige Wochen später las sie, daß er bei dem Dorfe, das seinen Namen trug, gefallen sei.

»Besser die Kugel als der Strick oder die sibirische Knute«, sagte Rainer. Er dachte nüchtern genug, um einzusehen, daß Preußen sich mit dem russischen Nachbarn gut stellen mußte. Daß es sich obendrein zum Schergen erniedrigte, verzieh er Bismarck nicht.

Der Mann in Paris war ein Abenteurer, aber der in Berlin, der den König gezwungen hatte, auf die Abdankung zu verzichten, ein Vabanquespieler. Man würde bald sehen, welcher von beiden Europa in die größere Unruhe stürzte. Während der ersten Kommissionssitzung hatte Bismarck, von der Erregung fortgerissen, sein Ziel enthüllt – die Fragen der Gegenwart mit Blut und Eisen zu lösen.

»Wenn du zitierst, tue es richtig«, erwiderte Hortense, »die großen Fragen der Gegenwart werden nicht durch Reden und Parlamentsbeschlüsse gelöst werden, sondern durch Blut und Eisen.«

»Du hast es auswendig gelernt. Es gefällt dir?«

»Es war ein Peitschenhieb. Die es traf, heulten auf. An sich könnte es auch ein griechischer Weiser oder sonst ein great old man gesagt haben. Du hast mir oft von den Sklavenjägern und dem Geist der Wüste erzählt, nie warst du sentimental. Warum bist du es jetzt?«

»Einer sei brutal, in Gottes Namen. Aber er darf nicht noch eine Philosophie daraus machen, das duldet man in unserer Zeit nicht mehr. Wenn der erste Napoleon so unklug gewesen wäre, sähe man ihn heute nicht in romantischer Verklärung, sondern als Attila.«

»Du hast selbst gesagt, daß er sich von der Erregung fortreißen ließ. Der Bayer in dir weigert sich, gerecht zu sein.«

Das war die erste Verstimmung zwischen ihnen. Sie kehrte wieder, sooft sie sich trafen; selbst die Fahrt zum Nordkap machte keine Ausnahme. Hortense wohnte vor den Toren Holsteins, die freilich nur Schlagbäume waren, und Holstein wurde im Herbst dieses Jahres von Schleswig getrennt, weil der neue König in Kopenhagen allen Verträgen zum Trotz Schleswig mit Dänemark vereinigte. An Weihnachten lagen hannoveranische Offiziere in Breede in Quartier, die Truppen des Bundestages schlugen die herabgelassenen Schlagbäume mit ihren Flinten in die Höhe. Nie hatte man im Winter mobilisiert – es war Januar, als Preußen und Österreicher in Schleswig einrückten. Hortense fuhr nicht nach London, sie hörte den Donner der Kanonen und wollte Valentine nicht allein lassen. Der Freund konnte nicht mehr verstimmt sein, seine geliebten Österreicher machten gemeinsame Sache mit ihren Preußen.

Als die Düppeler Schanzen gestürmt wurden, weilte Rainer zu Besuch auf Breede, von wo er nach London weiterfuhr. Im Juli traf ihn Hortense auf Wight mit der alten englischen Familie. Hier lasen sie, daß in Wien die Unterhändler zusammenkamen und sich auf die Abtretung der drei Herzogtümer an Preußen und Österreich einigen würden. Auch an Dunant wurde sie erinnert; das Rote Kreuz, die Genfer Konvention waren zustande gekommen.

Rainer mußte zugeben, daß Bismarck recht behalten hatte. Die Engländer bewunderten ihn, wie sie alles Deutsche bewunderten; Deutschland war die große Mode. Es machte Eindruck auf Rainer – aber was geschah, wenn Österreich und Preußen sich nicht einigen konnten? Schon meldete Bismarck Forderungen an für den Fall, daß aus den Herzogtümern ein neuer Kleinstaat gemacht wurde.

»Wenn daraus ein Krieg zwischen den deutschen Vormächten entsteht«, sagte er, »bitte ich doch um die Erlaubnis, so lange zu Maximilian nach Mexiko gehn zu dürfen. Ich mag keinen Anteil am Bruderkrieg haben.«

Das Herz stand ihr still. Sie atmete auf, als man sich einigte, Österreich die Verwaltung Holsteins, Preußen diejenige Schleswigs zu geben. Dieser Vertrag wurde im Sommer 1865 unterzeichnet, als Hortense in Heiligendamm mit Rainer zusammentraf. Vier Jahre waren seit jener ersten Begegnung vergangen.

Es ergriff sie, den Pavillon wiederzusehn. Hier war sie glücklich gewesen, sie fühlte, als sei sie nach einem Menschenalter an eine Stätte der Jugend zurückgekehrt. Was barg in ihren Falten die Zeit für sie? Sie stand im achtunddreißigsten Jahr, Valentine im fünfzehnten.

Zum erstenmal wünschte sie, nicht so fern von Rainer zu wohnen. Sie umarmte ihn drängender und trennte sich schwerer von ihm.

Aus den Staaten kamen gute Nachrichten, der Bürgerkrieg war beendet, die Aufmerksamkeit wandte sich den Dingen in Mexiko zu, und das neugeeinte Land verlangte, daß die

Franzosen abzogen, Europa hatte nichts in Amerika zu suchen. Sie hoffte inbrünstig, daß auch Maximilian, wenn er sich im Stich gelassen sah, heimkehrte. Rainer hatte um ihretwillen seine Reise nach Afrika aufgegeben. Sie verstand, daß dieser Trieb nach einem Ausweg suchte.
In der Silvesternacht schrieb sie ihm, bevor sie hinunter zu den anderen ging, die das Jahr 1866 mit Gläserklang begrüßten, durch die offenen Fenster drangen Glockengeläute und Böllerschüsse herein. In dieser Nacht träumte sie, fuhr auf, sank in den Halbschlaf zurück und sah, was sie erschreckte – Wellblechbaracken an einem Palmenstrand, darauf bösartige gelbe Flaggen, die schlaff in der brütenden Sonne herabhingen; Neger, die aus den Baracken nackte Körper an den Füßen nach einer Kalkgrube zerrten; barmherzige Schwestern, die die Hände zum Himmel ausstreckten, und betrunkene Matrosen, die Branntweinfässer fortrollten.
Es waren die Bilder zu einem Brief aus Mexiko, den sie im »Sun« gelesen hatte, aber sie dachte sofort an Rainer.
Sie wußte von der Unzufriedenheit in Holstein, wie die Österreicher gegen Preußen hetzten. Sie gab Bismarck recht, als er nach Wien eine Beschwerde sandte, und begriff, als die schroffe Antwort erfolgte, daß wieder Blut und Eisen das Wort hatten.
Das war im Januar; im Februar teilte ihr Rainer mit, daß er auf dem Wege nach Paris sei, um sich einem französischen Transport nach Mexiko anzuschließen. Hortense fuhr nach; der zweite Aufenthalt war noch bitterer als der erste. Sie nahm Abschied von Rainer und wußte, daß sie ihn nicht mehr sehen werde. Sie hatte schon alle Tränen geweint, als sie die Nachricht erhielt, daß er am Fieber gestorben sei – es war an dem Tag von Königgrätz, der den Bruderkrieg beendete. Warum hatte er nicht warten können? Die deutsche Frage war gelöst, er aber lag in einer Kalkgrube, mit Mulatten und Hunden.
An Weihnachten dieses Jahres stand Anna als achtundvierzigjährige Braut unter dem Baum. Sie heiratete den Bruder des Herrn von Boske und nahm die Nichten mit. Sie bot Hortense an, auf Breede wohnen zu bleiben. Hortense hatte die Wahl zwischen Breede und dem Pavillon von Heiligendamm, den Rainer ihr vermacht hatte.

Sie konnte nicht in diesem Hause der Erinnerung leben, gab Valentine nach England in eine Mädchenpension, stellte ihre Sachen unter und reiste nach Süden. Die Welt hallte von politischen Händeln wider, und es half weder, sie zu hassen, noch, sie zu lieben.
Sie fuhr an Baden-Baden vorüber und stieg nicht aus. Sie ertrug nicht, den Genfer See zu sehn. Die Riviera, Florenz, Venedig, die Orte in Oberitalien waren von der Cholera bedroht. Sie blieb in Zürich und vertauschte es mit dem katholischen Luzern, weil sie mit ihrem Gott um den Frieden rang.
Was konnte ihr das Leben noch bringen? Wie lange, und sie vollendete das vierzigste Jahr. Was half es, daß sie sich jung fühlte und halb mit Grauen, halb mit neuem Mut an die vielen Frauen dachte, die siebzig und achtzig Jahre alt wurden?

ZWEITER TEIL

22

Georg von Wierssen war großherzoglicher Beamter, er war aber auch Katholik. Er verwarf die Notzivilehe, die Anno 1860 von der Regierung eingeführt wurde, wie der Erzbischof sie verwarf, der vier Jahre später durch seinen Einspruch gegen die Schulaufsicht des Staates den Kampf wider die Liberalen eröffnete.

Die katholische Volkspartei wurde gegründet, die Agitation in die letzte Schwarzwaldhütte getragen, und Georg, der sich dieser Partei anschloß, reichte den Abschied als Amtsrichter ein.

Just in diesem Augenblick erbte er von seinem Onkel ein Haus in Baden-Baden. Es war nicht mehr das alte beim Schloß. Niemand verstand, daß ein Greis, der keine Kinder hatte, seine letzte Zuflucht zu Geld machte, um im neuen Viertel eine große Villa zu erbauen. Bei einem jüngeren Mann wäre es verständlich gewesen. Die Endzahlen in der Kurliste wurden mit jedem Jahr größer, und die Fremden begannen, die Neustadt vorzuziehen. Die Ansprüche wuchsen in dem Maße, wie die Maschinen des Zeitalters die Einkünfte vermehrten.

Es war wenig nach dem Sinne Georgs, Hauswirt zu werden. Auch würde er sich nicht Baden-Baden zum Wohnsitz gewählt haben, da er den Gewerbetreibenden und Wirten ein Dorn im Auge war. Sie verziehen ihm nicht, daß er die Abschaffung der Glücksspiele verlangte, und er konnte es ihnen nicht verübeln.

Aber mit dem aus Spekulation erbauten und möblierten Hause mußte er auch die Bestimmung übernehmen. Er zog in den ersten Stock und vermietete das Erdgeschoß an den Reverend, der den Augenblick nicht erwarten konnte, wo von der englischen Kirche das Baugerüst fiel und die bescheidene Herrlichkeit des Normannenstils aus Büschen und Bäumen leuchtete, die erst gepflanzt werden mußten. Ein Jahr später wurde Georg Witwer, der mit dem einen Sohn in der viel zu großen Wohnung hauste. Auf den Reverend folgte eine holländische Familie. Seit den Unruhejahren um 1850 hatte die Zahl der Kurgäste nicht mehr so nachgelassen wie im Kriegsjahre 1866. Im Winter 1867 stand die untere Wohnung leer; im März beauftragte Georg die Vermittler, ihm neue Mieter zu besorgen, mit der Angabe, daß er keine Franzosen wünsche.

Ach, wie lange bauten sie an der kleinen Kirche. Die Gerüste standen noch immer; im Sommer sollten sie endlich verschwinden. Die Büsche wuchsen, die Bäumchen standen am Pfahl – aber gegenüber, jenseits der Oos, rauschten die hundertjährigen Eichen der Lichtentaler Allee.

Ihre Kronen waren so hoch, daß sie den Hügel dahinter verdeckten, die Dächer des Menschikowschen Sitzes kaum erkennen ließen. Wenn Georg auf den Balkon seines Arbeitszimmers trat, konnte er die Einfahrt und den schmiedeeisernen Bogen sehen, durch den der Fürst die Troika oder gar den Viererzug aufwärts lenkte. Dort oben waren Stallungen für Pferde jeder Art. Der Wind trug das Wiehern und den Geruch herüber.

Aus den noch gelben Rasenflächen der Allee sprossen Krokus, Zwerghyazinthe und jene Szilla, die so dunkelblau wie Enzian ist. Georg, der jetzt die Zeit fand, lange zurückgestellten Neigungen zu folgen, hatte ein Heft angelegt, das er das Tagebuch Floras nannte. Die Amseln gehörten eigentlich nicht hinein, aber sie standen am Anfang: unter dem 27. Januar hatte er die früheste schlagen hören. Er war entschlossen, dieses Jahr endlich einmal den Frühling Baden-Badens bewußt zu erleben – seine Fülle war so überwältigend, daß sich nur behaupten konnte, wer ihr ein wenig Pedanterie entgegensetzte.

Eben hatte er das Datum der Szilla eingetragen und dabei gedacht, wie rührend klein das Format dieser Erstlingsboten sei, und daß ein Emporkömmling für seinen Besuch sicher ein anderes wählen würde – als der Agent sich melden ließ. Herr Vögele gehörte zum rundkopfigen und wohlgenährten badischen Schlag, in dem ein Rest von keltischem Blut spukte.

Wenn der Herr Baron, sagte er, sich entschließen könne, nicht auf inländischen Mietern zu bestehen, sei auf der Stelle ein Abschluß möglich. Sein Straßburger Geschäftsfreund lasse im Auftrag einer Pariser Baronin ein vorteilhaftes Angebot machen.

»Ich bin nicht deutscher Baron, und der Adel der Französin ist am Ende nicht weit her«, erwiderte Georg abweisend.

»Wie der Herr Doktor wünschen«, meinte der Agent, der nicht reden konnte, wenn er keine Titel einflechten durfte. Aber was Madame de Marville betraf, so war sie ohne Zweifel zahlungsfähig – mehr noch, sie bot einen langjährigen Vertrag an. Ihr Haushalt bestand aus ihr, einer Tochter und zwei Dienstboten, die an Ort und Stelle gemietet werden sollten. Die Dame wolle sich dauernd in Baden-Baden niederlassen.

Als Georg zögerte, überbot Vögele den geforderten Preis. Georg wunderte sich einen Augenblick lang, achtete aber nicht weiter darauf.

Er stimmte am nächsten Tage zu. Die Miete für das erste Vierteljahr überwies der Straßburger Agent, der auch die Köchin besorgte, während Vögele in den Weindörfern am Fuße der Yburg ein Zimmermädchen ausfindig machte. Die Köchin stammte aus Sesenheim und kam über den Rhein herüber, um sich das Haus und den Hausherrn anzusehn, bevor sie annahm – eine energische Person, die die Haare zwar nicht auf den Zähnen, wohl aber auf den Lippen trug.

Georg suchte ihr vergebens klarzumachen, daß nicht er, sondern eine ihm unbekannte Mieterin ihre Dienste beanspruche. Er war für sie »der Mann im Haus«, und da es ihm nicht schwerfiel, im alemannischen Dialekt mit ihr zu verkehren, der hüben und drüben derselbe war, erwarb er ihr Wohlwollen, sie sagte zu. Von Goethe wußte sie, was die Tochter des Sesenheimer Ochsenwirtes wissen mußte, und das war nicht ihr einziges Verhältnis zur Literatur: sie lese die Romane ihres Lothringer Landsmannes Erckmann-Chatrian.

»Erckmann und Chatrian, es sind ihrer zwei, sie schreiben zusammen«, verbesserte er und ließ ihr ein Mittagessen nebst einem Schöppchen Wein vorsetzen. Für Urwüchsigkeit und Scholle war er zu haben, dafür wohnte er in einem Bauern-

land, wo noch die Erbvorschriften des Code civil galten und der kleinste Mann ein Stück Boden besaß.
Es war gerade der Tag, an dem er zum Stammtisch in der Kettengasse ging, um mit ein paar Beamten, Oberlehrern, Ärzten und sogar pensionierten Exzellenzen roten Affentaler zu trinken.
Man begann, um die Wahrheit zu sagen, gern mit dem Klatsch der Woche, der sich in einem Ort wie Baden-Baden als unerschöpflich erwies. Aber die Herren waren alle eingeboren, und alle hatten diesen Sinn für den heimischen Alltag, für Ried und Wald, Rebland und Bauersmann. Hier war nicht Großstadt, jeder hatte mit dem Volk zu tun, der Notar, der Kaufmann, die Forstleute, der großherzogliche Stadtdirektor und sein Gegenspieler, der Bürgermeister. Als Georg vom Besuch der Elsässerin berichtete, woben die Fäden hin und her: Goethe, das Münster, Erwin und Steinbach. Sie woben die unsichtbare Brücke, die über den Rhein ging. Einer hatte gerade gestern im nahen Steinbach zu tun gehabt und das Sandsteindenkmal des Baumeisters in der sinkenden Sonne aufglühen sehn. Ein anderer hatte zu Saßbach gesteigert und am Denkmal Turennes mit dem französischen Invaliden gesprochen, der es behütete: Die Regierung Napoleons besoldete ihn, wie die der Orleans und Bourbons seine Vorgänger besoldet hatte – man mußte den Welschen zugestehn, daß sie sich und ihre Vergangenheit zu ehren verstanden.
Nur Geduld, es gab auch ein deutsches Nationalgefühl. Seit dem letzten Jahr hatte sich vieles geändert. Der Großherzog war durch die öffentliche Meinung und die Verträge gezwungen worden, seine Truppen gegen die seines preußischen Schwiegervaters zu schicken, aber er hatte es wider seine Überzeugung getan. Man begann einzusehn, daß er weiter als die Untertanen blickte. Auch Georg gab es zu.
Land und Dynastie verdankten, was sie waren, dem ersten Napoleon. Es war kein Grund, dem dritten eine Treue zu halten, die man von einer Person, aber nicht von einem Volk erwarten durfte. Preußen machte die deutsche Einheit, und die Entscheidung lag bei Baden. Stellte es sich auf die Seite Preußens, so kam die Einheit zustande; deckte es die Flanke Württembergs und Bayerns, so schloß es den süddeutschen Block.

»Und unsere andere Flanke, die elsässische, die schutzlose, die halten wir Preußen zu Gefallen den Franzosen hin«, sagte ein erregter General.

»Wierssen«, meinte der Amtmann, »hat sein preußisches Herz entdeckt, seitdem die Herren in Berlin entschlossen sind, in den Provinzen, die sie Hessen abgenommen haben, die Spielbanken zu schließen. Wenn Blanc aus Homburg abzieht, kann auch Benazet hier seine Koffer packen. Man muß es Blanc lassen, daß er sich kräftig zur Wehr setzt. Glauben Sie, daß man ihn entschädigen wird?« – »Wozu?« erwiderte Georg. »Er hat sich rechtzeitig vorgesehn und die Pacht von Monako übernommen.«

»Und lenkt das schöne Geld aus Deutschland nach dem Süden«, sagte ein Kaufmann, der gelesen hatte, daß man die Summe, die jahraus, jahrein in die rheinischen Spielbäder floß, auf neunzig Millionen Taler schätzte. Warum Benazet seine Millionen Reingewinn nicht gönnen? Hatte er nicht die protestantische Kirche, das Theater und manches andere gebaut? Und waren die zweihunderttausend Gulden, die er dem Großherzog zahlte, nicht ein rundes Stück Geld?

Nun war man wieder bei der unseligen Spielbank und erzählte Geschichten, die Georg unlustig machten, sie handelten zuviel von Gold und Weibern. Als ein Mitglied des Jockeiklubs versicherte, man habe keinen Begriff davon, wie viele Pariser Kokotten, um nur von den großen zu reden, aus guten deutschen Familien stammten, wäre er am liebsten nach Hause gegangen. Als seien nicht inzwischen zwei Dutzend Jahre vergangen, sah er das herbstlaubrote Haar der jungen Hortense, dann die kleine gutgeschnittene Stirn, dann die Brauen – das alles mit einer Deutlichkeit, die ihn fassungslos machte.

Bei den Augen stockte der Vorgang der Verdichtung, die ganze Vision schwand sterbend dahin. Hatte Hortense ihn gerufen, lebte sie noch? Warum sollte sie nicht noch am Leben sein – aber warum wiederum sollte sie nach ihm rufen, dem Sechsundvierzigjährigen, der nichts mehr für sie empfand?

Er brach auf, kam nach Hause und trat ganz zufällig, da er ein Buch suchte, in das Zimmer Hannos, der seit einigen Monaten den Garnisonsdienst in Rastatt erlernte. Er traute seinen

Augen nicht, als er auf Mütze, Seitengewehr, verstaubte Stiefel und die Uniform stieß. Die Haushälterin war schon zu Bett. Offenbar hatte Hanno, kaum angekommen, sich umgezogen und das Haus in Zivil verlassen. Was war geschehen? Man gab einem Fähnrich doch nicht mitten in der Woche Urlaub, um daheim guten Tag zu sagen.

Er schaute auf die Uhr, es war fast Mitternacht. Aber es wurde eins, bis er jemand leise die Haustür aufschließen und noch behutsamer die Treppe heraufgehen hörte. Die Tür öffnete sich, und der junge Mann fuhr zurück, als er in seinem Zimmer den Vater erblickte. Der Ausdruck veränderte sich blitzhaft. Wierssen hatte kaum Zeit, zu denken, daß er dieses etwas mädchenhafte Gesicht noch nie so angeregt gesehen habe.

»Was in aller Welt ...«, begann er. Hanno unterbrach ihn: »Laß mich erklären: ich nahm Urlaub, ritt herüber und muß sofort zurückkehren. Es besteht die Möglichkeit, sobald ich Sekondeleutnant bin, zu einem Kursus in der preußischen Armee beordert zu werden – mit einigen anderen, ich wollte mir deine Zustimmung holen ...«

»Heute nacht noch?« fragte Georg ironisch zurück.

»Warum nicht, hast du in meinem Alter nicht auch gern einen Gaul unter dir gefühlt? Das macht doch Spaß.«

Nun gut, es war ja schließlich erfreulich, wenn ein Junge, der eine bedenkliche Neigung zu Operetten und Zigaretten gehabt hatte, Geschmack an einer männlichen Beschäftigung fand. Also, er war von Rastatt herübergeritten, und dann?

»Du warst nicht da, ich vermutete zwar, wo ich dich finden könne, wollte mich aber dort nicht zeigen, wechselte den Anzug und besorgte einen Auftrag für einen Freund.«

»Mein lieber Junge, das alles ist unwahrscheinlich; es ist es so sehr, daß alles gelogen sein dürfte. Es ist fatal, einen Offizier beim Lügen zu ertappen. So viel verstehe auch ich vom Militär: ein Urlaub, um die Einwilligung des Vaters zu holen, sieht anders aus.«

Es dauerte eine halbe Stunde, bis er die eine Hälfte erfuhr, die andere erriet. Hanno hatte Spielschulden gemacht, die bis zum kommenden Mittwoch bezahlt werden mußten. Er hatte den Feldwebel bestochen, um über Nacht fortbleiben zu können. Er hatte den Vater um die zweihundert Florins bitten wollen, dann aber zu den zwanzig, die er noch besaß, die Haushälterin um zwanzig angegangen und den Spielsaal im Konversationshaus besucht, allen Vorschriften zum Trotz, die den Einheimischen den Zutritt untersagten – warum sollte ein Saaldiener strenger als ein Feldwebel sein? Das Unwahrscheinliche war geschehen, er hatte gewonnen und nun beschlossen, sich vor dem Vater überhaupt nicht zu zeigen, sondern heimlich zurückzureiten.

Es war gut gegangen, aber es eröffnete schlimme Aussichten auf die Zukunft. Wer dem Spiel nachgegeben hatte, wurde rückfällig.

Hanno widersprach. Er habe eine Lehre erhalten, der Vater könne seinem Ehrenwort vertrauen.

»Dem Vater bleibt nichts anderes übrig«, sagte Georg, wartete den Aufbruch ab und ging in gedrückter Stimmung zu Bett. Was half es, der Spielbank zu fluchen, wenn ein junger Mensch jeden Abend auf dem Zimmer eines Kameraden die Gelegenheit zum Jeuen fand? Er glaubte an die Vorbestimmung des menschlichen Charakters und gestand sich seine Ohnmacht ein. Der Neunzehnjährige hatte die Probe aufs Leben zu bestehen, und kein Vater konnte ihn in seine Obhut zurückrufen. Es war derselbe Fall wie einst mit Hortense – sie war behütet worden, wie damals junge Mädchen behütet wurden, und hatte doch Gelegenheit gefunden, sich mit einem Abenteurer einzulassen.

»Gott erspare mir diese Prüfung«, betete er und verbrachte eine schlaflose Nacht.

Ende April, als schon die Forsythien, die Magnolien, die Kastanien blühten, traf die Köchin ein. Am gleichen Tage kamen die Koffer aus Straßburg. Wieder einen Tag später trat das Zimmermädchen seine Stelle an. Am ersten Mai stand Herr Vögele am Bahnhof und freute sich als Mann, dem der allgemeine Wohlstand zum Vorteil gereichen wird, darüber, daß die Hotelomnibusse in Reih und Glied warteten und die Königin von Preußen bereits bei Meßmer abgestiegen war: damit begann hergebrachtermaßen die Saison. Der Himmel billigte es, er war mit blauer Seide überspannt, als sei die Riviera über die Alpen gekommen. Der Zug lief ein, Vögele zog sein Taschentuch. So war er von dem Geschäftsfreund angewiesen worden. Er hatte noch ein übriges getan und eines in den französischen Farben gekauft. Zu seiner Verwunderung redete ihn die Fremde im reinsten Deutsch an. In allem anderen entsprach sie seinen Vorstellungen von einer Dame von Welt. Die Viktoria stand bereit, in Baden-Baden fuhr man niemals Einspänner. Er schwang sich auf den Bock und geleitete seine Auftraggeberin nach der Villa Wierssen.

Georg ließ gegen Abend anfragen, ob sein Besuch willkommen sei, und begab sich, als die Antwort zustimmend lautete, nach unten. Das Mädchen, am Morgen noch ein bäurisches Kind mit Doppelsohlen und Flanellrock, war in eine Zofe verwandelt, die Spitzenhäubchen und weiße Schürze trug. Ihr Gesicht verriet Verständigkeit, so war es kein Wunder und doch anerkennenswert, daß sie schon wußte, was sie zu tun hatte: sie blieb am Türpfosten stehn und hielt die Flügel zurück, um den Herrn eintreten zu lassen.

Im Kamin brannte ein Feuer, am Fenster wandte sich eine Gestalt um. Nicht jede Frau verstand sich auf die Kunst, die Schleppe unauffällig zu meistern. Die Büste lag hoch, der Schoß war glatt, die Taille eng, und wenn Georg auch nichts von Schneiderdingen begriff, so sah er doch, daß diese Mode die Frauen schlanker machte. Er war einen Augenblick lang versucht, anzunehmen, daß er die Tochter vor sich habe. Aber als sie ihm die zwei Schritte entgegenging, fühlte er, daß sich so kein Mädchen bewegte – es war Erfahrung in dieser Haltung.

Dann erblickte er das Gesicht – nicht sehr deutlich, da sie gegen das Licht stand. Er stutzte, ohne daß er hätte sagen können, was ihn dazu veranlaßte. Es ging ihm wie einem, der in der Menge eine Schulterlinie, einen Augenschnitt erhascht und zu kennen glaubt; der Eindruck dauert eine Sekunde. Die Unterhaltung erfolgte auf französisch. Als er fragte, wie sie sich mit dem Mädchen aus dem Rebland verständigen werde oder schon verständigt habe, erwiderte sie, die Sprache sei ihr geläufig; sie habe sie in der Jugend gelernt und seither oft benutzt.

Sie sagte die nächsten Sätze auf deutsch. Er horchte auf, die Stimme klang jetzt tiefer und dunkler. Wiederum glitt ein Erinnern vorüber, zu kurz, um es festzuhalten. Im nächsten Augenblick kehrte sie zum helleren Französisch zurück, einem geschmeidigen Instrument des Willens zur Höflichkeit, zur Aufmerksamkeit und allen Werten, die im Verkehr zivilisierter Menschen am Platze waren. Er gab es ein wenig widerwillig zu; nur eins lehnte er ab: daß man in dieser Sprache singen könne.

»Ich beabsichtige«, sagte sie, »ziemlich viele Menschen bei mir zu sehn, und hoffe, daß ich Sie in Ihrem eigenen Hause nicht allzusehr störe.«

»Gewiß nicht«, erwiderte er und bat um die Erlaubnis, sich nach ihrer Tochter erkundigen zu dürfen.

»Valentine ist im Augenblick noch in einem englischen Pensionat. Sobald ich mich eingelebt habe, werde ich sie zu mir nehmen, es dürfte darüber Pfingsten werden.«

Er erhob sich mit dem Gefühl, einer Frau von guter Herkunft begegnet zu sein, und erinnerte sich der hohen Meinung, die man im Hause der Eltern und in seinen Kreisen von der vornehmen Französin gehabt hatte. Es mochte sein, daß er durch die Jahre zu sehr gewissen Vorurteilen untertan gewesen war. – Er wandte sich zur Tür.

»Herr von Wierssen.«

Er fuhr herum, diese Stimme war ihm nicht fremd.

23

»Sie haben mich nicht erkannt«, sagte sie, »wollen Sie mir, bitte, den Armleuchter vom Kamin reichen.«

Sie bückte sich zum Fenster, hielt daran ein Schwefelholz und entzündete drei milde gelbe Flammen.

»Marville«, fuhr sie fort, indem sie ihm den Leuchter aus der Hand nahm und auf den Marmor zurückstellte, »ist ein Name, der in der Familie meiner Mutter zusätzlich gebraucht wurde – der andere Name wird Ihnen bekannt sein, sie war eine Liotar.«

»So sind Sie Hortense Wierssen – mein Gott.«

»Ich bin Hortense, und Sie sind Vetter Georg. Erkennen Sie mich?«

»Ich ahnte die Wahrheit, als Sie mich zwischen Tür und Angel anriefen.«

»Sie erkannten die Stimme, haben Sie musikalisches Gehör?

Aber wir wollen nicht Konversation machen. Lassen Sie mich zuerst sagen, weshalb ich unter dem Namen Marville mit Ihnen verhandelt habe. Ich fürchtete eine Absage, und doch lag mir viel daran, eine Wohnung in diesem Viertel zu bekommen. Ich hielt mich vor einigen Wochen schon einmal hier auf und bitte mir zu glauben, wenn ich sage, daß das Haus gewählt war, als ich erfuhr, wer der Besitzer sei. Sie erinnern sich vielleicht, daß Ende März eine Dame die Wohnung in Ihrer Abwesenheit besichtigte. Als ich Ihren Namen hörte, ließ ich den Plan fallen, dann beschloß ich, Sie vor die Tatsache zu stellen.«
»Was soll ich erwidern, Hortense?« sagte er. »Ich habe eine Wohnung ausgeschrieben, und Sie haben sie gemietet.«
»Sie wollen sagen, daß Sie mich nicht weiter zu kennen brauchen. Ich muß Ihnen noch eine Eröffnung machen: ich führe seit dem Tod meines Mannes meinen Mädchennamen, und es ist der Ihre. Um genau zu sein, ich bin Frau Harald von Wierssen.«
Sie gab ihm einen Überblick über die Jahre in Amerika, in Genf und in Breede.
»Meine liebe Hortense«, erklärte er, »damals, als Sie uns aus undurchsichtigen Gründen verließen, nahmen wir Schlechtes von Ihnen an, verzeihen Sie, daß ich das sage. Wir wußten nicht, daß Sie sich nach Amerika verheiratet hatten.«
Es bestand kein Anlaß, ihm mehr zu sagen. Sie hielt ihn für einen aufrechten Mann, der ein Leben lang ein Beamter gewesen war, sauber und zuverlässig und ein wenig steif. Er wußte wohl nicht recht, wie er sich verabschieden sollte. Vielleicht überlegte er, ob sie zu dem alten Du zurückkehren müßten.
»Ich stehe ganz zur Verfügung«, sagte er.
»Danke, Georg, ich werde mich gern an Sie wenden, wenn ich einen Rat brauche. Ich habe noch nicht fertig ausgepackt; vielleicht darf ich Ihnen morgen ein Bild Valentines zeigen. Sie wird bald siebzehn, wie alt ist Ihr Sohn?«
Sie sprachen noch ein wenig von dem Umschwung, der sich in der badischen Bevölkerung unter dem Eindruck der Ereignisse des letzten Jahres vollzog. Wenige Wochen nach Königgrätz war Baden aus dem Deutschen Bund ausgetreten, um

ein Bündnis mit Preußen zu schließen. Die Einführung der Wehrpflicht stand vor der Tür.

»Es wird viele Deserteure geben«, sagte Hortense.

»Ohne Zweifel«, erwiderte er, »aber woher wissen Sie das?«

»Weil man mir vorgestern in Straßburg fünfzig bayrische Artilleristen zeigte – beritten und von einem Unteroffizier geführt, wie sie ihre Garnison in Landau verlassen hatten.«

»Nachwirkungen von 1848 oder gar aus der Zeit der Werber, das Volk sieht im Militärdienst ein Unglück; auch das wird sich ändern.« Als er nach oben ging, begegnete ihm die Haushälterin.

»Soll ich heizen?« fragte sie. »Es ist abends noch recht kühl in den Zimmern.«

»Lassen Sie nur«, erwiderte er, »Sie brauchen auch nichts zuzurichten, ich esse auswärts.«

Er war nicht in der Stimmung, um zu Hause zu bleiben. Die Einsamkeit der Wohnung bedrückte ihn. Als er ins Freie trat, sah er, daß es noch hell war. An der Ecke der Bertholdstraße traf er den Briefboten, der ein längliches Schreiben an ihn ablieferte. Es trug das Siegel des Kriegsministers in Karlsruhe. Georg hatte ein unangenehmes Vorgefühl.

Man redete ihn mit Ew. Hochwohlgeboren an und bat ihn, Kenntnis davon zu nehmen, daß der Avantageur von Wierssen die Charakterstärke vermissen lasse, die man von einem künftigen Offizier erwarten müsse. Es sei Anzeige gegen ihn erstattet worden wegen nicht bezahlter und zuerst geleugneter Schulden. Um Weiterungen zu entgehen, empfehle es sich, einen Bruch des Handgelenks, den er sich zugezogen habe, zum unauffälligen Abgang zu benutzen; Urlaub zur Wiederherstellung werde gewährt werden.

Georg hatte nicht gedient; der knappe militärische Ton verletzte ihn, er rang nach Fassung.

»Herr Nachbar, Herr Doktor«, grüßte neben ihm eine Stimme, die das R hart aussprach.

Es war der russische Schriftsteller, Herr von Turgeniew, der ein paar Schritte weiter in der Schillerstraße wohnte. Er trug den Wintermantel offen, den Hut in der Hand. Das schöne, schon weiße Haar fiel auf den schwarzen Pelzkragen und eine widerspenstige Locke tief in die Stirn. Auch Lippen und Kinn

waren mit Haar bedeckt – man mußte an einen Pudel denken; es war ein boshafter Vergleich.
Unwillkürlich schaute Georg nach den Füßen, ob er die Galoschen trug. Wenn er in ihnen einherschlurfte, konnte man ihn für den Nikolaus halten, der gerade auf einem Gang zu den Kindern war – für einen liebenswerten Nikolaus, der seinen abgründigen Pessimismus hinter freundschaftlichem Geplauder verbarg. Er besaß die Gabe, von seiner Gicht so zu erzählen, daß man das Gefühl hatte, er erkundigte sich nach dem Ergehen dessen, mit dem er sprach. »Der Tag war herrlich«, sagte er zu Georg, »aber die Abende sind mehr als frisch in Ihrem schönen Baden-Baden.«
»Ich freue mich, daß es nun auch ganz Ihr Baden-Baden werden soll. Wie ich sah, kommen Sie mit Ihrem neuen Hause im Tiergarten gut voran?«
»Sie tun meiner elenden Hütte zu viel Ehre an, müßte ich nach den Vorschriften der chinesischen Höflichkeiten nun sagen.«
Die elende Hütte war, wie man Georg erzählt hatte, als Schlößchen im reinsten französischen Stil gedacht. Es wuchs draußen im Tiergarten heran, dicht neben dem reizenden Holzhaus der Viardot, der guten Freundin des Dichters.
»Sie haben sich nicht lange in Paris aufgehalten?« fragte Georg.
»Oh, ich komme nicht aus Paris, sondern aus Rußland.«
Sie waren unterdessen langsam weitergegangen auf dem Weg, der nach Lichtental führte. Der Deutsche war ein großer Mann, der Russe gab ihm nichts nach.
»Machen Sie Ihren Abendspaziergang?« fragte Turgeniew.
»Die Wahrheit zu sagen, ich weiß es nicht. Der Tag brachte einige Erregungen, mit denen ich nicht fertig werde.«
»Stellen Sie die Gedanken zurück, sie ordnen sich inzwischen von selbst. Wenn Ihnen meine Gesellschaft angenehm ist – ich bin gesellig aufgelegt und weiß auch nicht recht, was ich mit diesem Abend anfangen soll.«
»Madame Viardot ist im Augenblick nicht in Baden-Baden?«
»Sie singt in London, obwohl sie behauptet, der Bühne endgültig Valet gesagt zu haben. Erst nach der Rückkehr

wird sie zugeben, daß die Kunstbegeisterung der Engländer kein Beweis für ihr Kunstverständnis ist. Wir könnten in einer der ländlichen Wirtschaften Lichtentals essen.«

Das Tal verbreiterte sich so weit, daß ein paar Äcker Platz neben der Allee hatten. Die Türme um das Kloster tauchten auf; Hügel überschwangen sie und schmiegten sich an den Wall des Gebirges. Sie kamen an die Stelle, wo vor einer Reihe von Jahren ein Attentat auf den jetzigen König von Preußen verübt worden war.

»Eine ausgezeichnete Frau, die Königin«, sagte Turgeniew, der sie oft bei Frau Viardot gesehen hatte, »natürlicher und wärmer als ihre Schwiegertochter, die Engländerin.« Er liebte die Engländer nicht. Alle seine Freunde waren Franzosen oder Deutsche. Beide Sprachen beherrschte er so vollkommen, daß er seine Erzählungen in ihnen hätte schreiben können; er würde sich aber nie dazu verstanden haben, ein Schriftsteller durfte nur seine Muttersprache benutzen. Er war neunundvierzig, nur wenige Jahre älter als die Frau, um derentwillen er sich an der Oos niedergelassen hatte.

Lichtental, das waren lange gelbe Mauern, aus denen die am Tage gespeicherte Wärme strahlte, Gehämmer einer Schmiede, spielende Kinder, Geruch von Holzfeuer aus abendlichen Kaminen, Gemüsegärten mit Glasbeeten und ein Glöckchen, das die Nacht einläutete. Der Metzger hatte einen Kienspan an der Wand stecken, aber der Wirt stellte den Gästen eine Petroleumlampe auf den Tisch. An der einen Wand hing Hecker, von der anderen schaute der Großherzog herüber, um dessen Thron es damals gegangen war.

»Das wäre in Rußland unmöglich«, sagte Turgeniew, »woran soll man glauben, an die Schlauheit des Wirtes oder an die Unbefangenheit des Volkes, das zugleich den Revolutionär und die Dynastie liebt?«

»An die Unbefangenheit«, erwiderte Georg, »wir sind im Süden, in Norddeutschland wäre diese Zusammenstellung ebenso unmöglich wie in Rußland, schon die Polizei würde sie nicht dulden.«

Sie aßen ein Kotelett mit Salat und tranken den kleinen Wein des Landes.

Georg überwand die Hemmung, die gebietet, Fremde nicht

in häusliche Sorgen sehen zu lassen, und erzählte von denen, die Hanno ihm bereitete.

»Als Sie mich ansprachen«, sagte er, »las ich gerade den Brief aus Karlsruhe.«

Turgeniew nahm den Zwicker ab, putzte ihn sorgfältig, setzte ihn wieder auf und meinte:

»Was soll ich Ihnen antworten? Es wäre hier gar manches zu antworten. Heute stieß ich auf einen Satz des Herrn von Talleyrand: ›Zeit und Geduld verwandeln das Maulbeerblatt in Seide.‹ Eine gute Maxime, nicht nur für Diplomaten, sondern für alle, die mit Menschenerziehung zu tun haben.«

Es klang tröstlich. Um das, was man in seinen Kreisen die Schande zu nennen pflegte, hoffte Wierssen herumzukommen. Er würde Hanno wieder auf die Schule schicken, die er als Unterprimaner verlassen hatte. Er konnte Jurist oder Forstmann werden. Aber wer sagte ihm, daß der Junge später gut tat? Er hätte ihm die harte militärische Zucht gewünscht.

»Erlauben Sie, daß ich widerspreche«, sagte Turgeniew, »es gibt noch andere Aufgaben. Soldaten sind brauchbare Männer, aber wenn ich sie so daherstolzieren sehe, oben spitzes Eisen und am Stiefel auch, denke ich immer, daß man sie sich selbst überlassen kann. Sie gehören zu denen, die mich für meine Person nicht weiter interessieren. Das tun erst die, die sensibel sind, Frauen und begabte junge Männer – jene, denen ihre Schwäche zu schaffen macht, die empfinden und leiden.«

Wierssen dachte an die Romane des Dichters, worin immer und immer alle guten Vorsätze dahinstarben, wenn der Atem der Versuchung sie traf. Er dachte auch an das, was man vom Verhältnis Turgeniews selbst zu Frau Viardot sagte – er diente der energischen Frau willenlos und gehörte zu denen, die unterwürfig sind, wenn sie lieben.

»Sagen Sie ruhig«, fuhr Turgeniew fort, als Georg schwieg, »daß ich ein Russe, Sie aber ein kräftiger Deutscher sind. Und doch, glauben Sie mir, es gibt nichts Problematischeres als die Stärke. Sie ist nicht menschlich, sie ist göttlich und heroisch.«

Er zeichnete beim Sprechen auf den Rand einer Zeitung

Köpfe. Die Stube hatte sich mit Männern gefüllt, die robust und behaglich das Brennen des Alkohols und die Beize des Tabaks schmeckten. Die Abkonterfeiten würden sich in der dumpfen Dämonie dieser Gesichter nicht erkannt haben.
Auf dem Heimweg plauderten sie von leichteren Dingen.
Am Gitter, das den Vorgarten Georgs umzog, verabschiedeten sie sich. Im Erdgeschoß war noch Licht.
»Hören Sie, da spielt jemand Schubert«, sagte Turgeniew, »und er spielt gut. Haben Sie denn wieder einen Mieter?«
»Seit heute«, gab Georg zur Antwort, »es ist eine Dame und eine Verwandte von mir«, setzte er nach kurzem Zögern hinzu.
»Das freut mich für Sie. Zuletzt hatte ich den Eindruck, daß Sie zu einsam leben. Es ist immer gut, wenn man sich mit einer Frau unterhalten kann. Sehen Sie, das ist einer der großen Unterschiede zwischen Deutschland und Frankreich. In Paris treffe ich in regelmäßigen Abständen meine französischen Kollegen, um mit ihnen zu essen und zu plaudern. Es sind alles Menschen, die wissen, was fleißig sein heißt. Wir unterhalten uns von allem möglichen, aber zuletzt drehen sich alle Gespräche um die Frauen. Ich weiß, hierzulande gälte das als unmännlich, man überläßt das den jungen Leuten – der Ton ist danach. Wir sind alle auf die Frauen angewiesen; besprechen Sie die Angelegenheit Ihres Sohnes mit der Frau, die das Impromptu so gut spielt. Wer sich auf Musik versteht, versteht sich auch auf die Seelen.«
Georg war ein Frühaufsteher. Als er am nächsten Morgen von seinem Spaziergange durch die Wälder am Fuße des Merkurs zurückkehrte, saß Hortense auf der Veranda, die in den Garten vorsprang, und las das Badeblatt. Er nahm eine Tasse Kaffee an.
»Sie werden mir die Wohnung billiger geben müssen«, sagte sie scherzend; »hier steht, daß überall am Rhein die Preise für Grundstücke und die Mieten fallen, weil man einen Krieg mit Napoleon fürchtet.«
»Luxemburgs wegen, ja.«
»Ich las nichts als Nachrichten über Rüstungen. Die Franzosen befestigen das Lager von Châlons, die Preußen Mainz. Auf der einen Seite des Rheins erzählt man vom Chassepot Märchen, auf der anderen vom Hinterlader.«

»Ist das die Nummer von gestern?« fragte er. »Haben Sie gelesen, was drüben im Württembergischen einer auf ein Band schrieb und über die Straße spannte, als das Königspaar den Ort besuchte?«
»Nein, lassen Sie hören.«
»Hier, aus Künzelsau:

Liebe zu dem Landesvater
Ist der beste Hinterlader.«

»Ein Wink, sich mit den Preußen nicht zu tief einzulassen. Ich glaube, davor haben hier alle ein wenig Furcht – Sie eingeschlossen, Georg?«
»Ich will es nicht leugnen. Aber wir wissen auch alle, daß wir durch dieses Stadium hindurch müssen. Unsere Lage ist besonders schwierig, weil wir die Grenze bilden und am ersten Tag die Franzosen im Lande hätten.«
»Die haben Sie schon jetzt; ich kenne Ihre Reden gegen die Spielpächter, schon seit Jahren.«
»Woher?« fragte er überrascht.
»Zum erstenmal erzählte mir Madame Kalergis davon.«
»Heute Frau von Muchanow. Die kennen Sie?«
»Sie lud mich nach Baden-Baden ein, bevor sie sich niedergelassen hatte. Ich weiß freilich nicht, ob sie diese Absicht verwirklicht hat.«
»O ja, sie hat sich nebenan in der Schillerstraße, schräg gegenüber von Turgeniew, ein Schmuckkästchen von Villa gebaut. Werden Sie zu ihr gehn?«
»Selbstverständlich, da ich hier Anschluß suche. Auch Turgeniew würde ich gern kennenlernen, ist es schwer?«
»Im Augenblick gar nicht, da er müßig geht und Frau Viardot nicht hier ist. Ich kann vermitteln, ich traf ihn gestern, als ich Sie verließ, und wir aßen zusammen.«
»Frau Viardot – das erinnert mich an Aglaia Orgeni. Als ich sie in München kennenlernte, nannte sie sich noch Fräulein Görger von St. Jörgen. Später las ich ihren Namen in den Berliner Zeitungen. Kehrt sie noch manchmal nach Baden-Baden zurück?«
»Das kann ich Ihnen nicht sagen, ich verkehre nicht in der Fremdenkolonie. Aber ich kann Sie mit einigen einheimischen Familien bekannt machen, und das ist mehr wert,

wenn man auch im Winter hier wohnt und wenn man eine Tochter hat.«

»Würden Sie das tun wollen?«

»Ja. Man dürfte sich allerdings darüber wundern, daß wir Sie zueinander sagen.«

»Abhilfe wäre möglich.«

»Ich glaube, wir sollten nicht mehr allzulange damit warten.«

Sie gingen also zum Du über, und Georg erinnerte sich des Rates, den Turgeniew ihm gegeben hatte. Er erzählte, was zu erzählen war, und schloß:

»Ich könnte den Jungen durch ein Telegramm auffordern, hierherzukommen, aber er ist vielleicht noch nicht reisefähig.«

»Fahre hin und sprich mit dem Arzt.«

»Ich kann nicht ins Lazarett gehn, ich schäme mich.«

»Soll ich dich begleiten? Ich sehe nach ihm, und du wartest solange in der Stadt.«

»Würdest du das tun wollen? Du siehst, es hat nicht lange gedauert, bis ich deine eigene Frage wiederholt habe.«

»Wann können wir fahren?«

»Es geht ein Zug gegen Mittag.«

24

»Ich hätte das schon gestern abend tun sollen«, sagte Georg nachdenklich, als sie im Zug saßen; »ein Neunzehnjähriger, dem man wegen Ehrlosigkeit den Stuhl vor die Tür setzt ...«

»Um Gottes willen, du fürchtest doch nicht ...«

»Daß Hanno zum Revolver greift? Wäre er nicht mein Sohn, so würde ich in aller Ruhe behaupten: es widerspricht von Grund aus seinem Charakter – und ich würde sogar hinzusetzen: Leider.«

»Wie kannst du das sagen?« rief sie empört aus. »Um ein paar Schulden willen sich so zu versündigen.«

»Es sind nicht die Schulden, es ist das gebrochene Ehrenwort, und es ist die Lüge, der Mangel an Mut, die Feigheit.«

»Er büßt dafür. Jedes Vergehen wird durch die Buße gesühnt; nur Männer in ihrem Unverstand bringen es fertig, sich damit nicht zufriedenzugeben.«

»Du vergißt, daß ich zwanzig Jahre lang Richter gewesen bin und etwas von den Menschen verstehe. Wenn du ihnen erklärst, daß mit der Buße die Rechnung aufgeht, erreichst du nur, daß sie noch gewissenloser werden. Wir sind also quitt, sagen sie. Die Strafe soll nicht nur vergelten, sie soll auch bessern und abschrecken.«

»Du verlangst zuviel auf einmal. In euren Gesetzen steht, wer das und das getan hat, zahlt soundsoviel – damit ist, ob ihr wollt oder nicht, die Verrechnung ausgesprochen. Die Abschreckung will ich gelten lassen; die Reue geht den Richter nichts an. Nur ein Pedant besteht auf dem, was er nicht erzwingen kann.«

»Also bin ich ein Pedant?«

»Ein wenig beamtenhaft scheinst du mir zu denken. Dafür bist du ein Deutscher.«

Er war beleidigt. Sie wollte ihm nicht schon am ersten Tage weh tun und lenkte ein:

»Was gedenkst du mit dem Jungen anzufangen?«

»Das ist eine neue Schwierigkeit. Er muß die Reifeprüfung nachholen, aber wir haben kein Gymnasium in Baden-Baden, die jungen Leute fahren nach Rastatt. Man kann nicht gut von Hanno verlangen, daß er sich mit Schulbüchern an einem Ort zeigt, wo er schon das Portepee trug.«

»Also wirst du ihn fortgeben müssen.«

»Oder zu Hause unterrichten lassen.«

Auf dem Weg zum Lazarett kamen Georg Bedenken. Er konnte nicht eine Frau vorschicken. Es war trotzdem gut, daß sie ihn begleitete, er wäre vielleicht heftig geworden. Während er am Tor verhandelte, sah er den Jungen in Zivil über den Hof kommen; der linke Arm lag in der Binde.

»Ich bin entlassen worden«, sagte Hanno in seiner Verlegenheit und musterte die unbekannte Begleiterin des Vaters.

»Nicht nur aus dem Lazarett, sondern auch aus dem Heer«, erwiderte Georg bitter.

»Du weißt?«

»Ja, ich weiß, und hier Frau von Wierssen, meine Kusine, weiß es auch.«

Hanno wurde rot:

»Es tut mir leid, gnädige Frau, daß Sie eine so schlechte Meinung von mir haben müssen.«
»Schwadroniere nicht«, verwies ihn der Vater.
»Ich habe weder eine schlechte noch eine gute Meinung von Ihnen«, sagte Hortense, »das wird sich alles ergeben, wenn ich Sie kennengelernt habe. Ich bin Ihre neue Hausgenossin, die das Erdgeschoß gemietet hat.«
»Ich habe nie von Ihnen gehört, darf ich das sagen?«
»Kein Wunder, ich lebte in Amerika.«
Er schaute sie interessiert an:
»Amerika – ich wollte meinem Vater vorschlagen, mich nach Amerika zu schicken.«
»Das sagen alle, die hierzulande nicht gut tun«, fiel Georg ein, »ich habe andere Pläne mit dir.«
»Können Sie Englisch?« fragte Hortense.
»Nein, aber Latein und Griechisch. Griechisch, denke ich mir, wird man drüben verwenden können«, erwiderte Hanno ironisch. »Soll ich mir wieder damit den Kopf vollpfropfen? Können Sie nicht ein Wort für mich einlegen, damit mir das erspart bleibt?«
Er war aufsässig. Die Schönheit seiner Züge machte sie betroffen. Es war eine leichtsinnige Schönheit – die Frauen würden ihm gefährlich werden, dachte sie.
Sie begleiteten ihn zu seinem Hause. Es lag an einem Plätzchen mit gelben Häusern und grünendem Laub. Die Katzenköpfe des Pflasters hallten von Sporen. Während Hanno mit Hilfe der Wirtin packte, führte Georg Hortense durch ein paar Gassen zum Schloß.
Gelb und Rot waren seine Farben – das ganze Städtchen war in ihnen gehalten. Es gab Straßen, die so still wie zur Residenzzeit dalagen. Die gleichmäßigen Fronten saugten die Sonne ein, um sie am Abend wieder auszustrahlen. Über den Mauern blühte der Flieder. Hanno stand schon vor der Tür, als sie zurückkehrten.
»Wenn es euch nichts ausmacht«, meinte er, »trage ich meinen Koffer selbst; ich hatte keine Lust, mich an einen der Burschen zu wenden.«
Für Georg war es kein angenehmer Gang; er schaute nicht auf Hanno, der vorangegangen war, drehte sich um und sagte:

»Da kommt Herr Strakonik mit seiner Virginia. Es würde Fragen geben, ich gehe auf die andere Seite.«
Der etwas untersetzte Herr mit der Virginia blieb überrascht stehen; man begrüßte sich.
»Herr Hauptmann Strakonik – meine Kusine, Frau Harald von Wierssen«, stellte Georg vor.
»Hauptmann a. D., gnädige Frau, schon seit ein paar Jahren – jetzt Kunstmaler und Baden-Badener Mitbürger«, sagte Strakonik.
»K. und K. Hauptmann«, erläuterte Georg, »als Rastatt noch Bundesfestung war, gehörte er zum österreichischen Kontingent.«
»K. K.«, meinte der Maler, »nichts ist so fein wie ein Unterschied. Wie gefallen Ihnen unsere Kasematten, Frau von Wierssen? Aber Sie wissen ja, wie es früher war, als Benazet nie in Verlegenheit kam, wenn er Tänzer brauchte: die österreichischen Offiziere standen immer zur Verfügung. Die Virginias sind verschwunden, und die Säbel rasseln anders – ich muß immer auf die Säbel sehen, es ist alles preußischer geworden. Nicht der letzte Reiz von Baden-Baden besteht darin, daß es keine Kasernen hat. Werden Sie längere Zeit bleiben?«
»Wenn ich mich mit meinem Hauswirt, Vetter Georg, vertrage, dauernd.«
»Ich verstehe: Sie sind die Dame, die bei ihm gemietet hat. Davon ließ er kein Wörtchen verlauten, offenbar, um uns zu überraschen. Aber ich werde erwartet – vielleicht sehen wir Sie bei uns? Wir empfangen jeden Sonntagnachmittag, ganz ungezwungen. Küsse die Hand – Servus, mein lieber Doktor, grüßen Sie den deutschen Rubin in französischer Fassung.«
»Was meinte er?« fragte Hortense.
»Damit wird er mich so lange necken, bis ich noch in Zorn gerate.«
»Ist Baden-Baden der Rubin, hast du das einmal gesagt?«
»Ja, in der Kammer.«
»Und du verlangtest, daß er neugefaßt werde?«
»So ähnlich. Das hat er sich nicht entgehen lassen, als Österreicher, der immer scherzen muß.«
In Baden-Baden gingen sie auf Hortenses Wunsch zu Fuß nach Hause.

Am Badischen Hof begannen die Bäume. In seinem Garten das Becken, aus dem heiße Dämpfe stiegen, glich noch immer einer Opferschale aus der Römerzeit.

»Wenn ich Bürgermeister wäre«, sagte Hanno, »würde ich eine Leitung von der Quellkammer bis zum Platz vor dem Bahnhof legen und einen Geiser von fünfzig Grad Wärme zwanzig Meter hoch aufsprühen lassen, damit die Fremden gleich sehen, was hier los ist.«

Auf der Promenade an der Oos hatte sich seit den Tagen ihres ersten Aufenthalts alles geändert. Oosarm und Insel waren verschwunden, große Hotels hatten sich eingeschoben. Die Gaskandelaber am Kurhaus brannten schon. Ziegeldach und Säulenportal bildeten einen Gegensatz, den ein großer Architekt gewagt und gewonnen hatte. Im Giebel stand das gesellige Wort Conversation; die Marx, die im rechten Flügel eine Buchhandlung betrieb, hatte anspruchsvollere Buchstaben gewählt.

Meßmer lag nicht mehr frei, die Franzosen hatten ein Theater aus hellem Sandstein vorgebaut. Das Palais am Anfang der Lichtentaler Allee gehörte nicht mehr Rothschild, sondern dem Rennklub. Gegenüber den schönen Bau des Englischen Hofes und das Palais Gagarin kannte sie, aber dann war alles neu: Rumpelmayer; die langgestreckte Front aus Holzarabesken, auf der »Bains Stéphanie« stand; das Landhaus daneben, von dem sich ein grüner Teppich zum Flüßchen senkte.

»Das ist die Villa Kalergis«, sagte Georg.

Hortense ging am nächsten Tag hin und erfuhr von der Verwalterin, daß weder Oberst Muchanow noch seine Frau so früh zu erwarten seien.

Es war noch Vorsaison. Einmal in der Woche gab das Karlsruher Theater ein Gastspiel; an den übrigen Tagen mußte man sich mit Konzerten des Kurorchesters begnügen. Da es abends noch zu kühl war, fanden sie im Innern statt. Das war etwas für Leute, die kein anderes Zuhause als das Hotelzimmer hatten. Aber Hortense wurde ein regelmäßiger Mittagsgast des Konversationshauses.

Wenn sie die deutschen und englischen Zeitungen im Lesezimmer durchblättert hatte, setzte sie sich draußen auf einen Stuhl und ward des Schauspiels nicht müde. Die Monate im Seebad ausgenommen, hatte sie die lieben Mitmenschen oder wenigstens den weiblichen Teil nie anders als in Krinoline oder Turnüre gesehen. Die Hälfte der Männer, die eine Feder führen konnten, schrieb dagegen, Theodor Vischer voran. Aber es war eine kleidsame und wohltätige Tracht; entgingen einem die schönen Beine, so brauchte man dafür die häßlichen nicht zu sehn, wie Herr Strakonik feststellte, der gleich ihr ein Liebhaber dieser eleganten Promenade war und sich manchmal zu ihr setzte.

»Mit dem Cul de Paris kann man nicht in die Berge gehn, es ist wahr«, sagte er, »aber immerhin bis zum Alleehaus oder sogar bis Lichtental, auf dem schönsten Stück Talsohle der Welt, und mich befriedigt es im tiefsten, daß die Frauen es nicht eilig haben, sondern sich Zeit nehmen und wandeln. Was soll ein Sonnenschirm dem, der sich erhitzen will?« Und Sonnenschirme, lässig gehalten, entzückten ihn, der die Gelassenheit liebte.

Nicht Georg, der gleich in der zweiten Woche nach Freiburg fuhr, um dem Erzbischof an seinem vierundneunzigsten Geburtstag zu huldigen, machte sie mit Turgeniew bekannt, sondern Strakonik. Der Dichter ließ sich nicht gern auf dieser Terrasse der Eitelkeit sehen, wie er sich ausdrückte. Die russischen Landsleute verfolgten ihn nicht nur mit ihrer Neugier, sondern auch mit ihren Vorwürfen: man wußte schon, daß er sie in einem Roman, der drüben im Hôtel d'Europa spielte, gezeichnet hatte.

Hortense fragte ihn, ob er Karkoff kenne.

»Nicht persönlich«, erwiderte er, »aber aus Aufsätzen. Er ist mir zu mystisch, ein wenig erinnert er an einen anderen unserer Schriftsteller, Dostojewskij, der im Augenblick in Dresden wohnt. Für beide bin ich ein Westler, das ist ein Schimpfwort im Munde des echten Russen.«

Man braucht nur den Stuhl zu wenden, um den Grundgedanken des Weinbrennerbaus zu begreifen: er hatte mit seiner klaren, geraden Front im Tal einen Gegenspieler – den Aufbau der Altstadt, die sich mit Kaminen und Dächern um das Schloß zusammendrängte, und darüber die Wälder, die von Basaltschroffen durchbrochen wurden. Von der Fahne auf den Ruinen der alten Zähringerburg bis zu der Paßhöhe, die ins Burgtal führte, lag der Wald im lila Schleier des Frühlings. Der Schleier war so zart, daß er den Schatten, den die Wolken

warfen, nicht hinderte, dort eine Stelle, hier eine andere dunkelgrün zu färben.
Inzwischen hatte Strakonik sein Skizzenbuch hervorgeholt und zeichnete den Kiosk der Musiker, zum hundertstenmal, mit der gesenkten Kopfhaltung der Künstler und dem eigentümlichen Blick, der von unten nach oben geht. Er war verliebt in den Zwölfsäulenbaldachin auf niederer Mauerung, die von einem Kreis von Blumen verborgen wurde und ein Filigran aus geschnitztem Holzwerk trug. Oben wiederholte sich das Rund in einem Kranz von Kugeln für das weiße Glas.
Zwischen drei oder vier der Säulchen waren gestreifte Markisen halb herabgezogen.
»Wer hat das entworfen?« fragte ihn Hortense.
»Séchon, ein Pariser Architekt. Aber es handelt sich nicht um eine architektonische Leistung; sagen wir also Séchon, ein Pariser – wie man vielleicht in der Antike sagte: Lysias, ein Milesier, und damit einen Mann meinte, der durch eine Kleinigkeit aus dem Geiste des Heiteren schaffen konnte.«
Hortense begann zu verstehen, daß sie sich in das Bereich einer Welt begeben hatte, die dem Süden näher als dem Norden lag. Fern waren Ostsee, bleiche Nächte und eine Natur, in der man ganz vom Menschen absehn konnte. »Sie werden viel Schönes in Baden-Baden finden«, fuhr Strakonik fort, »und fast immer ist es von Franzosen gebaut worden, den einen Weinbrenner und gelegentlich Stadelhofer ausgenommen, die ebenfalls romanisch dachten. Sie kennen doch Paris?«
»Eigentlich nur als ein Ausgrabungsfeld hinter Gerüsten und Verschlägen.«
»Haußmann ist inzwischen einigermaßen fertig geworden. Sie wissen, daß man dort eine Weltausstellung macht? Sie sollten die Gelegenheit benützen. Ich habe mir die Preise notiert, für sechsunddreißig Gulden können Sie hin- und zurückfahren. Auch Wierssen würde es nichts schaden, den bösen Nachbarn als Gastgeber kennenzulernen.«

25

Georg brachte aus Freiburg einen Kaplan mit, einen streitbaren Herrn, der einige Tage sein Gast war; dann fuhr er mit ihm nach Karlsruhe und nahm seinen Sitz in der zweiten Kammer ein. Hortense hörte ihren Gesprächen zu; sie erregten sich über ein Gesetz, das die Regierung vorbereitete, um die Ausbildung der künftigen Pfarrer neu zu regeln.

Sie erzählten von den Tagen, in denen der schon damals bejahrte Erzbischof verhaftet worden war, weil er seine Geistlichen zum Ungehorsam aufgefordert hatte. Ein politischer Kaplan schien ihr ein Widerspruch zu sein; sie fand, daß Georg ihr vor der Reise besser gefallen habe. In der stillen Woche, die der Abreise der beiden Männer folgte, trug sie die Verantwortung für Hanno. Ein Philologe in jüngeren Jahren namens Mathy, der nach einem Unfall seinen Abschied genommen hatte, unterrichtete ihn. Am Vormittag kam er ins Haus; nachmittags mußte Hanno zu ihm nach Lichtental gehen.

Mittelgroß und gewandt, hätte er für einen Südländer gelten können. Aber sie fand, daß er das Haar unvorteilhaft trug: es bildete eine kurze borstige Schur. Der Mund war scharf gezeichnet und doch zart. Die zusammengepreßten Winkel verrieten, daß der Körper mit Schmerzen vertraut war. Sie hörte seine Stimme oft durch die Decke, er mochte kein bequemer Lehrer sein.

»Wenn er die Hälfte der Energie, die er an mich verschwendet, bei seiner Frau eingesetzt hätte, wäre sie ihm nicht durchgegangen«, sagte Hanno und grinste, als er sah, daß sie darüber mehr hören wollte; die Frauen waren doch alle gleich.

»Ich weiß nur«, erklärte er, »daß es eine rassige Person war, die ihn mit seinen Büchern und seinem Flügel allein ließ, als er sich nach dem Unglück auf der Eisenbahn von allem zurückzog. Du mußt Vater fragen, der hat die Geschichte mitgemacht und ihm abgeraten, sich mit der jungen Frau in der Einsamkeit zu vergraben. Aber wenn Mathy sich etwas in seinen Bauernschädel gesetzt hat, kann man nichts machen.«

»Wieso Bauernschädel?« fragte sie; stammte Mathy von Bauern ab?
»Aber mächtig«, erwiderte er, »die Mutter läuft noch in der Tracht herum.«
Es hatte keinen Zweck, ihm seinen herabsetzenden Ton vorzuhalten. Da sie wußte, daß Georg den Professor öfter zu Tisch geladen hatte, bat sie ihn eines Tages, zu bleiben. Hanno, der sich als Hausherr fühlte, hob das Glas und machte ihm ein Kompliment. Das Famose an seinem Unterricht sei, daß er ihn nicht mit dem Geist der Griechen und den anderen beliebten Sentimentalitäten plage, sondern nichts verlange, als daß er recht und schlecht seine tägliche Portion Wissensstoff zu sich nehme.
Mathy schaute ihn kurz an und sagte:
»Das würde ich sogar dann tun, wenn der Schüler begabt genug wäre, um jene Sentimentalitäten, wie Sie sich ausdrükken, zu begreifen.«
Hanno bekam einen roten Kopf:
»Das verstehe ich nicht«, meinte er.
»Weil Sie nicht der geringsten Askese fähig sind, Ihrer katholischen Abstammung zum Trotz.«
»Seit wann muß man asketisch sein, um etwas zu erreichen?«
»Seit jeher. Wer lernt, um der Sache selbst nahezukommen, unterwirft sich dem Stoff und weiß, daß es einen Sinn hat, Tag um Tag demütig zu dienen.«
»Das ist mir zu hoch.«
»Niemand verlangt, daß Sie danach greifen«, erwiderte Mathy; die Ruhe, mit der er es sagte, gefiel Hortense.
Nach Tisch bat er sie, ihren Flügel versuchen zu dürfen. An der Art, wie er den Kopf schräg stellte und die Töne abwog, merkte sie, daß er ein empfindliches Gehör hatte. Seine Hände waren klein und schön geschnitten.
Er durfte eine Zigarette rauchen und erzählte ihr, daß er an einer Darstellung Liszts arbeite, der jüngst in Rom die Weihen erhalten und sich von seinen Triumphen zurückgezogen hatte; das gestatte, meinte er, den ersten Rückblick auf ein Leben.
Auch aus inneren Gründen lasse diese Arbeit sich rechtfertigen; ein wenig laufe Liszt Gefahr, das Schicksal zu erleiden,

das Wagner, Berlioz, Schumann und manchen anderen Wegbereiter der neuen Musik ereilt habe, überflügelt zu werden.

Da sie sich von Liszt, den sie in London gehört hatte, angezogen fühlte, schlug Mathy ihr vor, Hanno zu begleiten; der junge Mann habe nur schriftliche Arbeiten zu erledigen; in der Zwischenzeit könnten sie sich über den Musiker unterhalten.

Sein Häuschen stand auf einer Anhöhe hinter dem protestantischen Friedhof von Lichtental, auf dem viele englische Gräber lagen.

Es war ein Holzhaus inmitten eines aufgemauerten Gartens. Die Fenster standen offen, der Blick ging auf eine geordnete Wildnis von Grün. Im Dach nisteten Schwalben, der Friedhof war ein jubelnder Amselhain.

Die Wände waren mit Büchern zugedeckt, auf dem Tisch lag das Manuskript, auf dem Flügel stand die Partitur der »Graner Messe«.

»Am liebsten«, sagte Hortense, »würde ich etwas über diesen Entschluß, die Weihen zu empfangen, von Ihnen hören. Wie lebt er – in einer Zelle, ist er für die Welt verloren?«

»Er kann reisen und weltliche Kleidung anziehn, die Kirche ist großzügig. Aber er bewohnt in der Tat für gewöhnlich eine Zelle, bald in diesem, bald in jenem Kloster. Und die Frau, die Anlaß war, daß er eine an sich sehr alte Neigung verwirklichte, lebt in einer anderen Zelle, wo sie ein theologisches Buch nach dem anderen schreibt.«

»Eine russische Fürstin, nicht wahr?«

»Deutsche, Polin, Russin, wie immer in diesen Kreisen. Als Liszt in Kiew spielte, lernte er sie kennen, sie nahm ihn auf ihr Gut mit. Sie folgte ihm nach Weimar und lebte mit ihm auf der Altenburg zusammen. Fünfzehn Jahre lang betrieb sie ihre Scheidung – ohne Erfolg, der Zar wollte nicht, der Papst auch nicht. Endlich, eines Tages, konnte sie ihm aus Rom telegrafieren, daß alle Hindernisse überwunden seien. Er kam an, die Hochzeit wurde festgesetzt – spät in der Nacht schellte es: Nachricht des Konsistoriums, daß der ganze Prozeß noch einmal aufgerollt werden müsse, weil einem Kardinal Bedenken gekommen seien.«

»Und?«

»Sie beschlossen, in dem neuen Hindernis den Willen des Schicksals zu erkennen. Sie widerstrebten nicht mehr – ein christlicher und heidnischer Gehorsam in einem. Können Sie verstehn? Nicht jeder versteht ihn.«
Er schaute sie gespannt an. Erwartete er, daß sie so dramatisch antwortete, wie er gesprochen hatte? Sie fühlte wohl, daß er diesen Entschluß Liszts bewunderte. Es war ein asketischer Entschluß, und die Bemerkung fiel ihr ein, die er zu Hanno gemacht hatte. Aber sie konnte doch nicht aufspringen und »Herrlich, ungeheuer« rufen.
»Es hat etwas Großartiges, daß das noch in diesem Jahrhundert möglich ist«, erwiderte sie und hörte ihn, nicht ohne Verwunderung, enthusiastisch sagen:
»Sehen Sie. Sie haben das richtige Wort gebraucht: dieses Jahrhundert. Das Jahrhundert der Emporkömmlinge, der Materiellen, der Seelenlosen, die die Maschinen für sich arbeiten lassen.«
Sie hatte an dem Badischen, das man hier sprach, nach so langen Jahren keinen Gefallen mehr gefunden. Es war ein ausgelaugtes Badisch, zum Gebrauch für Menschen, die bloß noch Diener, Lakaien und Lieferanten von Fremden waren. Auch Mathy sprach badisch, in seinem Mund hatte es noch Kraft und Eigenwillen.
Mathy entschuldigte sich; er mußte nachsehen, was Hanno trieb. Dann zeigte er ihr, am Flügel sitzend, wie unbekümmert Wagner aus Liszt geschöpft hatte. Das Rhapsodische, die Erweiterung der Ausdrucksmittel, der Mut zu Wagnissen, die den klassischen Ohren unkünstlerisch klingen mußten – das alles war schon bei Liszt ausgebildet, den man nicht nur als Virtuosen, sondern als schöpferischen Musiker auffassen mußte. Und als einen Charakter von prachtvoller Uneigennützigkeit.
Die Todsünde aller Künstler, der Neid, war ihm unbekannt. Er hatte für Wagner alles getan, für Bülow fast ebensoviel, und selbst jetzt, wo seine Tochter Cosima den armen Bülow an die Lästermäuler auslieferte, stand er zu Wagner. Seelengröße besaß nur, wer wie Liszt verzichten konnte, und das »Alles ist eitel« durfte nur aussprechen, wer religiös war. Der Virtuose, der ins Kloster ging, welche Belastungsprobe.
Das Jahrhundert, sagte sie lebhaft, war nicht so hoffnungslos,

wie er zu glauben schien. Es war auch das der Musik. Kleines Format hatte keiner von denen, die ihr dienten. Sie dachte nicht nur an die schöpferischen Musiker, sondern auch an die ausübenden und die Trabanten um die Sonnen:

»Die Gräfin d'Agoult«, zählte sie auf, »die Fürstin Wittgenstein, Cosima – das sind überbürgerliche Frauen. Jenny Lind, die das Geld für Waisenhäuser zusammensang, sah in ihrer Stimme ein von Gott verliehenes Pfand. Aglaia Orgeni strahlte vor heiligem Ernst und Willenskraft. Clara Schumann, die ich nicht kenne, scheint viel von dieser beschwingten Energie zu besitzen. Frau von Pacher hatte sie auf ihre Weise, sie befruchtete eine ganze Stadt, und Madame Kalergis' Großzügigkeit war hinreißend.«

»Das sind ja alles Frauen«, gab er zu bedenken.

»Ich glaube nicht, daß es ein Zufall ist«, erwiderte sie. »Die Liebe ausgenommen, begegnen Sie der genialen Frau nur in der Musik.«

»Und die Sand? Und Katharina? Besaßen sie nicht Großzügigkeit, Energie und Mut?«

»Streiten wir nicht.«

»Nein, streiten wir nicht. Ergänzen wir Ihre Liste noch um die eine Frau, die unbedingt dazu gehört. Vielleicht können Sie sie hier kennenlernen.«

»Wen meinen Sie?« fragte Hortense.

»Pauline Viardot.«

»Sie ist schwer zugänglich?«

»Wenn man nicht König ist, muß man Musiker von Rang sein, um Zutritt zu erlangen.«

»Kennen Sie sie?«

»Da ich nicht Musiker von Rang bin, nein. Aber ich wohnte, bevor ich dieses Haus bezog, mit Fräulein Orgeni in einer Pension, und es war ein Genuß, sie von Madame Viardot sprechen zu hören. Als sie aus München kam, hatte sie schon einen Namen. Die Viardot, die eine erbarmungslose Lehrerin ist, machte sie ganz klein. Schritt für Schritt, Monat um Monat fanden sie zusammen, beruflich und menschlich. Die Viardot hat etwas Antikes. Sie eine halbe Medea zu nennen klingt besser, als ihr nachzusagen, daß sie ein Mannweib oder gar ein Husar sei.«

Auf dem Heimweg kam Hortense am Klostergarten vor-

bei; Schwestern mit weißen Hauben und blauen Schürzen arbeiteten darin. Davon hatte sie einmal in New York geträumt. Auch das Glöckchen, das zur Vesper rief, fehlte nicht.
Lichtental war völlig ländlich. Kein Spaziergang wurde ihr lieber als dieser. An den nächsten Nachmittagen holte sie Hanno regelmäßig ab. Als sie einen ausfallen ließ, sagte Mathy:
»Gestern war ich sehr enttäuscht, als Sie nicht kamen.«
»Ich hatte Turgeniew zum Tee bei mir. Ich fragte ihn, ob es möglich sei, Frau Viardot kennenzulernen. Er verwies mich auf ihre Matineen.«
»Die berühmten Sonntagsmatineen von drei bis fünf. Sie werden mich aus dem Auge verlieren; auch andere laden zu musikalischen Veranstaltungen ein – Sie werden keine Zeit mehr für mich haben.«
Warum sagte er das? Warum überließ er es nicht ihr, den Zauber seines versponnenen Häuschens zu spüren und den Weg zu ihm auf ihre Weise zu finden? Sie ging nicht mehr nach Lichtental und gab ihm die Notenhefte zurück, die er ihr geliehen hatte. Sie fühlte, daß sie ihm weh tat, sie konnte es nicht ändern.
Als Georg zurückgekehrt war, suchte er einige seiner Bekannten aus, um Hortense bei ihnen einzuführen. Nachdem sie bei der Frau Domänenrat und der Frau Forsttaxator in der guten Stube auf den mit Schonern überzogenen Möbeln gesessen hatte, bat sie ihn, sich weiter keine Mühe zu geben. Durch den Umgang mit Rainer war sie für den Mittelstand hoffnungslos verloren.
»Du bist anspruchsvoll«, sagte Georg, »und Mathy hält dich für hochmütig.«
»Ist das nur eine Vermutung, oder hat er den Ausdruck direkt gebraucht?«
»Direkt und ungeschminkt. Es ist seine Art. Entweder ist man für ihn oder gegen ihn. Er selbst ist entweder für oder gegen etwas.«
»Das klingt sehr gut, aber es macht mich mißtrauisch. Es dauert lange, bis ich weiß, ob ich für oder gegen etwas bin. Daß er es selber auf der Stelle weiß, mag hingehn. Aber von anderen verlangen, daß sie ebenso rasch sich entscheiden,

verrät Schroffheit. Ich habe ein paar Tage gebraucht, um das herauszubekommen; in dieser Zeit bin ich wohl zu freundlich zu ihm gewesen.«

»Du hast viel Schlimmeres angestellt. Mit seinen Worten: Du warst im Begriff, ihm den Glauben an die Frauen zurückzugeben, und hast nicht durchgehalten.«

»Man ist nicht da, um die Weltanschauung anderer zu stützen«, erwiderte sie ablehnend, »nur ein Kleinbürger teilt den Menschen moralische Schulaufgaben zu. Wie kommt es übrigens, daß du ihm erlaubst, so offen über mich zu sprechen? Seid ihr so gute Freunde?«

»Obwohl er acht Jahre jünger ist, die besten.«

»Das wußte ich nicht.«

»Du siehst ihn ganz einseitig und begehst denselben Fehler, den du ihm vorwirfst: du nimmst dir keine Zeit, ihn kennenzulernen. Er stammt vom Land, aus kleinen, aber charaktervollen Verhältnissen, arbeitete sich hinauf, war begabt und durfte an einen Lehrstuhl denken. Um Frauen kümmerte er sich nicht, bis eine geschiedene seinen Weg kreuzte. Um heiraten zu können, kehrte er zum Schuldienst zurück, verlor Gesundheit und Frau und verbraucht nun die Hälfte seiner Energie, um sich gegen die schlimmen Gedanken zu behaupten.«

»Was fehlt ihm?«

»Gesundheitlich? Es handelt sich um einen Nervenschock und eine Verletzung von Muskeln oder Muskelnerven – ich weiß nicht mehr, als daß eine dauernde Erregbarkeit und chronische Schmerzen zurückgeblieben sind. Statt sich ausheilen zu lassen oder es wenigstens immer wieder zu versuchen, nimmt er sie stoisch hin und behauptet, Schmerz sei ein gottgewolltes Mittel der Vertiefung.«

An diesem Nachmittag ging Hanno nicht zu Mathy; dafür schlug Hortense den Weg nach Lichtental ein. Aus irgendeinem Grund, über den sie sich keine Rechenschaft gab, war es ihr unangenehm, die Klingelschnur zu ziehn. Sie umschritt die vordere Seite. Zum Arbeitszimmer führten ein paar Stufen, darauf lag das Kätzchen und neben ihm eine kleine Bürste und ein Kamm mit weiten Zähnen.

»Wirst du wie ein Hund gestriegelt?« fragte sie, ließ sich

nieder und war neugierig zu sehn, ob das Tier sich bürsten ließe. Es begann zu schnurren, streckte die Pfoten aus und zog die Krallen wohlig zusammen.
»Sie nehmen mir die Arbeit ab, gnädige Frau«, sagte hinter ihr Mathy.
»Guten Tag, Professor«, erwiderte sie; »Sie sehen, ich mache Ihnen einen Besuch und bitte, wenn Sie nichts Besseres zu tun haben, um eine Tasse Tee. Das Gebäck habe ich mitgebracht, auch Mieze soll ihren Anteil erhalten.«
»Sie haben Wierssen zu Hause gelassen?«
Sie lachte über so viel Mangel an Galanterie und sagte: »Im ›Sun‹ stand heute, eines nicht mehr fernen Tages werde man so weit sein, von einem Haus zum andern zu sprechen. Schade, daß wir diese Erfindung noch nicht haben, ich würde auf der Stelle Georg herbeirufen. Sie müssen mit mir vorliebnehmen oder mich fortschicken – Sie Mann des Entweder-Oder.«
»Das klingt nach Wierssen. Stimmt es?«
»Ja.«
»Was hat er gesagt?«
»Daß ich Sie falsch beurteile, daß ich keine Geduld habe, daß ich im Unrecht bin.«
»Und Sie haben sich sofort auf den Weg gemacht?«
»Freiwillig, um Sie um eine Tasse Tee zu bitten, wie schon erwähnt. Für den Fall, daß Sie keinen im Hause haben, brachte ich ein Päckchen mit. Zucker, nehme ich an, besitzen Sie.«
»Tee, Zucker, Geschirr und eine eingerichtete Küche dazu.«
»Keine Köchin?«
»Bei meiner kargen Pension? Nein, nur eine Zugeherin.«
»Wo essen Sie?«
»Mittags drüben im ›Bären‹, abends hier.«
»Und nachts haben Sie die Nachbarschaft des Friedhofs. Stört es Sie?«
»Nichts stört mich, was mit dem Tode zu tun hat. Würde es Sie stören?«
»Ich habe mein besonderes Verhältnis zum Tode«, erwiderte sie, »wie soll ich mich ausdrücken? Es ist so, als bringe er sich mir nicht direkt in Erinnerung, wohl aber indirekt: er hat mir

noch jeden genommen, mit dem ich enger befreundet war; genauer gesagt, jeden männlichen Freund.«
»Ich würde mich nicht abschrecken lassen.«
»Ich fürchte, unser Tee wird nie gekocht werden, wenn ich es nicht tue. Wollen Sie es mir überlassen, ihn zuzubereiten?«
»Wenn ich das Feuer anmachen darf.«
Es zeigte sich, daß er es nur anzuzünden brauchte; die Zugeherin hatte schon Reisig angehäuft und ein paar Scheite daneben gelegt. Sie schaute seinen Fingern zu. Nie hatte sie eine so schöne Hand gesehen – schlanke, nervige Künstlerhände, dachte sie, die seinem kräftigen und doch feingeschwungenen Mund entsprachen. Sie war große Männer gewohnt und hatte immer geglaubt, ein Mann, der auch als Herr auftreten könne, dürfe nicht klein sein. Was hatte Energie mit Gardemaß zu tun? fragte sie sich und lächelte vor sich hin.
Aber beim Tee geriet die Unterhaltung ins Stocken. Sie erinnerte sich eines Rates, den man dem jungen Mädchen gegeben hatte: Wenn du mit jemand zusammen bist und nicht weißt, was du mit ihm sprechen sollst, so überlege, was andere über ihn gesagt haben, und es wird dir etwas einfallen.
»Georg hat mir erzählt, daß Sie Vorträge halten?« sagte sie.
»Im Winter, ja; wenn unser Weltbad für vier, fünf Monate mit seinen achttausend Einwohnern wieder zum Weltdorf geworden ist.«
»Werden Sie auch in diesem Winter sprechen?«
»Das weiß ich noch nicht. Ich fürchte, daß die Fragen, die mich im Augenblick beschäftigen, den Badenern nichts sagen. Es sind Geschäftsleute. Nehmen Sie an, ich spräche über das Risiko als Element des Lebens, so würden sie kommen und irgend etwas Amerikanisches erwarten, im Stile Barnums, der eben mit diesem Thema England bereist und den Leuten erzählt, wie sie ohne Risiko reich werden können.«

26

Sie ging versonnen nach Hause. Mathy hatte ihr die Abhandlung über Liszt mitgegeben. Für jemand, der den Glauben an die Frauen verloren hatte, war er entgegenkommend gewesen.

Das Asketische und Stoische beschäftigten ihn – aber wie vertrug sich das mit der Lehre vom Risiko? Wer das Risiko bejahte, war wagemutig, nicht wahr, Herr Professor? Irgendwie vertrug es sich doch, fühlte sie. Wenn er ihr Zeit ließ, fand sie es heraus.

Männer liebten es, Ideen zu haben, von denen die Frauen nicht soviel wie sie hielten. Aber wenn man die Freundschaft eines Mannes suchte, durfte man seine Ideen nicht geringschätzig behandeln. Sie hatten von Lassalle gesprochen, der um dieser hübschen, rotblonden Dönniges willen erschossen worden war. Temperament hatte er gehabt, und von seinen Ideen konnte man ihn nicht trennen. Nach dem Tode Rainers hatte sie sich bisweilen gefragt, wie der Mann aussehen müsse, der ihr Interesse abgewinnen könne, und Mathy war der letzte gewesen, an den sie gedacht hätte – ein Lehrer, wenn er auch Professor war. Daß er Lehrer war, hatte sie kritisch gemacht; ein Lehrer war jemand, der nur weitergab, was andere gedacht hatten. Keine sechs Stunden waren vergangen, seitdem sie zu Georg gesagt hatte: »Ich mag Mathy nicht«, und jetzt blätterte sie noch im Gehen in dem Manuskript, um befriedigt festzustellen, daß es nicht eine dieser Abhandlungen war, worin sich einer einem anderen unterordnete. War sie ehrgeizig für ihn? Aber wenn man ehrgeizig für einen Mann war, dann – sie begriff es nicht, sie begriff nicht, was in ihr vorging. Sie konnte nur darüber staunen, daß das alles dem Willen entzogen war, daß man so von einer Minute zur anderen das Steuer herumwerfen konnte. Zuschauer seiner selbst.

Eine unbändige Lust überkam sie, von den Blättern eine Abschrift für ihn zu machen. Durch jenen Hauslehrer, der sich nach Amerika verbannt hatte, wußte sie, wie wichtig es war, nicht auf die eine Urschrift angewiesen zu sein.

Sie ging zum Bücherschrank. Neben der Danteübersetzung des Königs Johann stand ein Band, den ihr Rainer geschickt hatte, rotes, festes Marokkoleder, wunderbares Papier und im übrigen leer, als Tagebuch gedacht und mit dem Wierssenschen Wappen versehen.

Sie hielt es voller Zweifel in der Hand, war es recht, dieses Andenken fortzuschenken? Ich bin erregt, man sollte nicht im Affekt handeln, dachte sie und beschloß, bis zum nächsten Tag zu warten. Sie erwachte früh, im Amselschlag, der das Tal durchhallte, und sann dem Neuen nach. Raimund war der Vorname Mathys; seine bäurische Mutter hatte eine romantische Ader gehabt. Raimund und Rainer – sie war toll mit ihren neununddreißig Jahren. Aber das Wort verfolgte sie, Mund war darin, wenn auch nur mit Hilfe einer gewaltsamen Etymologie. Und der Mund war das Schönste in seinem Gesicht, scharfgeschnitten und doch zart.

Die Augen? Sie konnte sich nicht auf die Farbe besinnen, aber sie sah den sprühenden Ausdruck, als sich, als würde eine Bühnenszene gespielt, Rede und Antwort folgten. Herr Professor, wenn man Sie in Wallung bringt, verwandelt sich Ihr Gesicht; es ist doch Lebensmut in Ihnen – dem nichts fehlt als die Feinde, ohne die ein Mann nicht leben kann. Auch die Liebe fehlt Ihnen, dafür können Sie nichts, und von ihr zu sprechen ist zu früh.

Sie sprang auf; als die Masseuse kam, hatte sie schon ein Kapitel der Abhandlung in das Saffianbuch übertragen. Sie legte sich nieder, die Daumen der robusten Frau kneteten ihr Fleisch, das gelobt wurde, weil es zum Geschäft gehörte, und das Ohr vernahm das Neueste aus Baden-Baden. Auch das gehörte dazu, und weil es dazu gehörte, nahm man es hin. Es war durchaus nicht interessant. Man kannte die Namen nicht, man vernahm Märchen, die freilich nicht für Kinder waren. Mustapha Pascha, Baron Montgascon und Fürst Kotschubey waren die ärgsten Hähne im großen Hühnerhof der Fremdenstadt.

Der Mai ging zu Ende; die Magnolien hatten abgeblüht, aber ihre Schönheit folgte Hortense bis in den Schlaf. Ein blätterloser Busch mit Knospen, die kurz vor der Entfaltung standen, glich einem Schwarm von Vögeln, die im nächsten Augenblick aufrauschend sich in die Lüfte schwingen werden.

Zwischen Alleehaus und Oos traf man sie als Bäume, die

ohne jeden Zusatz von Rot blühten. Sie waren eher gelb als weiß, sie brannten still wie Wachsflammen an einem Katafalk.

Unter den Tagen um die Monatswende verbarg sich der, an dem das Wachstum der Blätter zum Stillstand kam. In der Fülle, die ihnen die Form zu nehmen drohte, war etwas Wildes fast; die Gärtner beginnen zu binden und zu schneiden.

Die Ausblicke hatten sich geändert. Von Montebello, über der Lichtentaler Straße, wo die Orgeni untergebracht gewesen war, hatte man einen Blick ins Tiergartental gehabt, vom Hause Menschikow bis zu dem neuen Turgeniews. Jetzt waren beide verschwunden. Auf der oberen Beutigstraße, die zur Yburg führte, war einer der schönsten Blicke ins besiedelte Tal und zu den Hängen am Merkur. Aber wenn man die Häuser ums Zehnfache vermehrt hätte, die Natur würde sie mühelos in ihren Arm gebettet haben. Sie war die Große Mutter, und kein Name paßte zum Staufen drüben schlechter als der des Merkurs. Nach Demeter, meinte Mathy, hätte er heißen müssen, in dieser gebärenden Landschaft, die schon einmal mit Landhäusern, Gärten und Bädern übersät gewesen war, zur Zeit der römischen Kaiser. Eine helle, schön gezeichnete Natur war die einzige lebende Erinnerung an sie, wenn man nicht Kirschen und Reben dazurechnen wollte.

Georg hielt sich an die Bäume, die in neuer Zeit die Gärtner der Fremden nach Baden-Baden verpflanzt hatten. Ein Gang an der Oos war beinahe einer durch den Jardin des Plantes. Die Tulpenbäume blühten am frühesten, die Trompetenbäume am spätesten. Götterbaum und Christusdorn gehörten zu den Eschen, die waren nordamerikanische Landsleute wie der Amberbaum. Die Araukarien überwinterten, Zedern standen am Libanon nicht herrlicher. Mammutbäume wechselten mit überschlanken hängenden Buchen, die nachts Gespenstern aus dem Riesenlande glichen, und der Ginkgo biloba, dessen Name wie der eines Zigeunerprimas klang, war ein Rätsel: das weibliche Exemplar trug Früchte, obwohl weit und breit kein männliches stand.

Mit dem Juni begann die Saison. Die Listen im Badeblatt wurden länger; am dritten las Hortense: »S. Moukhanoff, Oberst aus Rußland, mit Frau und Gefolge, Schillerstr. 4.«

Sie wartete einige Tage, dann fragte sie in einem Briefchen an, ob Frau Muchanow sich Heiligendamms und ihrer erinnere. Ein Lakai brachte die Antwort. An den kurzsichtigen Augen erkannte sie in der leidenden Frau die Kalergis von ehemals. Stärker als bei Mathy war die Furche in den Mundwinkeln. Durch Turgeniew war Hortense ein wenig unterrichtet. Der Oberst vergötterte seine Frau, aber er war Polizeimeister von Warschau gewesen. Sie stand mehr als je zwischen den Völkern. Nach dem unglücklichen polnischen Aufstand war sie in eine so tiefe Melancholie verfallen, daß man sie nach der Illenau gebracht hatte – es war nicht viel mehr als eine Irrenanstalt.
»Meine liebe Frau von Wierssen«, sagte sie, »ich bin nicht mehr das, was ich war, ich bin nur noch eine Ruine. Verunglückte Kuren in Aachen, nach denen man mich wie einen Koffer in den Wagen trug, bessere in Oeynhausen, zermürbende Aufenthalte in Warschau, neue Kuren in Deutschland – das ist das Leben, das ich führe. Nach Baden-Baden sind wir gekommen, weil nächste Woche der Zar hier eintreffen wird. Nachher geht es gleich wieder nach Oeynhausen und Warschau.«
Sie bat Hortense, ihr auf einer Spazierfahrt Gesellschaft zu leisten. Sie fuhren nach Geroldsau zu den Wasserfällen und kehrten auf demselben Wege zurück. So berührten sie zweimal Lichtental, und auf der Heimfahrt überholten sie ein Paar; es war Turgeniew mit einer Dame.
»Die Viardot«, sagte Frau Muchanow und ließ halten.
Hortense hatte sie schon an der Haltung erkannt. Das mußte die »Königliche« sein, wie Turgeniew seine Freundin nannte. Das Gesicht mit den großen Flächen war nicht schön, aber so ungewöhnlich, daß man nach einem Gleichnis suchte: zurückgeworfen, mit leichtgeöffnetem Mund und leichtschielenden Augen, erinnerte es an eine pathetische Maske der alten Tragödie. Auch die Allongeperücken Racines hätten zu ihm gepaßt.
Die Damen tauschten Höflichkeiten aus, Frau Kalergis belebte sich. »In dem Augenblick, in dem ich Sie sah«, sagte sie, »überfiel mich die Sehnsucht nach den alten schönen Badener Tagen. Wie wunderbar still waren die Abende bei Ihnen im Tiergarten, man glaubte sich eine Tagereise weit vom Lärm

in den Spiel- und Ballsälen. Ich sehe noch den großen runden Tisch: jeder beschäftigte sich, wie er wollte, die Mädchen mit Handarbeiten, Turgeniew las vor, Herr Viardot schwieg wie immer, Sie gingen Ihre Bücher durch, der Hausarzt bewunderte Fräulein Aglaia, und ich legte Patiencen.«

»Das ist alles noch, wie es war«, erwiderte Frau Viardot, »nur Aglaé fehlt und Sie. Kommen Sie doch heute abend.«

»Ich vertrage die Nachtluft nicht mehr, um neun liege ich schon mit Katzenfellen und Decken eingepackt.«

»Dann an einem der Nachmittage. Auch Sie, Madame«, wandte sie sich mit einem prüfenden Blick an Hortense, »sind mir willkommen. Herr von Turgeniew ist Ihnen sehr zugetan, und die Freunde meiner Freunde – Sie kennen unser französisches Sprichwort.«

Die Damen stiegen wieder ein und verabredeten, am nächsten Tag den Besuch zu machen. Am heutigen ging Hortense wieder zu Mathy hinaus.

»Was für ein großes Paket«, sagte er, »haben Sie diesmal eine Torte mitgebracht?«

»Seit die Welt geschaffen wurde, hat es noch keine viereckigen Torten gegeben; es ist Ihr Manuskript und etwas, das dazu gehört.«

Sie konnte nicht verhindern, daß sie rot wurde, als der Saffianband zum Vorschein kam. Was sollte er von diesem Eifer denken? Sie vernahm, daß sie seinen geheimsten Wunsch erraten hatte, eine mitleidige Seele möge ihm die Last der Abschrift abnehmen. Daß sie es selbst tun könne, daran hatte er freilich nicht gedacht.

»Es ist nicht aus Mitleid geschehen«, sagte sie, »die erste Leserin hat Ihnen ihren Dank abstatten wollen. Die Hälfte der Blätter ist noch leer. Vielleicht reichen sie für Ihren Vortrag über das Risiko, wenn Sie ihn nicht zu lang machen.«

»Ist das Ihr Wappen?« fragte er.

»Ja. Sie dürfen nicht denken, daß ich es einprägen ließ«, erwiderte sie und erwähnte Rainer, über den sie schon am Vormittag mit Frau Muchanow gesprochen hatte.

In diesen Tagen gedachte man überall der jungen Frau Maximilians, die vor einem Jahr aus Mexiko herübergeeilt war, um die europäischen Höfe zu beschwören, etwas für die Rettung des Kaisers zu tun: als auch der Papst nicht helfen

konnte und Maximilian erschossen wurde, verfiel sie in Wahnsinn, es war die neueste Nachricht von allen.
»Mir wird angst um meinen Vortrag«, sagte Mathy, »die Leute werden vielleicht nicht verstehen, wenn ich ihnen erkläre, daß diese schöne, volle Tragödie alles enthält, was sich über das Risiko sagen läßt. Es ist erlaubt, die Hand nach Kronen auszustrecken, aber man muß auch bereit sein, den Preis zu zahlen, wenn es nicht gelingt. Auch für Charlotte gilt das. Sie war schön und ehrgeizig, sie träumte davon, die Eugenie Montijo der Neuen Welt zu werden. Ohne sie hätte Maximilian sich kaum auf das Abenteuer eingelassen.«
»Wollen Sie sagen, daß man kein Mitleid empfinden soll?«
»Soviel Sie nur wollen, das ist Ihr privates Recht; es wäre unerträglich, das Mitleid ausschalten zu wollen. Aber Mitleid ist nicht das letzte Wort in heroischen Angelegenheiten. Wer das Heroische will und siegt oder untergeht, stellt sich einem anderen Urteil als dem privaten.«
»Damit werden Sie allerdings nicht den Beifall des Hofseifensieders Kah erlangen, wenn er unter Ihren Hörern sitzen sollte, weil er Sie für Barnum hielt.«
»Haben Sie sein Schild schon entdeckt?«
»Ja, neben dem des Hofvergolders Zipse in der Rettigstraße. Sind das nicht Namen aus dem Sommernachtstraum?«
Sie unterhielten sich ungezwungener als das letztemal. Er erinnerte sie an Rainer, dem sein Rang natürliche Überlegenheit verliehen hatte. Bei Mathy war sie durchdachter, und obwohl ihr bei den ersten Besuchen der bayrische Anklang in der Sprache Rainers ursprünglicher erschienen war, ging sie heute zu den Alemannen über.
Frauen sind charakterlos, dachte sie auf dem Heimweg, wir sind immer der Meinung dessen, der auf uns Eindruck macht. Aber er hätte ihr vielleicht erklärt, weshalb es so sein mußte.
Er war ernster als Rainer, er war geistiger – sie war bereit, ernster und geistiger zu sein. Als wäre er Musiker gewesen und hätte eine Melodie gespielt, die ihr nun nachginge, beschäftigte sie sich mit dem, was er von Charlotte und dem privaten Charakter des Mitleids gesagt hatte. Wenn man eine Partitur studierte, erschloß sie sich – auch Gedanken begannen zu leben, Gesicht, Farbe und Form anzuneh-

men, wenn man sich in sie versenkte. Sie leugnete nicht mehr, daß Mathy Besitz von ihr ergriff. Aber es war ihr unmöglich, ihn vor sich selbst Raimund zu nennen. Sie hatte Trauer um Rainer bis zur Ankunft in Baden-Baden getragen, es war erst sechs Wochen her. Am nächsten Nachmittag holte Frau von Muchanow Hortense mit dem Wagen ab, man fuhr in das Tal, das aus alten Markgrafenzeiten Tiergarten hieß. Auf der Beutigseite wuchsen Reben herunter, auf der des Quettig lagen smaragdgrüne Wiesen, worauf Schafe weideten.

»Wer ist Herr Viardot?« fragte Hortense.

»Ein vornehm aussehender Franzose alten Schlages, zwanzig Jahre älter als seine Frau. Er heiratete sie, als sie noch keine zwanzig zählte, und es war das einzige Mittel, um der stolzen Tochter Garcias inmitten der Pariser Korruption den üblichen Weg zum Erfolg zu ersparen. Er haßt Napoleon und den ganzen Taumel des Kaiserreichs.«

»Sind Kinder da?«

»Vier oder fünf. Die älteste Tochter ist verheiratet; die zweite, Didie, gilt als Tochter Turgeniews. Das Verhältnis zwischen Viardot und Turgeniew ist gut, man darf das alles nicht mit der Elle messen, es ist Haltung darin.«

Der Weg stieg langsam an, von weitem sah man das Schlößchen Turgeniews. Es bekam auch einen Park, der sich bis zur Molkenanstalt erstreckte; die Arbeiter waren dabei, den See auszuheben.

Kurz vor dem Schlößchen lag das Viardotsche Haus. Sein Holzgiebel reichte dem stolzeren Bau nicht bis zum ersten Stock. Davor stand eine Viktoria, der Name des Besitzers fing mit B an.

»Die Benazets«, sagte Frau Muchanow, »machen Antrittsbesuch, sie sind am gleichen Tag wie ich angekommen.«

Unter dem Giebel mit dem einen Fenster lief ein Vordach, das auf Pfosten stand. Gleich den Laternen in der Lichtentaler Allee waren sie mit Glyzinien umsponnen; gelbe, lila und weiße Dolden hingen wie schwere dicke Biberschwänze herab. Die Damen wurden in einen kleinen Salon geführt. Ein junges Mädchen trat ein:

»Guten Tag, Didie«, sagte Frau Muchanow, »mein Gott, Sie sind eine junge Dame geworden. Als ich Sie das letztemal

sah, reisten Sie nach Brüssel ins Kloster. Stören wir, haben die Eltern Besuch?«
»Herr und Frau Benazet waren da. Sie haben sich schon verabschiedet; die Eltern begleiten sie nur noch hinüber zu Onkel Turgeniew, der ihnen sein Haus zeigt.«
Auch sie war nicht schön, aber voll der Anmut, auf die die französische Erziehung so großen Wert legte; sie wurde durch eine Verbindung von Bestimmtheit und Zurückhaltung erreicht.
Hortense mußte an Valentine denken, die im gleichen Alter war. Man hatte ihr geschrieben, daß die deutsche Frische und die englische Selbständigkeit eine ausgezeichnete Mischung ergeben hätten. Sie war mit Valentine übereingekommen, die Rückkehr bis zum Herbst zu verschieben, damit das Mädchen, das jetzt bei den Haralds wohnte, nicht nur einen Pensionseindruck von England heimbrachte.
Nachdem Herr und Frau Viardot die Gäste begrüßt hatten, begab man sich auf die Veranda, die auf den Garten ging. Claudia und Marianne Viardot wurden vorgestellt, Turgeniew kam eben herüber.

27

Die Mädchen trugen die gleiche Frisur wie die Mutter, den Chignon, der voll auf dem Nacken lag. Frau Viardot hatte noch das tiefschwarze Haar der Spanierin. Louis Viardot war ganz weiß; Turgeniew stand ihm wenig nach, obwohl er noch nicht fünfzig war.
»Benazet hat mir nicht gefallen«, sagte Turgeniew, »er sieht krank aus. Wenn er stirbt, müßten die Badener ihm ein Denkmal setzen.«
»Mein Freund, ich bitte Sie, halten Sie die Nachrufe auf uns nicht, bevor wir tot sind«, verwies ihn Frau Viardot.
»Die Pariser Journalisten werden ihm den Nachruf halten, nicht die deutschen. In Deutschland wird alles, was zur Verschönerung einer Stadt geschieht, dem Landesvater gutgeschrieben. Man bringt an einem Gebäude nicht den Namen des Künstlers an, sondern den des Fürsten, unter dessen Regierung es errichtet wurde.«

»Voyons, was soll unser deutscher Gast denken«, sagte Herr Viardot, und seine Frau auf deutsch:
»Ein garstig Lied, pfui, ein politisch Lied.«
Sie verstand deutsch, Schumannsche Lieder gehörten zu ihrem Repertoire. Ihre französische Aussprache war unvergleichlich; der stets geöffnete Mund, zu dem organisch das etwas zurückweichende Kinn zu gehören schien, formte jede Silbe plastisch.
»Was erzählten Benazets von Paris?« fragte Frau von Muchanow.
»Es ist wie zur Zeit der großen Revolution«, antwortete Turgeniew, »man hat die Preußen wieder als Nationalfeind ausgegraben. Jede Rede Bismarcks wirkt wie der Spazierstock, der in einen Ameisenhaufen fährt.«
»Diese Wirkung«, sagte sie, »haben die Bismarckschen Reden nicht nur in Frankreich. Aber ich fürchte, daß er ihnen allen überlegen ist, Favre, Napoleon und dem Schwiegersohn Liszts, diesem Ollivier. Ich habe mich, obwohl ich nicht Deutsche bin, empört, als er in der Kammer mit einer anmaßenden Einfalt sein Programm entwikkelte, die Gefühle, die in den kleinen Staaten Deutschlands der Einigung widerstreben, sorgsam zu pflegen. Damit treibt er sogar den bayrischen Bauer ins preußische Lager.«
»Es war nicht Ollivier, Madame, der diese Weisheit zum besten gab, sondern Favre – aber es ist dasselbe«, erwiderte der Republikaner Viardot.
»Ich las heute, daß König Wilhelm zur Weltausstellung nach Paris gefahren ist«, flocht Hortense ein.
Frau Viardot nickte ihr wohlwollend zu:
»Recht so, reden wir von den Königen statt von den Ministern, die schlimmer sind.«
»Paris wimmelt von Fürsten«, meinte Frau von Muchanow; »ich ließ mir vom Sultan erzählen, der entzückt ist, daß sich in den Champs-Elysées die Frauen drängen, um ihn zu sehn. Alle unverschleiert und hübsch, sagte er; der alte Schwerenöter versteht sich, wenn er nicht zu Hause ist, auf die Behandlung der Presse. Erinnern Sie sich«, wandte sie sich an Hortense, »des Abends in Heiligendamm, als der arme Rainer vom Sklavenmarkt erzählte? Ich mußte daran denken, als

Seine türkische Majestät den Engländerinnen versprach, den Verkauf von Georgierinnen nicht mehr zu dulden.«
»Weil er eine Anleihe braucht. Es wird sich nicht das geringste ändern«, erwiderte Turgeniew.
»Um auf die Fürsten zurückzukommen«, sagte Frau Viardot, »so verstehe ich nicht, daß sie sich zu einem Parkett wie dem in Erfurt versammeln, um die Operette anzuhören, in der sie dem Gelächter ausgeliefert werden.«
»Sie meinen die ›Großherzogin von Gerolstein‹?«
»Ja. Es ist unwürdig.«
»Es ist ein Zeichen«, sagte Frau Muchanow, »es ist das Menetekel nicht nur für Napoleon. Man macht das heute mit Musik und Tanz, und die, die es angeht, klatschen Beifall. Ich möchte wissen, was Bismarck dazu gesagt hat, er war auch dabei.«
»Er sagte nichts, er dachte sich sein Teil; wir werden es eines Tages merken, er ist der Mann, der dem Cancan ein Ende bereitet«, gab Turgeniew zur Antwort.
»Soll man es wünschen, soll man es fürchten?« fragte Frau Viardot. »Gott gebe, daß dazu kein Krieg nötig ist.«
Sie liebte beide Völker und wünschte, daß man von jedem das Beste nehmen könnte, um daraus eine Elite zu machen. Obwohl sie Paris verlassen hatte, weil sie in einer Welt von singenden Kurtisanen nicht leben mochte, war sie eine leidenschaftliche Französin. Wenn es ein Widerspruch war, störte er sie nicht. Abstand und Arbeit an dem, was man für wesentlich hielt, löste ihn.
»Sie hat eine außerordentliche Stellung«, sagte Frau von Muchanow zu Hortense, als sie nach Hause fuhren, »ihr Wort gilt bei jedem europäischen Fürsten, der ein Theater hält, soviel wie das seines Intendanten. Sie hat Gluck für die Franzosen entdeckt; man weiß nicht, was Größe ist, wenn man sie nicht als Orpheus gehört hat.«
Zu Hause fand Hortense einen Brief vor. Er stand an das Tintenfaß gelehnt, die Schrift sah von weitem wie eine Folge von Noten aus, die Phrasierungsbogen waren unverkennbar – Raimund, dachte sie, und hatte zum ersten Mal diesen Namen gebraucht.
»Meine liebe Frau von Wierssen, obwohl es wenige Stunden her ist, seitdem Sie mich verlassen haben, fühle ich das

Bedürfnis, mich weiter mit Ihnen zu unterhalten. Vielleicht auch, weil so wenige Stunden verflossen sind, das Zimmer bewahrte Ihr Fluidum. Wie am Nachmittag stehen die Fenster offen, aber die Lampe brennt, und mit dem Geruch der gemähten Wiesen kommt die Nachtfauna des Schwarzwaldes zu mir, soweit sie beflügelt ist – das Käuzchen ausgenommen, es sitzt irgendwo auf dem Friedhof und ruft.

Hanno hat morgen in Rastatt zu tun, der Unterricht fällt aus. Ich möchte ihn auch übermorgen ausfallen lassen und Sie bitten, entsprechende Mitteilung zu machen. Sagen Sie, daß ich mich überanstrengt fühle. Es ist eine Notlüge, wahr das Gegenteil. Ich will arbeiten, Ideen fließen zu und neuer Mut.

Es hätte wenig Sinn, Sie das wissen zu lassen, wenn Sie nicht der Anlaß zu dieser Wandlung wären. Daß man der Welt etwas zu sagen hat, ist nicht genug. Man braucht auch die Vorstellung einer Gemeinde, an die man sich wendet, oder wenn sie noch fehlt, eines Mittlers. Wer schreibt, redet an; wer ins Leere anredet, wird schlecht schreiben. Ich werde gut schreiben, weil ich den Mittler gewählt habe; er hat die zarteren Züge einer Frau.

Ich habe neulich zu Georg eine törichte Bemerkung gemacht, die schon sentimental klang, als sie ausgesprochen wurde. Wieviel mehr, als er sie Ihnen berichtete. Ich gab mich als jemand zu erkennen, der durch das Erlebnis mit einer einzigen Frau sofort den Glauben an alle anderen verloren habe.

So unreif war ich freilich nicht. Ich machte mir nur das Erlebnis zunutze, um einer Neigung zu folgen, die stark in mir ausgeprägt ist: die Frau entbehren zu lernen.

Jeder meinesgleichen hat diesen Trieb. Der Geist verlangt Unabhängigkeit. Bewilligt man sie ihm, so wird man bald die Welt nur noch mit den Augen des Geistes sehn und gegen alle in ihr stehn. Sie haben bewirkt, daß ich mir dieser Gefahr bewußt werde.

Es ist ein Anfang. Noch locken die Reize der Einsiedelei; sie sind Gespenster, die man bannen müßte. Ihrer leichten Hand würde es gelingen. Ich sehe sie vor mir; schlanke musikalische Finger, die Farbe von dem gedämpften Ton, den man an italienischen Gesichtern liebt; der Rubin des Ringes paßt zu ihm.

Der Brief ist nicht ausgefallen, wie ich dachte. Er entspricht nicht meiner Stimmung, die heiter und beschwingt ist. Dafür ist es ein erster Brief, der den Kontakt erst suchen muß. Gefiel es Ihnen bei Frau Viardot?«

»Lieber Herr Mathy«, erwiderte sie, »bei Frau Viardot steht die Lampe, die abends den Lesetisch erhellt, tagsüber auf einem Ständer wie anderswo die Psyche in Marmor, so geachtet ist sie. Sie hat einen hohen Fuß, ein durchsichtiges Becken und einen gelben Pergamentschirm, dem das Licht in Form eines Kegels entströmt. Von Ihrem weiß ich, daß er grün ist, und meiner gleicht den weißen Gasglocken des Herrn Benazet. Das sind die drei Lampen, die ich heute abend vor mir sehe.

Wohnten Sie in der Stadt, so käme ich in Versuchung, das Capuchon anzuziehn und unter dem Vorwand, es sei noch ein Brief zur Post zu bringen, einen Blick in Ihr Fenster zu werfen. Läge das Haus doch zugleich wieder vor der Stadt, so würde ich es wagen, mich eine halbe Stunde in den Sessel neben Ihren Tisch zu setzen und Ihnen zuzuschauen. Sie brauchten mich nicht zu unterhalten, der Mittler ist da, aber er redet nicht.

Da er ein Medium ist, bedarf es am Ende nicht der körperlichen Anwesenheit. Das Medium sitzt im Sessel und sieht alles mit vollkommener Deutlichkeit – das weiße Papier auf der harten braunen Platte, den Lichtkegel, der die Hand erhellt und den Ärmel tönt. Dahinter werden die Schatten tiefer, in den Ecken des Studios sind sie schwarz wie die Mitternacht.

Und doch ist es nicht das Studio Fausts, die Tür steht der Welt offen, die Sommernacht rauscht leise, und die Wiesen duften. Wie schön, daß Sie nicht Faust sind, am Anfang wehte es mich kalt von Ihnen an, nichts ist kälter als Papier, es ist eisiger als ein Tag im Januar. Auch ich höre ein Käuzchen. Es ruft in der Allee, kommt näher, jetzt überfliegt es das Haus und schreit im Flug. Schade, daß es kein poetisches Tier ist, ich kann es nicht als Boten von mir zu Ihnen verwenden, sosehr ich auch die Namen drehen mag: Eule, Käuzchen, Uhu bleiben für alle Zeiten gespenstische Namen.

Man kann nicht tun, was man will. Ich kann nicht bei Ihnen hereinschauen, ich kann auch nicht den Erard öffnen und aus

dem zweiten Akt der Meistersinger spielen. Es ist mir nicht nach einem Lied zumute, das ist nicht die Wirkung, die von Ihnen ausgeht. Wogen der Musik müßten es heute nacht sein, der große süße Schwall, der von allen Seiten herandrängt. Das macht das Heroische, von dem Sie sprachen.
Vorsorglich ist fünf Schritte vom Haus ein Kasten angebracht. Ohne ihn würden Sie diesen Brief nicht bekommen. Morgen früh im Tageslicht würde ich ihn nicht abschicken. Briefe, das ist für den Fürsten Thurn und Taxis oder die Potentaten, die ihn jetzt ablösen wollen, eine Dreikreuzerangelegenheit, und für die Geschäftsleute, denen Sie nicht hold sind, läuft sie unter der Rubrik Spesen. Aber ich glaube, daß Sie, der andere Augen hat, Überraschendes vom Briefschreiben sagen können.
Man schreibt Briefe nicht so, wie man spricht. Wenn man die Feder auf das Papier setzt, ist es dasselbe, wie wenn man den Flügel anschlägt oder die Violine stimmt – man stimmt sich selber um, eine andere Welt steigt auf, die persönliche, die mutige – die warme und fühlende. Sie müßten uns sagen, daß Briefe nicht nur da sind, um Nachrichten zu versenden oder sonst einem nützlichen Zweck zu dienen. Ist Mit-teilen nicht ein schönes, tiefes Wort? Ein Egoist teilt nicht ›mit‹, ein Einsiedler auch nicht. Sie sollen nicht bereuen, daß Sie geschrieben haben; ich bereue, den Kasten erwähnt zu haben – auch ohne ihn würden Sie diese Antwort erhalten.
Es gab eine Zeit, in der ich jeden Abend an einem Briefe schrieb, der ein laufender Bericht war – noch bei Kerzenlicht, so lange ist es schon her. Kerzenlicht und grüne Lampe, alles hat seine Zeit; das eine löscht das andere aus. Sie können es nicht ganz verstehn – es ist gut so.«
Sie trug den Brief zum Kasten an der Ecke.
Sie kam an einem Paar vorbei, das in eine Kutsche stieg, und glaubte in dem Mann Hanno zu erkennen, der nach der Hausordnung Georgs längst im Bett liegen mußte, nahm aber an, daß sie sich geirrt habe. Als sie wieder zu Hause war, schloß sie die Kommode auf und entnahm ihr einen Band, den sie in Luzern hatte anfertigen lassen. Es waren die Briefe Rainers, der stets dasselbe Papier benutzt hatte.
Die Uhr auf dem Kamin schlug Mitternacht, und sie las noch

immer. Ein Steinchen, das gegen das Fenster klirrte, schreckte sie auf. Eine Gestalt stand vor dem Haus:
»Ich bin es, Hanno, ich habe meinen Schlüssel verloren.«
Sie ließ ihn ein; er bat sie, nichts dem Vater zu erzählen.
»Das kann ich nicht ohne weiteres«, erwiderte sie, »zuvor muß ich wissen, was du so spät draußen zu tun hattest.«
Sie hieß ihn eintreten.
»Ich traf mich mit meinen Freunden«, sagte er. »Ist das so schlimm? Den ganzen Tag muß man sich den Kopf volltrichtern, und abends soll man um zehn Uhr in der Klappe liegen, als sei man fünfzehn alt.«
»Also verschafft man sich einen Nachschlüssel und trifft sein Mädchen.«
»Du warst das vorhin? Ich dachte mir doch so etwas. Nun ja, ich bin neunzehn, und was einem nicht erlaubt wird, das tut man heimlich. Wirst du dichthalten?«
»Ich werde mit Mathy sprechen. Er mag entscheiden, ob er mit dir oder deinem Vater reden will.«
»Ach, Mathy, der ist der letzte, der ins Vertrauen gezogen werden darf.«
»Warum?«
»Nun, gerade in diesem Fall ...«
»In welchem Fall? So sprich doch.«
»Die Dame, mit der ich zusammen war, ist seine Frau.«
»Du bist wahnsinnig. Das ist doch dem Alter nach ausgeschlossen.«
»Sie war jünger als er, sie ist heute so gegen achtundzwanzig.«
»Und sie läßt sich mit dir ein?«
»Ich gefalle ihr offenbar.«
»Und die Rücksicht, die du deinem Lehrer schuldest?«
»Hat nichts damit zu tun. Es geht mich nichts an, daß die Frau ihm durchgegangen ist, und ihn geht es nichts an, was sie treibt. Dafür sind sie geschieden.«
»Sind sie das wirklich?«
»Sie versicherte es. Was glaubtest du?«
»Daß sie getrennt leben«, sagte sie widerwillig und atmete doch auf. Der Skandal war groß genug, aber er traf Mathy weniger heftig, wenn er mit dieser Frau nichts mehr zu tun hatte.

»Wozu überhaupt Skandal?« fragte Hanno. »Wenn du Mathy erzählst, was ich dir gesagt habe, dann ist der Skandal natürlich da, zum mindesten bei uns im Hause.«
Er war seiner Sache sehr sicher, und ein neuer Ausdruck in seinen Augen warnte sie, ihn als Schuljungen zu behandeln. Ihr weiblicher Instinkt sagte ihr genug; sie mochte nicht in sein erregtes schönes Gesicht sehn. Sie teilte ihm mit, worum Mathy sie gebeten hatte, und wünschte ihm gute Nacht.
»Ich möchte dich noch etwas fragen«, sagte er, »es ist eine merkwürdige Sache, ich werde nicht klug daraus.«
»Worum handelt es sich?«
»Um – nun, um diese Frau. Sie interessiert sich mächtig für dich und wollte alles mögliche von dir wissen. Ich dachte mir schon, daß sie dich vielleicht von Amerika her kennt.«
»Wie heißt sie?«
»Paula Friday.«
»Es ist mir niemand dieses Namens bekannt.«
»Oder vorher von Deutschland her. Sie ist erst mit zwanzig oder so nach Amerika gegangen. Mehr weiß ich nicht; aber es fiel mir auf, daß sie ganz aufgeregt war, als sie deinen Namen hörte. Damals wußte ich noch nichts von dir.«
»Du kennst sie schon längere Zeit?«
»Als ich noch als Fähnrich in Rastatt stand, nahm mich mein Freund, der schon Leutnant war, einmal mit nach Heidelberg, wo sie wohnte.«
»Sie scheint es mit den ganz jungen Leuten zu halten?«
»Wenn schon, junge Leute wollen auch leben.«
»Das betonst du zu oft. Aber lassen wir das, erzähle weiter.«
»Ich lernte sie als Paula Friday kennen und hatte keine Ahnung, daß sie auch Paula Mathy war. Das erfuhr ich erst hier, ich traf sie ganz zufällig in der Allee.«
»Will sie sich in Baden-Baden niederlassen?«
»Das glaube ich nicht. Hier sind zuviel pompöse Namen, in Heidelberg spielt sie als Amerikanerin eine größere Rolle.«
»Weiter. Du erwähntest mich?«
»Ja, und da hatte ich den Eindruck, daß sie dich kennt. Ich mußte dich ganz genau beschreiben.«
»Und?«
»Das ist alles. Ich meinte nur.«

»Es fehlte bloß noch, daß sie mir einen Besuch macht. Wenn ich ihr einmal begegnet bin, ist es ganz gleichgültig. Nun geh schlafen, gute Nacht.«
Aber es war nicht gleichgültig. Konnte es Paula Störte sein, die vor fünf Jahren nach Amerika gegangen war? Und sie sollte Mathy geheiratet haben? Es war grotesk, das zu denken; und doch, unmöglich war es nicht. Man brauchte nur anzunehmen, daß sie nach Europa zurückgekehrt war und sich, wie einst des jungen Marholtz, so auch Mathys bedient hatte, um Fuß zu fassen.

28

Am nächsten Nachmittag ging Hortense nach Lichtental hinaus; sie wollte sich Gewißheit verschaffen. Als sie in der Tür des Gartenzimmers stand, schaute Mathy auf. Er legte die Feder hin und strich die Blätter, die den Tisch bedeckten, mit einer einzigen Bewegung von der Platte. »Warum tun Sie das?« fragte sie. »Damit ich niederknie und rette, was Sie so schlecht behandeln?«
»Weil es Papier ist und Sie – ich kann doch nicht sagen, daß Sie das Leben sind. Aber ich meine es – das Leben, der Mut und die Wärme«, zitierte er, und sie brauchte nicht zu fragen, ob er ihren Brief bekommen hatte.
Sie trug einen dunklen graugestreiften Stoff.
»Wie gut er Ihnen steht, wie weich und glatt er herabfließt, ich muß ihn anfühlen, ist es Seide? Wie schön Sie sind«, sagte er und nahm sie in die Arme.
Sie atmete schwer; das noch einmal fühlen können, noch einmal vom süßen Strom bis in die Knie durchschlagen werden, noch einmal lieben dürfen und gut sein – nur wer liebte, war gut.
Sie fuhr ihm über die kurze Schur, die ihm so schlecht stand, und ließ sich von ihm in den Garten auf die Bank führen, die an der weißen, heißen Hauswand lehnte.
Er war kleiner als Rainer, er überragte sie nur um ein weniges – dafür gab er ihr ein Schultergefühl, das sie nicht kannte. Sie hatte in einer Sekunde ein Bild von ihm: feingliedriger Körper, vibrierender Geist, der hohe Gegnerschaft und nahe Liebe brauchte.

»Ein Licht sind Sie, das sich unter den Scheffel stellt«, sagte sie zärtlich auf der Bank, »ein Schmetterling, der sich falsch verpuppt hat. Warum tragen Sie Stoffe, die sicher nicht aus England sind? Der Coiffeur, dem Sie sich anvertrauen, ist schwerlich Hofhaarkünstler, und die Schuhe, die Sie anhaben, wären gut für Breede im Winter, und hier ist doch Sommer, und Baden-Baden ist hier. Ärgern Sie sich, ist das kein Gespräch für Leute, die sich eben gefunden haben und unter Jasmin sitzen? Ich bin ehrgeizig für Sie, lassen Sie mich auch eitel für Sie sein. Und nun stehen Sie Antwort, ich habe etwas zu fragen. Wie hieß Ihre Frau?«

»Paula Friday. Sie war in erster Ehe mit einem Amerikaner verheiratet.«

»Und wie hieß sie mit ihrem Mädchennamen?«

»Störte.«

»Sind Sie geschieden oder nur getrennt?«

»Geschieden. Warum fragen Sie das alles?«

»Weil sie hier ist.«

»Ja, im Hotel Victoria. Ich lese nie die Kurliste, aber der Name wartete darauf, daß ich umblätterte, er sprang mir alsbald in die Augen.«

Sie sagte nichts weiter, Klugheit war geboten, um Raimunds, Georgs und auch Hannos willen. Es gab ein Mittel, das alle Schwierigkeiten löste; sie beschloß, einen Versuch zu machen.

»Nein, danke, heute keinen Tee«, sagte sie, »ich kann nicht lange bleiben, ich habe in der Stadt zu tun.«

»Allein? Würde Sie es stören, wenn ich mitkäme?«

»Ich brauche eine halbe Stunde für mich. Wenn Sie sich so lange beschäftigen können ...«

»Selbstverständlich. Ich werde zu Fräulein Marx gehen und mir die Neuerscheinungen ansehn.«

Sie begleitete ihn zum Konversationshaus, dann ging sie ins Victoriahotel und fragte nach Frau Friday. Sie hatte Glück, Paula war zu Hause.

»Sie?« fragte sie überrascht. »Es wäre an mir gewesen, Sie aufzusuchen. Woher kennen Sie meinen Namen?«

»Von Hanno. Sie haben ihn seit gestern abend noch nicht gesehn?« erwiderte Hortense, um die Führung des Gespräches nicht zu verlieren.

»Der dumme Junge. Er hat wohl den Mund nicht halten können?«
»Ich will Ihnen erzählen, wie es kam.«
Sie berichtete.
»Das ist unangenehm für Sie«, sagte Paula. »Sie fühlen sich verpflichtet, mit dem Vater zu reden?«
»Da ich es nicht mit Mathy tun kann, müßte ich dem Vater einen Wink geben. Es gäbe eine schreckliche Szene, und mein Verhältnis zu dem Jungen wäre für alle Zeiten verdorben. Es ist auch nicht angenehm, sich zum Moralisten aufzuwerfen.«
Was für eine Figur besaß diese Frau. Sie hatte drüben wohl Sport getrieben. Ein doppeltes Fluidum ging von ihr aus, die sinnliche Kraft, an die Hortense sich noch wohl erinnerte, und die Entschlossenheit, sie einzusetzen. Sie war zum Ausgehn angezogen, der Schleier lag fest um das kleine Kinn, die mit Schwarz untermalten Augen lockten graugrün hinter dem Gitter des Musters.
»Wenn ich ein Mann und nicht Partei wäre«, sagte Hortense, »würde ich Hanno beneiden. Aber Sie sind zu stark für ihn; bedenken Sie, wie jung er ist. Sie zerstören ihn, wenn er Ihnen verfällt. Sind Sie grausam? Ja, ich glaube ein wenig. Ich verstehe alles. Ich bitte nicht um Hannos willen, sondern um meinetwillen – stehen Sie mir in dieser Verlegenheit bei.«
»Es bedarf nicht der großen Beschwörung«, erwiderte Paula. »Ich habe Sie einmal sehr gern gehabt und habe auch nicht vergessen, daß Sie das Geld aufbrachten, als wir Europa verließen. Ich wollte noch drei Tage hierbleiben und dann nach Ems fahren, um Wanda Sirwitz zu treffen – ich werde schon morgen fahren. Heute abend tun Sie gut, den Knaben Hanno im Hause zu halten. Sie können auch ein Briefchen einschmuggeln, das ihm mitteilt, daß der Wagen nicht an der Kirche halten wird.«
Nachdem es geschrieben war, unterhielten sie sich noch ein wenig. Ja, sie hatte die Fahrt nach Amerika nicht zu bereuen gehabt. Mister Friday, der zu Beginn des Bürgerkrieges noch Freitag geheißen und täglich ein einziges Schwein geschlachtet hatte, war bei Friedensschluß imstande gewesen, für seine Freiheit angemessen zu zahlen – es brachte ihm ein Vielfaches ein, da er nun in die Chikagoer Schlächterdynastien heiraten

konnte. Deshalb hatte sie auch an Mathy bei der Scheidung keine Ansprüche gestellt.
Wie ging es ihm? Er war ein bedeutender Mensch, sie hatte damals geglaubt, ihm mit ihrem Gelde in der gelehrten Welt rasch zu einer Stellung zu verhelfen – was Marholtz drüben gelungen war, mußte ihm erst recht gelingen. Statt dessen hatte er ihr erklärt, er verdiene hundertachtzig Gulden im Monat, danach habe sie sich zu richten. Hortense dürfe sie nicht falsch verstehn; Mathy sei der einzige Mann, der ihr restlos imponiert habe, sie aber nicht die Frau, um seine Sache zu ihrer zu machen.
»Wissen Sie«, sagte sie, »es wirkt nach, daß man als Europäerin geboren wurde. Ich verstand recht gut, als er einmal sagte, jeder Mensch habe seinen Dämon. Ich fühlte den seinen und folgte meinem eigenen. Sie, Hortense, wären die Frau, die sich seiner annehmen müßte. Sie sind musikalisch wie er, und ich konnte Mabille nicht von Liszt unterscheiden. Als er das merkte, haßte er mich mehr als das Böse. Er kann hassen, fast wäre ich deswegen doch bei ihm geblieben. Aber nun muß ich gehn. Es hat mich erregt, Sie wiederzusehn, mehr als Sie wissen. Wenn es je geschieht, daß ich nicht weiterkann, fahre ich zu Ihnen.«
Sie verließen das Hotel gemeinsam, dann trennten Sie sich. Hortense holte Raimund ab.
»Wir wollen Tee trinken«, sagte er, »ist Ihnen Rumpelmayer recht?« Sie zögerte, es lag daran, nicht von Paula mit Mathy gesehen zu werden, und es war eine verwickelte Empfindung, die mehr Rücksicht auf Paula als auf sich selbst nahm. Aber Paula war in die Lange Straße eingebogen, und man konnte es darauf ankommen lassen.
Unterwegs blieb Raimund vor der Auslage eines Schneiders stehn. Ballen englischer Stoffe waren wie Läufer aufgerollt.
»Sie könnten mir nachher beim Aussuchen helfen.«
»Wenn es schon heute sein muß, dann besser jetzt, solange es im Laden noch hell ist. Aber muß es schon heute sein?«
»Die Metamorphose ist in vollem Gang.«
Während er aussuchte, dachte sie: Ich sollte ihm mitteilen, daß ich Paula kenne. Warum auch nicht? Und warum ihm nicht sagen, daß ich sie gesprochen habe?
Nachher beim Tee berichtete sie ihm und ließ nur Hanno

fort. Es stellte sich heraus, daß Raimund nichts von Marholtz wußte. Paula hatte ihm nur erzählt, daß sie als junges Mädchen nach Amerika gefahren sei, um den engen deutschen Verhältnissen zu entgehen.

»Sie wird noch oft heiraten«, sagte er, »bald in Deutschland, bald in Amerika, es kann auch England sein; bei Franzosen hätte sie kein Glück.«

»Warum eigentlich nicht? Ich weiß sehr wenig von den französischen Männern – kaum mehr, als daß sie mir nichts sagen.«

»Weil der Franzose kein Geheimnis duldet, auch das erotische nicht. Dazu ist er viel zu selbstbewußt, man könnte auch sagen, zu eitel – oder, wenn man loben will, zu sicher. Die Männer germanischer Herkunft fühlen sich der Frau gegenüber nie ganz sicher. Der Franzose lächelt darüber, aber es steht nicht fest, wer das bessere Teil gewählt hat.«

»Und Sie? Wirkte Paula auch auf Sie geheimnisvoll, fühlten Sie sich unsicher? Es ist mir nicht ganz verständlich, daß Sie und Paula sich heiraten konnten.«

»Jede Energie, der man in der Natur begegnet, ist geheimnisvoll. Paula war für mich ein Stück Natur. Wenn Sie ihren festen, geschlossenen Körper unverhüllt gesehen hätten, würden Sie begreifen, daß ich immer denken mußte, sogar Fels und Stein seien etwas Gewachsenes.«

»Sie sprechen aus, was ich empfand, als ich mit Paula einmal im Meer badete.«

»Dann verstehen Sie auch, daß die erotische Wahl nichts mit Moral zu tun hat, nichts mit Ethos, Seele und allem, was viel später kommt. Die Frauen unterscheiden sich voneinander, wie Prinzipien sich unterscheiden. Als Paula fortging, mußte ich, um mich zu behaupten, das Prinzip Natur verwerfen und automatisch den Gegenspieler wählen. Wenn uns einer zuhört, nimmt er an, daß wir ein Kolleg über Mystik zu Rumpelmayer verlegt haben.«

»Das macht ja nichts. Für mich ist alles, was wir sprechen, das Leben selbst. Wie gut – daß ich zu Paula gegangen bin« – sie hätte sich fast verraten –, »daß ich nicht ablehnte, sie zu sehen, was ja nahelag, da ich nicht wußte, was Sie dazu sagen würden.«

»Wenn Sie nicht da wären«, erwiderte er, »hätte ich nichts

dagegen, Paula zu treffen; man begegnet einem Prinzip immer gern, es frischt die Einsichten auf. Aber schauen Sie sich den Franzosen am Nebentisch an, die preußischen Offiziere haben es ihm angetan.«

Am Nebentisch saß ein zierliches Männchen – flatternde Binde, Lackstiefeletten, Blumen im Knopfloch, gekräuseltes Haar und Zigarette. Er zeichnete verstohlen Offiziere, die lange Kronprinzenbärte, hohe Stiefel und die nach Königgrätz Mode gewordenen Feldmützen trugen.

»Wetten, daß er Rache für Sadowa nimmt?« fragte Raimund. »Sehen Sie, er hat Victor Strakonik erblickt und läßt das Heft rasch verschwinden. Morgen ist Sonntag; wie wäre es, wenn wir zu Strakonik gingen?«

»Georg hat mir das längst versprochen, aber nicht Wort gehalten, der Sonntagnachmittag paßt ihm nicht.«

»Sie hätten ruhig allein gehn können.«

»Nicht das erste Mal und nicht, wenn ich einseitig nur den Herrn des Hauses kenne. Ich bin für Formen.«

»Der Himmel segne Sie dafür.«

»Meinen Sie das ironisch?«

»Derselbe Himmel bewahre mich davor. Wer etwas ist, bekennt sich immer zur Form.«

»Damit beantwortet sich auch Ihre Frage, ich kann mich nicht gut von Ihnen mitnehmen lassen.«

Strakonik, der den Franzosen begrüßt hatte, kam herüber. Hortense forderte ihn auf, Platz zu nehmen.

»Gern«, sagte er, »aber ich setze mich eher an Ihren Tisch, als Sie sich an den meinen.«

»Wir haben eben davon gesprochen, daß morgen Sonntag ist.«

»Recht so, ich darf Sie also erwarten? Meine Frau wird sich freuen und noch ein junger Mann, der sich lebhaft nach Ihnen erkundigt hat.«

»Wer könnte das sein?«

»Wenn es nicht unhöflich ist, möchte ich es nicht vorher verraten. Nehmen Sie einen Wagen nach dem Sauersberg, ich vermute, daß Sie den Weg nicht kennen?«

»Falls Georg«, erklärte Mathy, »keine Zeit hat, werde ich mich als Führer anbieten. Aber sagen Sie, wer ist der Herr, mit dem Sie eben sprachen?«

»Wenn Sie die Pariser ›Illustration‹ bisweilen zur Hand nehmen, kennen Sie ihn, er ist einer ihrer Zeichner.«
Der Sauersberg war ein Hügel hinter dem Tiergarten, in den sich seine Matten senkten; sein Wasser speiste den Weiher Turgeniews. Ein Hofgut beherrschte den Fluß, ein breites Holzhaus mit einem Balkon im ersten Stock gehörte dazu, hier wohnte der Maler.
Georg hatte sich entschlossen, Hortense zu begleiten; Mathy holte die Freunde ab. Der junge Mann, von dem Strakonik gesprochen hatte, war Ungemach. Er lebte in Straßburg, wo es eine kleine elsässische Schule gab, und hatte sich einen weichen blonden Vollbart wachsen lassen. Den Bärten entging man in diesem Zeitalter nicht; alle trugen sie, der französische Student, der spanische Karlist, Napoleon, der Lord und Yankee, jeder in seiner Form. Ungemach erkundigte sich nach Valentine, die er in Florenz gemalt hatte.
»Sie ist noch in England«, sagte Hortense, »aber ich bin eben dabei, ihr Zimmer einzurichten, in das nun auch das Bild kommen soll, das bisher bei mir gehangen hat.«
»Der Name gefiel mir so gut, daß ich ihn meinem ersten Töchterchen gegeben habe.«
»Sie sind verheiratet? Ist Ihre Frau eine der Damen, die mir Frau Strakonik vorstellte? Ich habe keinen der Namen behalten.«
»Sie wird nachher kommen. Im Augenblick macht sie einen frommen Besuch, bei dem ich nicht nötig bin. Sie ist Deutsche und hat hier eine Unmenge Verwandte. Vielleicht haben Sie schon den Namen meines Schwiegervaters gehört. Er wohnt in Ihrer Nähe – Freiherr von Henning.«
Sie erinnerte sich der Vorwürfe, die er ihr in Florenz wegen ihres Umgangs mit Marchesen und Grafen gemacht hatte. Offenbar war er stolz auf die Familie seiner Frau. Den Namen hatte sie von Georg gehört; der alte Henning war irgend etwas Gelehrtes und als Mäzen bekannt.

Viele Gäste kamen. Jeder erhielt eine Tasse Tee; junge Damen reichten das Gebäck, oder man bediente sich selbst. Auf der Veranda durften die Herren rauchen. Die Wände waren mit Bildern und tausend Sachen bedeckt.
Die Bilder hatten das kleine Format, das der Landschaftsmaler liebte. Man konnte mit den Augen eine Reise von der Rheinbrücke bei Kehl über Straßburg, Wasselnheim, Maursmünster, die Zaberner Steige nach Paris machen und sich von liebenden Maleraugen zeigen lassen, wie reich Flußlandschaften an zarten Reizen waren. Rheinmotive mit Pappeln, Saumpfaden und Schiffsbrücken nahmen eine Wand ein; das Straßburger Münster in Stahlstich, Steindruck und Öl eine andere. Darunter hingen bestickte Reisetaschen aus der Biedermeierzeit.
Die tausend Dinge verwirrten auf den ersten Blick. Beim zweiten erhielten sie Ordnung und Sinn. Hortense liebte freie Wände in den Zimmern; der Sammler Strakonik stöberte bei Althändlern, auf Reisen und Versteigerungen immer noch einen Bauernkrug oder noch ein bemaltes Glas auf. Ein Bauernkrug stellte wenig vor, aber zwanzig zusammen auf einem Bord sagten etwas aus: das Volk hatte seine eigene Kunst, die der Beachtung und des Sammelns wert war. Schon begann sie seltener zu werden, schon ging die Überlieferung verloren, die Fabrikware, der Massenartikel verdrängte das Erzeugnis der dörflichen Hand.
Im Hauseingang hingen Wirtsschilder, aus Eisen geschmiedet, aus Holz geschnitzt. Es gab nichts, was man nicht sammeln konnte, Tabatieren, Haarbildchen und die eben in Paris entdeckten japanischen Holzschnitte. Buchsbaumholz war gut zum Schnitzen – also stand in einer Ecke des Ateliers ein Häufchen selbstgesägter Buchsstämme, wie anderswo Buchenscheite für den Kamin.
Sogar ein Grabstein stand da, die letzte Erinnerung an Betty Smile, heimlich vom Friedhofswärter erstanden, um sie vor dem Untergang zu retten, eine kleine Sandsteinpyramide, Beleg für den Stil des Empire.
Ganze Reihen von Mappen waren aufgestellt. Sie enthielten

Modeblätter von 1820, Briefe von Russen und Engländern aus der Frühzeit Baden-Badens und die Rechnungen, die ihnen von den einheimischen Handwerkern ausgestellt worden waren – als Altpapier zum Verkauf angeboten und von Strakonik gerettet. Eine Rechnung war nichts, ein Bündel ließ eine Zeit auferstehen. Auf eine unbegreifliche Weise gelang es ihm, sich seinen Anteil an den römischen Ausgrabungen zu sichern:

»Es wird immer ausgegraben, versteigert, ausgeschieden«, sagte er, »man findet immer das, was einen anzieht – es zieht an, also findet man zu ihm. Ich bin überzeugt, daß ich eine sibirische oder australische Sammlung zusammenbrächte, wenn ich mich dazu entschlösse – ohne Baden verlassen zu müssen.«

»Können Sie sich diesen Trieb erklären?« fragte Mathy den Maler.

»Ist da viel zu erklären?« sagte Georg, »Herr Strakonik ist Künstler, die Freude am Schönen ...«

»Rechnungen sind nicht schön und manches andere nicht. Es sieht hier nicht nach Lenbach oder gar Makart aus.«

»Nun, dann eine Freude am Charakteristischen.«

»Das paßt schon eher. Aber es verbirgt sich noch etwas anderes in diesem Sinn für das Kleine, Vergessene, Gefährdete.«

»Ganz recht«, meinte Strakonik, »ich selbst empfinde es als Sinn für das, was gewesen ist und nicht mißachtet werden soll.«

»Also ein historischer Sinn«, erwiderte Georg.

»Nein, der äußert sich im Sammeln von Ritterrüstungen, großen Schinken und Fürstenbildern – Dinge, die mich kaltlassen.«

»Sie sagten eben: was nicht mißachtet werden soll«, meinte Mathy, »darin scheint mir die geheimere Erklärung zu liegen. Denn es handelt sich sicher um einen tieferen Trieb – wie wäre es, wenn wir sagten, um ein besonderes Verhältnis zum Tode und allem, was kulthaft mit ihm zusammenhängt? Man kann den Tod bejahen, indem man findet, daß nichts wert sei, erhalten zu werden. Aber auch umgekehrt, indem man allem, was einmal lebte, noch dem Unscheinbarsten, zur Erinnerung verhilft.«

»Damit leisten Sie dem Tode doch eher Widerstand«, sagte Georg.
»Das schon. Aber Sie scheuen ihn auch nicht, während die meisten Menschen, die sich mit Schönem umgeben, ihn zu fliehen wünschen. Die Pietät der geborenen Sammler, zu denen unser Hausherr gehört, drückt das echte Verhältnis zum Tode aus – ein geheimes und lebendes Verhältnis.«
Strakonik nickte ihm zu:
»Ich habe Custozza mitgemacht. Am nächsten Tag ritt ich über das Schlachtfeld. Es war kein schöner Anblick, er war reichlich grauenhaft. Die Leichtfertigsten unter uns schwiegen – ich hatte nur den einen Wunsch, das alles zu zeichnen. Als ich es nicht mehr aushalten konnte, setzte ich mich auf einen italienischen Protzenwagen und zog mein Skizzenbuch hervor. ›Mensch, wie kannst du‹, sagte ein Kroat, ›hast du kein Gefühl?‹ Es machte mich so betroffen, daß ich seither oft überlegte, was eigentlich hinter dieser Sucht des Malers steckt, die Dinge nicht in Ruhe zu lassen. Warum möchte man ›festhalten‹? Warum denkt man immer: ›Das mußt du den anderen zeigen?‹ Damit sie ihr Vergnügen daran haben? Sicher nicht. Das Geheimnis liegt im Festhaltenwollen. Für unsereins existiert etwas nicht, solange es nicht festgehalten ist. Vorher ist es nur ein Augenblick in der Zeit und in der nächsten Sekunde tot wie ein Gedanke, den man nicht festhält – da haben Sie dieses Wort schon wieder.«
»Sagen Sie ruhig, daß der Wille zur Form einem Waffengang mit dem Tode gleichkommt. Selbst im heitersten Wiener Walzer klingt ein Motiv der Wehmut an, und Streichinstrumente sind an sich schon solche der Klage.«
Strakonik entschuldigte sich, um einen neuen Gast zu begrüßen.
»Das ist ja das Herrchen von gestern nachmittag, das für die ›Illustration‹ zeichnet«, sagte Mathy.
»Dieser kaum zwanzigjährige Mensch?« fragte Georg. »Was zeichnet er denn?«
»Monsieur Marcelin aus Paris«, stellte Strakonik vor, führte den jungen Franzosen aber gleich zu den Damen zurück.
»Marcelin«, sagte Mathy und trat an den Tisch, »hier lese ich eben diesen Namen.«
Er nahm einige Hefte auf:

»›Album de Marcelin‹, verschiedene Folgen; eine Widmung an die Mutter – offenbar die erste Veröffentlichung des jungen Mannes.«
Er blätterte in einem der Hefte; Georg nahm ein anderes, das »In den deutschen Bädern« überschrieben war. Er warf es empört auf den Tisch zurück:
»So etwas läßt man nun über den Rhein, damit es die Welt mit Zerrbildern auf Deutschland überschwemmt.«
»Ruhig Blut, Georg, Zerrbild ist nicht ganz die Übersetzung von Karikatur. Dieser Bursche ist Karikaturist, es steckt viel von Doré darin; was ich gesehen habe, hat Witz und Phantasie.«
»Er soll sie an seinen Landsleuten üben.«
»Das tut er reichlich. Was hat dich denn so aufgebracht? Laß sehn – die preußischen Offiziere? Nun ja, die sind nicht eben sanft angefaßt, aber bist du schon so weit, daß du sie für sakrosankt erklärst?«
»Nun gut, ich werde Strakonik bitten, mir diese Hefte zu leihen, damit ich sie mir in Ruhe ansehen kann. Vielleicht komme ich auf diese Weise hinter das Geheimnis des französischen Esprit.«
»Du wirst nie dahinterkommen. Franzosen und Deutsche wohnen nebeneinander, aber so, als läge das neunzehnte Jahrhundert unvermittelt beim fünften oder gar elften.«
»Im Augenblick fühle ich mich ans siebzehnte erinnert«, sagte Georg, »höre nur, wie der ganze Damentisch französisch spricht. Weshalb? Weil ein zwanzigjähriger Pariser eingetreten ist, der nicht geruht, zehn Worte des Landes zu lernen, bei dem er zu Gast weilt. Die Herren haben es sich bequem gemacht; sie erklären Baden-Baden zum Vorort von Paris, in den man sich nach dem Rennen von Longchamps mit dem ganzen Anhang von Balkanleuten und anderen Trabanten begibt. Hast du einmal in einem Geschäft gehört, wie ein braves badisches Mädchen sich bemüht, diese Fremden in ihrer Sprache zu bedienen? Oder hältst du es für erträglich, daß ich in unserem Theater Billett, Programm und Hut auf französisch verlangen muß?«
»Den Hut gewiß nicht, den nimmst du nach Pariser Sitte mit und legst ihn unter deinen Stuhl. Was willst du, ein Franzose hat das Theater aus seiner Tasche bezahlt und manches

andere dazu, zum Beispiel die protestantische Kirche, der noch immer die Türme fehlen. Wir werden diese Rätsel nicht heute nachmittag lösen. Die Frage ist jetzt, ob wir uns zu den anderen setzen und ebenfalls in französischer Unterhaltung machen wollen.«

»Ich nicht.«

»Hast du Angst vor dem jungen Mann? Du kannst ja deutsch fragen oder deutsch antworten und ihm auf die einfachste Manier zu verstehen geben, daß man im Eifer ein wenig zu weit geht. Eben treten neue Damen ein, das ist die beste Gelegenheit. Wer ist das übrigens? Das sind ja deutsche Schönheiten, sehr blond und sehr apart.«

»Die Schwestern Henning, die größere ist jetzt Frau Ungemach. Und der Herr hinter ihnen der Vater.«

»Sieht auch sehr germanisch aus. Du bekommst Hilfstruppen.«

Ungemach führte seine blonde, seegrün- und weißgekleidete Frau Hortense zu, die alsbald etwas wie Korpsgeist empfand. Ungemach bediente sich des Französischen, die junge Frau sagte:

»Ich bitte dich, wenn man Hannelore heißt. Du wirst mich Frau von Wierssen doch nicht als Madame Unghémac oder gar Unschémac vorstellen? Gnädige Frau, als ich gestern hörte, daß Sie hier wohnen, wurde ich recht neugierig auf Sie, Emil – wie kann man Emil heißen – hat mir erzählt, wie sehr er Sie in Florenz verehrte.«

Es tat Hortense ein wenig weh, zu denken, daß die Sechs- oder Siebenundzwanzigjährige sich unbekümmert dem strahlenden Licht aussetzen konnte, aber die freundschaftlichen Gefühle waren stärker, und als sie sich eine Weile mit diesem resoluten und völlig ladyhaften Menschenkind unterhalten hatte, bedauerte sie, daß man nicht am gleichen Ort wohnte.

»Zunächst einmal«, erwiderte Frau Hannelore, »bleiben wir einige Wochen hier; sodann ist Straßburg nicht aus der Welt, sondern einen Katzensprung entfernt, und drittens finden Sie vielleicht Gefallen an Mechthild, meiner älteren und unverheirateten Schwester – der Name geht auf Konto unseres Vaters, der in die deutsche Genealogie verstrickt ist.« Sie winkte der Schwester zu und überließ ihr den Platz neben

Hortense. Mechthild von Henning mochte dreißig Jahre zählen; es war schwer verständlich, daß sie nicht geheiratet hatte. Auf dem Heimweg äußerte sich Hannelore mit großer Offenheit:
»Anträge ohne Zahl, Körbe ohne Zahl, und drei, vier Gründe, von denen keiner stichhaltig ist, vielleicht muß man sie alle zusammennehmen. Sie mag den Vater nicht allein lassen, obwohl noch ein Bruder da ist; die Männer gefallen ihr nicht; sie treibt viel Musik und war schon einmal Krankenpflegerin. Ja, wir sind uns ähnlich, aber mehr äußerlich. Ich bin die Skizze, sie ist die Ausführung, alle stimmen überein, daß sie ein tiefer Mensch ist, und nicht alle sprechen das ohne spitze Betonung aus.«
»Den Verkehr mit Hennings«, sagte Georg zu Hause, »hättest du längst haben können, sie standen auf meinem Programm, dein Verhalten ermutigte mich nicht. Aber es läßt sich nachholen.«
Dafür sorgte Hannelore. Es störte sie wenig, daß Hortense älter war. »Sie können doch höchstens fünfunddreißig sein«, meinte sie, und Hortense widersprach, wenn sie es auch nicht gern tat.
»Sie müssen nicht glauben«, sagte Hannelore, »daß ich aus reiner Selbstlosigkeit so oft komme. In Baden-Baden darf man die schönen Tage nicht im Hause versitzen, dafür ist der Winter da. Sie können sich nicht vorstellen, wie eng und mittelalterlich Straßburg ist, ich muß Luft fürs ganze Jahr schöpfen. Allein kann ich nicht ausgehn, Mechthild begleitet mich nicht, Emil sucht sich die abgelegensten Punkte aus, um zu malen, und wenn ich hier auch Gott und die Welt kenne, so will man doch nicht nur den Klatsch breittreten, sondern auch etwas fürs Herz haben.«
»Und das bin ich?« fragte Hortense lachend.
»Ja. Mechthild paßt besser für Sie, aber an die können Sie sich halten, wenn ich fort bin.«
Sie waren so viel zusammen, daß Georg sie die Unzertrennlichen nannte und Raimund eifersüchtig wurde.
»Fast hat es den Anschein«, sagte er zu Hortense, »als wäre es Ihnen willkommen, daß wir uns nicht mehr unter vier Augen sehn. Nennen Sie das Freundschaft?«
»Ein wenig ist es so«, erwiderte sie, »Sie müssen es nur

richtig verstehn. Alles zwischen uns entwickelte sich so rasch, daß ich ganz betäubt war. Ich fühle, wie wohl es mir tut, mich zu sammeln. Haben Sie ein wenig Geduld, Raimund – muß ich sagen, daß es sich immer lohnt, Geduld zu haben?«

»Sie haben es ja gesagt, und Sie haben mich zum erstenmal Raimund genannt.«

»Gedacht habe ich es schon oft.«

»Was war schöner?«

»Sie wollen zuviel wissen.«

»Aussprechen ist schöner.«

»Nicht aussprechen ist zärtlicher.«

»Vielleicht. Vielleicht auch nicht. Der Klang fehlt, nichts ist zärtlicher als der Klang, warum sonst würde das Gefühl zur Tat drängen? Aussprechen ist schon Tat – ich erwarte, gnädige Frau, daß Sie zur Tat schreiten.«

»Und Sie nennen mich gnädige Frau.«

»Sie sind jeden Abend Hortense für mich. Jeden Abend, bevor ich zu arbeiten beginne, schreibe ich Ihnen ein paar Zeilen.«

»Und was tun Sie damit? Außer jenem einen Brief habe ich nie etwas von Ihnen erhalten. Warum nicht?«

»Weil ich Ihnen das Heft erst schicken kann, wenn es gefüllt ist.«

»Lassen Sie es mich sehn, sonst glaube ich nicht daran.«

»Ich werde Ihnen den Einband und das Titelblatt zeigen, nicht mehr.«

Der Einband war rot, ein Gegenstück zu ihrem Saffianbuch. Der Titel lautete HORTENSIA.

»Das ist ein Plural«, sagte er, »wer badische Stiche sammelt, sammelt Badensia – wer sich mit Hortense beschäftigt, schreibt Hortensia.«

»Ist das ein so ausgiebiges Thema, daß man ein ganzes Heft damit füllen kann?«

»Warum nicht ein Heft, da man mit Hortense ein ganzes Leben ausfüllen möchte?«

»Ist das ...?«

»Ja, das ist«, erwiderte er. »Soll ich weitersprechen?«

»Noch nicht, Raimund.«

»Wann, Hortense?«

»Wenn das Heft gefüllt ist, wenn ich es gelesen habe.«
»Soll ich rascher schreiben?«
»Nein, nichts Natürliches soll man beschleunigen.«
»Alles ist in Ordnung, ich werde nichts mehr gegen Frau Ungemach und ihr seegrün-blondes Temperament sagen. Das Verhalten der aschblonden Schwester würde mir mehr zusagen.«
»Nun werde ich eifersüchtig sein müssen.«
»Warum? Daß man eine Frau gern hat, weiß man dann am besten, wenn eine andere da ist, die man auch gern haben könnte.«
»Dann will ich Mechthild öfter mit Ihnen zusammenbringen.«
»Ich nehme Sie beim Wort. Kommen Sie mit den Schwestern zum Tee zu mir. Man könnte das öfter tun, dieses Haus ist lange genug die Einsiedelei gewesen.«
»Führen Sie einen Jour fixe ein wie Strakonik.«
»Wer übernimmt die Honneurs?«
»Ich, wenn Georg mitkommt, was er sicher tut, später wird mir Valentine helfen.«
»Valentine«, wiederholte er, »ich kann mir nicht vorstellen, daß Sie eine fast erwachsene Tochter haben.«
»Bedrückt es Sie?«
»Was wird sie sagen?«
»Wozu? Zu unserer Freundschaft?«
»Ja. Hat sie Ähnlichkeit mit Ihnen?«
»Im Charakter? Große, aber mein Urteil ist nicht maßgebend.«
»Wie hübsch, daß es eine zweite Hortense gibt.«
»Man möchte gern einmalig sein.«
»Sie üben einen Zwang aus. Ich muß jetzt sagen, daß Sie es sind.«

30

An diesem Abend suchte Hortense unter ihren Noten nach einem Nocturne Chopins, das sich aus einem Choral entwikkelte – ein unaussprechlicher Mut, eine ungeheure Bejahung entwickelte sich aus der Klage um das vergängliche Leben,

von der Raimund gesagt hatte, daß sie der Keim aller Kunst sei.
Sie konnte das Heft nicht finden und trug sich die Bruchstükke zusammen, die das Gedächtnis bewahrte. Es war die Stunde, in der Raimund ihr schrieb, und sie wollte ihm mit der Musik antworten, die ihrer Vorstellung von ihm entsprach.
Ein Wagen hielt vor dem Hause an, das Mädchen trat ein und meldete Frau von Muchanow.
»Oh, Sie spielen«, sagte die Russin, »es tut mir leid, daß ich Sie störe. Ich habe die letzten Takte gehört und glaubte Chopin zu erkennen. Die Noten liegen am Boden, Sie spielen frei?«
Hortense erklärte ihr den Zusammenhang.
»Meinen Sie das c-moll-Stück, das er an dem Abend des Tages niederschrieb, an dem er sich vor einem Gewitter in eine Pariser Kirche geflüchtet hatte? Es war Saint Germain des Prés, das noch alte Fenster von tiefster Glut hat – durch ein Wunder sind sie den Zerstörungen der Revolution entgangen.«
»Darüber weiß ich nicht Bescheid.«
»Lassen Sie mich versuchen«, sagte die impulsive Frau und humpelte an ihrem Stock zum Klavier. »Wie oft habe ich es in jenen Tagen gespielt, als ich jung und ungestüm war, und immer genügte es, mir vorzustellen, wie sich Gewitterschläge mit den Litaneien des Gottesdienstes vermengten; wenn man spielt, ist es gut, einen Ausgangspunkt zu haben; aber man muß nicht malen wollen.«
Hortense schloß leise das Fenster und blieb zwischen den Vorhängen stehn. Es tat wohl, die Stirn an die Scheibe zu lehnen; die Schauer, die ihr den Rücken hinaufliefen, zerteilten sich, wenn sie das kühle Glas erreichten.
»Meinten Sie das?« fragte Frau Muchanow. »Zu denken, daß diese Schmerzen der schreibenden Hetzerin galten, die ihn allein sterben ließ.«
»Kannten Sie die Sand?«
»Ich war manchmal bei ihnen, als sie am Square d'Orleans hausten, fast Wand an Wand. Pauline Viardot wohnte in der Nähe, sie könnte Ihnen viel von Chopin erzählen. Ich kann es nicht mehr, ich kam nur, um Ihnen Lebewohl zu sagen.«

»Sie verlassen Baden-Baden schon so früh?«

»Wir haben uns nur eingefunden, weil mein Mann zugegen sein wollte, wenn der Zar auf der Rückkehr von Paris hier durchfährt. Das ist morgen, am Pfingstsonntag, der Fall, er hält sich zwei Stunden auf, der Großherzog gibt ihm ein Frühstück – um dieses törichten Frühstücks willen, wenn Sie es so ausdrücken wollen, sind wir hierhergekommen. Ich sollte schon längst im Bett liegen, um morgen frisch zu sein, aber der Abend ist so schön, daß mich nicht einmal die Furcht vor der Nachtluft abschrecken konnte.«

Hortense erwachte unter Böllerschüssen und Glockengeläut. Sie schloß sich Raimund an und Hanno, die den Unterricht abbrachen, und ging mit ihnen zum Russischen Hof. Auf den Stufen der Briefpost konnte sie die Eskorte von Wagen und Fürsten sehn, die dem Zaren das Geleit bis zum Bahnhof gaben. Der König von Preußen war in Paris, der Kronprinz vertrat ihn; in den nächsten Tagen begegnete man in den Anlagen oft seinem Sohn, einem Knaben von acht Jahren, in Begleitung des Erziehers.

»Das ist also der moderne Aristoteles, der einen preußischen Alexander erziehen soll«, sagte Raimund.

»Und wie heißt er?« fragte Hortense; sie erinnerte sich, den Namen in den Zeitungen gelesen zu haben, es war etwas mit Hinz oder Kunz.

»Hinzpeter«, erwiderte Raimund, »lächeln Sie nicht, ohne Zweifel ist es ein sorgfältig ausgewählter Mann; und einen künftigen König zu erziehen, ist eine Aufgabe, die auch mich locken könnte – aber wir leben nicht mehr in der Antike, und die Königshäuser sind nur gehobene Bürgerfamilien, die um einen guten Eindruck in der öffentlichen Meinung besorgt sind, ganz wie bei den Rothschilds.« Er kam oft darauf zurück. Dieses Problem beschäftigte ihn. Jeder Erzieher entwarf ein Idealbild, er wollte den heroischen Charakter formen. Die tiefste Sehnsucht des Menschen verriet sich in diesen Entwürfen: von vorne anfangen zu können, aus dem vollen zu gestalten. Es war einer der wenigen Augenblicke, wo man sich gestand, was von der Wirklichkeit zu halten sei – daß sie nicht dem entsprach, was der Mensch aus sich hätte machen können. So standen die schönsten Ideen zu Papier, und darauf blieben sie stehn.

»Der heroische Mensch?« sagte er. »Man überlegt es sich in der Praxis, ob es ratsam ist, junge Löwen in einer Gesellschaft heranzuziehen, die nur Beamte und Kaufleute gebrauchen kann. König Wilhelm ist ein prachtvoller alter Mann; aber fragen Sie ihn einmal, ob er wünscht, daß sein Enkel ein neuer Alexander wird. Er müßte sich und sein Lebenswerk selbst verneinen, er kann nicht erlauben, daß der Erzieher seinem Zögling von Schicksal, jungem Tod und anderen unbürgerlichen Werten spricht. Er wird ihm einen Superintendenten und Fachleute aus den technischen Wissenschaften beigeben. Mit Friedrich dem Großen ist es noch gut gegangen, die Dynastie hat sogar diese Belastungsprobe überstanden – aber bei dem Gedanken, daß einer unter ihnen denselben Weg gehn könnte, müssen sie zittern. Was also sollen die idealen Entwürfe? Nur die Außenseiter verwirklichen sie, und um ein Bonaparte zu werden, dazu bedarf es keiner Pädagogen.«

Es gab viele Arten des Verstehens. Vor vier Wochen hätte Hortense auch verstanden, was er da sagte; aber sie hätte es mit dem Verstand verstanden, im besten Fall hätte sie eine Resignation herausgehört. Jetzt sah sie in eine Landschaft hinein, die zerklüftet, aber schön und wahr war. Hinter freundlichem Hügelgelände, das dem in Lichtental glich, stiegen heroische Gebilde an, bis hinauf zu Eis und nacktem Gestein.

Nie kamen Matten und Gletscher zusammen, und daß es so sein mußte, darin bestand das neue Verstehn. Nur Musik löste die Disharmonie, und sooft sie mit Raimund zusammen war, jedesmal drängte es sie zum Flügel.

Sie verstand auch, daß er sich gegen die Musik wehrte. Wenn man allen Zwiespalt, den man fühlte, sofort in Musik auflöste, schwächte sich der Lebenswille. Das war der Grund, weshalb ihm Liszt mehr gab als Chopin, der arme Tuberkulöse, oder Schumann, den die Faust des Lebens zerdrückt hatte. In Liszt war etwas, das über die musikalische Existenz hinausführte.

Verstehen war schon Liebe, und Liebe die einzige Möglichkeit, zu begreifen, was anders als man selbst ist – man gab den Widerstand auf und sah mit den Augen des anderen. Aber verstehen und lieben vermochte man nur, was stark war – es

mußte gegen die Welt stehn und ihr Gesetze geben, die sie vergessen hatte.
Nachträglich warf sie sich vor, zu weit gegangen zu sein, als sie ihm Vorschriften wegen seiner Kleidung gemacht hatte. Es kam nicht darauf an, wie einer angezogen war – und es kam doch darauf an, dachte sie, als er ihr in einem gutgeschnittenen Anzug entgegenkam; es war an dem Nachmittag, an dem sie ihn mit Hannelore und Mechthild besuchte.
Später stellte sich der alte Freiherr ein.
»Gerade zur rechten Zeit«, sagte Hannelore, »wo Mechthild ist, unterhält man sich nur vom Singverein und was dazu gehört. Keine andere Kunst kommt in Baden-Baden auf; Scherz ist es nicht, also Zufall oder tiefere Bedeutung?«
»Es ist kein Zufall, es hängt mit dem Charakter dieser Landschaft zusammen, die ganz ungeistig, ganz sinnlich ist«, erwiderte Raimund.
»Ich muß widersprechen«, erklärte Henning, »gilt meine Genealogie nichts?«
»Sie hat nichts mit Baden-Baden zu tun«, belehrte ihn Hannelore, »warum reist du immer nach Karlsruhe, Heidelberg und zehn anderen Orten, wo Archive sind?«
»Haben Sie etwas über die Mathy gefunden?« fragte ihn Raimund.
Der alte aristokratische Herr mit dem eisengrauen Bart ließ sich nicht in Verlegenheit bringen:
»So wenig wie über die Ungemach«, erwiderte er gutgelaunt, »es gibt nun einmal alte und neue Familien. Die Ihre, Frau von Wierssen«, wandte er sich an Hortense, »interessiert mich sehr. Wenn Sie gelegentlich eine Stunde frei haben, würde ich Sie um ein paar Winke bitten. Wissen Sie, daß Sie über die Liotars eine Verwandtschaft mit den Beauharnais geltend machen könnten?«
»Eine gute Einführung bei der Herzogin von Hamilton«, sagte Hannelore, »auch sehe ich Sie schon bei den Leuchtenbergs in der Villa Dupressoir oder Fräulein Valentine als Hofdame im Neuen Schloß.«
»Das, was Hannelore ausgeschlagen hat«, meinte Henning.
»Ich wäre heute nicht Frau Ungemach, Emil würde es leid tun.«

»Warum hast du ihn nicht mitgebracht? Wo steckt er?«
»Auf Ebersteinburg. Er fand, daß Hortense nicht genug Bilder in ihren Zimmern hat, und malt ihr Blicke auf Baden-Baden. Sie dürfen nicht verraten, daß ich Ihnen das gesagt habe, Sie müssen sehr überrascht sein und ihn loben. Dann bekommen Sie zu Weihnachten eine neue Sendung elsässischer Motive. Wann aber besuchen Sie uns in Straßburg? Haben Sie schon Ungemachs Bier kennengelernt? Fühlst du dich schwach, trinke Ungemach! Ungemach gemach genossen, keinen hat es noch verdrossen. Was sich reimt, ist für meinen Schwiegervater Kunst.«
»Wenn du spotten mußt, nimm die anderen aufs Korn, nicht die eigene Familie«, wies sie der Vater zurecht.
»Ein gefährlicher Vorschlag. Emil würde keine Bilder mehr verkaufen. Das Erstaunliche ist, er verkauft jetzt so viel, daß er als Junggeselle davon leben könnte. Die Straßburger Pastetenbäcker, Apotheker und Notare sind auf alles versessen, was wir die Steckleburger Sujets nennen – Steckleburger oder noch besser Steckleburjer sind die Straßburger«, klärte sie Hortense auf – »und den Münsterturm nennen sie Minschterzipfel: nach diesem Zipfel habe ich manchmal Sehnsucht. Man kann ihn doch von den Vorhügeln sehn? Wer begleitet mich?«
»Ich bin dabei«, erwiderte ihr Vater, »es wäre eine Gelegenheit, eines der Weindörfchen im Rebland zu besuchen.«
»Ein Vorwand, willst du sagen?«
»Eine Gelegenheit und ein Vorwand.«
»Morgen vormittag um zehn Uhr Abmarsch der Herren, Abfahrt der Damen, bei Wierssens«, bestimmte Hannelore, die an alles dachte.
Als Hortense nach Hause kam, teilte ihr das Mädchen mit, Herr von Wierssen lasse sie hinaufbitten, es sei Besuch da. Der Besuch war Jörcher, der Trauer trug. Vor einem Jahr hatte Hortense die Nachricht vom Tode seiner Frau erhalten.
»Welche Überraschung«, sagte sie, »sind Sie schon lange hier?«
»In Baden-Baden seit heute morgen, in diesem Hause seit einer Stunde, die ich mit Georg verplauderte. Zweiundzwanzig Jahre sind vergangen, seit wir uns zum letztenmal sahen.«

»Wir sind nicht jünger geworden, mein lieber Manfred.«
»Ich erkannte Georg sofort, er mich nicht. Was Sie betrifft, glaubte ich, als Sie eben hereinkamen, die Zeit sei stillgestanden. Die Figur hat sich nicht verändert, Haar und Augen nicht.«
»Finish for compliments. Darf ich Ihnen gratulieren?«
»Wozu?«
Sie wies auf seine Karte, die auf dem Tisch lag:
»Baron des Königreichs; Sie haben alles erreicht, was Sie sich einst vornahmen.«
»Woher weißt du das?« fragte Georg.
»Ich besuchte Jörcher, als ich nach Europa zurückkehrte. Ich glaube dir gesagt zu haben, daß die Firmen miteinander arbeiteten.«
»Ja, ich erinnere mich«, erwiderte Georg. Sie war beruhigt. Jörcher hatte nicht zuviel erzählt.
»Die arme Jeanette«, sagte Hortense. »Wie haben die Kinder den Verlust der Mutter aufgenommen?«
»Sie sind jung, junge Menschen trösten sich schnell.«
»Und Sie, Manfred? Fühlen Sie sich sehr einsam?«
»Nicht, wenn ich im Geschäft bin, wir haben in allen fünf Erdteilen zu tun, wohl aber nachher«, gab er zur Antwort und sah sie mit einem Blick an, den sie nicht verstand.
»Bleiben Sie lange?« erkundigte sie sich.
»Nur bis übermorgen, es geht beim besten Willen nicht länger. Ich muß nach Wien fahren, wo ein merkwürdiges Bankunternehmen entstanden ist. Der Exkönig von Hannover, der sich mit seinem Schicksal nicht abfinden kann, hat katholisches hochfeudales Kapital zusammengebracht, mit überraschendem Erfolg. Wir sind auch beteiligt und hörten jetzt, daß der geheime Zweck sei, einen Kriegsfonds gegen Preußen zu bilden. Sie verstehn, ich muß der Sache auf den Grund gehn.«
»Das würde Mathy Spaß machen, der zwischen den Königen und den Rotschilds keinen Unterschied sieht.«
»Wer ist Mathy?«
»Ein Freund von uns. Dabei fällt mir ein, daß ich mit ihm und einigen anderen Freunden für morgen zu einem Ausflug ins Rebland verabredet bin.«
»Lassen Sie sich nicht abhalten.«

»Selbstverständlich lasse ich mich abhalten. Es sei denn, daß Sie sich anschließen, was auch von Georg erwartet wird.«
»Gern, wenn ich nicht zuviel laufen muß.«
»Sie können sich zu den Damen in den Wagen setzen.«
»Ich will gern Hahn im Korb sein, aber er darf nicht auf vier Rädern fahren«, sagte er und widersprach auch während des Spazierganges lebhafter, als nötig war. Er amüsierte Hortense, er war eitel. Als die letzte Anhöhe, die den Badener Kessel von der Rheinebene trennte, erreicht war, mußte er sich doch zum Hühnerkorb bequemen; nachdem er eine Stunde durch den Wald gegangen war, taten ihm die Füße weh. – Als Hortense sah, daß Jörcher zurückblieb, wartete sie auf ihn.
»Ich bin das nicht gewohnt«, sagte er, »fast habe ich vergessen, daß ich einmal selbst Badener war. Unter Franzosen verliert man das Verhältnis zur Natur.«
»Hat es Ihnen nie leid getan, daß Sie in einem fremden Volk aufgegangen sind?«
»Nie. Warum auch? Wäre ich nicht Anno 45 Ihnen gefolgt, so hätte ich Anno 48 fliehen müssen. Millionen Deutsche sind in die Welt hinausgegangen, warum nicht ich? Manche haben eine Philosophie daraus gemacht und dem Deutschen die Aufgabe angewiesen, Dünger in fremdem Boden zu werden. Ich sehe es einfacher, ein Land, das seine Menschen behalten will, muß ihnen einen Lebensraum schaffen. Ein Fürstentum mit einem Serenissimus ist kein Lebensraum.«
»Alles hat sich in diesem Jahrzehnt geändert, den Serenissimus gibt es nicht mehr, Bismarck duldet ihn nicht. Ihr Karlsruher Stammhaus besteht doch noch?«
»Das führt mein Bruder, wir in Brüssel haben nichts mehr damit zu tun. Ich will Ihnen gestehn, daß ich voriges Jahr in eine gewisse Versuchung geriet, als ich hörte, daß ein in unseren Kreisen sehr angesehener Mainzer namens Bamberger, der 48 nach Paris geflohen und an die Spitze eines großen Bankhauses gelangt war, seine Zelte abbrach und nach Deutschland zurückkehrte, um seine Kräfte zur Verfügung zu stellen. Wenn die Achtundvierziger ihren Frieden machen, muß sich etwas von Grund aus geändert haben.«
»Und weshalb gaben Sie der Versuchung nicht nach? Weil Sie kein Idealist sind? Weil Sie gerade Baron wurden?«
»Spotten Sie nicht, schon die Dankbarkeit hätte mich gehin-

dert. Vielleicht auch, weil ich keine deutsche Frau hatte.«
»Sie sind ein Mann in den besten Jahren. Jeannette wird es nicht weh tun, wenn ich sage, daß Sie sich wieder verheiraten könnten, und auch nicht, daß ein Baron Jörcher die Auswahl unter den Töchtern des Landes haben dürfte.«
»Er – ich muß Ihnen etwas über Jeannette berichten.«
»Sagen Sie nichts, was indiskret wäre.«
»Sie sind auf falscher Spur. Sie waren oft bei uns und wir zweimal bei Ihnen. Jeannette hatte Sie gern, und als wir das letztemal von Ihnen kamen, sagte sie: ›Wenn du wieder heiratest, würde ich wünschen, daß es Hortense wäre.‹«
Sie sah ihn fassungslos an:
»Ich bin übermorgen schon in Wien angemeldet«, fuhr er fort, »sonst würde ich nicht so übereilt sprechen. Sagen Sie mir nur eines, darf ich auf der Heimreise ein paar Tage hierbleiben und auf diese Dinge zurückgreifen?«
»Sie sind mir immer ein willkommener Freund«, erwiderte sie, »aber mehr könnte ich Ihnen nicht sein.«
»Steht das unerschüttert fest?«
»Unerschütterlich.«
»Weil ich es bin?«
»Aus anderen Gründen.«
»Werden Sie nachsichtig sein, weil ich mir nicht die Zeit nahm, selber meine Chancen abzuwägen?«
»Von Nachsicht kann keine Rede sein. Sie haben etwas getan, was ich mir einmal heiß wünschte. Sie tun es spät.«
»Zu spät«, unterbrach er sie.
»Zu spät, aber es berührt mich doch im tiefsten.«

31

Als man den Wald, der die Yburg umgürtet, erreichte, setzten die Damen sich wieder in den Wagen. Die Straße machte große Bogen. Ungemach behauptete, den Merkur zu sehen; aber es war der Fremersberg.
»Heute abend«, sagte Mechthild, »dirigiert Könnemann vor dem Kurhaus seine ›Fremersberg-Phantasie‹. Sie kennen ihn?« fragte sie Hortense. »Er ist unser Kurdirigent, ein

braver Mann, dem man eine Ehrung schuldig ist. Darf ich um Beteiligung werben?«

»Wir Männer sind herzlich müde«, erwiderte ihr Vater, aber Mechthild erhielt unerwartete Unterstützung. Als der Merkur wirklich sichtbar wurde und mit Wiesen und Erlen das Badener Stadtgebiet begann, kam eine Schar junger Frauen auf sie zu, unter den Bäumen einer Allee, die sich ihnen entgegensenkte.

»Die Viardotschule«, rief Mechthild aus, »und Frau Viardot selbst mit den Töchtern.«

»Ein Bild aus dem Altertum«, sagte der Maler Ungemach.

»Es ist mir nicht bekannt, daß es weibliche Schulen gab und daß sie wie die Philosophen spazierengingen«, belehrte ihn Henning.

»Sage das nicht, auf den Wänden von Pompeji gibt es solche Szenen. Könnte es nicht Eurydike mit ihren Gefährtinnen sein?«

»Wir wollen raten«, schlug Hannelore vor, »welchen Ländern die Mädchen angehören. Die Viardottöchter würde man für Südländerinnen halten. Die noch Dunklere mit dem blauen Haar ist eine Südamerikanerin, die schmale Blonde Engländerin, die Weißblonde Schwedin ...«

»Die Üppige, Frische – eine Flamin«, ergänzte Jörcher.

»Ja, sie gleicht der Artôt. Die Kastanienbraune ...«

Aber inzwischen hatte man sich vereinigt.

»Wir haben den letzten Teil Ihres Jeu d'esprit gehört«, sagte Frau Viardot, »aber nicht mehr, was Sie von mir sagten.«

»Wir haben Sie mit Eurydike verglichen und bedauert, daß nicht jede von Ihnen eine Kythara im Arme hält«, erwiderte Hannelore.

»Und doch hätten Sie Orpheus sagen müssen, Sie wissen, daß er meine große Rolle war?«

Selbst Hannelore Ungemach fand keine schlagfertige Antwort.

»Schade, daß der blonde Riese uns nicht begleitet hat«, meinte Frau Viardot, »die etymologische Verwirrung wäre noch größer gewesen, Sie hätten zur deutschen Sage greifen müssen.«

»Blonder Riese – wen meinen Sie?«

»Sechs Fuß hoch aufgeschossen, ein Kriegsgott anzuschaun;

der Liebling der Genossen, der Abgott schöner Fraun«, erwiderte sie auf deutsch, »denselben, der Anno 61 in der denkwürdigen Tannhäuseraufführung dem johlenden Jokkeyklub standhielt.«

»Albert Niemann«, sagte Mechthild, »ist Niemann hier?«

»Ja, um Trente et Quarante zu spielen, und das Wunder ist geschehen, Viardot und Turgeniew haben ihn in die Spielsäle begleitet. Das noch größere wird geschehn – daß wir heute abend alle zum Kurkonzert gehn, Könnemann zuliebe, ein Künstler muß den anderen ehren.«

Man kehrte zusammen zurück, und es ergab sich, daß Mathy Frau Viardot unterhielt.

»Worüber haben Sie miteinander gesprochen?« fragte ihn Hortense, als sie abends zum Kurhaus gingen.

»Über Liszt. Ich habe die Gelegenheit benutzt...«

»Sie hätten sie schon längst suchen sollen. Ich bin froh darüber. Wo ich verkehre, sollen auch Sie verkehren – ich hoffe wenigstens für die Wintermonate auf Verkehr mit den Viardots.«

»Wo du hingehst, will ich auch hingehen«, sagte er in dem Ton, mit dem man eine sakrale Formel nachspricht.

Die Oos rauschte, über den Merkur schob sich eine große goldene Scheibe. Sie stieg rasch höher, in kleinen Rucken, als würde sie von einer Maschine gehoben. Dunkel glühten die Lampions in den Kastanien, die zwischen den Buden standen, weiß die Schalen vor dem Konversationshaus; im Musikkiosk waren sie zu einem Kranz gereiht, schwarz stand darunter der Mann, der kein Künstler von Gottes Gnaden sein mochte, dem aber eine volkstümliche Symphonie gelungen war.

Er verwandte fleißig Waldhorn, Oboe und Saxophon, denn der Fürst ritt zum Fremersberg zur Jagd. Ein Gewitter zog auf, wie dankbar, Sturm und Blitz zu malen. Der Gesang der Einsiedler wies dem Verirrten den Weg; das Unwetter verzog sich, die Vögel, die Sonne und die Jagdgefährten kehrten zurück – was wollte ein Musiker mehr?

Auch Turgeniew und Viardot waren da, aber die Neugierde auf Niemann mußte sich gedulden, er saß wieder drin beim Trente et Quarante.

»Sie haben heute nachmittag deutsche Verse angeführt, gnädige Frau«, wandte sich Henning an Frau Viardot. »Ich habe die ganze Zeit darüber nachgedacht, von wem sie sein könnten, sie sind und bleiben unbekannt.«

»Muß die Französin den Deutschen belehren?« fragte sie. »Aber da ich das Rätselraten liebe, will ich Ihnen einen Wink geben; der Dichter führt einen französischen Namen.«

»Chamisso? La Motte-Fouqué?«

»Jünger, ein Heutiger und ein Bürgerlicher«, half sie nach, »und die Verse beziehen sich auf einen preußischen Prinzen, der bei Jena fiel. Das müssen Sie besser wissen; welcher von ihnen war damals der Abgott der Frauen?«

»Das kann nur Louis Ferdinand sein, er fiel bei Saalfeld, aber wer ist der Dichter?«

»Fontane.«

»Ich habe den Namen nie gehört.«

»Freund Pietsch, der für alles Schöne schwärmt, hat mich mit ihm bekannt gemacht. Ich liebe Balladen, man kann nicht immer Mörike lesen.«

»Es ist doch wunderbar, wie gut Sie sich in unserer Literatur auskennen.«

»Weil ich Lieder komponiere, in Deutschland bin ich an der Quelle. Aber da kommt Niemann – er ist doch mein größter Schüler.«

Sie war stolz auf ihn. Jedermann wußte, daß Niemann, als er schon berühmt war, noch einmal bei ihr Unterricht genommen hatte.

Alles schaute, das Knistern von hundert Frauenkleidern rauschte auf. Hortense hatte nie einen schöneren Mann gesehn; aber ging es denn an, so schön zu sein, konnte man durch Menschen des neunzehnten Jahrhunderts wie ein junger Sohn Walhalls gehen? Es machte sie beklommen, so viel Kraft, Temperament und Sturm auf einen Blick zu erfassen.

Sie sah zu Raimund hinüber; ein Mann mußte etwas haben, das sich der Zeit, der Geduld und dem Verstehen erschloß.

»Haben Sie diesmal gewonnen?« fragte Turgeniew.

»Einen Hügel gewonnen, einen Berg verloren. Nitschewo.«

»Das ist ein Wort, das man da drinnen oft hört.«

»Ich saß neben einem unheimlichen Menschen, es muß einer

Ihrer Landsleute gewesen sein. Er kam vom Roulette herüber und verstand zu wenig vom Trente et Quarante; ich erklärte ihm die Regeln – meinen Sie, er hätte sich nur mit einem Wort bedankt? Nicht einmal genickt hat er mit seinem eckigen, bleichen Totenschädel. Aber da, schauen Sie doch, das ist er.«

Ein untersetzter Mann, der mit Mantel und Schal viel zu warm für die Jahreszeit gekleidet war, drängte sich durch die Menge, ohne aufzublicken.

»Er stürzt davon, um Geld zu holen, in einer Viertelstunde werden wir ihn wiedersehen«, meinte Henning, »dafür bekommt man in Baden-Baden einen Blick.«

»Feodor Michailowitsch«, sagte Turgeniew zu Hortense; »es ist Dostojewskij, von dem wir neulich sprachen.«

»Wollen Sie sich nicht bemerkbar machen, wenn er tatsächlich zurückkehrt?«

»Er wird so wenig aufschauen wie jetzt.«

»In diesem Zustand muß man einen Spieler nicht anhalten«, erklärte Niemann, »er ist wie ein Tier auf der Jagd, reizen Sie es nicht, es würde Sie anknurren.«

»Apropos Jagd«, erwiderte Turgeniew, »werden Sie im August hier sein? Schnepfen, Rebhühner und Hasen stehen gut, wie ich heute hörte.«

»Haben Sie Ihre alte Pacht?«

»Selbstverständlich. Louis auch. Sie müssen kommen. Im August haben Sie Ferien – Sie sind doch noch in Hannover Königlicher?«

»Ja, aber in einem Provinzhoftheater, die Umstellung ist schmerzlich, der blinde König war ein idealer Brotherr.«

»Der blinde König versteht sich auch auf die Geschäfte«, sagte Jörcher.

»Sie meinen die Geschichte in Wien? Muß er nicht? Es ist noch keineswegs sicher, daß die Preußen ihm die siebzehn Millionen, die er bekommen soll, auch wirklich auszahlen.«

»Ein schönes Stück Geld.«

»Niemann brauchte kein Jahr, um es zu verspielen«, meinte Turgeniew.

»Wenn man eine Goldquelle im Munde hat«, sagte Jörcher.

»Sie unterschätzen unsere Einnahmen«, erwiderte Niemann,

»man kann jeden Abend fünftausend Gulden am Spieltisch verlieren, aber nicht jeden soviel verdienen.«

»Offenbach hat aus der ›Großherzogin von Gerolstein‹ bis jetzt schon eine viertel Million Franken gezogen.«

»Pah, und was haben die Direktoren, und wer sonst alles da ist, herausgezogen? Ganz Paris nimmt am Gewinn teil, ich war eben dort – das Geld, das ein Künstler verdient, ist immer wohlverdientes Geld.«

»Was habe ich gesagt?« ließ sich Henning vernehmen. »Ihr Russe kehrt zurück, er wischt sich die Schweißtropfen von der Stirn.«

»Den Todesschweiß, dieses weiße Gesicht ist mir unheimlich, und doch möchte ich gern sehen, wie er spielt«, sagte Niemann.

»Ist er reich?« fragte Frau Viardot Turgeniew.

»Gar nicht, er lebt von der Hand in den Mund.«

»Hat er eine Frau?«

»Er soll sich neulich wieder verheiratet haben, mit einem ganz jungen Mädchen, das fünfundzwanzig Jahre jünger ist.«

»So ist das ihre Hochzeitsreise. Die Arme, vielleicht hat sie eben das letzte Goldstück hergeben müssen. Sie sollten doch versuchen, mit ihm zu sprechen.«

»Sie kennen seinen mißtrauischen Charakter nicht. Es gibt Menschen, die Ihnen nicht verzeihen, daß Sie ihnen einmal ausgeholfen haben. Wir stehen auch literarisch, oder wenn Sie wollen, politisch nicht zum besten, und schließlich ist es nicht an mir, ihn aufzusuchen. Er weiß, daß ich hier wohne, und kennt den Weg zur Schillerstraße. Würde ich mich ihm aufdrängen, so träte man das ein halbes Jahr lang in Petersburg breit – wir leben, da wir keine Öffentlichkeit haben, von boshaften Legenden.«

»Es ist halb elf«, sagte Niemann, »in einer halben Stunde werden die Spielsäle geschlossen. Ich muß mein Glück noch einmal versuchen.«

»Ich habe sie noch nie betreten, heute hätte ich Lust, einen Blick hineinzuwerfen«, erklärte Frau Viardot.

»Schließen Sie sich nicht aus, Georg«, bat Hortense, »wir sind alle von vornherein überzeugt, daß Sie das Spiel mit Recht verdammen.«

»Ich nicht«, wandte Hannelore ein, »zum mindesten will ich es vorher gesehen haben. Emil, ich erlaube dir, dein letztes Honorar mir zu Ehren auf die Siebenundzwanzig zu setzen.«

»Tun Sie das, Herr Ungemach«, sagte Niemann, »man hat Ihnen ohne Überlegung eine Zahl gesagt, das bringt Glück.«

Es war nicht so einfach, die Menge, die um den Spieltisch stand, zu durchbrechen – dem bleichen Russen gelang es eben, sich auf einem frei werdenden Stuhl niederzulassen. Er drückte die Watte fester in die Ohren, als wolle er sich noch mehr von der Umwelt ausschließen, und begann zu setzen.

Ungemach zog ein Goldstück aus der Tasche, beugte sich vor und belegte die Siebenundzwanzig. Er verlor, die Achtundzwanzig kam heraus.

»Das ist merkwürdig«, sagte Niemann, »Sie hatten doch an Ihr Alter gedacht, nicht wahr? Stimmt es denn nicht?«

»Sie hat sich um ein Jahr jünger gemacht«, erklärte der Freiherr, »du stehst im achtundzwanzigsten Jahr.«

»Eben weil ich erst darin stehe, gab ich das erreichte Alter an, das ist doch logisch.«

»Nicht für die Kugel, allem Anschein nach«, erwiderte der Sänger.

»Glauben Sie das ernstlich, das ist doch absurd.«

»Credo quia absurdum. Wenn man spielt, glaubt man alles.«

»Soll ich es noch einmal mit der Achtundzwanzig versuchen?« fragte Ungemach.

»Unsinn, es muß doch eine Ewigkeit dauern, bis die gleiche Zahl wiederkehrt.«

»Das ist kein Gesichtspunkt«, sagte Niemann, »ich habe gehört, daß Zero dreimal hintereinander herauskam. Gesehen habe ich es nicht, ich spiele nie Roulette.«

Ungemach wagte ein Fünffrankenstück auf die Achtundzwanzig; Hortense dachte an Valentine und setzte auf ihr Alter. Die Siebzehn kam heraus. So war jeder zufrieden, Hannelore, weil sie recht behalten hatte, Hortense, weil sie richtig gesetzt hatte.

Niemann ging in den Trente-et-Quarante-Saal, die anderen warfen einen Blick in die Gesellschaftssäle. Da niemand Abendtoilette angelegt hatte, trat man nicht ein, sondern ließ sich den geöffneten Türen gegenüber im allgemeinen Konversationsraum nieder.

Eine blendende Person kam auf dem Teppich daher, von einem Schwarm französischer und russischer Herren begleitet. Haar und Büste funkelten von Brillanten.

»Was für ein Gesicht«, sagte Frau Viardot, »es ist ein einziges Versprechen auf Gemeinheit.«

»Damit haben Sie ihre Anziehungskraft erklärt«, erwiderte Turgeniew. »Von seiner Geliebten, der Rasmussen, sagte der König von Dänemark: ›Sie ist so herrlich gemein.‹«

»Am Ende kennen Sie auch diese hier? Die Lippen haben etwas Wulstiges oder Tatarisches; ist es eine Russin?«

»Sie haben den Namen schon oft gehört, sie kommt Jahr für Jahr, es ist Cora Pearl.«

»Oh«, riefen Frau Viardot und Hannelore gleichzeitig aus. Die französischen Journalisten konnten sich nicht genugtun, über den Luxus und die Abenteuer dieser Frau zu berichten. Man nannte sie die Herzogin der Loretten und wußte den Preis zu nennen, den sie für eine Nacht nahm: es waren fünftausend Franken.

»Sie haben mich gefragt, ob sie Russin sei«, sagte Turgeniew, »wenn sie wüßte, was ich jetzt verrate, würde sie mir zwanzig meiner Landsleute auf den Hals schicken, die alle vorzügliche Pistolenschützen wären. Sie ist eine Moskauer Jüdin, die einen Gettoschneider heiratete und mit einem Kind zurückließ. Wenn sie heute in Baden-Baden einzieht, folgen ihr ein königlicher Troß von Dienern, fünfzehn Pferde, ein halbes Dutzend Equipagen und ein Hofstaat von ganz jungen und ganz alten Kavalieren, die bereit sind, sich von ihr plündern zu lassen.«

»Ist das Baden-Badener Stil?« fragte Hortense ungläubig.

»In der Halbwelt und in der ganz großen, ja. Er unterscheidet sich nicht viel von dem eines Zirkus, der einzieht. Wenn Fürst Menschikow ankommt, besteigt er in Oos einen Sechserzug und fährt so nach Baden-Baden. Ich habe schon Achterzüge und einen Pferdeeinzug von zwanzig Stück gesehen. Morgen sollten Sie sich einen anderen Einzug ansehen, der mit diesem westlichen nichts zu tun hat, Ihnen aber einen guten Begriff von der Rolle gibt, die hier die Herren spielen.«

»Meinen Sie die Einholung des jungen Sturdza?«

»Und die Einweihung der Familiengruft auf dem Michaelsberg. Sie wissen schon?«
»Da ich die Zeitungen lese, ja.«
»Da ist ja auch wieder unser kleiner Herr Marcelin«, sagte Mathy zu Georg, »hast du dich überzeugt, daß er alles in allem ein harmloser Berichterstatter menschlicher Torheiten ist?«
»Ich habe mich überzeugt, daß ein Franzose dieser Art völlig unerträglich ist«, erwiderte Georg. »Er zahlt jeden Preis, um witzig und elegant zu sein, und weiß nicht, wie dumm und beschränkt er ist. Was andere sind, was sie können, davon ahnt er nichts. Es ist das liebloseste und anmaßendste aller Völker.«
»Sage das nicht so laut, nimm Rücksicht auf unsere Freunde. Schließlich ist ja alles in Ordnung, wenn du ›Franzosen dieser Art‹ sagst. Es gibt auch andere.«
»Keinen, der uns für voll ansieht.«
»Lies, was Renau von uns sagt, sprich mit Maxime du Camp, der jedes Jahr kommt.«
»Ein oder zwei Ausnahmen wollen nicht viel bedeuten. Für die Masse sind wir Karikaturen. Unter den Heften dieses Marcelin ist eines, das den französischen Soldaten verherrlicht. Ich habe den Schwung, die Verve, den Elan, alle diese französischen Eigenschaften bewundert. Selbst wenn er sich Mühe gäbe, unsere Soldaten ebenso objektiv zu sehn, gelänge es ihm nicht, weil er den Zugang nicht fände. Auch ohne bösen Willen kämen nur Karikaturen heraus.«
»Damit sprichst du ihn frei. Franzosen sind so hilflos an ihre Anschauungen gebunden, daß alles Fremde ihnen verzerrt erscheint. Wir sind für sie Barbaren im griechischen Sinn.«
»Ich bitte dich.«
»Es ist so. Trotzdem wirst du Hortense und mich nach Paris begleiten.«
»Das Neueste, was ich höre. Wozu?«
»Weil ich nicht gut mit Hortense allein fahren kann, und weil du die Leute, die du bekämpfst, noch nicht genau genug kennst. Wir werden es so einrichten, daß wir am Napoleonstag, das ist der fünfzehnte August, in Frankreich sind.«
»Ihr scheint euch sehr einig zu sein.«

»Vollkommen. Ich weiß nicht, ob es Hortense recht ist, daß ich dir das sage, aber ich sage es dir.«
»Wir wollen gehen«, schlug Frau Viardot auf der anderen Seite des Tisches vor. »Man kann die anständigen Frauen nicht von den anderen unterscheiden. Wie glücklich, daß wir im Tiergarten von dieser Welt nichts sehen und hören.«
»Einen Augenblick noch«, bat Turgeniew und winkte einen Chasseur herbei, der Zeitungen anbot.
»Darf ich das Blatt haben?« fragte Hortense, nachdem er es hingelegt hatte. »Ich möchte den Namen Ihres Freundes gedruckt lesen, eher haftet er mir nicht im Ohr. Hier: Th. Dostojewskij, Leutnant aus St. Petersburg, mit Frau.«
»Th. ist falsch und Leutnant ein wenig merkwürdig. Wo wohnt er?«
»Gernsbacher Straße 25. Aber das ist doch die Adresse meiner Masseuse und meiner Büglerin.«
»Masseusen sind gesprächig, Sie werden bald etwas über Leutnant Dostojewskij hören.«
»Wer sagt Ihnen, daß ich neugierig bin?«
»Leute von Geist sind fast immer neugierig.«
»Sie auch?«
»Sehr. Bloßen Klatsch mag ich nicht, aber erzählen höre ich gern. Die Menschen aus dem Volk sind oft vorzügliche Schilderer.«

32

Am nächsten Morgen erwachte man wieder im Glockengeläut, es war Fronleichnam. Als Raimund kam, war Georg schon fortgegangen.
»Er beteiligt sich an der Prozession«, sagte Raimund, »wir müssen uns beeilen.«
Die Trompetenbäume an der Oos trugen Blätter, die großlappig und spitz wie Elefantenohren waren, sie hatten lilafarbene Kerzen aufgesteckt. Schlanke dunkle Forellen standen gegen die Strömung, man hätte sie für Hechte halten können. Sonnenlichter tanzten auf dem Gefälle.
Die Allee war leer; es gab nicht viele, die zu dieser frühen Stunde spazierengingen. Die Königin von Preußen gehörte

zu ihnen; sie war eine ausdauernde Fußgängerin, die ihre Hofdame ermüdete. Es war Sitte, sie zu grüßen. Raimund zog den Hut, sie dankte.
»Man sollte mehr gehen, man haftet zu sehr an der Talsohle«, sagte Hortense, »ich war noch nicht auf dem Merkur und noch nicht einmal auf dem Alten Schloß.«
»Es wäre eine gute Vorbereitung auf unseren Ausflug zum Mummelsee.«
»Von dem Sie mir noch nichts gesagt haben. Wer soll uns begleiten?«
»Braucht man Begleitung?«
»Mit der Bahn, doch. Wenn wir zu Fuß über die Hornisgrinde zurückkehren, wird es für Sie zu anstrengend sein.«
»Wir werden mit einem Tag nicht auskommen.«
»Wir wollen es versuchen«, sagte sie, »aber Georg wird sich vielleicht anschließen wollen.«
»Georg ist diskret.«
»Ich verstehe Sie nicht, Raimund.«
»Und ich selber bin indiskret gewesen, ich habe ihm eine Andeutung gemacht. Er meinte, wir schienen einig zu sein, und ich sagte: vollständig.«
»Warum taten Sie das?« erwiderte sie leise. »Ist Georg mein Vormund?«
»Es ergab sich alles im Gespräch. Ich ließ ihn wissen, daß er uns nach Paris begleiten müsse.«
»Nach Paris wollen Sie auch?«
»Mit Ihnen. Ich will alles mit Ihnen sehen. Warum widerstreben Sie?«
»Ich widerstrebe nicht. Ich möchte nur Valentine erst bei mir haben. Ich möchte sie nicht überraschen. Ich möchte, daß sie sich selber ein Bild macht.«
»Wann wollen Sie Valentine kommen lassen?«
»Ende Juli.«
»Warten Sie bis zum August. Wir treffen sie in Paris und zeigen ihr die Ausstellung.«
Am Leopoldsplatz erreichten sie die Prozession. Sie kam aus der Luisenstraße und bewegte sich nach der Promenade, die einmal der Wallgraben gewesen war. Unter den Beamten, die der Geistlichkeit folgten, war Georg, er trug wie alle eine Kerze.

An der Ecke vor dem Viktoriahotel stand der Singverein. Eine schöne Altstimme löste sich aus dem Chor, es war Mechthild. Blauer Himmel überglänzte den bestickten Damast der Banner, das Schwarz und das Weiß der Mädchen. Mathy stand so, daß er im Auge den Umriß des Fürsten hatte, der auf dem Postament in römischer Haltung stand. Es war ihm, als wohne er unter den Standbildern der Kaiserzeit einem antiken Umzug bei. »Wir haben das Beste nicht gesehen«, sagte er, »die Prozession zieht, bevor sie die Stadt betritt, hinaus, um die Felder und Früchte zu segnen.«

»Raimund, Sie sind Protestant, nicht wahr?«

»Ja, warum fragen Sie?«

»Seien Sie froh, daß ich mich so spät danach erkundige, Valentine ist religiös.«

»Georg auch, und ein Gegner der Mischehe, wenigstens grundsätzlich.«

»Hat er Ihnen das gesagt?«

»Er mag es gedacht haben, und damit hat es sein Bewenden. Wir zählen unsere kleinen Hindernisse auf – gibt es auch große?«

»Eines vielleicht«, erwiderte sie und hätte ihm am liebsten gesagt: Wir bewegen uns wie die Katzen um den heißen Brei, wir haben schon das Wort Ehe gebraucht und sagen noch Sie zueinander. – Heute abend werde ich ihm ein Briefchen schreiben, dachte sie.

Es war noch zu früh, um zum Bahnhof zu gehen.

»Wir wollen einen Vorblick auf den Mummelsee werfen«, sagte Raimund und führte sie in die Trinkhalle.

Von dem Bild in der Mitte hatte sich Könnemann die Eingebung für sein Musikstück geholt; die zweite Freske stellte die Nixen des Mummelsees dar, die den Schilfgott umtanzten. Der Schilfgott tauchte nur mit dem Haupte auf, die Leiber der Mädchen schwebten bis über die Hüften aus dem Wasser empor. Es gab noch ein Dutzend anderer Bilder. Wer dafür Sinn hatte, konnte von ihnen ablesen, daß die Sagen des Mittelalters entstanden waren, als den naturfrohen deutschen Geist die christliche Beseelung durchdrang.

»Es hat mir gestern gefallen«, sagte Hortense, »daß Frau Viardot erklärte, der Künstler müsse den Künstler ehren.

Einen Maler ehrt man, indem man sich seinen Namen merkt; wer hat diese Fresken gemalt?«

»Ich kann Ihnen sagen«, erwiderte Raimund, »wer die Sturdzakapelle gebaut hat, aber nach dem Namen des Malers muß ich erst fragen.«

Das Fräulein am Sprudel wußte ihn, er hieß Götzenberger.

»Und wer hat die Kapelle erbaut?« fragte Hortense.

»Der Mann, der schon für König Jérôme in Kassel und dann das ganze neue München, bei Regensburg die Walhalla und in Petersburg die Eremitage gebaut hat, der alte Klenze.«

»Woher haben Sie diese Kenntnisse?«

»Architektur ist die Kunst, die mir am nächsten steht.«

»Noch näher als Musik?«

»Die eine ist mit der anderen verwandt.«

»Das kann man nicht auf alle Musiker anwenden«, widersprach sie.

Mit Rede und Widerrede verging die Zeit.

Der Zug mit dem Sarg des jungen rumänischen Prinzen lief ein. Der Archimandrit aus Wiesbaden, der Stadtdirektor, der Bürgermeister, der Gemeinderat nahmen ihn in Empfang, die florverhüllte Feuerwehr setzte ihn auf den Wagen.

Hortense und Raimund bogen ab und stiegen zum Schloß Hohenbaden hinauf, um sofort mit dem Training zu beginnen. Im Bernhardsbau, die Kamine des Rittersaales im Rükken, den Himmel über sich, hielt eine Gesellschaft, in deren Mitte Cora Pearl saß, ein Picknick ab; die Wände warfen den Schall der Champagnerpfropfen zurück.

An der Battertspitze trat das rotliegende Gestein zutage, eine Felsenburg, die hundert Meter zum Wald abstürzte, hundert aus ihm heraufwuchs. Was sie tags zuvor nicht gesehen hatten, erblickten sie heute, die Schwurhand des Straßburger Münsters. Der Rückweg führte über die Kanzeln, auf denen Teufel und Engel sich in Reden gemessen hatten, und über den Annaberg zum neuen Friedhof.

»Sie sind gut zu Fuß«, sagte Raimund. Lachend machte sie ihn auf den Gassenhauer aufmerksam, den vor ein paar Jahren einer zu Paris aufgebracht hatte. Ein Orgelmann drehte ihn für die Häuschen, die sich an die Falkenhalde lehnten.

J'ai un pied qui r'mue et l'autre qui ne va guère;
J'ai un pied qui r'mue et l'autre qui ne va plus.

»Werfen Sie dem Pudel ein paar Kreuzer in den Hut, es ist auch Musik«, gebot Hortense.

Der Alltag kehrte zurück. Jörcher war abgereist, Hannelore weilte auf Besuch in Karlsruhe; von den Tiergartenleuten sah man nichts mehr, Ungemach saß irgendwo in der Landschaft wie ein Hase im Kohl. Raimund kam am Vormittag, um Hanno seine zwei Stunden zu geben, den Nachmittagsunterricht hatte er abgeschafft, er brauchte Zeit für sich, und auf einen Wink Hortenses übernahm seit dem Vorfall mit Paula Georg die Aufsicht über den Jungen. Aus dem Briefchen war nichts geworden; auch Raimund schien sein Heft nicht mehr aufzuschlagen. Sie vermied es, ihn nochmals zu besuchen; dafür kam er in der Dämmerung und blieb zum Abendbrot.

Sie sah, daß ihn etwas beschäftigte, womit er nicht fertig wurde, und konnte sich denken, was es war. Aber sie sprachen nicht darüber, auch nicht auf dem letzten großen Spaziergang, der sie nach Rothenfels führte.

Es lag dort, wo das Murgtal in die Ebene überging, ein Dörfchen, ein Schlößchen und ein Hotel, vor dem die Wagen der Baden-Badener Gäste in Reihen standen. Mancher große Herr, der sich in der Lichtentaler Allee nicht mit den Kameliendamen zeigen konnte, zeigte sich hier mit ihnen. Die Frauen kamen im Wagen, die Herren zu Pferd, oder umgekehrt; die blonden Göttinnen zogen das schwarze Reitkostüm vor. Die unvermeidliche Cora Pearl war hier nur eine unter vielen.

Die Zahl ihrer Begleiter verblaßte vor der Gefolgschaft einer jungen Engländerin, die berückend schön war – ein Engel war vom Himmel herabgestiegen und sündig geworden. Man sagte, daß ihr Tag für Tag einer der ägyptischen Levantiner, die neuerdings Baumwolle pflanzten, ein kaukasischer Fürst und ein Lord Heiratsanträge machten – sie teilte die Lilie der Unschuld, die sie unsichtbar in der Hand hielt, vorerst keinem zu – weißhäutig, blauäugig, und das Näschen aufgeworfen und die Mundwinkel so aufgebogen, daß die Lippen das Ebenbild eines Bogens waren.

Der Heimweg führte über Gernsbach; es war nicht nur das Rathaus, das Raimund anzog. Ein Damm war quer über den Fluß gezogen, um die Brücke vor seinem Ungestüm zu schützen. Gernsbach war für ihn aus Kindheitstagen ein Märchenwort.

Hier wohnten die Holzherren, die die Tannen von Rauhmünzach an die Holländer verkauften. Seitdem die Bahn gebaut war, gingen die Stämme nicht mehr zu Wasser nach Mannheim und von Mannheim nicht mehr als Floß nach Rotterdam. Aber mit zwölf Jahren, als er das schönste aller Märchen, das »Kalte Herz« des liebenswerten Hauff, las, hatte er noch eines dieser Flöße, noch die riesengroßen Burschen mit den schwarzen Lederhosen, den grünen Hosenträgern und den hohen Stiefeln gesehn – hundert Meter lange Flöße, auf denen Ochsen zum Schlachten mitgeführt wurden, die Rheinfahrt dauerte lang. Die Gernsbacher Herren legten die harten Taler aus, es war ein Geschäft auf Treu und Glauben, noch immer ein patriarchalisches Geschäft; aber Kohlenmeilern und Glashütten waren die Tage gezählt.

Hortense dachte an eine andere Brücke, auf der der Hauch derselben Märchen sie angeweht hatte, es war in Florenz gewesen. Daß ein Mann Märchen liebte, war neu für sie, und von Raimund hatte sie es am letzten gedacht.

»Warum?« fragte er. »Ich bin ein Bauernsohn, wir tragen auf unsere Weise die Romantik im Blut, und es ist die echtere, sie ist nicht durch die Literatur gegangen. Wo wäre sie mehr zu Hause als im Schwarzwald? Selbst die Franzosen empfinden das, oder wenigstens ihre Väter taten es noch; wenn sie La forêt noir sagten, sahen sie etwas, was noch nicht die Dimensionen eines Mittelgebirges hatte. In den letzten zwanzig Jahren hat sich eine größere Zerstörung vollzogen als je zuvor.«

Um allen Erklärungen zu entgehen, ließen sie Georg eines Abends wissen, daß sie am nächsten Morgen nach Allerheiligen fahren würden, um die Wasserfälle anzusehen. Hanno mochte sich einen freien Tag nehmen.

Sie nahmen den Zug bis Appenweier und einen Wagen bis Oberkirch. Am Fuß der ersten Anhöhe lag das Haus des Vormunds. Die Fenster standen offen, vielleicht wohnten jetzt frohe Menschen darin. Die Nußbäume waren groß geworden; sie brauchte nur die Hand auszustrecken, um eines der Blätter abzureißen. Sie roch daran, die ganze Jugend

stieg auf und war nur wert, wieder vergessen zu werden.
Sie wußte, daß die beiden Alten in der Nähe lagen. Sollte sie anhalten lassen und an die Gräber gehn? Wozu; vergeben konnte sie auch so, und vergeben mußte, wer noch jung und gesund genug war, um zu empfinden, wie schön die Welt sich darbot.
Juniwiesen mit Pechnelken, Schaumkraut, Skabiosen, Margeriten, Zittergras und Schafgarbe zogen reihenweise zwischen Erlen und Haselnuß zu Tal; Löwenzahn blühte neben Löwenmaul.
In Allerheiligen endete die Fahrstraße, das Gebirge im Sinn der Väter nahm sie auf. Eberesche, Kirsche und Holunder hatten die Herrschaft an den Laubwald abgegeben, der Laubwald machte den Tannen Platz, durch wiegende Äste und hängendes Moos schimmerte der milchblaue Dunst der Ebene, das Smaragdgrün der Wiesen im Tal. Roter Fingerhut säumte den Pfad, dann blieben auch seine Blüten zurück, es war noch zu früh im Jahr.
Die Sonne stand schon schräg, und im Westen ballten sich Wolken, als sie den Mummelsee erreichten. Er war unheimlich, weil er nicht auf der Höhe lag; die Tannen, die die Kraterwand hinaufwuchsen, strebten von ihm fort. Er war noch unheimlicher, weil Hortense den Roman Grimmelshausens gelesen hatte. Im Schilf lag ein Kahn, den ein unternehmender Junge vermietete. Als sie ihn bestieg, raffte sie einen Stein auf, aber als sie auf der Mitte des Sees war, wagte sie nicht, ihn hineinzuwerfen, der Warnung des Simplizissimus eingedenk, der die Warnung alter Zeiten weitergab: wer durch einen Stein die Ruhe der Wassergeister störte, beschwor alsbald ein Ungewitter herauf, das ihn verschlang. Sie fragte den Jungen, ob er an diese Sage glaube; er schaute nach den Wolkenballen am Himmel und entschied: besser nicht. Daß der See unergründlich tief sei, davon war er überzeugt.
Das letzte Stück bis zur Hornisgrinde strengte an. Raimund breitete das Plaid aus, sie ließen sich nebeneinander nieder und schliefen ein. Als Hortense aufwachte, erkundigte sie sich nach der Zeit.
»Sechs Uhr«, erwiderte er, »in den Baden-Badener Hotels tragen sie die Forellen ab, den Braten auf.«

»Und wir?«
»Tun wie sie, der Tisch ist schon gedeckt.«
Er hatte die Mundtücher ausgebreitet und den Inhalt des Eßkörbchens darauf gestellt.
»Wie fühlen Sie sich?« fragte er.
»Wunderbar gestärkt. Wie weit ist es von hier nach Hause?«
»Fünf Stunden, wenn nicht mehr.«
»Können wir das noch bewältigen?«
»Wir sind seit Oberkirch tausend Meter gestiegen, ich muß im Namen der Vernunft widersprechen.«
»Also übernachten, aber wo?«
»Auf Hundseck ist ein Rasthaus, vorher in Unterstmatt ein anderes. Ich schlage vor, ganz langsam nach Unterstmatt zu gehn, der Höhenweg ist wie eine Straße, Bewunderung der Aussicht unterwegs.«
Rote Erika blühte; nach den Rändern der Kuppe hin änderte sich die Farbe, dort war Moor, die weißen Flocken des Sumpfgrases zeigten es an. Die Hornisgrinde war kahl; die Wälder, die Täler reich gefaltet wie ein Gehirn, die Welt lag unter ihnen. Die geballten Wolken waren über die Alb gezogen, der Westen schickte keine neuen nach, er bereitete das Schauspiel des Sonnenunterganges vor, schon mischte er Kupfergrün und Ockergelb.
Der Körper hatte kein Gewicht, der Geist überschwebte die Menschendinge.
»Raimund«, sagte sie, »hier kann ich sprechen, hier will ich sprechen – was haben Sie mit uns beiden vor?«
»Wie lange kennen wir uns? Seit vier Wochen denke ich darüber nach . . .«
». . . ob Sie mir einen Heiratsantrag machen sollen? Ist es nicht beleidigend, eine Frau fühlen zu lassen, daß man sich nicht entscheiden kann?«
»Ohne Zweifel«, erwiderte er mit einem unglücklichen Gesicht.
»Andeutungen haben Sie gemacht, Georg haben Sie einen Wink gegeben, sogar das Wort Mischehe haben Sie schon gebraucht. Zuerst fragte ich mich: ›Hält er dich für eine Negerin?‹ Dann sagte ich mir: ›Er kommt der Sache schon näher.‹ Mut, Raimund, ist es Ihnen mit der Mischehe Ernst?«

»Ja; ich muß es lachend sagen.«

»Lachend oder innig, das sind die guten Haltungen, wenn man wirbt. Könnten Sie es auch innig sagen?«

»Ja.«

»Tun Sie es.«

Er zog sie an sich und bat sie, seine Frau zu sein. Sie gab sich hin, dann sagte sie: »Ich mache keinen Vorbehalt, aber ich stelle eine Bedingung.«

»Ja?«

»Niemand darf von diesem Gelöbnis wissen. Es geht nur uns beide an. Es ist keine bürgerliche Verlobung, sondern eine seelische. Wir sind nicht mehr Raimund und Hortense, wenn es in der Zeitung steht.«

Sie wollte ihn nicht im Zylinder sehen und am Sonntagvormittag Brautbesuche mit ihm machen. Sie wollte nicht, daß er sich gebunden fühlte.

»Vier Wochen kennen wir uns«, sagte sie, »wir wissen nicht, ob wir zur Ehe geeignet sind. Wenn der Winter vorüber ist, werden wir es wissen. Am Ostersamstag nächsten Jahres darfst du mich zum Goldschmied führen, wenn du dann noch willst.«

»Ich werde wieder arbeiten können«, gestand er, »ich konnte es plötzlich nicht mehr, es hörte in demselben Augenblick auf, in dem ich das Heft nicht mehr hervorzog, um mich mit dir zu unterhalten, bevor ich mich sammelte. Raimund wird wieder an Hortense schreiben können – klingt es nicht wie eine Ballade?«

»Wie Musik klingt es. Der Hochzeitsmarsch ist keine Musik, er ist ein Lärm. Wir wollen vorher ein wenig leisere, zärtlichere Musik, das ist alles.«

Sie waren einig, und die Welt um sie lag gelöst im Abendfrieden. Das große Glück stieg in ihr auf, sie schlang die Arme um seinen Hals und weinte.

33

Im Rasthaus der Unterstmatt fanden sie einen Wirt, der sie väterlich betreute. Er hatte einen so langen grauen Bart, als sei er hundert Jahre bei Barbarossa im Berg gewesen. Er trug

Schinken, Schwarzbrot und Wein auf; die Pfeife kam nicht aus seinem Mund. Er setzte sich zu ihnen, während sie aßen, und hielt sie für ein verheiratetes Paar.

Er ließ es gelten, daß sie getrennte Kammern verlangten; es schlief sich besser, wenn man müde war, und Platz war genug da, der Mensch wanderte nicht genug und hatte Angst, auf freier Höhe zu übernachten – als ob er da unten jemals einen Sternenhimmel sähe, der diesem hier gleichkam.

Sie gingen hinaus, um ihn zu betrachten. Die Milchstraße zog gleich dem Rauch eines Holzfeuers durch die Sternbilder. Als sie ins Haus zurückkehrten, war schon das Licht gelöscht. Jeder bekam eine Kerze, und die Treppe war dort.

»Bezahle ihn gleich«, schlug Hortense vor, »vielleicht haben wir Lust, schon früh aufzubrechen.«

»Nie bin ich so zeitig zu Bett gegangen«, sagte Raimund auf der Treppe, »ich weiß nicht, ob ich einschlafen kann.«

»Das einzige, was wir tun könnten, ist, daß wir noch ein wenig reden.«

»Durch einen Ritz der Wand wie Pyramus und Thisbe?«

»Durch die Tür«, erwiderte sie nach einem Blick in die Zimmer; »auf tausend Meter Höhe will das nichts besagen, sind wir nicht das Balladenpaar?«

Sie öffnete die Verbindung, als das Licht gelöscht war. Dann lachte sie leise auf, trat unter die Tür, drehte sich fünf- oder sechsmal um die eigene Achse und wußte nicht mehr, in welches Zimmer sie ging. Die Betten standen Wand an Wand. Wenn die Rechte den Pfosten berührte, war sie bei sich; sie suchte und fand mit der Linken.

Es wurde so kühl, daß sie erwachte. Sie wußte nicht, wie lange es her war, seitdem sie sich in ihr Bett zurückgetastet hatte. Die Fenster waren nicht verhangen, schwärzer konnte keine Finsternis sein als die des Waldes, den sie rauschen hörte; es mußte gegen Morgen sein.

»Es ist kalt«, vernahm sie die Stimme Raimunds, »wo bist du, du warst doch eben da.«

»Mit wem sprichst du?« fragte sie.

»Mit dir. Bist du schon lange in deinem Zimmer?«

»Seit gestern abend.« – Er sprang auf:

»Willst du sagen, daß du nicht bei mir gewesen bist?«

»Hast du geträumt, daß ich bei dir gewesen sei? Das nenne ich kühner träumen, als erlaubt ist.«
»Darf ich Licht machen?«
»Ja, um nachzusehen, wieviel Uhr es ist.«
»Es ist zwei«, erwiderte er nach einer Weile.
»Bist du frisch?« fragte sie. »Ich bin so frisch, daß ich gleich aufbrechen könnte.«
»So antworte doch endlich, ob du ...«
»Das mußt du mir unterwegs erzählen«, unterbrach sie ihn. »Glaubst du, daß du den Weg finden kannst?«
»Ich habe mir den Eingang zum Wald gestern gemerkt. Aber willst du wirklich durch die Nacht marschieren?«
»Was kann es Schöneres geben? Schließe die Tür und mache dich fertig.«
Sie gingen leise die Treppe hinunter, der Schlüssel steckte im Schloß. Eine Vorhut von Riesen hütete den Saum des Waldes, aber über den Pfad, der sie in zwei Lager trennte, hatten sie keine Macht.
»Nun sprich«, sagte Raimund, »ich kann das unmöglich geträumt haben.«
»Mit einem Federbett, das schwer wie ein Backofen ist, kann man schon träumen«, erwiderte sie, »Traum oder Wirklichkeit, laß es auf sich beruhen, ich bitte dich darum. Ich fühle deine Hand, erzähle mir ein Kindermärchen, in dem die Sterne funkeln, oder wenn du schon ein Jüngling bist, von den kühnen Plänen, die du träumst. In den Romanen werden die Männer ehrgeizig, wenn sie lieben.«
»Was ist der Ehrgeiz eines, der Schulmeister war?«
»Die Hohe Schule. Willst du mich zur Frau Professor machen?« – »Ja.«
»Darf ich zu deinen Füßen sitzen und zuhören, wie du liest? In Amerika ist man bald soweit.«
»In Europa besteht keine Aussicht, höchstens daß in der Schweiz der eine oder andere davon redet.«
»Dann mußt du nach der Schweiz gehn.«
»Daran denke ich in der Tat, wenn auch nicht aus diesem Grund. Vor Jahren, als mein deutscher Gönner nach Zürich berufen wurde, war ich nahe daran, mich dort zu habilitieren.«
»Kann man das?«

»Meine Mutter war Schweizerin, ich fuhr nach Basel zur Schule und machte auch den Doktor in der Schweiz.«
»Du müßtest also jetzt hinreisen?«
»Erst wenn ich meine Bücher vorlegen kann.«
»Du schreibst gleich zwei. Was behandeln sie? Das hast du mir noch nicht gesagt.«
»Das eine die Gefährdung der Kultur durch die Technik, das andere enthält platonische Dialoge.«
»Und die Arbeit über Liszt?«
»Geht nebenher.«
»Du bist produktiv.«
»Ja, ich bin produktiv. Ich bin auch ehrgeizig geworden. Im Dunkel der Nacht darf man das sagen.«
»Es hellt sich auf. Wann sehen wir den Merkur?«
»Noch lange nicht. Erst kommt das Hundseck, dann der Plättig.«
»In Baden-Baden sagt man die Hundseck.«
»Es geht mir gegen das Gefühl.«
»Aber du hast nichts dagegen, daß wir dort versuchen, Brot und Milch zu bekommen?«
»Um vier Uhr morgens?«
Aber Kühe und Hühner waren schon aus dem Stall gelassen. Die Haustür wurde geöffnet. Raimund ging hinein, um zu verhandeln. Hortense zog Spiegelchen und Quaste hervor; sie sah nicht übernächtig aus, die Haut hatte Luft und Sonne gut überstanden.
»In einer halben Stunde können wir Kaffee trinken«, berichtete Raimund, »und wenn wir dann noch eine ganze warten, legt man uns ein Brett über ein Wägelchen, das leer nach Geroldsau fährt.«
Blauer Rauch stieg in das Gold des Morgens, ein Taubenschwarm flog zur Sonne. Die Wirtin stellte den Schemel vor die Küche und setzte sich darauf, um den Kaffee zu mahlen. Hortense nahm ihr die Arbeit ab, Raimund machte der Unterschied in der Haltung Spaß. Hortense ging hin und her; als der Kaffee fertig war, hatte sie auch den Tisch gedeckt.
»Du siehst mich unverwandt an«, sagte sie.
»Ich versuche in deinem Gesicht zu lesen.«
»Was findest du?«

»Nicht, was ich wissen möchte – ob du die Frau warst, die mich besuchte.«
»Du bist wohl nicht sehr aufmerksam gewesen.«
»Ich sank in einen Schlaf, tiefer als der Mummelsee. Das läßt mich irre werden.«
»Ist es ein Unterschied, ob du es genau weißt oder nicht?«
»Für mich ist es ein großer. Und für dich? Macht es dir nichts aus, wenn ich so intim an dich denke?«
»Es macht mir nicht das geringste aus.«
»Dann warst du es.«
»Natürlich war ich es«, sagte sie und ließ ihre Hand über das Tischtuch zu ihm gleiten.
Sie verabredeten mit dem Knecht, daß er sie unterwegs aufnehmen solle. Er holte sie ein, als sie in der Tiefe Baden-Baden erblickten.
»Das dort ist der Eierkuchenberg«, sagte Raimund, »die Oos entspringt auf ihm – als ich es in der Schule lernte, weigerte ich mich, es zu glauben.«
Als Georg das Haus verließ, sah er Hortense wie jeden Morgen auf der Terrasse sitzen.
»Als ich zu Bett ging«, sagte er, »warst du noch nicht da, ich machte mir schon Sorgen. Ihr seid wohl sehr spät angekommen?«
»Ein gutes Stück nach Mitternacht.« Sie lieferte ihren Bericht, dann nahm sie ein Bad und ging schlafen.
Es war verabredet, daß Raimund den Tee bei ihr nehmen sollte. Sie hörte die Schelle, aber es war nur das Badeblatt. Eine der Depeschen berichtete, daß die Cholera, die in Süditalien entsetzliche Opfer gefordert hatte und nordwärts gezogen war, in Zürich angelangt sei. – Ich muß es Raimund sagen, dachte sie. Es schellte wieder; sie ging hinaus; ein Kind, das in der Nähe Raimunds wohnte, brachte ein Briefchen, worin er mitteilte, daß er einen Anfall seiner Nierenkoliken bekommen habe.
Sie eilte zu ihm hinaus.
»Meine Schuld«, sagte sie, »ich durfte dich heute nacht nicht um zwei Uhr aus dem Bett treiben.«
»Ich hätte dir denselben Vorschlag gemacht«, erwiderte er; »schuld ist das Gerüttele des Wagens auf der Fahrt bergabwärts.«

Er lag auf dem Sofa und behandelte sich mit heißen Umschlägen, warmem Selterswasser und Opiumpillen selbst. Die Schmerzensfalte in den Mundwinkeln, die verschwunden war, grub sich wieder ein.
»Du bist imstande und setzt dich heute abend wieder an den Schreibtisch«, sagte sie, in der Meinung, maßlos zu übertreiben.
Aber er erklärte: »Ich hoffe es.«
»Mit Nichtanerkennenwollen«, erwiderte sie, »heilt man keine Krankheiten aus. Entweder legst du dich zu Bett und läßt mich eine Schwester besorgen, oder du bist einverstanden, daß ich dich ins Krankenhaus bringe.«
Er widersprach, sie achtete nicht darauf und schickte das Nachbarskind zu einem Fuhrhalter nach Lichtental. Das Krankenhaus lag nicht weit von seinem Haus und ganz nahe bei dem ihren.
Während sie die Untersuchung abwartete, unterhielt sie sich mit der Schwester und fragte, ob sie viel zu tun habe.
»Es geht, aber die Ärzte haben alle Hände voll mit der Diphtherie zu tun. Sie haben doch Kinder?«
»Nein.«
»Dann hätte ich es nicht sagen sollen.«
»Warum nicht, Schwester?«
»Nun, in einem Ort wie Baden-Baden muß man nicht alles gleich an die große Glocke hängen.«
Am Abend hörte sie das Wort Diphtherie von neuem. Georg brachte die Nachricht nach Hause, daß die beiden Strakonikkinder an Diphtherie lagen. Der eine Tag hatte drei Namen von Krankheiten gebracht.
Als sie am nächsten Morgen Raimund besuchte, dem es besser ging, erkundigte sie sich beim Arzt, ob Diphtherie ansteckend und ein Besuch in jenem Hause zu empfehlen sei. Erst seit zwei Jahren hörte man öfter von dieser Krankheit; die Ärzte hatten gelernt, sie von den anderen Halsentzündungen zu unterscheiden.
»Eine kitzlige Frage«, erwiderte der Arzt, »neuestens wird behauptet, daß diese Krankheit sehr ansteckend sei. Den Besuch würde ich nur machen, wenn Sie keine Kinder haben. Waschen Sie sich die Hände nachher mit Karbol und gurgeln Sie fleißig.«

Sie begegnete Strakonik auf halbem Wege. Er ging in die Stadt, um Rezepte anfertigen zu lassen.

»Es geht den armen Würmern nicht gut«, sagte er, »ich fürchte, daß es zum Luftröhrenschnitt kommen wird. Schlimm ist, daß meine Frau auch schon anfängt, über Schmerzen zu klagen. Nein, gehen Sie nicht hinein. Man kennt sich zu wenig in dieser Krankheit aus. Wissen Sie, wen ich im Verdacht habe, daß er sie zu uns gebracht hat? Den Arzt selber. Er bringt in der Kutsche ein diphtheriekrankes Kind zum Krankenhaus, setzt sich wieder hinein, trifft unterwegs die Kleinen und läßt sie mitfahren. Da ist man nun froh, weitab von der Stadt zu wohnen, und rechnet nicht mit der Bosheit des Zufalls.«

Als Raimund entlassen wurde, hörte Hortense, daß die Kinder Strakoniks und seine Frau am gleichen Tage gestorben waren. Sie wurden unter großer Teilnahme auf dem Friedhof beigesetzt, den Raimund vor Augen hatte. Strakonik schloß das Haus und verreiste.

Unter den vielen, die dem Begräbnis beigewohnt hatten, war auch die Masseuse. Sie hatte ein gutes Herz, was nicht hinderte, dieses tragische Ereignis hochwillkommen zu heißen. Hortense ließ sie ruhig ihre Betrachtungen anstellen, dann erkundigte sie sich nach dem Russen, der bei ihr wohnte.

»Gerade habe ich davon anfangen wollen«, sagte die Alte, »was es doch für Leute auf der Welt gibt.«

Da kamen nun zwei weither aus Rußland nach Baden-Baden, und man hätte meinen sollen, daß sie auch etwas von dem schönen Ort sehen wollten. Weit gefehlt; sie gingen zusammen zur Post, um nach Briefen mit Geld zu fragen, die nie kommen wollten, dann lief der Mann ins Spielhaus, die Frau kaufte ein und war schon wieder daheim, ehe das Mädchen des Schmiedes, bei dem sie wohnten, noch Zeit gehabt, das Zimmer aufzuräumen.

Kaum eine Stunde verging, dann war der Mann schon wieder da, um Geld zu holen. So ging es vier-, fünfmal am Tag.

Manchmal gewann er, dann brachte er einen Korb voll Obst und ein paar Flaschen Wein mit; oft konnten sie ihre Rechnung nicht bezahlen, dann trugen sie alles, was der Frau gehörte, zum Juden.

Hortense mußte zugeben, daß das kein Leben für eine junge Frau sei. Sie fragte sich, wie sie sein mochte. Wenn man nie ein böses Wort hörte, mußte sie den Mann so sehr lieben oder so stark an ihn glauben, daß Geldverlust und Nöte keine Rolle spielten.
Raimund las die Ausgabe der Tagebücher und Reisen Maximilians von Mexiko, auf die sie subskribiert hatte. Die Lieferung der Bände stockte; sie ging zum Buchhändler und erkundigte sich nach dem Grund.
»Zu große Nachfrage, seitdem man weiß, daß Maximilian erschossen worden ist«, lautete die Antwort, »die Wiener Buchhändler schicken ihre Gehilfen nach Leipzig, die die ganze Auflage gleich mit in den Zug nehmen. Gnädige Frau müssen sich noch etwas gedulden.«
»Ist Ihnen der Name Dostojewskij bekannt?« fragte sie aufs Geratewohl.
»Dostojewskij ist ein russischer Schriftsteller, der hier freilich von den russischen Herrschaften selten verlangt wird, die Nachfrage beschränkt sich auf einen Rouletteroman, der in den deutschen Bädern spielt; er ist ganz neu, wir haben ihn bestellt.« – Damit war ihr nicht geholfen. Sie erkundigte sich, ob etwas von ihm übersetzt sei.
»Meines Wissens nicht«, erwiderte das Fräulein.
Ein alter Gehilfe, der ein Käppchen auf dem kahlen Scheitel trug, hob die Hand zum Widerspruch. Er griff in ein Regal, wo die Leihbücher standen, und zog einen Band hervor. Er schlug den Titel auf und hielt ihn Hortense hin. »Aufzeichnungen aus einem toten Hause«, las sie und brauchte nur einen geringen Preis zu zahlen.
Sie blieb die halbe Nacht auf und konnte die andere Hälfte nicht schlafen. Sie hatte nie etwas gelesen, das sie so stark erschütterte. Sie gab das Buch Raimund.
»Ein genialer Mensch«, sagte er und fragte sie, ob es nicht möglich sei, ihn kennenzulernen.
Sie berichtete ihm, was Turgeniew erzählt hatte und was sie durch die Masseuse wußte.
»Es mag schon sein, wie Turgeniew sagte«, erwiderte er, »sicher ist es ein abweisender Mensch, schade.«
Die Masseuse hatte nicht mehr viel zu berichten. Die Leute im Haus waren bereit, die junge Frau zu bemitleiden, aber sie

empörten sich auch über sie. Wenn man nichts von den Menschen eines Landes sah, durfte man nicht bei jeder Gelegenheit sagen, diese dummen Deutschen, alle Deutschen sind dumm. Wie kam sie dazu? Irgendwo da hinten hatte sie dieses Urteil aufgeschnappt, mit ihm kam sie ins Land, mit ihm reiste sie wieder ab. Den lieben langen Tag im Hause sitzen und sich über den Lärm in der Schmiede beklagen – warum ging sie nie spazieren? Sie wußte ja nicht einmal, daß die Allee grüne Bäume hatte. Liebten die Russen denn nicht die Natur wie jeder rechtschaffene Christ?

Raimund fand, daß das eine gute Bemerkung war, soweit sie diesen Dostojewskij selbst betraf. Seinem Buch nach existierte die Natur nicht für ihn – nur Häuser, Städte und das Elend in ihnen.

Er begleitete Hortense eines Morgens zum Markt, nur um einen Blick auf das Haus des Schmiedes zu werfen. Es war kindisch, und er vergaß den Anlaß, als er das frohe Treiben des Marktes beobachtete. Russisch waren nur die Kosakenpferdchen, mit denen die Gärtner aus der Ebene zum Markte fuhren. Gott und die Pferdehändler in Kuppenheim mochten wissen, wie sie hierhergekommen waren, seit Blücher hatte es keine Kosaken mehr am Rhein gegeben. Die Wagen standen an der Wand des Quellhauses, aus dem der Nebelschwaden der heißen Dämpfe drang. Die Stände der Bauern umzogen die Kirche. Bei den Blumenfrauen trafen sie Georg. Er hatte einen Jungen gemietet, dem er den Arm mit Lilien füllte.

34

Im Juli begann die Theatersaison. Sänger der Stuttgarter Hofbühne eröffneten sie mit den »Hugenotten«, dem »Troubadour« und der »Jüdin«. Dann folgten die Konzerte der Virtuosen, die die Welt bereisten. Die Pariser Kräfte konnten sich erst im August frei machen; das Théâtre français kam im Jahre der Ausstellung überhaupt nicht nach Baden-Baden. Aber die ersten Mitglieder der Italienischen Oper des Kaisers sollten in acht oder neun Vorstellungen auftreten.

Ein Wink Benazets, und in allen Zeitungen Europas ließen

die Journalisten die Leute wissen, daß der Reiseplan für dieses Jahr gegeben sei; man besuchte Paris und folgte der großen Gesellschaft nach Baden-Baden.
Barnum hätte es gröber gemacht, er wandte sich unmittelbar an den Mann, den er meinte, und in dem grellen Licht, das er auf ihn richtete, stand er auch selbst. Der alte Spielpächter hielt sich im Hintergrund, seinen Namen kannten nur die Eingeweihten, aber die Eingeweihten sagten, daß er einem Roman Balzacs entnommen sei.
Es war nicht seine Schuld, daß bei der Gründung der Iffezheimer Rennen die deutschen Rennvereine zu kurz gekommen waren. Er hatte von den norddeutschen die Antwort erhalten, mit einem Spielpächter verhandle man nicht, und sich an den Jockeiklub der Engländer und Franzosen gewandt.
Die Kurliste wurde mit jedem Tag größer. Zug um Zug rollte heran und führte der kleinen Stadt die Scharen zu, von denen sie lebte. Es bestand die beste Aussicht darauf, daß, wie im gesegneten Jahr fünfundsechzig, die Zahl fünfzigtausend überschritten würde. Man begriff nicht, wo sie alle unterkamen.
Pietsch in Berlin schickte Frau Viardot einen seiner launigen Briefe. Im Büro des ersten Reichstages war der erste weibliche Berichterstatter eingetragen worden. Miß Alice Asbury, die für das »Staatsjournal« in Indianapolis und das »Springfield Journal« schrieb. Sie wisse von Germany soviel wie von Kentucky, aber sie mache Fortschritte und habe schon von Baden-Baden gehört; Frau Viardot möge ihr ein freundliches Wort gönnen; es könne zur Folge haben, daß Amerika ihr eine zweite Patti zur Ausbildung schicke.
Frau Viardot erinnerte sich, daß Hortense eine halbe Amerikanerin war, und fragte sie, ob sie sich des Mädchens annehmen wolle. Fräulein Asbury war hübsch und frisch, sie trat mit einer in Europa unbekannten Selbständigkeit auf. Hortense glaubte, ein Journalist sammle Eindrücke, und gab sich Mühe, der Fremden zu zeigen, was sie selbst an Baden-Baden schön und sehenswert fand. Sie hatte einen vollen Mißerfolg.
Das Wort Lichtentaler Allee, das sich in allen europäischen Köpfen mit einer Fülle von Vorstellungen verband, sagte dem amerikanischen Ohr gar nichts. Es war eben eine Allee,

in der sich morgens und nachmittags zur Zeit des Korsos Wagen drängten. Die Frauen waren elegant, die Sprachen gehörten allen Ländern an – nichts konnte selbstverständlicher als eine Tatsache sein.

Hortense ging zu Raimund und ließ sich verstört in einen Sessel fallen:

»Ich habe«, sagte sie, »ein Gefühl wie einer, der als Schwindler entlarvt wird. Neun Zehntel an allem, was man für schön und wertvoll hält, ist stimmungshaft. Man kann erschrecken, wenn man darüber nachdenkt. Am Ende bist auch du nur eine Illusion, die ich mir mache. Was sind wir, ohne Illusion gesehn? Zwei Leute gegen die Vierzig, die es den Jungen überlassen sollten, sich zu verlieben. Der Statistik nach bist du ein pensionierter Lehrer und ich eine verwitwete Rentnerin. Als Nebenbeschäftigung schreibst du platonische Dialoge, und ich spiele Klavier. Wenn es wenigstens ein Mann wäre, der diese Jagd nach der Zahl betreibt, aber es ist eine Frau. Am ersten Tag half mir noch der Humor. Als ich ihr die dunklen Forellen der Oos zeigte, wollte sie wissen, ob man mehr Essig als bei den anderen nehmen müsse, um sie blau zu bekommen. Man macht Regenbogenforellen daraus, sagte ich, ein Maler wird dafür von den Wirten bezahlt. Ich fürchte, daß sie das nach Springfield kabelt, sobald man kabeln kann; sie erkundigt sich jeden Tag auf der Post, ob es noch nicht soweit ist. Sie macht mich krank, weil ich weiß, daß drüben eine ganze Rasse in diesem Geist heranwächst.«

»Diese Krankheit«, erwiderte er, »heilst du am besten homöopathisch. Wenn mich ein Buch beunruhigt, lese ich es noch einmal. Ich habe es mit Dostojewskij ebenso gemacht. Jeden Tag eine Dosis Asbury, eine Woche lang fortgesetzt, und der Humor kehrt zurück, du wirst einen Frühling der Illusionen über dich und mich erleben.«

Der Rat gefiel ihr. Sie gab es auf, der Amerikanerin Musikkioske und alte Schlösser zu zeigen, und folgte der jungen Dame auf ihren Wegen. Herr Weiß, der Sekretär des Konversationshauses, hatte keinen leichten Stand, er mußte sagen, was war. Sie verlangte Benazet selbst zu sprechen, um von ihm zu erfahren, wieviel er jährlich bei einer halben Million Gulden Unkosten gewann, und verstand nicht, daß er sie

nicht empfing. In Amerika war es der Stolz jedes Geschäftsmannes, seine Zahlen persönlich zu nennen.
In den Fonds für den Ausbau der Türme der protestantischen Kirche überwies Benazet jedes Jahr die Einnahme aus dem Feuerwerk, das am Geburtstag des Großherzogs abgebrannt wurde, durchschnittlich drei- bis viertausend Gulden; in zehn Jahren mochte man genug gesammelt haben.
Fräulein Asbury zuckte die Schultern. Sie teilte den Lesern von Indianapolis mit, daß sie von Europa nichts mehr lernen konnten. In Indianapolis würden sich dreißig Bürger zusammengetan haben, um das Geld für zwei Kirchtürme auf den Tisch zu legen. Gesetzt, Indianapolis wäre Baden-Baden, so hätte es längst das Areal von Oos bis Geroldsau mit Hotels, Spielplätzen und Villen bedeckt, und der Berichterstatterin des »Staatsjournals« wäre es erspart geblieben, vom Hollandhof bis zum Bären in Lichtental nach einem Zimmer zu fragen, bevor sie in einer Dachkammer unterkam. Was sollte ein freier Amerikaner, dem keine Behörde hineinredete, wenn es ihm Spaß machte, zwei Lokomotiven aufeinanderfahren zu lassen, was sollte ein Mann von drüben dazu sagen, daß hier die Bäder dem Staat gehörten und dem Bürgermeister ein vom Großherzog bezahlter Stadtdirektor in die Geschäfte hineinsprach? Die Alte Welt war ein Trödelladen, den ein Heer von Beamten in Ordnung hielt. Wozu Beamte, hatte Amerika nicht die Selbstbestimmung erfunden?
Ihre Gleichnisse taten es einem einheimischen Journalisten an, der sich in die Kollegin verliebt hatte und dem Hortense das »Springfield Journal« gab.
»Die Fremdenliste«, schrieb er, »mit ihrer unwiderleglichen Statistik, ist für uns stets das beste Barometer der Saison gewesen. Dieses musterhafte Barometer steht heute in Baden-Baden auf ›beständig schön‹. Es korrespondiert demnach aufs beste mit dem wirklichen Wetterglas, welches ebenfalls in seiner glänzendsten Laune sich befindet und einen unvergleichlichen Herbst prophezeit.«
Da Fräulein Asbury sozusagen beim König von Preußen beglaubigt war, verlegte sie ihren Sommersitz nach Baden-Baden, in dem er sich immer wieder sehen ließ, um die Königin zu besuchen. Auch hatte sie so am ersten Gelegenheit, aus nächster Nähe einen Blick auf den Mann zu werfen,

von dem die Leute daheim zu hören verlangten, den Grafen Bismarck.
Clara Schumann gab klassische Matineen, die Hennings und Auffm-Ort Soireen, bei denen das Beckersche Quartett spielte, und Frau Viardot jeden Sonntagnachmittag in ihrer Orgelhalle ein Hauskonzert für ihre Schülerinnen und Freunde.
Die Orgelhalle, die im Garten lag, war ein Fachwerkbau in Basilikaform. Die Dächer der Seitenschiffe stiegen schräg von den ovalen Fenstern des Mittelschiffes an. Zwischen den Fenstern hing die Gemäldesammlung Viardots. Das Ende des Raumes schloß die große Orgel ab, davor standen zwei Flügel. Oben in der Orgel hatte Ary Scheffer ein Medaillon angebracht, das Frau Viardot als Cäcilie darstellte.
Die Bälge der Orgel brauchten nicht getreten zu werden; ein Hebel, den man mit der Hand auf und nieder drückte, tat denselben Dienst. Turgeniew machte sich ein Vergnügen daraus, ihn zu bedienen, wenn Frau Viardot eine Händelsche Arie sang und sich selbst begleitete. Als Pietsch angekommen war, mußte er ihn als Mitbewerber zulassen.
Unter einer Kopie nach Velazquez stand der Sessel der Königin Augusta. Pietsch, der für die »Vossische Zeitung« schrieb und von Hause aus Maler war, setzte sich unauffällig auf einen Stuhl im Hintergrund und zeichnete die Gäste: die Königin, ihre Tochter, die zierliche, energische Großherzogin; den Großherzog, den man als Parteigänger Bismarcks nicht gut unterschätzen konnte; die Prinzessin von Hessen, den preußischen Gesandten in Karlsruhe, Graf Flemming; die anderen Diplomaten, die dem Großherzog nach Baden-Baden zu folgen pflegten; die Herzogin von Hamilton, Tochter Stephanie Beauharnais', und den Herzog von Leuchtenberg, durch Gnade des Zaren Kaiserliche Hoheit, der von Eugen Beauharnais abstammte. Theodor Storm, der Freund Turgeniews, war dieses Jahr nicht anwesend; dafür hörte Herwegh zu, der einst die klirrende Lerche gewesen war und jetzt in Baden-Baden wohnte. Rosenhayn saß neben Rubinstein, dessen Löwenmähne ganz Europa kannte; zum Mißvergnügen seiner zahllosen Verehrerinnen hatte er sich zu guter Letzt mit einer jungen Russin verheiratet.
Herr von Seldeneck besaß eine vorzügliche Tenorstimme,

war aber badischer Offizier und sang, ohne eine Note zu kennen, alles nach dem Gehör. Frau Viardot riet ihm, den bunten Rock auszuziehen und sich bei ihr ausbilden zu lassen.

Der alte Schlesinger aus Paris behauptete eben in Zuschriften ans Badeblatt: »Der Besteller, der war ich«, womit er die letzten Quartette Beethovens meinte; die Galitzins widersprachen. Delle Sedie von der Italienischen Oper war da; wenn er im Theater den Figaro sang, war kein Plätzchen frei. Frau Leonard, die belgische Schwägerin Frau Viardots, gastierte als Sängerin, sie saß zwischen den Menschikows und Gagarins.

Es war eine bedrückende Enge, aber man beachtete sie nicht. Die Frauen trugen auf schweren Frisuren leichte Gebilde aus Stroh und fliegenden Bändern, die phantastisch und überaus malerisch wie die hellen Toiletten waren. Die Sonne warf Gold durch die Oberlichtfenster.

Die Schülerinnen sangen Rossini, Mozart, Gounod, Gluck nach den strengen Grundsätzen der italienischen Schule.

Frau Viardot trug »J'ai perdu mon Eurydice« oder Schuberts »Gretchen am Spinnrad« vor. Ihre Stimme verriet, daß sie nicht mehr zu den Jungen zählte; aber Feuer, Charakter und Leidenschaft waren dieselben wie in ihrer großen Zeit, als Rossini für sie schrieb.

Die Königin nestelte ihre Brosche los.

»Sie sehen, daß ich sie getragen habe«, sagte sie und drückte Frau Viardot so lange die Finger, bis sie sich entschloß, die huldvolle Hand zu küssen.

An die Schülerinnen hielt sie eine kleine Ansprache, in der sie sie glücklich pries, bei solch einer Lehrerin lernen zu können.

Das wissen wir ja selbst viel besser, dachten sie insgeheim und machten den ersterbenden Hofknicks, den sie mühsam geübt hatten. Dann, als die hohen Herrschaften fortgefahren waren, hüpften sie herum, und Frau Viardot, die von dem Wagen zurückkehrte, lief ihnen entgegen:

»Allons, mes enfants, maintenant embrassez-moi.«

Die näheren Freunde blieben; man ging durch den großen blühenden Garten ins Haus und setzte sich im Speisesaal zum Mittagsmahl. Kaskaden von Weinlaub stürzten über die

Fenster. Hortense saß neben Pietsch, Raimund ihr gegenüber zwischen den Schwestern Henning. Sie war glücklich, ihn unter den Intimen des Hauses aufgenommen zu sehn.
»Das ist ein verfeinerter alemannischer Bauernschädel, den ich zeichnen möchte«, sagte Pietsch.
Sein eigener gehörte zu den wenigen, denen der Bart gut stand. Mit dem dunklen, grau eingefaßten Jackett erinnerte er an van Dyck oder etwas von van Dyck Gemaltes.
Turgeniew machte eine Bemerkung über das sichtbare Honorar, das Frau Viardot an der Brust trug.
»Man honoriert nicht jemand, bei dem man zu Gast ist«, erwiderte sie. »Im ersten Augenblick war es mir schrecklich, dann dachte ich: so naiv, wie es gemeint ist, so unbekümmert muß man es annehmen. Wäre ich Fürstin, würde ich auch etwas Spontanes tun, wenn ich Pauline Viardot hörte.«
»Ist sie nicht eine herrliche Frau?« wandte sich Pietsch an Hortense und kam ins Erzählen.
Er hatte sie durch Turgeniew kennengelernt. Eines Tages, als er noch ein Anfänger mit schmalem Einkommen war, schickte sie ihre Lieblingsschülerin, die Artôt, aus Paris zu den Berlinern. Es war nicht daran zu denken, daß er sich die teuren Plätze kaufte, aber sie hatte an alles gedacht und der Artôt aufgetragen, Pietsch und seiner Frau für alle Vorstellungen Karten zu senden. Als sie vor zwei Jahren selbst nach Berlin kam, um dem großen Ereignis, der Erstaufführung von Meyerbeers sagenhaft gewordener »Afrikanerin«, beizuwohnen, und die Berliner Gesellschaft sich um sie riß, hatte sie ihm, dem noch immer bescheidenen Journalisten Pietsch, den Vorschlag gemacht, bei ihm zu singen. Nie hatte seine Turmwohnung so ausgewählte Menschen gesehen. Sie war die wunderbarste Freundin, und als er zum ersten Mal nach Paris fahren durfte und vor ihr stand, hatte es ihn einfach hingerissen, ihr zu Füßen.
»Sie sind ein Enthusiast«, sagte Hortense.
»Ist auch eine Kunst«, erwiderte er. »Versuchen Sie es, nur das Gute und Schöne zu sehen, und Sie werden merken, wieviel Energie dazu gehört. Aber Sie verdoppeln, verzehnfachen die Freude, die das Leben Ihnen geben kann. Man darf nicht zuviel Geld haben; eine Fußwanderung von Eisenach, wo wir Fritz Reuter besuchten, durchs Werratal nach Heili-

genstadt, wo Theodor Storm uns erwartete, war meiner Frau und mir jahrelang der Inbegriff des Glücks.«

Es stand zu vermuten, daß er ein wenig sentimental war. Aber seitdem sie durch Fräulein Asbury wieder mit dem Geist der Neuen Welt in Berührung gekommen war, zweifelte Hortense nicht mehr, daß jede Freude, jedes Gefühl sich sentimental deuten ließ – unsentimental war nur der Sinn für die Zahl. Man mußte nicht fragen, wie einer im einzelnen wirkte; man mußte fragen, was er sein wollte. Als Pietsch hörte, daß sie zur Ausstellung nach Paris fahren würde, erzählte er ihr, wie er, es waren erst vier Jahre her, kein junger Mann mehr, aber als reiner Tor, seine erste Reise nach Frankreich gemacht hatte – ein echter Deutscher, der von der Überlegenheit, der Vorbildlichkeit und der höheren Begabung der Franzosen durchdrungen war. In jedem Eisenbahnarbeiter hatte er einen Griechen gesehen, in jeder Lorette die Phryne, der man alles verzeihen mußte, weil sie trotz allem einem auserwählten Volk angehörte; in jedem Dandy der Boulevards einen Byron:

»Ich war käuflich wie die Zeitungsleute Benazets, und ich tat es freiwillig, umsonst. Sie können sich keinen Begriff von der Charakterlosigkeit machen, in die ein Deutscher verfällt, der sich von den Franzosen ein bestimmtes künstlerisches und geistiges Bild macht. Wir wallfahrten heute nach Paris wie vor hundert Jahren nach Italien. Ich begriff Viardot, seine Frau und Turgeniew nicht, die vor dem Tanz ums Goldene Kalb flohen. Ungeheuer wirkte auf mich das Jahr sechsundsechzig, Bismarck hat mich zurechtgerückt.«

Sie holte den warmherzigen Mann am nächsten Empfangstag Raimunds ab, und da er bei Turgeniew wohnte, bat sie auch ihn, sich anzuschließen.

»Gott sei Dank, daß Sie mich aus diesem Zimmer bringen«, sagte der Russe, »so habe ich doch einen Vorwand, mich vor der Arbeit zu drücken. Wenn Sie wüßten, wie schrecklich es ist, an den Schreibtisch gezerrt zu werden.«

»Was meint er damit?« fragte sie, während Turgeniew Frau Anstett, seiner Wirtin, Anweisungen gab.

»Seine Gestalten«, erwiderte Pietsch. »Eines Tages taucht irgendein Gesicht, das er einmal gesehen hat, auf, nimmt Stimme, Züge, Farbe an, erzählt ihm eine Geschichte; Gegen-

spieler tauchen auf, die es ebenso treiben – sie verlangen, daß er niederschreibe, was sie fühlen, und er will nicht. Er haßt seinen Beruf, wie es Hellseher gibt, die über ihre Gabe unglücklich sind.«
Am nächsten Tag schloß sich Turgeniew ein, und es gab nichts, was ihn hätte veranlassen können, vom Schreibtisch aufzustehen, um die Tür zu öffnen.

35

»Du weißt, daß ich dich beerbt habe«, sagte Georg, »der Betrag ist flüssiggemacht, er steht mit den Zinsen zu deiner Verfügung.«
Durch diese Mitteilung wurde sie daran erinnert, daß man sie einmal für tot erklärt hatte. Es war ein unheimliches Gefühl; an diesem Abend suchte sie in den Armen Raimunds nicht die Auslöschung des Ichs, sondern seine Bestätigung.
Das Feuer stand auf; die Amseln schlugen nicht mehr, es war August, aber die Wiesen dufteten, und in den Wäldern hing die Nacht. Wenn sie aus der Entrückung zurückkehrte, war darum noch nicht das Bewußtsein ihrer selbst da – nur das des Raumes, eines Häuschens am Rande der Welt, am Rande einer Stadt, in die sie nachher gehen mußte, zu einem Hause, in dem sie wohnte: nun erst wußte sie, wie sie hieß.
Manchmal, wenn die Bäume des Friedhofs im Wind rauschten, glaubte sie, es seien die der Ostsee und sie erwache im Pavillon von Heiligendamm. War es gemein, so zu denken? Sie empfand es nicht als Verrat an Raimund, nicht an Rainer, daß sie ihr für einen Augenblick ineinander verschmolzen.
»Spiele«, bat sie den Freund; er setzte sich ans Klavier. Sie schloß die Augen und war noch einmal entrückt, in eine Nachfeier des Herzens, in der sie kein Urteil hatte. Nie ergriff sie Musik mehr; sie kannte nicht, was er spielte, und sie hielt ihn für einen großen Menschen, der das Maßlose bändigte, indem er ihm Stimme gab. Immer endete es damit, daß er zu etwas überging, das sie kannte und das gestaltet war; dann schloß er das Instrument und stand auf. Mitte August kam näher; es war Zeit, die Vorbereitungen zur Reise zu treffen. Kurz vor dem Napoleonstag wollte man in Straßburg sein, dann nach Paris fahren.

»So gern ich die Ausstellung sähe«, sagte Raimund, »halte ich es nicht für richtig, daß ich bei dir bin, wenn du Valentine triffst. Ich nehme an, daß du das schon selbst gefühlt hast; denn es ist eine Sache des Gefühls, der Rücksicht – sagen wir es offen, der Sauberkeit.«

Sie gab zu, daß ihr seine Bedenken nicht fremd waren. Sie lobte ihn, er hatte das Feingefühl einer Frau. Auch Rainer hatte es gehabt – sie begann von Rainer zu sprechen und erzählte ihm die Geschichte ihrer Freundschaft. Dann, zu Hause, nahm sie die Briefe Rainers aus dem Bücherschrank und verschloß sie in einer Kommode. Einst, wenn sie eine alte Frau war, in zwanzig, in dreißig Jahren, wenn man 1900 schrieb, würde sie wieder darin lesen. Die Zahl machte sie erschauern; sie wußte, daß sie alt wurde. Turgeniew, der 1818 geboren war, hielt es für absolut gewiß, daß er 1881 sterben werde.

Sie starrte entrückt in die Kerzen auf dem Kamin und sah eine Frau in Schwarz sich nach einem andern Band Briefe bücken. Waren es die Raimunds, stand er vor ihr, ließ er sie, eine Greisin, allein zurück?

Es war gut, an Valentine zu denken. Sie nahm ihren letzten Brief, dem ihre Photographie beilag, und versenkte sich in das schöne, liebe Gesicht. Sie tat an diesem Abend, was sie selten tat; sie ließ sich vor dem Bett auf die Knie nieder und betete.

Hortense und Georg fuhren mit Hannelore und Ungemach, bei denen sie in Straßburg wohnten. Das Haus lag im Goldgießen an der Ecke der Gasse, die zum Metzgertor führte. Über den Rabenplatz und die Ill hinweg sahen sie das Münster. Am Napoleonsweg schwenkten die Wäscherinnen ihre Tücher nicht auf den Pritschen im Fluß, der Fluß war mit Kähnen bedeckt, in denen, wie spanische Stierkämpfer drapiert, die jungen Schiffer standen und mit langen Stangen, die an der Spitze eine Kugel trugen, nacheinander stachen. Wer ins Wasser fiel, hatte für den Spott nicht zu sorgen: an den Staden schaute ganz Straßburg zu.

Am Abend wurde das Münster beleuchtet. Viele tausend Lämpchen waren in die Nischen und Zwischenräume des Filigranwerkes gestellt. Eines wehte sein Fleckchen zum anderen hinüber, ein weißes Weben umspielte das aufgerich-

tete Viereck der Fassade, die Pyramide des einen Turmes bis zur Spitze, auf der noch immer der Arm des optischen Telegraphen schräg stand.
»Ich wollte, ich könnte mich teilen«, sagte Hannelore. »Hier sehe ich es, sehen möchte ich es von den Baden-Badener Höhen, dort muß es fast noch wunderbarer sein; freilich, man sähe nicht, wie die Lichter atmen, das ist doch das Wunderbarste daran.«
Ihre Wohnung war eine der schönsten in der eingeengten Stadt, die ihren Gürtel aus Wasser und Mauern nicht sprengen konnte. Die Sammlungen, von denen so viel geredet worden war, fielen nicht ins Auge; Straßburger und Baden-Badener Porzellan gingen in eine Vitrine, so selten waren sie.
Diese Gassen waren so eng wie die Florentiner; die Dächer hatten so viele Stockwerke aus Luken wie das Haus selbst aus Fenstern. Von der Plattform des Münsters sah man auf sie hinab, die grauen, die spitzen, die mit Kaminchen gekrönten. Für die Störche war die alte Reichsstadt noch immer ein alemannisches Dorf in weiter, grünender Wasserlandschaft; überall zwischen dem kräuselnden Rauch lagen ihre großen Nester. Sie standen auf einem Bein, sie klapperten, sie weißten die Ziegel vom First bis zur Rinne.
In den Gassen fand sich Hortense zurecht, man brauchte nur nach dem Turm zu suchen, den sie beengten und himmelwärts trieben. Aber nicht mit den Menschen. Sie redeten dasselbe Deutsch wie das Volk im Badischen drüben, höchstens, daß es verwegener und angreiferischer klang; gleichwohl wollten sie keine Deutschen sein. Franzosen auch nicht, wenn man sie schimpfen hörte, und doch wieder Franzosen, wenn sie vom ersten Napoleon und sogar vom dritten, von Sebastopol und Solferino sprachen. Was also waren sie? »Laß alle Hoffnung fahren«, sagte Hannelore, »du ergründest es nicht – selbst dann nicht, wenn du hier geboren wärest. Sie ergründen sich selbst nicht, sie leben seelisch von der Hand in den Mund, seit achtzig Jahren.«
Hortense und Georg nahmen Abschied und fuhren nach Paris. Eine Völkerwanderung ergoß sich westwärts. Ohne Georg hätte sie sich davongeschwemmt gefühlt. Er bemühte sich rührend um sie, ein neuer Georg, den sie erst jetzt

kennenlernte. Man hielt sie, schon um des gleichen Namens willen, für ein verheiratetes Paar. Er sah gut aus, er war noch schlank und hatte kein graues Haar.
Boulevard de Strasbourg und Boulevard de Sebastopol waren neu, die Einzugsstraße eines Kaiserreiches, die über den Fluß hinübergriff, bis zu den altersgrauen Thermen Julians. London hatte nichts dergleichen; den Anspruch, Hauptstadt der Welt zu sein, erhob Paris. Die erste Fahrt auf dem Macadam entschied, der erste Eindruck entschied: Paris führte; und wenn der Mann, der das erreicht hatte, ein Abenteurer war, dann einer, den der Erfolg bestätigte. Georg schwieg. Er hatte nicht viel in der Welt gesehn, deutsche und französische Städte, die von der Vergangenheit lebten – diese hier träumte den stolzen Traum der Ehrgeizigen, denen sich die Gegenwart erfüllt.
Er war doch nicht nur Beamter, er hatte genug Phantasie, um nach zwei Tagen der Beobachtung zu fühlen: dieses Volk gab keinen Anspruch auf, den es sich erworben zu haben glaubte, und das Ungeheuerliche der Aufgabe, vor die Bismarck sich gestellt sah, kam ihm zum Bewußtsein. Die Anlage der Ausstellung war von einer Klarheit, die ihm Bewunderung abzwang. Der Koloß aus Eisen war als Netz einer Spinne gedacht. Um den stillen grünen Garten, der den Mittelpunkt bildete, legte sich ein Ring von Galerien neben den anderen.
Hatte man einen durchschritten, so hatte man alles gesehen, was in der Welt auf einem bestimmten Gebiet hergestellt wurde. Folgte man den Strahlen, die die Ringe durchschnitten, so war man im Sektor, der einem Lande gehörte und von den Künsten bis zu den Maschinen reichte.
Preußen stellte mit Hessen aus, die süddeutschen Länder für sich. Der Stahl Krupps und die Zeichnungen Menzels lagen weit auseinander, aber in der Wirkung vereinigten sie sich.
Die Union zeigte nie gesehene Maschinen. Der Vorsprung Englands war eingeholt, eine neue Tatsache beschäftigte die Welt.
Als der Tag kam, an dem die Haralds mit Valentine eintreffen sollten, hatte Hortense und Georg noch kaum etwas von der Stadt gesehen. »Wir werden eine Woche zugeben müssen«,

sagte Hortense, »und ich möchte, daß Raimund sieht, was wir sehen.«
Die ersten Tage mußten für Valentine genügen; an Ort und Stelle nahm alles ein anderes Gesicht an. Sie telegraphierte ihm, er möge kommen. Sie gab die Depesche dem Portier. Der Portier, der ein Wort nicht lesen konnte, zog Georg zu Rat.
»Ihr duzt euch?« fragte er Hortense.
»Wir duzen uns«, erwiderte sie.
Es fiel ungeheuer schwer, im Hotel ein Zimmer für Valentine zu bekommen. Seit Wochen, wurde ihnen erklärt, habe eine englische Gesellschaft für den heutigen Tag ein ganzes Stockwerk gemietet.
Dem Zug entstiegen Menschenmengen, daß man glauben konnte, ein Ozeandampfer entleerte sich. Und die jungen Damen, unter denen Hortense das Mädchen erblickte, hätte man für Amerikanerinnen halten mögen, so sehr lachten und lärmten sie im Gefühl, in der Übermacht zu sein.
Sie unterhielten sich nach rückwärts mit einer Schar junger Männer, von denen Harald gleich nach der Begrüßung behauptete, sie alle seien nach Paris gefahren, um der Schwiegersohn Hortenses zu werden.
Valentine fiel ihr um den Hals, aber Hortense hoffte umsonst, daß Jungengland, wie Harald den Schwarm nannte, sich verziehen werde. Jungengland blieb zusammen, um am Abend den Geburtstag Valentines zu feiern, und es stellte sich heraus, daß niemand anders als Harald das Stockwerk gemietet hatte. Seine Frau und einige Mütter gehörten nebenher zu dieser unternehmenden Samstag-auf-Montag-Gesellschaft, die sich mit der neuen Woche lichtete. Was übrigblieb, waren zwei höchst korrekte junge Herren, die erst am Abend in das andere Paris gingen, das man mit Damen nicht aufsuchte. Der eine war der jüngste Harald aus dem schottischen Zweig, und etwas an seiner zähen, ruhigen Art veranlaßte Hortense, zum erstenmal zu denken, daß sie guttue, in jungen Männern Leute zu sehen, die ihre Gedanken verbargen.
Und junge Damen? Sie hatte einen Augenblick der Entmutigung. Weder sagten sie alles, was sie dachten, noch hatten die Eltern das Recht, ihnen die Gedanken abzuhören, wie man Schulaufgaben abhörte. Alle Mütter schmeichelten sich, die

Vertrauten ihrer Töchter zu sein; sie glaubten das, was bequem für sie war.
Raimund gab ihr die Spannkraft zurück.
»Ich habe beobachtet«, sagte er, »wie sie beobachtet hat; zum Beispiel die Grisetten mit den weißen Häubchen und den hübschen dunklen Camelotkleidern. Sie hat Humor und Wohlwollen, sie ist unvoreingenommen. Aber sie hat auch Sicherheit und Urteil. Mit diesem Mädchen kannst du Manets Frühstück im Freien ansehen und sogar zu Offenbach gehn. Kein Franzose würde das mit seiner Tochter wagen; wage es, niemand kennt euch hier.«
Georg widersprach heftig.
»Du verstehst nichts von der Neugierde«, erklärte ihm Raimund, »sie ist die größte unter den Lebensmächten; man darf sie nicht an die Kette legen, man muß sie befriedigen. Wenn ich nicht Professor in Zürich werden kann, gehe ich unter die Schulgründer und rufe eine Revolution hervor. Zehn Mädchen wie Valentine und eine Handvoll begabter Knaben – was könnte man aus dem jungen Menschenmaterial machen.«
Hortense entschied, daß sie sich mit Raimund die »Herzogin von Gerolstein« zunächst allein ansehen wolle; Valentine erhielt die Erlaubnis, währenddessen mit Georg in eines der Sittenstücke zu gehen, die das Recht auf Leidenschaft, das Recht der unehelichen Kinder oder sonst ein Recht verteidigten – schon das war mehr, als ein gewissenhafter Erzieher vertreten konnte.
Hortense und Raimund nahmen eine Orchesterloge im Ambigu. So schauten sie in die Ränge hinein, aus denen ein warmes, zauberhaftes Purpur drang; es war, als sei der Samt eine Materie, die aus eigener Kraft zu strahlen beginne.
»Im Grunde«, sagte sie, »ist es eine Schande, daß wir den ersten Abend, der uns allein gehört, für eine Operette hingeben; eigentlich müßten wir bei Erard im Konzert sitzen und gute Musik hören.«
»So laß das Uneigentliche gelten und gehe nicht auf den Grund«, erwiderte er wohlgemut, »es gefällt mir wunderbar. Dieser Offenbach ist ein Musikant; achte darauf, wieviel von Weber in ihm steckt.«
Die Türen wurden geschlossen, das Licht erlosch – was

konnte phantastischer sein als dieser schimmernde Raum, in dem sich tausend Menschen wie in einer Katakombe trafen? Tausend Gesichter hoben sich in Erwartung eines Mysteriums, mochte es auch das des Gelächters über die Götter sein.
»Wenn man die Instrumentation genau verfolgen will«, hatte er ihr einmal gesagt, »muß man sich an ein bestimmtes Instrument halten – ich habe gefunden, daß die Trompete besonders gut dazu geeignet ist; die Fortissimi sind selten, und du hast Zeit, genau achtzugeben.«
Man mußte überlegen sein, um das sagen zu können; er hatte die Gabe der Umstellung, und sie liebte ihn, weil er lachen konnte; ihre Arme berührten sich, sie fühlte die lautlosen Erschütterungen, mit denen er auf die Frechheiten der Sänger antwortete. Nachher führte er sie zu einem Souper bei Weber, wie es sich gehörte, gleichgültig, ob man als Liebespaar oder mit der Sehnsucht der Provinzler nach Paris reiste. Überdies betrieb Weber auch das Restaurant im Baden-Badener Kurhause.
»Ich werde Valentine nicht zu Offenbach schicken«, sagte sie, »du mußt zugeben, daß du deine Schule nicht auf dem Besuch von Cancans aufbauen kannst.«
»Gewiß nicht, es geschah nur im ersten Übermut. Aber in der Nähe einer großen Stadt müßte sie liegen, damit man den jungen Leuten zeigen kann, wie das Leben ist. Man muß vom Gegensatz ausgehen, den alle Erzieher verleugnen. Pädagogik ist Idee, und Leben ist Wirklichkeit, dazwischen liegen die Probleme und Konflikte. Daher lernt man auch nicht fürs Leben, sondern für die Schule. Wenn wir wieder zu Hause sind, entwerfe ich die Grundzüge für eine Schule, von der nichts als der Name existiert.«
»Wie wird sie heißen?«
»Du errätst es nicht.«
»So sage ihn.«
»Valentineum oder die Schule der Stadt.«
Sie lachte laut auf. An diesem Abend war nicht ernst mit ihm zu reden.
Er widersprach; er sah nicht ein, weshalb man nur längst eingeführten Herrschaften die Ehre erwies, eine Einrichtung nach ihnen zu benennen. Warum nicht nach einem frischen,

liebenswerten Menschenkind, das mit seiner Jugend und allem Ungeborenen die Möglichkeit verkörperte, an die man dachte?

Dachte er wirklich ernsthaft daran, eine Schule zu gründen? Ganz ernsthaft, erwiderte er; ein Pädagoge, der nicht Menschen formte, war unfruchtbar wie eine Amati, die in einem Museum stand.

»Du wirst mir Valentine eitel machen.«

»Ich werde ihr nicht sagen, daß ich auf sie gewartet habe. Ich sagte auch dir nicht, daß ich auf dich wartete.«

»Du hast auf uns gewartet? Wie soll ich das verstehen?«

»Man wartet auf das, was von außen kommt und den Anstoß gibt. Bismarck wartete darauf, daß man ihn aus Petersburg holte, Wagner auf das Wunder eines Königs, das Weib auf die große Leidenschaft. Wir warten alle aufeinander, und wenn wir uns treffen, sagen wir: was geht es dich an, daß ich dich liebe. Was geht es Valentine an, daß ich eine Schule nach ihr benennen will? Nichts, es genügt, daß einer da ist.«

»Du hast eine bündige Philosophie.«

»Sie ist auf dich gemacht. Erhebe dein Glas und stoße auf die Frau an, die diesem Burgunder gleicht, er ist dunkel und voll. Hältst du ihn gegen das Licht, so glüht er durchsichtig auf.«

»Willst du mich toll machen?«

»Ja.«

»Was ist in dich gefahren? Liegt es an Paris?«

»Nicht an den Parisern, wohl aber an der Häufung von Menschen. Wahrscheinlich fände ich jeden einzelnen ziemlich unmöglich; aber zusammengesehen sind sie das, wozu man gehört. Was man liebt und haßt, was man erziehen und ändern will, steckt darin.«

»Seltsam, daß du dich so sehr als Erzieher fühlst. Ich muß dir etwas beichten. Als ich dich kennenlernte, dachte ich: das ist ein Schulprofessor, die haben alles aus zweiter Hand und geben es nur weiter.«

»Möge dir ein ehrenwerter Stand dieses zutreffende Urteil verzeihen.«

»Und was dachtest du, als du mich kennenlerntest?« fragte sie.

»Daß Georg sich in kurzer Zeit entschließen werde, dir einen Antrag zu machen.«

»Ist das ein Scherz?«
»Es ist ein Kompliment, das zweite, das ich dir heute abend mache.«
»Wie kannst du das von Georg glauben?«
»Da ist nicht viel zu glauben. Er erzählte mir, daß er in dich verliebt gewesen sei, als er zweiundzwanzig war. Wußtest du das nicht?«
»Nein. Wann sagte er dir das?«
»Ziemlich zu Anfang.«
»Und seither?«
»Haben wir nicht mehr über dich gesprochen.«
»Was weiß er von uns?«
»Vermutlich die Wahrheit.«
»Sicher weiß er sie. Ich habe ihm gesagt, daß wir uns duzen.«

36

Der junge Harald und sein Freund erkundigten sich bei Hortense, ob sie etwas dagegen habe, von ihnen nach Baden-Baden begleitet zu werden. Sie hatten noch eine Woche Zeit, bevor sie sich nach Südafrika einschifften, wo sie ihr Glück, der eine als Kaufmann, der andere als Regierungsbeamter, machen wollten.
So kehrte man in größerer Gesellschaft zurück und ging gleich am nächsten Tag in ein Konzert, das im rotdamastenen Saal des Konversationshauses stattfand, vor einer glanzvollen Hörerschaft, die Rennwoche stand vor der Tür.
Madame Grisi, die aus dem Jahre stammte, in dem Napoleon nach Moskau zog, sang englisch, Monsieur Mario, der nicht viel jünger war, französisch, Frau Viardot zuerst spanisch, dann mit der Grisi ein Duett aus Semiramis. Sie trug ein Kleid aus weißem Tüll mit elf Volants, mehrere Reihen von Korallen um den Hals und einen Kamm aus den gleichen Steinen in ihrem reichen, schwarzen Haar.
»Sie ist wie eine Siebzehnjährige gekleidet«, sagte Valentine, und die anderen Frauen sagten das auch. Aber niemand fand, daß sie zuviel gewagt habe, man vergaß es unter der Kraft, die von ihr ausging.

Valentine war musikalisch; mit fünfzehn, es war eine Ewigkeit her, hatte sie davon geträumt, ausgebildet zu werden, und zwischen Stimme und Klavier geschwankt. Frau Viardot, die ihr wie eine Mutter entgegenkam – wie die Heldenmutter der Gracchen, meinte das Mädchen, als sie Raimund davon erzählte –, ließ sich von ihr vorsingen und erklärte, es sei eine hübsche Stimme, die sie an den Winterabenden noch oft zu hören wünsche.

»Für den Hausgebrauch genügend«, übersetzte sich Valentine und war es zufrieden.

Zu Ehren des zehnten Geburtstages der Rennen wurde das bisher festländische Saint-Legér zum erstenmal international gelaufen. Es war ein warmer und windstiller Tag, ein wenig staubig für die lange Fahrt nach Iffezheim. Die jungen Herren hatten die Gesellschaft in eine offene Mailcoach gesetzt und sich nicht nehmen lassen, vier Pferde davor zu spannen. Der Favorit stürzte vor der letzten Biegung, viel Geld ging verloren.

Am Tag des Großen Preises fuhr man nochmals hinaus. Der Prinz von Wales mit seiner untersetzten stärklichen Figur sah auf der Tribüne des Klubs besser aus als in den Pausen, wenn er über den Rasen ging und den Blumenmädchen etwas abkaufte. Die Zeitungsleute schrieben sich die Finger wund, um alle Fürstlichkeiten aufzuzählen, und von den Armen wurde auch noch verlangt, daß sie etwas von Toiletten verstanden.

Dreijährige Hengste, Stuten und Wallache liefen. Der Sieger hieß Ruy Blas und brachte die zwanzigtausend Franken nach Frankreich wie in jedem Jahr.

An einem dieser Abende hörte man bei den Italienern »Hernani«. Die föhnige Nacht war trotz des Septembers so warm, daß man nachher noch bei Weber vor dem Kurhausrestaurant sitzen konnte. Der Kritiker des Badeblattes begrüßte Frau Viardot, und es entspann sich eine musikalische Unterhaltung, in der Pohl gegen Verdi sprach.

»Die schönen Stimmen«, sagte er, »werden seltener, weil man zuwenig Rossini, zuviel Verdi spielt. Rossini verlangt vollendete Sänger, unterstützt sie aber auch. Verdi verlangt Bravour und Leidenschaft von Anfang an bis Ende und nutzt die Stimmen ab.«

Frau Viardot, für die Rossini mehr als eine große Rolle geschrieben hatte, gab ihm recht.
»Wenn Sie aber die klassische italienische Schule verteidigen«, sagte sie zu Pohl, »was halten Sie dann von dem Einfluß Wagners auf die Stimme?«
Damit brachte sie Pohl in sein Fahrwasser. Er setzte sich für Wagner ein und stand mit Benazet auf gespanntem Fuß. Benazet wollte nichts davon wissen, daß der erste deutsche Kurort, der sich von Berlioz und Offenbach Premieren geben ließ, die Pflicht habe, etwas für den Mann zu tun, der die italienische Vorherrschaft in der Musik bedrohte, wie Bismarck die französische in der Politik. In dem Widerstand, den beide erfuhren, und in der Kraft, mit der der Durchbruch ihrer Leistung sich vorbereitete, lag eine seltsame Übereinstimmung. Pohl erzählte das Neueste von Wagner. König Ludwig in München hatte eine Festaufführung des Lohengrin in letzter Minute, als schon die Kasse eröffnet war, absagen lassen, weil er fand, daß Tichatschek zwar ein guter Tenor, aber ein alter Mann sei, der unmöglich einen jungen Helden darstellen könne. Wagner hatte sich mit dem König überworfen und saß jetzt wieder in Triebschen.
Nach dem Rennen fuhren Harald und sein Freund nach Paris und weiterhin nach Südafrika. Hortense konnte Raimund ein Geschichtchen erzählen. Zuerst hatten die beiden Engländer durchs Los entschieden, in welcher Reihenfolge sie mit Valentine sprechen wollten; dann hatten sie einer nach dem anderen dem Mädchen einen Antrag gemacht, jeder mit den gleichen Worten, jeder mit den gleichen Fragen, ob er hoffen, ob er schreiben, ob er nach einigen Jahren wiederkommen dürfe. Der einzige Unterschied hatte darin bestanden, daß der Freund Haralds mit vier Jahren rechnete, er selbst aber zwei für genügend hielt.
»Der mit den vier Jahren würde mir besser gefallen«, meinte Raimund, »was antwortete Valentine?«
»Sie hat ihnen großmütig erlaubt, jedes Vierteljahr einmal zu schreiben.«
Zwei Wochen später gab sie dieselbe Erlaubnis Benno von Henning, dem Bruder Mechthilds, der als Ingenieur zum Kanalbau nach Suez ging. »Trösterin der Afrikaner«, redete

Raimund sie an, und diesmal errötete sie. Auf die Frage, ob sie auch in diesem Fall Pausen von einem Vierteljahr vorgeschrieben habe, gab sie keine Antwort. Raimund ließ es sich gesagt sein und vermied dieses Thema.

Der nächste, der um ihretwillen Verkehr mit Hortense suchte, war Werefkin, ein russischer Gardekapitän, der mit Turgeniew und Viardot auf die Jagd ging. Er war bedeutend älter, und Hortense dachte manchmal, seine Aufmerksamkeiten gälten ihr.

»Eine Schneenatur«, sagte Turgeniew, »die Weite um sich braucht, am Tage Bären schießt und sich abends im warmen Holzhaus in Minsk einspinnt. Schauen Sie seine Hände an, es sind Künstlerhände; ich habe gute Bilder von ihm gesehen, die er im Kaukasus gemacht hat. Er hält nichts von den Russen, das ist ein gutes Zeichen, und ich rede ihm zu, sich in Paris als Maler niederzulassen. Aber von den Franzosen würde er noch weniger halten, er würde vor Heimweh unglücklich werden.«

Langsam entschied er sich für Hortense. Er gefiel ihr, sie sah es gern, wenn er um seiner Größe willen den Kopf bücken mußte, um in ihr Zimmer zu treten. Ohne Raimund hätte sie sich von ihm angezogen gefühlt. Valentine sah in ihm den angenehmen Mann, der die Küche mit Rebhühnern belieferte.

»Er wird dir einen Antrag machen«, sagte sie zu Hortense; »es ist der Monat der Anträge, wir werden den ganzen Winter davon zu zehren haben.«

»Du scheinst nicht zu denken, daß ich mir seinen Antrag überlegen könnte?« fragte sie scherzend.

»Er ist zu alt für dich.«

»Zu alt? Wenn du noch wenigstens gesagt hättest, zu jung. Er ist jünger als ich.«

»Du siehst jünger aus, und du bist jünger«, erklärte Valentine und gestand, daß sie sich keine Vorstellung davon machen konnte, was ein Mann über dreißig – nein, über sieben-, achtundzwanzig – dachte, wie es in ihm aussah.

»Und Mathy?« erkundigte sich Hortense.

»Mathy, ja. Mathy ist die Ausnahme; man spürt, daß er noch etwas will. Mathy ist noch nicht fertig – aber das brauchst du ihm nicht zu sagen.«

»Ich werde es ihm nicht sagen«, gab sie zur Antwort und wußte nicht, ob sie Valentine für sehr kindlich oder sehr einsichtig halten sollte. Der Tag kam, an dem sie Werefkin einen Wink geben mußte, damit er nicht mehr sagte, als gut war. Er reiste bald darauf zurück, und der Abschied erregte sie.

Eine Frau in ihren Jahren war doppelt empfindlich, wenn ein Mann sie noch begehrenswert fand. Sie rechnete es Jörcher hoch an, daß er ihr noch schrieb. Er ließ durchblicken, daß er noch immer eine leise Hoffnung habe. Ja, er könne reiche Heiraten machen, soviel er wolle, ließ er sie wissen, aber an Geld liege ihm nichts, er habe genug. Er hole nach, was er ein Leben lang versäumt habe: er lese; im Augenblick sei es Montaigne, der ihn in seinen Ansichten bestärkte. Er lese, und im Winter werde er eine Reise durch Spanien machen. Zuerst habe er an Italien gedacht, das jetzt durch die Brennerbahn zugänglich werde; aber die Cholera sei noch nicht erloschen.

Sie war auch in Zürich noch nicht erloschen, Mitte September zählte man an die hundert Kranke, im Oktober richtete sie sich auf Überwintern ein und wurde bescheidener. Hortense erlaubte Raimund nicht, vor Neujahr nach Zürich zu fahren.

Miß Asbury reiste nach der Eröffnung der englischen Kirche ab, von der Zusage beschwingt, daß ihr der Primas von Irland, der die Einweihung vollzogen hatte, im Zug ein Interview gewähren werde. Sie hatte zuletzt etwas vom Hauche Baden-Badens verspürt und sogar aus Höflichkeit am Geburtstag des Großherzogs, zusammen mit Georg, das Festessen im Konversationshause mitgemacht. Und mit Benazet söhnte sie sich aus, als er ihr ein kostbar gebundenes Album von Baden-Baden überreichen ließ.

Der eine ging, der andere kam; wer ansässig war, erlebte beides. Frau Viardot hatte zwölf Lieder von Puschkin, Lermontow, Bodenstedt, Storm und dem russischen Storm, der Faed hieß, in Musik gesetzt und sang eines Nachmittags Hortense und Valentine das Faedsche, von Turgeniew ins Deutsche übertragen, vor: »Schlaf nicht mehr, zwei junge Rosen mit dem Frühtau bring' ich dir«, als die Tür zum Garten aufgerissen wurde und eine Stimme die Melodie

aufnahm und im höchsten Übermut bis zur höchsten Lage führte.
Es war Niemann, der mit Wasserstiefeln, Flinte und Weidmannshut wie der wilde Jäger selbst hereinstürmte und die Rebhühnertasche über dem Kopf schwang; hinter ihm tauchte die lange Gestalt Turgeniews und die kleine Viardots auf.
Als Niemann genug an der Roulette verloren hatte und abgereist war, kam Désirée Artôt, die in Karlsruhe ein Gastspiel gab, und sang die Rosine. Ihren Platz am Viardotschen Tisch nahm Manuel Garcia ein, der zwanzig Jahre älter als Pauline war. Unter weißen Brauen blitzten die dunklen Augen, er sah so vornehm wie ein spanischer Herzog aus.
Valentine faßte sich ein Herz und fragte ihn, ob er mit dem Erfinder des Kehlkopfspiegels verwandt sei.
Der war er in Person; woher jedoch diese Wissenschaft?
Im Londoner Pensionat hatte ein Lehrer jenes Instrument erwähnt. Nun, in London lebte er selbst und ernährte sich dort durch Schüler, denen er Unterricht gab.
Man lachte, und Valentine wurde nachträglich rot, als sie auf dem Heimweg von Hortense einen Verweis erhielt; sie vernahm, daß Garcia der erste Gesangslehrer der Welt war, sparsam im Lob wie seine Schwester.
Die Blume des Septembers war in Baden-Baden die Dahlie. Im Garten Georgs stand eine hochgewachsene Schar; sie hielt wie ein Häuflein Ritter zusammen, abseits, unnahbar, und jede bereit, für die Farbe, in der sie glühte, zu sterben. Man konnte sie nicht ansehen, ohne zu denken, daß sie verzauberte Diener um einen Elfkönig seien und in irgendeiner Stunde des Tages, wenn niemand sie beobachtete, zu Gesichtern wurden, die flüsternd miteinander berieten.
Und die Blume des Oktobers war die rotlodernde Salvie. In kreisrunden Beeten flammte noch einmal die Leidenschaft des Sommers auf unter den gelb hinsterbenden Blättern der Kastanie.
Viele reisten ab, die wahren Liebhaber blieben, nie bot sich Baden-Baden schöner als im Herbst. Der treueste unter ihnen war die Königin von Preußen. Im Frankfurter Dom brach Feuer aus, der König besuchte die Stadt, die an ihn ihre Freiheit verloren hatte, nahm einen Extrazug und war wieder

in Baden-Baden. Frau Viardot, ihre belgische Schwägerin und Frau Schumann gaben zum Besten des Dombaufonds ein Konzert.

Wenn man Turgeniew glauben wollte, kamen an Unzuverlässigkeit den russischen Handwerkern die badischen gleich. Er konnte noch immer nicht sein Schlößchen beziehen. Der Bau stand, aber es fehlten noch die hundert Kleinigkeiten.

Gerüchte über die prächtige Einrichtung durchliefen die Stadt, und in einer Zeitschrift, die das ganze musikalische Deutschland las, verdichteten sie sich zu einer Mitteilung, daß Baden-Baden eine neue Bühne erhalten werde, das Theater im Tiergarten, auf dem Grundstück Iwan Turgeniews, der die Stücke selbst schreibe; Frau Viardot setze sie in Musik.

Ein wenig war es übertrieben, das Theater nur ein schon fertiggestellter Saal im Hause des Dichters. Die Stücke hatte er in der Tat verfaßt, und die Musik hatte Frau Viardot gemacht. Es waren Singspiele aus Feenland – kleine Offenbachiaden, wenn man wollte; aber sie waren absichtslos, nur Vorwand für gute Laune und Phantasie. »Der letzte Hexenmeister« hieß das eine, »Zuviel Frauen« das andere, und in beiden trat Turgeniew selber auf; sich als Zauberer und Pascha zu verkleiden, lag ihm herrlich. Viardot, wie immer der Mann im Hintergrund, soufflierte. Unter den mitwirkenden Damen war Frau Héritte, die Tochter Frau Viardots.

Mitte Oktober ergingen die Einladungen, einige Tage später rollte wieder Wagen um Wagen zum Tiergarten hinaus; die Lakaien saßen wie aus Erz gegossen. Das königliche Paar, das kronprinzliche, das großherzogliche waren da, das diplomatische Korps und die Freunde. Die Beglückwünschungen, die Lobeserhebungen, die huldvolle Verabschiedung nahm heute Turgeniew entgegen, er war der Hausherr, der seinen Besitz zum erstenmal geöffnet hatte. Die Fürsten und ihr Gefolge mochten keinen Unterschied gegen die Empfänge bei Frau Viardot sehen, er aber machte ihn. Für Pauline gehörte es zum Beruf, den Gästen ein Schauspiel zu geben; ihm hinterließ es ein Unbehagen.

»Man wird nicht für voll angesehen«, sagte er, »und man hat es nicht nötig.«

»Ich bitte Sie, mein Freund«, erwiderte Frau Viardot, »Sie tun den guten alten Herrschaften unrecht; man kann es nicht herzlicher als sie meinen.«
»Die alten, zugegeben, aber nicht die jungen, nicht diese Engländerin.«
Von wem sprach er, von Kronprinzessin Viktoria? erkundigte sie sich ein wenig scharf.
Ja. Als er im zweiten Stück den Pascha spielte und am Boden lag, hatte er wohl gesehen, wie um ihre hochmütigen Lippen Ekel und Verachtung spielten – nicht ausgeprägt, aber für ihn deutlich genug. Bei allem schwachen Respekt vor den Gekrönten, die Sache kam ihm doch ein bißchen zu bunt vor.
»Sie sind überempfindlich und nervös«, sagte Frau Viardot.
Er widersprach, was nicht oft geschehen mochte: für diese Leute sei man nicht viel mehr als ein Komödiant.
Da Frau Viardot und ihre Töchter mitgespielt hatten, waren seine Worte eine Beleidigung. Während des Mittagessens richtete sie kein Wort an ihn. Er litt darunter, und von seiner sprudelnden Fröhlichkeit war an diesem Abend nichts zu merken. Man brach früher auf als sonst; er begleitete Hortense und Valentine nach Hause. Raimund hatte, da der Raum zu klein gewesen war, keine Einladung erhalten. Turgeniew kam auf das zurück, was ihn beschäftigte.
»Saint John, ein englischer Diplomat«, sagte er, »hat mir einmal einen Vorfall erzählt, der sich vor Jahren hier im Damensalon des Konversationshauses abspielte. Seine Mutter hatte Liszt noch nie gehört, und die Fürstin Radziwill bat ihn, ihr den Genuß seines Spieles zu bereiten. Er setzte sich ans Klavier, aber er war noch nicht über den ersten Takt hinausgekommen, als seine impulsive Freundin, Frau Kalergis, die Sie ja kennen, den Deckel schloß, indem sie erklärte, sie könne nicht zugeben, daß ein so großer Künstler auf einem so schlechten Instrument spiele. Liszt war bestürzt, alles sprang auf, und die beiden Damen gerieten in etwas, das wir freundschaftlich ein Zwiegespräch nennen wollen. Frau Kalergis war zu weit gegangen, aber ihr Gefühl war echt, als sie im Namen des Künstlers Einspruch erhob – er ist nicht dazu da, wie ein Taschenspieler sein Können zu zeigen.«
Am nächsten Tag begegnete er Hortense und Raimund in strahlender Laune und fand, daß die Aufführung reizend

gewesen sei. Er war über Nacht umgefallen, oder er war über Nacht ruhiger geworden. Er hatte seine Spannkraft wiedergefunden oder, um des lieben Friedens willen, sich bei der Freundin Pardon geholt. Wer konnte es wissen; was lag daran, es zu wissen?
Sein Hauswirt war gestorben, und er erzählte, was die Frau ihm erzählt hatte – eine Lautmalerin von hohen Gnaden, ein Genie der Anschaulichkeit: wie der Gemahl auf dem Totenbett röchelte und gurgelte, wie die Bettstatt unter ihm krachte – wie die Säge knirschte, als die Ärzte ihm den Schädel öffneten, und wie sie da, wo sie Wasser suchten, Speck fanden.
»Dieses Wort Speck«, sagte er behaglich, »norddeutsch mit spitzem Mund ausgesprochen – ein Pistolenschuß. Aber das alles unter uns, nicht wahr?« fügte er hinzu.
Hortense schüttelte sich, Raimund lachte. Das war, meinte er, die andere Seite des Mannes, der ihr als Widmung »Du wage zu irren und zu träumen« in eines seiner Bücher geschrieben hatte.
Die Aufführung im Tiergarten war der Ausgang der Saison gewesen. Die großen Hotels, die Pariser und Frankfurter Juweliere machten zu, und im Kurgarten begann man mit dem Abbruch der Buden; sie sollten durch feste Steinbauten ersetzt werden.
An drei Abenden spielte die Kurmusik im vorderen Saal; einige Salons blieben für Whist und Schach geöffnet. Hier und da gab das Karlsruher Theater eine Vorstellung, hier und da fuhr man in die Hauptstadt und übernachtete im »Erbprinzen«.
Die Rosen wurden umgelegt, das Kruzifix an der Spitalkirche mit Holz verschalt. An den Dämpfen sah man nun, welche Brünnchen heißes Wasser hatten; die Mägde holten es in Eimern und sparten das Kochen.
Nebliger Dunst lag auf der Stadt in der Talsohle. Über Mittag lichtete er sich auf; wenn er den Waldrand erreicht hatte, ging die Sonne unter, und er sank wieder hinab. Stieg man nur zweihundert Meter höher, so war man im blauen Licht, aber die wenigsten taten es.
Mechthild von Henning zuliebe meldeten Hortense und Valentine sich im Singverein an. Er hatte keine Bedeutung,

aber man konnte sich nicht gut ausschließen, wenn man Bürgerrechte genoß. Auch Didie Viardot sang mit, Valentine schloß mit ihr Freundschaft; Claudia, die erst fünfzehn war, kam nicht in Betracht.
Aber Didie und Valentine nebeneinander – federnder Gang, schlanke Büste und frauenhaftes Köpfchen mit Schleier und Band – war ein entzückender Anblick.
»Wenn sie immer so bleiben könnten«, sagte Turgeniew, der mit Hortense hinter den Mädchen herging, »sie sind in dem Alter, das glauben machen könnte, daß es eine zwecklose Menschenschönheit gibt. Wie lange noch, und irgendein Mann, der schon in der Kulisse wartet, tritt hervor, singt seine Arie und entführt die Braut. Für uns andere ist sie fortan verloren.«
Er hatte eine Tochter vor wenigen Jahren mit einem Franzosen verheiratet. Es war eine unglückliche Ehe geworden, Hortense wußte es durch Pietsch.
Er trug Havelock, Galoschen, Schal und fror, obwohl es nicht kalt war. Um seinetwillen waren die Zimmer im Viardotschen Hause immer überhitzt.
Das Leben spielte sich im Kreise Wierssen-Mathy-Henning-Viardot ab; mehr war nicht nötig, und man genoß es, sechs Monate vor sich zu haben, in denen man Baden-Baden nicht mit den Augen der Geschäftsleute anzusehen brauchte. Einmal im Monat gaben Georg und Hortense eine größere Gesellschaft, die Hennings eine andere, damit die Mädchen tanzen konnten.

37

Aber das Schönste waren die Abende im Tiergarten.
Raimund aß an ihnen bei Hortense, dann brachte er die beiden Frauen hinaus. Manchmal trat er mit ihnen ein, manchmal kehrte er nach Hause zurück, um zu arbeiten. Um das Heimgeleit brauchte er sich nicht zu sorgen; jemand ging immer zur Stadt, Turgeniew oder Frisson, der Hausarzt, oder Eckert, der von Stuttgart, wo er Kapellmeister war, oft herüberkam.
Die berühmte Lampe, die Pietsch so gern gezeichnet hatte,

stand hoch und schlank auf dem Flügel bereit; über den großen, runden Tisch, an dem alle Platz hatten, warf eine grünbeschirmte Hängelampe ihren Kegel.

Viardot, der schon früher Turgeniew ins Französische übersetzt hatte, war in diesem Winter damit beschäftigt, eine Erzählung Gogols zu übertragen. Er hatte sich einige Kenntnisse des Russischen erworben; im übrigen übersetzte ihm Turgeniew die russischen Sätze, er schrieb sie nach; dann, wenn ein Kapitel beendet war, arbeiteten sie den französischen Text durch.

An anderen Abenden las Turgeniew einen Abschnitt aus der Literaturgeschichte Julian Schmidts vor, mit dem er befreundet und Lassalle so arg verfeindet gewesen war. Oder aus Gustav Freytags Bildern deutscher Vergangenheit, wovon Viardot nicht viel verstand, die Sprache war ihm zu schwer.

Wenn Frau Viardot nicht die Noten ihrer Kompositionen übertrug, sah sie das Haushaltsbuch durch. Sie blieb nie unbeschäftigt, sie kannte keine Ermüdung, nie sah man, daß sie sich ausruhte, obwohl ihr Tag mit Stunden, Besprechungen und Besuchen ausgefüllt war. Kein Brief ihrer großen Korrespondenz blieb länger als drei Tage unbeantwortet; oft schlug sie die Mappe auf und schrieb. Wenn sie eine ihrer Schülerinnen gern hatte, nahm sie die junge Dame in den Kreis ihrer Familie auf. Sie hatte ein etwas rauhes Anfassen, und ihre Frage, ob Fräulein Ferlesi oder Fräulein von Baillodz auch tüchtig Fleisch esse, ein Mensch, der arbeite, brauche Fleisch, kam einem Verhör gleich.

Später am Abend reichten die Töchter Tee, und wenn man nicht Musik machte, unterhielt man sich. Alle halbe Stunde schaute Turgeniew nach, ob der Ofen nicht kälter wurde, und legte Buchenklötze nach. Wenn sie knisternd und mit hellem Schein verbrannten, erklärte er, nun sei es gemütlich, und erzählte Geschichten von der Kälte.

Die größte hatte er in Rußland erlebt, das wollte er der Heimat nicht bestreiten; aber am jämmerlichsten gefroren hatte er in Weimar:

»Die Häuser dort«, sagte er, mit Genuß die deutschen Worte zusammenstellend, »sind aus alten Kartonbogen gemacht und mit altem Speichel notdürftig zusammengekittet. Wenn ich aufwachte, hatte ich Eiszapfen im Bart, und die Vorstellung, in derselben Stadt zu wohnen, wo das edle Dichterpaar wirkte, übte nicht den mindesten Einfluß auf das Gemüt. Ja man fühlte sich zu der Vermutung geneigt, die beiden bronzenen Herren vor dem Theater möchten durch ihre Mentalität die Kälte noch vergrößern.«

Er hatte eine behaglich heimtückische Art, einen Hieb vorzubereiten, und er vergaß nie, wenn ein anderer etwas Witziges gesagt hatte. Er suchte einmal eine Stunde lang nach einem Brief, den die Orgeni Frau Viardot aus Frankfurt geschrieben hatte – irgend etwas vom Gehörsinn eines adeligen Fräuleins stand darin.

Als er ihn gefunden hatte, las er die Stelle vor. Es handelte sich um den Sänger Hill, der in Wiesbaden Chorist gewesen war, bevor sein Bariton entdeckt wurde. Dort entführte er ein Fräulein Malapert und kam zu einem Schwiegervater, der ihn ausbilden ließ. »Er ist klein«, schrieb die Orgeni, »impertinent blond und hat eine gewöhnliche Physiognomie. Der Gehörsinn scheint bei Fräulein Malapert mehr ausgebildet zu sein als das Auge.«

Wie es immer ging, der Scherz hielt nicht das, was die Erinnerung daraus gemacht hatte.

»Hübscher«, sagte Frau Viardot, »ist ein Rätsel, das in demselben Brief stehen muß; ich erinnere mich noch, es ist der erste, den sie mir schrieb. Nicht doch, lassen Sie mich selbst nachsehn.«

Sie brauchte nicht lange zu suchen, es waren Verse:

Le premier est un métal précieux,
Le second est un don des cieux,
Le tout est un être parfait.

»Was ist das?« fragte sie die Mädchen.

Keines konnte eine Antwort geben.

»So will ich fragen: wer ist das?«

»Ich muß es schriftlich sehen«, sagte Valentine und schrieb die Verse auf. Sie zögerte ein wenig, dann machte sie aus dem Punkt ein Komma und setzte darunter:

Dont le talent réunit
Ce qui est rare et précieux
L'or et le génie.

»Bravo«, rief Frau Pauline, »die Antwort Orgeni hätte ein

anderer auch finden können, aber nicht jeder die hübsche Form.«
Turgeniew nahm den Bogen und zeichnete mit der Sicherheit eines Somnambulen einen, zwei, drei Köpfe, völlig verschieden im Ausdruck, verwandt durch die Zuspitzung auf irgendeine Besessenheit. Für Hortense und Valentine war dieses Spiel neu, die anderen kannten es schon. Jeder am Tisch mußte auf einen neuen Bogen ein paar Sätze schreiben, dann faltete er sie um und gab das Papier dem nächsten. Es kam darauf an, in vier, fünf Zeilen möglichst viel über die Beschäftigung, den Charakter, die Eigenheiten und Verrücktheiten der Abgezeichneten zu sagen. Die Antwort wurde verlesen, und wer eine törichte verfaßt hatte, bekam La grande médaille d'honneur pour la bêtise la plus complète. Frau Viardot liebte diesen Zeitvertreib sehr.
Anfang Dezember starb Benazet in Nizza. Dupressoir, sein Schwiegersohn, übernahm die Pacht und wurde bald bestätigt. Schlagintweit hielt einen Vortrag über seine Reise durch den Himalaja, den Hortense mit ihren Herren anhörte. Die Bilder von Pässen und Massiven, die er an die Wand warf, beunruhigten sie seltsam; sie verstand es nicht.
Advent kam. Man war wieder in einem Land, das den Nikolaus rechtschaffen feierte. Valentine hängte den Adventkalender auf, der noch aus den Genfer Kindertagen stammte und jedes Jahr über dem Bett befestigt worden war. Jeden Tag öffnete man eines der Fensterchen, an jedem schaute ein Engelchen mehr heraus.
Auf der Promenade wurden Christbäume verkauft, um die protestantische Kirche schlug der Weihnachtsmarkt seine Buden auf. Wenn Turgeniew, der sich auf der Jagd das Knie verletzt hatte, durch die Reihen schlurfte, hätte ein Kind ihn für den Weihnachtsmann selbst halten können.
Es gab in dem wohlhabenden Baden-Baden weniger Elend als anderswo, aber Mechthild brachte den Beweis, daß, wer suchte, noch immer fand, er brauchte nur in die Krankensäle zu schauen. In dieser Zeit der frohen Erwartung hatte es einen unbeschreiblichen Reiz, nach dem Mittagessen, das in Wahrheit ein Abendessen bei Licht war, durch die Geschäftsgassen zu gehen. Die Schaufenster waren aufs hellste erleuchtet; in den großen brannte Gas, in denen der kleinen Geschäftsleute

Kerze und Lampe. Es war, als seien in diesen Wochen die Menschen besser und geduldiger zueinander.
Hortense empfand ein Glücksgefühl, das ihr bei der Ankunft in Baden-Baden undenkbar erschienen wäre. Sie hatte Valentine bei sich, hatte einen Kreis von Menschen, sie hatte Raimund, den sie liebte, und mit Mechthild verband sie eine Freundschaft unter Frauen, von der sie nicht geglaubt hatte, daß sie neben der mit einem Mann bestehen könne.
Angenommen, ein Mensch gleiche einem Instrument, das mit vielen Saiten bespannt sei, so konnte man sagen, daß jedes Gefühl sich auf bestimmten Saiten abspiele und andere nicht in Schwingung versetze. Selbst für die große Leidenschaft galt das. Es blieben kleine, zärtliche Empfindungen übrig – manchmal dachte sie: reinere. Wenn sie mit Raimund zusammengewesen war und Mechthild traf, war ihr, als wechsle sie das Gewand.
Und wenn sie bei Mechthild war und die Stunde kam, wo sie zu Raimund gehen sollte, sagte sie zur Freundin die ungesprochenen Worte: »Ich bin dir gut, weil ich nicht nur dich habe.« Dann eilte sie beflügelt in Raimunds Zimmer, das eine andere Welt war, von der Frauen nichts wußten.
Eine Frau konnte nicht so Herr sein, so selbstsicher das, was errichtet war, einreißen, um Steine zu erhalten und neu zu bauen.
Wer ein richtiger Mann war, den gelüstete es wohl, Baumeister zu sein. Aus einem Scherz, zu dem Valentine den Anlaß gegeben hatte, war längst Ernst geworden. Wer Programme entwarf, mußte sich rechtfertigen; und vor dem Geiste warnen, der mit diesem Zeitalter heraufkam, hieß dem bürgerlichen Fortschrittswahn, dem stürmischen Drang nach Macht und Geltung den Krieg erklären. Er erschrak selber vor den Schlußfolgerungen: sie sagten Staat und meinten die Wirtschaft; sie sagten König und Heer und züchteten das Großkapital.
Sie merkte, daß es ihm oft schwerfiel, aus seinen Gedanken zu ihr zurückzufinden, und er nannte sich einen schlechten Liebhaber, der seine Kräfte für sich verbrauchte. Aber er sagte ihr auch, daß sie es sei, die ihn davor bewahre, sich dorthin zu versteigen, wo die Gedankenwelt die Formen einer vereisten Landschaft annahm. Ihre Umarmung führte

ihn zur Erde zurück, und wer die Erde berührte, erneuerte die Kräfte.

Es riß sie hin, daß das Wort Frau in seinem Munde den Sinn der Erlöserin und Behüterin annahm. Hinaussingen wie der gute Tannhäuser konnte man es nicht, aber man konnte es fühlen und in schweigender Vereinigung die große Kommunion vollziehen.

Nur eines wußte sie nicht – ob einem Menschen dieser Art damit gedient sei, daß man ihn heiratete. Warum nicht alles lassen, wie es jetzt war? Jeder lebte für sich, in der ihm angemessenen Weise; wenn er, Raimund, seiner Einsamkeit, sie ihrer Selbständigkeit müde war, ging er zu dem Freunde.

»Gesetzt«, sagte er, »daß das, was ich jetzt arbeite, Wert hat, so ist es ein unförmiger Goldklumpen, weiter nichts. Er muß ausgemünzt werden in handliche Stücke, die man unter die Menschen bringen kann. Das ist bereits wieder eine bürgerliche Beschäftigung, und ich werde dich mehr als je brauchen, damit du mir hilfst, nicht zuviel auf einmal zu wollen. Schüler, Vorlesungen, Aufsätze, Gäste – die Professorenfrau ist unentbehrlich. Du mußt mich heiraten, damit ich wirklich bleibe. Ein unbändiges Genie kann jeder sein, über den der Geist kommt, bändige mich, damit ich wie ein Grieche forme.«

Das neue Jahr brach an, im Schnee blühten Christrosen, an schönen Vorabenden des Januars versuchte eine Amsel den ersten Gesang. Aber im Februar kam die große Kälte, und der Boden fror bis in die Tiefe. Drei Wochen hallten die Alleen und Seitentälchen vom Schlittengeläut, und die Messerschmiede machten ein kleines Geschäft in Schlittschuhen – damit war es in Baden-Baden gewöhnlich nicht weit her.

Das Holz, das die an Waldungen reiche Stadt ihren Bürgern abgab, kam zu Ehren, und die weißen Kachelöfen wurden ein guter Freund mit warmer glatter Haut, die man liebkoste.

Georg und Raimund, die die Leidenschaft Hortenses für Rosen kannten, sorgten dafür, daß sie nie fehlten. Ofenwärme und Rosenduft waren zwei Elemente, die die zärtlichste Vereinigung eingingen.

Anfang März entdeckte Georg in Umweg an einer geschützten Südwand die gelben Blüten der ersten Forsythia und trug es ungläubig in sein Buch ein. Dann sproßte um die Birken auf dem Rasen der Allee Krokus auf, der enzianblaue Szilla folgte – der Kreislauf schloß sich, der Kreislauf begann von neuem.

Raimund legte die Feder hin: die Zeit war gekommen, um nach Zürich zu gehen und festzustellen, ob die Aussichten ermutigend oder ungünstig seien.

»Hüte dich vor der Cholera«, bat Hortense.

Er winkte aus dem Fenster, der Zug fuhr in den Frühnebel wie in die Dämpfe eines Orakels hinein. Sie starrte dem Schlußlicht nach, und die Entrückung kam über sie; in dem weißen Gewoge glaubte sie ein Massiv, das den Pässen Schlagintweits glich, zu erkennen. Ein Dienstmann stieß sie mit einem Karren an, sie wandte sich zurück und eilte in die Stadt zu den schützenden Menschen.

Als sie nach Hause kam, wünschte die Masseuse sie zu sprechen. Sie hatte die Frau nicht mehr kommen lassen und nahm an, daß sie sich in Erinnerung bringen wollte. Aber sie erfuhr die Geschichte von Hanno und der jungen Plätterin.

Beim Schmied in der Gernsbacher Straße, dessen Haus Hortense kannte, lebte ein verwaistes Ding, das die Alte als einen zarten, süßen Weihnachtsengel mit goldblondem Haar und lichter Haut beschrieb. Im Sommer sei die Liesel Blumenmädchen im Kurgarten und draußen in Iffezheim gewesen und immer anständig geblieben, obwohl ihr mehr als ein fremder Herr ein Goldstück in das Körbchen gelegt habe. Seit dem Herbst lerne sie bei der Büglerin im Vorderhaus das Bügeln, und jetzt, die gnädige Frau Baronin möge den Ausdruck zugute halten, sei sie schwanger von dem jungen Herrn, der auch ein Baron sei und sicher ein armes Mädchen nicht in Sünde und Elend sitzenlassen wolle. Sie vertrage das Stehen nicht mehr, Plätten sei eine anstrengende Arbeit, und nach ein paar Stunden werde sie ohnmächtig, mit ihren siebzehn Jahren noch ein halbes Kind.

Das war eine Angelegenheit, die man Georg nicht verschweigen konnte. Bevor sie mit ihm sprach, ging Hortense in die Gernsbacher Straße.

Der Laden der Büglerin stand offen, der Raum war dunkel und heiß, die drei Frauen am Tisch in der Mitte schimmerten hell; sie trugen lose weiße Jacken, unter denen sich die Brust bewegte. Es roch nach Verdunstung von Wäsche und Körper. Die Ältere war eine überraschend schöne Person mit mattleuchtender Haut, und die Junge mit den umdunkelten blauen Augen war wohl die Liesel. Es ergriff, den zarten Leib gerundet zu sehen; die Robusten forderten heraus, aber die Zarten erlitten.

Das Mädchen gefiel Hortense, und sie war sofort entschlossen, diese Sache zu einem guten Ende zu führen, soweit es bei ihr stand.

»Geben Sie ihr frei und schicken Sie sie zu mir, damit wir in Ruhe miteinander reden können«, sagte sie zu der Büglerin.

Sie ging voraus, um mit Georg zu sprechen, und ließ auch das Mädchen zu ihm führen, Valentine war im Weg.

»Ich übernehme es«, sagte sie zu ihm, »die Kleine bis zur Niederkunft unterzubringen. Das erste, was geschehen muß, ist, daß sie den Bügeltisch verläßt. Dann wirst du in die Tasche greifen müssen. Ich an deiner Stelle würde dem Knaben Hanno einen Abzug vom Erbteil machen und ihn für die Erziehung des Kindes auf die Sparkasse legen. Ich weiß nicht, wie du denkst – mir wäre es unerträglich zu wissen, daß ein Kind, das trotz allem von meinem Fleisch stammt, in irgendeinem Winkel herumgestoßen wird. Ich würde, wenn es begabt ist, überhaupt keinen Unterschied machen und für gute Bildung sorgen – damit gewinnt man einem Unglück einen Sinn ab, die Zahl der nützlichen Menschen wird vermehrt.«

Georg erhob keine Einwendungen, und dieser Teil der Angelegenheit konnte rasch geregelt werden. Da sie nicht damit erledigt war, daß man Liesel Glöck bei den Klosterschwestern unterbrachte, zog Hortense Valentine ins Vertrauen und unterschlug nur den Namen des Vaters.

Aber es gab ein Nachspiel. Hanno, der vor dem Examen stand, erklärte, er wolle nicht studieren, man möge ihn nach Amerika schicken. Eines Mittags kam er nicht zu Tisch – und Georg wachte vergebens die Nacht hindurch, um ihn in Empfang zu nehmen. Erst am übernächsten Tag kam ein Brief mit dem Stempel Straßburg. Entweder, schrieb er, lasse man ihn nach Amerika fahren, oder er gehe zur Fremdenlegion.

Hortense bot sich an, bei den New Yorkern anzufragen, ob sie den jungen Mann als Banklehrling annehmen wollten, und riet Georg, ihm in diesem Sinne zu schreiben. Er schrieb statt dessen, daß das Verlangen Hannos nicht unerfüllbar sei, daß er aber vorher das Examen hinter sich bringen müsse, er möge sofort zurückkehren.
Hortense las die Abschrift dieses Briefes zu spät, als schon mehrere Tage vergangen waren, ohne daß man etwas von Hanno gehört hätte.
Georg fuhr nach Straßburg; er konnte nur feststellen, daß Hanno die Stadt verlassen habe.
Der April kam. Turgeniew konnte nun endlich festsetzen, daß er an Ostern in sein Haus im Tiergarten übersiedeln werde. Am gleichen Tage erhielt Georg Nachricht von Hanno, die Klarheit brachte, und Hortense einen Brief von Raimund, der sie beunruhigte.
Hanno schrieb aus Algier, er war in die Fremdenlegion eingetreten. Raimund teilte mit, daß er ins Tessin fahren wolle. In Bellinzona lebe der Bruder seiner Mutter, ein einsamer Mann, der auf seinem Weingut allein hause, sich krank fühle und von seinem einzigen Erben erwarte, daß er ihn besuche, da er in der Schweiz sei.
Nicht nur die Reise über die Paßstraße des Sankt Gotthard, für die es reichlich früh war, erschreckte sie. Sie erinnerte sich der Zeitungsnachrichten vom letzten Sommer, die gemeldet hatten, daß die aus Italien stammende Cholera im Tessin besonders heftig aufgetreten sei. Es ließ sich verstehen; sie sammelte sich dort, wo der am meisten benutzte Übergang über das Alpenmassiv begann.
Es überlief sie kalt, wenn sie an das Wort Massiv dachte, das ihr zweimal eine Warnung gesandt hatte. Im Tessin war es schon warm; schon las man aus Italien, daß die Cholera wieder zunehme. Wozu mußte Raimund nach Bellinzona fahren – weil ihn die Erbschaft verpflichtete? Er hätte darauf verzichten sollen. Sie bezog größere Zinsen, als sie verbrauchte; in den Staaten hatte die Unternehmungslust nach dem Kriege einen Aufschwung genommen, und man machte ihr gerade einen ungemein vorteilhaften Vorschlag, um ihren Anteil abzulösen.
Sie erinnerte sich seines Verhaltens, als er Paula geheiratet

hatte, und haßte den Ehrgeiz der Männer, sich nicht in Abhängigkeit begeben zu wollen.

Ihr Brief kam zu spät an, Raimund war schon aufgebrochen. Den nächsten Brief schickte er aus Flüelen, wo er das Dampfboot verließ. Sie kaufte einen Baedeker und verfolgte seinen Weg über den Berg, von dem es hieß, daß man stets von ihm höre, ohne ihn zu sehen, da er sich in eine Vielheit von Gebirgsstücken auflöste.

Sie las, daß das Posthaus unterhalb der Paßhöhe ein finsteres italienisches Wirtshaus sei und daß das Hospiz jährlich von zehntausend armen Reisenden in Anspruch genommen werde, die nichts zahlten. Ihre Furcht vor der Cholera erhielt neue Nahrung.

Aber er gelangte glücklich nach Bellinzona. Die Schrekkensnachricht kam im nächsten Brief: die Epidemie trete wieder auf, der Oheim sei eines ihrer ersten Opfer in diesem Jahr geworden, er selbst trete schleunigst den Rückweg an, man werde ihn wohl auf der Nordseite in Quarantäne nehmen.

Ein letzter Brief aus Airolo ließ sie wissen, daß er einen Anfall seiner Koliken einsetzen fühle, aber um jeden Preis eine Gegend zu erreichen suche, wo es deutsche Ärzte gebe. Dann kam nichts mehr. Hortense packte ein paar Sachen zusammen, um nach Zürich zu fahren; Georg, der hinzukam, bestand darauf, daß sie wartete, bis Antwort auf die Depesche eingetroffen war, die er soeben an das Hospiz auf dem Gotthard geschickt hatte. Die Antwort traf spät am Abend ein: Professor Raimund Mathy sei unter choleraverdächtigen Umständen vor zwei Tagen gestorben und am gleichen Tag bestattet worden.

Er hatte die Krankheit entweder aus Bellinzona mitgebracht oder während des erzwungenen Aufenthaltes erworben. Ein Brief an den Verwalter des Hospizes, worin Hortense um nähere Angaben bat, wurde nicht beantwortet.

»Meine liebe, arme Mama«, sagte Valentine am nächsten Morgen, »du mußt jetzt zu Mechthild gehen.«

Warum sagt sie das? dachte Hortense. Was weiß sie? Sie weiß alles. Hier ist das Herz, an das du flüchten kannst.

Sie hatte über Nacht mit starren Augen dagelegen. Als das Mädchen sie umschlang, konnte sie endlich weinen.

Später kam Mechthild, um sich zu erkundigen, ob man Nachricht erhalten habe.
»Nimm du es mir ab«, bat Hortense ihre Tochter, »und sage ihr, daß ich mich eingeschlossen habe. Aber ich schließe mich nicht ein, für dich nicht.«

38

Die Freundschaft mit Mechthild verlor ihre Innigkeit. Sie merkte, daß Mechthild es nicht verstand. Sie verstand selbst nicht, daß es sie von dem Augenblick an, wo Raimund fehlte, nicht mehr zu ihr zog. Warum nur? Weil Valentine ihr näherstand? Vielleicht; vielleicht auch, weil bei Valentine die Wärme derer war, die lieben werden; die Dreißigjährige hatte nie geliebt. Mit Mechthild hätte sie sich aussprechen können. Man brauchte sich nicht auszusprechen; um Verständnis zu wissen, war genug.
Der Ostersamstag kam, an dem sie sich hatte verloben wollen. Valentine wußte nichts davon, aber sie sagte:
»Später einmal, wenn man dorthin gehen kann, besuchen wir das Grab. Eigentlich ist es schön, so hoch über den Menschen zu liegen, ich finde, daß es zu ihm paßt.«
Ja, es paßte zu Raimund. Er hatte etwas gehabt, das aus den Ebenen ins Gebirge führte, wo Massive und Pässe waren. Er hatte Massive aufgetürmt und einen Paßweg nach der Heiterkeit des Südens gesucht.
Die Schlüssel seines Hauses waren in ihrer Verwahrung. Sein Neffe, ein Landwirt aus dem Wiesental, kam, um die Habseligkeiten zu übernehmen. Sie ging vorher hinaus und suchte nach seinen Manuskripten und den Abschriften, die sie für ihn gemacht hatte. Sie fand nur ihre Briefe. Er hatte alles mitgenommen. Da kein schriftlicher Bescheid vom Hospiz zu erlangen war, fragte sie telegrafisch an, ob er Papiere hinterlassen habe.
Diesmal erhielt sie Antwort; sie roch nach Chlor. Der Reisesack und die Wäsche seien den Vorschriften entsprechend verbrannt worden. Aus Versehen habe man vergessen, einige Hefte, die in der Tasche lagen, herauszunehmen. Geld, Uhr und Schlüssel ständen zur Verfügung.

Man konnte sich alles mögliche denken. Vielleicht hatte ein Mönch die Manuskripte gelesen und es für besser gehalten, die Lästerungen eines Ketzers zu vernichten.

Wie dem auch war, die Welt konnte nicht mehr beurteilen, ob mit Raimund ein großer Geist dahingegangen sei. Sie selbst konnte es nicht beurteilen. Der Mensch stand vor ihr; sein Werk war zerschlagen. Er hatte stoisch vom Leben gedacht; man mußte sein eigenes Schicksal mit seinen Augen sehen. Man wußte nicht, ob es darauf ankam, ob einer sich dauernd sichtbar gemacht hatte – ob es nicht genügte, daß er für die, die bei ihm lebten, sichtbar gewesen war. Jeder Gedanke, hatte er einmal gesagt, jedes Gefühl ist Tat und wirkt fort, man muß die Wirkung nicht in Kilogramme umrechnen wollen.

Sie war gefaßt; Georg bedurfte des Zuspruchs. Er hätte Hanno alles verzeihen können – nur nicht, daß er ihn an die verraten hatte, denen er seit der Rückkehr von Paris wissender als vorher gegenüberstand.

Die badische Regierung nahm zum erstenmal wieder seine Dienste in Anspruch. Sie schickte ihn nach Berlin, wo man ein Gesetz vorbereitete, das für das Gebiet des Norddeutschen Bundes die Schließung der Spielbanken verfügen sollte, unter Bewilligung einer Gnadenfrist von einigen Jahren. Man erwartete, daß Baden, das eine Militärkonvention mit Preußen geschlossen und einen preußischen General zum Kriegsminister gemacht hatte, auch jenes Gesetz übernahm. Er überlegte, ob er den Herren in Karlsruhe nicht mitteilen müsse, daß sein Sohn französischer Legionär geworden sei. Auch die allgemeine Wehrpflicht war nach preußischem Muster eingeführt worden. Hanno hatte zehn Monate gedient. Das genügte nicht; wenn man es genau nahm, war er fahnenflüchtig.

Georg konnte sich dem französischen Gesandten beim Karlsruher Hof nicht anvertrauen. Im vergangenen Jahr hatte man am Rand eines Krieges gestanden. Die Beziehungen zwischen Paris und Berlin waren noch immer zum Reißen gespannt.

»Hanno muß zurückgeholt werden«, sagte Hortense und dachte an Frau Viardot, der jede Verbindung, an der ihr gelegen war, zur Verfügung stand. Wie hieß dieser Schwie-

gersohn Liszts unter den französischen Abgeordneten, von dem behauptet wurde, daß er der kommende Mann sei?
»Er heißt wie der beste Patissier in Straßburg, Ollivier«, erwiderte Frau Viardot lachend. »Warum fragen Sie?«
Hortense trug ihr Anliegen vor. Frau Viardot kannte Ollivier, sie kannte auch den Minister selbst, den Marquis de Moustier. Aber wenn man keine Gründe angeben konnte, vermochte auch ein Minister nichts zu erreichen.
»Wie alt ist der junge Mann?« erkundigte sich Herr Viardot. »Schon zwanzig?«
»Noch nicht, zwanzig wird er an Pfingsten.«
»Damit müssen Sie arbeiten«, erklärte Viardot, »ich erinnere mich, daß man Legionäre freigegeben hat, wenn sie noch nicht zwanzig Jahre alt waren, als sie sich werben ließen.«
Hortense verlangte von Georg den Geburtsschein Hannos und schrieb das Gesuch, das er unterzeichnen mußte. Frau Viardot leitete die Papiere nach Paris.
Sei es, daß man sich der Begründung nicht verschloß; sei es, daß man die Gelegenheit benutzte, um sich einen Widersacher zu verpflichten – nach zwei Monaten kam die Nachricht, daß Hanno in Straßburg sei und an einem bestimmten Tage über die Kehler Brücke abgeschoben werde. Die Familie hatte seine Flucht geheimgehalten und erklärt, er weile im Elsaß zu Besuch. Inzwischen war Antwort aus New York eingetroffen: wenn er sich bewähre, habe man Verwendung für einen deutschen Korrespondenten.
Hortense hatte Georg nichts davon gesagt, daß ein Betrag von hundert Gulden aus ihrem Schreibtisch entwendet worden war, Hanno, der braun und mager aussah, legte ein Geständnis ab.
»Ich werde euch keine Schande mehr machen«, sagte er zu ihr, »ich werde arbeiten. Hilf mir nur noch einmal: ich will das Examen nicht machen, man braucht es drüben nicht.«
Georg brachte ihn nach Bremen. Als er zurückkehrte, sagte er:
»Ich war kein Mensch mehr, ich bin es wieder dank deinem Beistand. Ich wollte, ich sähe einen Weg, um auch dich wieder froh zu machen.«
Von Frau Viardot, die in Paris gewesen war, erfuhr Hortense, daß Hanno bei der Nachricht, daß er entlassen werde, dem

Regiment den Vorschlag gemacht hatte, freiwillig wieder einzutreten und auf Beförderung zu dienen. Er sei bereit, Franzose zu werden, und melde sich für den nächsten Transport nach Kotschinchina. Man hatte ihn abgewiesen, da strikte Anweisungen aus Paris vorlagen.

»Der letzte Reisläufer, der seine deutsche Haut in der Fremde zu Markte trägt«, sagte Georg, »wir wollen mild urteilen, der Tag kommt, an dem es wieder ein Reichsheer gibt.«

Alles kehrte wieder, die Magnolien, die italienische Oper, die Matineen, die Fürstlichkeiten, die Ausflüge und die Rennen. Valentine genoß die Gaben Baden-Badens mit ihren jungen Sinnen. Die Briefe der Afrikaner kamen in den Zwischenräumen, die verabredet waren. Dann, im September, teilte ihnen Valentine mit, daß sie gewählt habe.

Benno von Henning hatte seinen Urlaub, den er zur Hälfte auf die Hin- und Herreise verwenden mußte, in Baden-Baden verbracht und sich mit Valentine im stillen verlobt. Übers Jahr, wenn der Suezkanal dem Verkehr übergeben war, sollte die Hochzeit stattfinden. Er hoffte, Hortense und Valentine zur Einweihung eine Einladung zu verschaffen.

Sooft Hortense das Haus verließ, um einen Spaziergang zu machen, kam die Unlust über sie. Es trieb sie zurück, Raimund war nicht da, um sie zu begleiten, und ohne Valentine hätte sie nachgegeben.

Unwirklich war es, daß es nirgends ein Grab gab, das sie hätte besuchen können. Robert, Peter und Rainer hatten keines, und das auf dem Gotthard schwebte über den Wolken.

Sie nahm die Gewohnheit an, jede Woche einmal auf den Friedhof in Lichtental zu gehen, bei dem das Häuschen Raimunds lag. Durch eine kleine Pforte in der Seite konnte sie es erblicken. Wenn sie an ihn dachte, sah sie diesen Friedhof, und das Häuschen verwandelte sich in eine Grabkapelle.

Sie erschrak, als sie sich eines Tages bewußt wurde, daß sie dem Blumenmann vor dem Tor einen Strauß abgekauft hatte und durch die Reihen ging, als wisse sie, wo er niederzulegen sei. Sie brachte ihn den Strakonikschen Kindern und fühlte sich von diesem Augenblick an befreit. Den Gespenstern kam nahe, wen es trieb, das Bild eines Menschen zu bannen und nach einem Ort zu suchen, wo es fortan gegenwärtig sein konnte.

Als sich der Tag des Ausfluges zum Mummelsee jährte, ließ sie sich mit Valentine auf die Hundseck fahren, um von dort zum Rasthaus der Unterstmatt zu gehen. Für Valentine war es ein schöner Ausflug; für Hortense ein neuer Versuch, zu Bild und Ort zu gelangen. Sie verstand nicht, daß man, um weiterleben zu können, den Tod vergaß. Wer das tat, schien ihr, trug ihn insgeheim mit sich herum. Alle Instinkte trieben sie, nichts Gestorbenes in sich zu dulden; so mußte man ihm Gegenwart verleihen.

Sie stellte die Briefe Rainers in den Schrank zurück, knüpfte wieder mit Anna Hönne an und blieb in Verbindung mit Jörcher, der ihr in diesem Sommer seinen Sohn schickte.

Als die Jagd eröffnet wurde, kehrte Werefkin wieder. Wenn sie ihn ermutigt hätte, würde er sie gefragt haben, ob sie ihm nach Rußland folgen könne. Er wollte sich in sein Gouvernement zurückziehen. Hauptstadt oder Landsitz – ihr graute, in einem wildfremden Land noch einmal neu anzufangen. Sie hatte während des vergangenen Jahres nicht an ihn gedacht, und der Eindruck, den sie dieses Mal von ihm empfing, vertiefte den ersten nicht; sie war anspruchsvoll geworden.

Manchmal dachte sie an Peter Karkoff. Er war der einzige Freund aus vergangenen Jahren, von dem sie nichts mehr gehört hatte. Eines Tages begegnete sie ihm in der Allee; er reiste zu einem Kongreß von Byzantinisten nach Paris. Der Revolutionär war Gelehrter geworden, der sich mit Forschungen über das russische Kirchenlied beschäftigte; und von der Spielerleidenschaft war er geheilt. Er hatte sie mit einer anderen vertauscht: er rauchte zahllose russische Zigaretten, die wie die Bohnenblüten dufteten, aus durchsichtigen Glasröhrchen, in die er Watte steckte. Am liebsten saß er an dem Tischchen, das vor dem Rheingoldladen in den neuen Kolonnaden stand. Die Watte steckte auch in den Ohren, und obwohl es erst September war, kam er im Pelz an – für die Rückfahrt, sagte er, trug ihn aber schon jetzt. Er war dick geworden; seltsamerweise stand es ihm gut, weil auch der Kopf voll und rund war; es paßte zu der untersetzten Figur. Es überzeugte wohl immer, wenn einer einen Grundsatz durchführte.

Er glaubte zuerst, Hortense sei mit Wierssen verheiratet, und nach ein paar Tagen behauptete er dasselbe wie Raimund – Georg verberge die Neigung, die er für sie empfinde.
Frau Viardot lud sie zu einer Matinee ein. Darunter standen Grüße von Aglaia Orgeni, die in Karlsruhe ein Gastspiel gab. Als Frau Viardot dem preußischen Königspaar die Eingeladenen vorgestellt hatte, sagte sie, es sei noch jemand da, den sie nicht unterschlagen möchte, aber er stehe hinter der Orgel, weil er sich nicht heraustraue. Der König, der Aglaia schon erblickt hatte, fragte gutgelaunt, ob er die Sünderin am Ohrläppchen hervorziehen müsse. Die österreichische Offizierstochter hatte vor zwei Jahren, als der Bruderkrieg ausbrach, auf ihr Berliner Engagement verzichtet und war zu Wolzogen nach Schwerin gegangen. Jetzt schloß sie ihren Frieden mit den preußischen Majestäten in demselben Hause, in dem sie ihnen zugeführt worden war.
Um Valentine, die ihren Namen nach der Heldin der »Hugenotten« erhalten hatte, eine Freude zu machen, fuhr Hortense nach Karlsruhe, als die Orgeni diese Rolle sang. Gegen Weihnachten teilte ihr Jörcher mit, daß er von seinem Bruder nach Karlsruhe gerufen worden sei, um ihm in einem schwierigen Augenblick beizustehen. Er werde längere Zeit bleiben und fragte hiermit an, ob er sie besuchen dürfe.
Aus dem einen Besuch wurden mehrere, und da er zu Weihnachten nicht nach Brüssel zurückkehrte, lud ihn Hortense ein, die Feiertage bei ihr zu verbringen.
Am Nachmittag besuchte sie Liesel Glöck. Der Junge, den sie zur Welt gebracht hatte, war kräftiger als die Mutter. Als Hortense, ihrer Pakete ledig, auf die Gernsbacher Straße trat, erblickte sie Georg. Er ging auf und ab, wie jemand, der wartet.
Ja, er hatte auf sie gewartet, sagte er. Wenn es ihr recht sei, begleite er sie; es gab Dinge, die sich im Gehen besser besprechen ließen als im Zimmer.
»Ich bin auf dem Weg zur Bahn«, erwiderte sie, »ich hole Jörcher ab.«
»Ich wußte es. Ebendeswegen bin ich dir gefolgt. Wenn Manfred erst da ist, könnte es zu spät sein für das, was ich dir zu sagen habe.«
Es war die Einleitung zu einem Antrag. Sein Sohn weile in

der Fremde, ihre Tochter verlasse sie – ihm und ihr drohe die Einsamkeit.

Dann verbreitete er sich über die Möglichkeiten, die sich ihm eröffneten. Bewegte Jahre, vielleicht große Jahre kamen – sie würde an seiner Seite kein Rentnerdasein führen. Die Berliner Mission habe ihm Freude gemacht, auch das kleine Baden brauche Diplomaten.

»Ich kann dir nicht jetzt antworten, nicht heute, nicht morgen – nicht einmal dieses Jahr. Bevor ich es tue, werde ich eine Reise machen, unter Menschen gehen – es verlangt mich nach Abstand von all diesem hier. So mag es Mitte Februar werden, bleiben wir bei diesem Termin.« Dieselbe Antwort gab sie Jörcher auf dieselbe Frage. Sie sagte ihm, daß Georg um sie angehalten hatte, und Georg, wie es sich mit seinem Freund verhielt. Es blieb ihr nichts anderes übrig, wenn sie verhüten wollte, daß sie einander mißtrauten und sich belauerten.

Arme einundvierzigjährige Helena, um die zwei reife Männer stritten. An diesem Zusammensein war etwas, das ihr ein Lächeln abnötigte, der französische galante Manfred hatte mehr Sinn dafür als Georg, dem manches fehlte, um seine Sache gleich ihm als Weltmann zu führen. Er weigerte sich, mit Manfred auszugehen, weil dieser es seinerseits ablehnte, das Bändchen der Ehrenlegion aus seinem Knopfloch zu entfernen.

Es war ein ungebührliches Verlangen, das ihm bald selbst leid tat; sie gingen wieder einträchtig nebeneinander her. Manfred benutzte jede Gelegenheit, um sich Bewegung zu machen. Seit jenem ersten Antrag in Neuweier tat er alles, um ein schlanker Mann zu werden. Er stieg, aß mit Maß, nahm heiße Bäder und ließ sich massieren.

Er kleidete sich mit großer Sorgfalt, und die noch größere, die er auf die Wäsche legte, bewog sogar Valentine zu der nachdenklichen Feststellung, daß es ein Gentleman in der Hand habe, mit diesen Dingen Eindruck auf Frauen zu machen.

Als er zu Beginn des neuen Jahres, man schrieb 1869, abreisen mußte, unternahm er keinen Versuch, über den Nebenbuhler, dem er das Feld überließ, einen Vorteil zu erlangen. Die einzige Bemerkung, die er machte, war:

»Seien Sie nachsichtig mit der Eile, die ich gezeigt habe, ich hätte vielleicht länger warten sollen. Ich bin sechsundvierzig, in diesem Alter rechnet man mit den Jahren.«
Es war die einzige Anspielung, die er auf den Tod Raimunds machte. Er hatte recht; in diesen Jahren rechneten sie alle, er mit der Zeit, Georg mit der Einsamkeit und sie mit Vernunftgründen.
Als Benno aus Suez schrieb, daß er das Angebot einer Frankfurter Baufirma erhalten habe, nach Beendigung der Arbeiten am Kanal die selbständige Vertretung in Peru zu übernehmen, fiel auch für Hortense eine Entscheidung. Besser, als allein auf das Alter zu warten, war, sich mit einem Menschen zu verbinden, dem man ein wenig Neigung entgegenbringen konnte. Weder an Georg noch an Manfred störte es sie, daß ihnen die geistige Überlegenheit, die Raimund besessen hatte, abging. Sie brauchten sich nicht einem Vergleich zu stellen, den sie nicht bestanden hätten.
Sie machte sich viel Bewegung, um in Ruhe nachzudenken. Zuletzt ging sie um des Gehens willen. Wer ausschreiten konnte, wen eine Stunde Aufstieg nicht ermüdete und wen, ohne daß er sich dazu überredete, auf der Höhe die Lust ergriff, den Weg abwärts im Lauf zurückzulegen, um Herz und Lunge im Gleichmaß schlagen zu fühlen, war noch nicht alt. Einmal, als sie auf dem Hang des Fremerbergs mit Valentine Hand in Hand quer durch den Wald brach, um die Fahrstraße zu erreichen, blieb in der Sekunde, wo sie spürte, daß es genug für sie sei, auch Valentine stehen.
»Ich bin kindisch«, sagte Hortense, es tat ihr jedoch wohl, daß Valentine sie bewunderte. Sie gingen beschwingten Fußes weiter und stießen auf Georg. Er kehrte mit ihnen um, aber im Schritt mußten sie sich nach ihm richten.
Er fand, daß sie unvernünftig gewesen seien, und erörterte seine Erfahrungen mit der Terrainkur, von der sich die Badener Ärzte soviel versprachen.
»Er ist ein guter Mensch, aber für meinen Geschmack zu pedantisch«, meinte Valentine nachher, und Hortense brauchte einige Tage, um sich zu sagen, daß sie ihre Entscheidung nicht von diesem Urteil abhängig machen dürfe.

39

Nach langer Zeit ging sie eines Abends wieder zu den Viardots. Man fragte nicht, weshalb sie sich ferngehalten habe: sie war zurückgekehrt, ihr Platz am runden Tisch wartete auf sie, wie auf jeden, der einmal daran gesessen hatte; Diskretion war die beste französische Eigenschaft.
An diesem Abend sah Hortense die Orgeni wieder, die nach Baden-Baden gekommen war, um sich bei der Lehrerin und mütterlichen Freundin Rat zu holen.
Schon einmal hatte ihr ein französischer Unternehmer den Vorschlag gemacht, in Paris zu spielen. Frau Viardot hatte abgeraten; alles konnte man durch Fleiß und Willen erlernen, nur nicht jene Vollkommenheit der Sprache, die ein französisches Ohr sich nicht abhandeln ließ.
Aber für Aglaé, wie Frau Viardot sie nannte, gab es kein Hindernis. Sie hatte Berlin und London bezwungen, Paris fehlte ihrem Ruhme.
»Wann fahren Sie?« fragte Hortense.
»Morgen, für übermorgen ist schon die erste Sprachstunde bei Regnier und der erste Besuch bei Pasdeloup angesetzt.«
»Wäre es Ihnen unangenehm, wenn ich Ihnen in der Bahn Gesellschaft leistete?«
»Nicht nur in der Bahn, hoffe ich. Ich werde mich in Paris entsetzlich verloren fühlen. Kommen Sie mit, und bleiben Sie recht lange.«
»Mich lädst du nicht ein?« fragte Valentine auf dem Heimweg die Mutter.
»Nein, diesmal nicht. Verwalte das Haus, führe die Bücher, und lasse die Schlüssel nicht stecken. Freunde dich mit der Köchin an, schaue ihr ab, wie man ein Schnitzel brät und einen guten Kaffee macht. Wer weiß, ob du in Peru in einer Stadt wohnen wirst, vielleicht ist es eine Hütte am Titicacasee, zweitausend Meter hoch – er gehört doch zu Peru?«
»Halb, die Grenze gegen Bolivien geht mitten durch ihn, und er liegt sogar viertausend Meter hoch. Weißt du, was Frau Viardot mit mir verabredet hat? Daß ich bei Claudia die Sprache und bei ihr spanische Lieder lerne. War es nicht ein wunderbarer Abend?« fragte sie in ihrem Überschwang.
Hortense lächelte. Sie dachte an die Abende im Raimundjahr,

etwas von ihrer Beschwingtheit war zurückgekehrt, leise regte es sich in ihr, das war doch noch wunderbarer. Fräulein Orgeni reiste mit einer treuen Seele, die sie überallhin begleitete, vom Impresario wollte sie nichts wissen. Sie erzählte vom niederrheinischen Musikfest, beim letzten hatte sie Jenny Lind gesehen; von dem prächtigen Joachim; von der Begeisterung der Königsberger, die sie immer wieder kommen ließen; von den Intrigen der kleinen Tschechin, der Lucca, die so ahnungslos war, daß sie auf den Wink des Herrn von Hülsen, der König nähere sich, sie müsse aufstehen, geantwortet hatte, sie sei müde, sie bleibe sitzen; und von Anselm Feuerbach, der mit ihr in der Pension Montebello gewohnt und den seine Mutter mit ihr hatte verheiraten wollen. Sie besaß Zeichnungen von ihm, auf denen sie wie Medea oder Iphigenie aussah.
Hortense fand, daß man den Eindruck, den sie machte, nicht einfacher umschreiben konnte. Wie die Viardot schien sie über die Zeiten hinweg aus der Antike zu kommen, herb, voll einer stürmischen Energie und stoisch alles dem Ziele opfernd, eine noch junge Frau, die nicht heiraten würde, seltsame Kreuzung zwischen einer Aristokratin von vollendet großer Form und einer ruhelos von Ort zu Ort getriebenen Komödiantin.
Hortense suchte das Geheimnis dieses Gesichtes zu ergründen. Das Haar war wundervoll, die Nase zu groß, dem Mund fehlte die Schwellung; er wölbte sich nicht der Welt entgegen, er war gleich einem Strudel nach innen gezogen und drückte das Kinn zu hoch nach oben.
Als die Rheinbrücke hinter ihnen lag, sagte Aglaia auf französisch: »Und jetzt kein Wort Deutsch mehr, wenn es Ihnen recht ist. Ich verbiete mir, deutsch auch nur zu denken, nicht einmal an Deutschland will ich denken, so schwer es auch fallen mag. Meine Aufgabe verlangt es.«
Sie besuchte Abend für Abend ein Pariser Theater, von der Großen Oper bis zur Porte S.-Martin; es brauchte darin nicht immer gesungen zu werden – im Gegenteil. Sie ging sogar in die Varietés, um bei Mademoiselle Schneider eine Lecçon d'impudence zur »Traviata« zu nehmen, und entsetzte sich über so viel parfümierte Frechheit.
Um eines Zeitungsartikels willen waren die Künstlerinnen

bereit, jede Niedrigkeit zu begehen. Man staunte über die deutsche Sängerin, die so moralisch lebte, als hätte sie ein Gelübde abgelegt.

Sie gab sich Mühe, den Fidelio singen zu dürfen. Die Franzosen lehnten es ab. Die Musik enthalte ein paar schöne Stellen, aber das Thema sei grotesk.

»Eine tugendhafte Frau als Heldin – es fehlt nicht viel, und sie halten das für unmoralisch«, sagte Aglaia, »und das Seltsame ist: wenn man ihre Anschauungen zu verstehen sucht, kommt es einem gar nicht so unmöglich vor, jede Neuerung ist unmoralisch. Es sind die Chinesen Europas; Sie müßten nur sehen, wie Pasdeloup eine Szenenprobe abhält. Alles, was einmal aufgeschrieben wurde, ist ein Orakel. Jeder Stuhl muß an seinem Fleck stehen, jeder dieselben Schritte machen.«

Eines Tages bei der Probe zur Schlußszene der »Traviata« erklärte sie, so wie Pasdeloup sich den Verzicht der Kameliendame vorstelle, werde sie ihn nicht spielen.

Es war viel, daß der Regisseur nachgab und sich bereit erklärte, ihre Auffassung kennenzulernen. Dann strich er die Segel und erlaubte ihr, alle Auftritte, die nicht die Massen berührten, nach ihren Absichten einzurichten.

Hortense, die bei ihr im Hotel wohnte, war die erste, die die Toiletten für die vier Akte sah: rosenrote Seide, Silber und Kamelien; lila Seide; weiß mit Perlen, Kamelien und grünen Zweigen; Negligé.

Zu Beginn des Februars fand die Aufführung statt. Das Publikum war anfangs kalt, die von der Nielson bezahlte Claque zischte. Der vierte Akt, den sie mit ihrer befremdenden deutschen Auffassung von Gefühl und Entsagung spielte, brachte den Durchbruch.

Bei der ersten Wiederholung einigten sich die Pariser darauf, daß sie Charme und Grazie besitze, dafür waren sie so empfänglich wie die Londoner für ladyhaftes Auftreten und Sauberkeit.

Hortense begleitete Aglaia auf die vornehmste Veranstaltung der deutschen Kolonie, einem vom »Liederkranz« gegebenen Ball. Viele hannoversche Offiziere, die sich verbannt hatten, um nicht preußisch werden zu müssen, waren anwesend und feierten Aglaia dafür, daß sie damals nicht preußische Hofopernsängerin hatte bleiben wollen. Es war ihr unangenehm.

Auch die Franzosen betonten, daß sie Österreicherin sei, und sahen eine Bundesgenossin in ihr. Bismarck hatte wieder eine Rede gehalten, die sie mit maßlosem Mißtrauen gegen jeden Deutschen erfüllte. Sie ertrugen es nicht, daß er das Bild zerstörte, das sie sich in Jahrzehnten von Deutschland gemacht hatten – einem Reich der Fabelwesen: die Männer verträumte Poeten mit wallendem Haar, die Frauen Gretchen mit langen Zöpfen und grünen Röcken.

Nach einer Vorstellung des »Faust« warf sich Aglaia zu Hause mit einem verzweifelten Gelächter in den Sessel. Dann, weil es nicht mehr zum Aushalten war, ahmte sie die Carvalho nach, wie sie süßlich und verdreht den Faust angehört hatte oder wie sie, um der Tiefsinnigkeit willen die Nase am Boden, herumgegangen war, als suche sie Stecknadeln. Gerechter Gott, was für eine Nation.

Sie nahm noch immer Sprachstunden bei Regnier. Hortense lernte den naiven alten Mann kennen und fand es bezaubernd, daß er, der in vierzigjähriger Tätigkeit Zeit genug gehabt hatte, um gleichgültig zu werden, jede kleine Schönheit in der Stimme des Schülers freudig lobte, als habe er die erste Knospe in den Kastanien des Boulevards aufbrechen sehen.

Hortense fand in diesen Wochen voller Besichtigungen, Spaziergängen, Aufführungen und Konzerte keine Zeit, sich mit sich selbst zu beschäftigen. Man brauchte nicht über sich nachzugrübeln, um zu sich selbst zu kommen. Dieses Selbst lebte irgendwo in der Zurückgezogenheit und wartete, bis man ohne Hast zu ihm gefunden hatte; es gefiel ihm, daß man noch immer, wie einst acht Jahre zuvor, auf der Straße angesprochen wurde, und es riet, eine gute Miene zu einem nicht weiter verpflichtenden Spiel zu machen.

Als sie im Einklang mit ihm war, nahm sie Abschied von Aglaia und fuhr nach Brüssel. Am Zug stand Manfred, den Hut am Knie; vor dem Bahnhof nicht anders der Lakai am Wagenschlag.

»Ich fahre in drei Tagen nach Baden-Baden zurück«, sagte sie zu Manfred, »ich bin nur gekommen, um dir die Papiere zu bringen, ohne die dich kein Standesbeamter traut.«

Sie erfuhr zu spät, daß sie sich kirchlich trauen lassen mußte, wenn sie Brüssel wählte. Er bat sie darum. Es brauchte keine

große Hochzeit mit einem Tedeum in Sankt Gudula zu sein, eine kleine Kirche und eine kleine Gesellschaft genügten.
Aber daran, daß sie sich für Belgien entschied, lag ihm viel, da er nun doch noch einige Jahre in Brüssel bleiben wollte. Roger, sein Sohn, sei noch zu jung, um die Firma übernehmen zu können, und die allgemeine Lage enthalte mehr Gründe, als sich aufzählen ließen; er wolle nur den wichtigsten nennen: einen Krieg zwischen Preußen und Frankreich, der noch nicht wahrscheinlich, aber auch nicht mehr undenkbar sei.
Sie war einverstanden; nie hatte es ihr gefallen, Bedingungen zu stellen. Wer A sagte, mußte auch Amen sagen. Fragte sich nur, ob Valentine das einsah.
Valentine, erklärte Manfred, war in Suez und in Peru. Als gute Tochter mußte sie sich Gedanken darüber machen, ob sie die Mutter allein zurücklassen durfte. Wenn die Mutter untergebracht war, fuhr sie mit leichterem Gewissen übers Meer. Diese Frage war also geregelt; blieb noch auf seiner Seite die Frage, was Roger und Louise zu der neuen Mutter sagten.
Zum Glück waren sie erwachsen; erwachsene Kinder stellten kein Problem mehr dar, wenn der Vater wieder heiratete.
Die Hochzeit fand an Ostern statt. Louise, die ihrer sanften Mutter glich, und Valentine waren Brautjungfern. Georg hatte sich Selbstzucht auferlegt und diente als Trauzeuge; der andere war Harald. Die große Hochzeitsreise konnte noch nicht stattfinden, der Suezkanal wurde erst im November eröffnet; man begnügte sich mit der kleinen nach Schottland. Nach der Rückkehr wurde Hortense bei Hofe vorgestellt, dann gab sie ihre ersten Gesellschaften. Die heißen Monate brachten sie in Baden-Baden zu und suchten sich auf den Spaziergängen den Platz aus, wo sie ihr Haus bauen wollten. Es war ausgemacht, daß sie in Baden-Baden wohnen würden.
Im September reisten sie mit Valentine nach Italien. Hortense hatte die Wahl, mit dem Wagen über den Gotthard zu fahren, wo Raimund lag, oder mit der Brennerbahn Brixen zu berühren, das die Erinnerung an Rainer barg.
Nach ihrer Art, nicht zu verleugnen, was gewesen war,

bestimmte sie, daß man bei der Hinfahrt den Gotthard, auf der Heimreise den Brenner benützen werde.
Sie besuchten Pompeji und Griechenland; dann, eines Tages im November, fuhren sie auf einer Segelbarke zu den Dünen von Suez hinaus, um vom Lande die erste Fahrt der gewimpelten Fürstenschiffe durch den Kanal anzusehen. Gelb waren die Hügel, rot die Flaggen, schwarz die Gesichter und weiß die Burnusse.
Valentine und Benno nahmen ihre Hochzeitsreise vorweg, Manfred lud sie zu einer Nilfahrt ein.
Es blieb ihnen gerade so viel Zeit, daß sie nach Baden-Baden zurückkehren und heiraten konnten; dann schifften sie sich nach Peru ein, zu Beginn des neuen Jahres.
Im Juli war Hortense in Baden-Baden. Als König Wilhelm in Ems das Ansinnen des französischen Botschafters zurückwies, depeschierte ihr Manfred, sie möge nach Brüssel zurückkehren. Die Lage entspannte sich, Hortense blieb. Eine Woche später erklärte Frankreich den Krieg. Manfred fand keine Zeit mehr, sich um persönliche Dinge zu kümmern, und die Reise durch das rheinische Aufmarschgebiet verbot sich nunmehr.
Die Viardots packten, um nach Wildbad zu reisen, wenn die Turkos, wie man erwartete, über den Rhein vorstießen. Als die ersten Nachrichten von den elsässischen Schlachtfeldern kamen, wich die Furcht, und man packte wieder aus.
»Das sind keine Ereignisse mehr, das sind Donnerschläge«, sagte Turgeniew zu Hortense und berichtete über die Stimmung im Hause seiner Freunde. Der Republikaner Viardot hoffe auf den Sturz des Kaisers und schwanke, was die preußischen Siege angehe, zwischen Bewunderung und Beklemmung. Er würde gern sehen, daß man Frieden schlösse, solange nur das Elsaß Kriegsschauplatz sei. Wenn Bismarck den Verstand bewahre und es mit den Viardots nicht verderben wolle, werde er dieselbe Mäßigung wie vor vier Jahren zeigen müssen: damals war er nicht nach Wien marschiert, diesmal marschierte er hoffentlich nicht nach Paris – das sei eine Vorstellung, die kein Franzose ertragen könne.
Frau Viardot und ihre Töchter stellten sich, wie Hortense auch, dem Frauenverein zur Verfügung, wo man Scharpie zupfte und Kleider nähte. Frau Viardot erregte Bewunde-

rung durch die Geschicklichkeit, mit der sie die Soldatenröcke zuschnitt.

Hanno kabelte, daß er mit dem nächsten Schiff zurückkehre, um sich als Freiwilliger zu melden. Georg erhielt, als die deutschen Heere die französischen gegen Metz warfen und Straßburg einschlossen, einen Wink, sich bereit zu halten; man werde Beamte für die vorläufige Verwaltung der eroberten Gebiete brauchen.

An den Abenden war Hortense oft im Tiergarten. Man musizierte, man las vor, man arbeitete für die Verwundeten, und man sprach über die Ereignisse.

Turgeniew erklärte, er sei ganz und gar auf deutscher Seite; wenn die Franzosen siegten, gehe die Freiheit unter. Viardot nickte, seine Frau machte ein undurchdringliches Gesicht.

Am Nachmittag des ersten September waren wieder alle Damen im Frauenverein tätig, als durch die geöffneten Fenster Hurrageschrei und das Läuten der Glocken in einem hereindrangen.

»Großer Sieg, Übergabe Sedans, Gefangennahme des Kaisers«, hörte man heraufrufen.

Bald danach wurde das erste Extrablatt in den Saal gebracht.

Frau Viardot lauschte aufmerksam, legte Schere und Zeug hin, sagte zu den Töchtern: »Venez, mes enfants«, und ging hinaus.

Als Hortense am Abend Besuch machte, erklärte Viardot gerade, alle seine Wünsche seien erfüllt, den Usurpator habe sein gerechtes Schicksal ereilt.

»Bismarck behandelt ihn mit zu großer Achtung«, sagte Turgeniew, »er sollte sich auf nichts einlassen, sondern ihn mit seiner ganzen Bande nach Cayenne schicken, wo ihn die Läuse fressen mögen.«

Hortense fand überflüssig, was er da sagte. Seit wann redete er nach dem Mund?

Frau Viardot, die mit ihrem antiksten Gesicht dagesessen hatte, sprang bei seinen Worten auf:

»Schweigt ihr beide, schweigt«, rief sie, »ihr wißt nicht, was ihr tut. Ertragt ihr es, die Glocken des Sieges zu hören? Was wird er erst tun, wenn Paris gefallen ist? Nur ein Barbar kann sich an Paris vergreifen, und Bismarck – morgen wird man hören, was er plant. Wenn die Preußen einen Schritt über Sedan hinausrücken, verlassen wir Baden-Baden für immer – ich schwöre es.«

Die beiden Männer schauten betroffen drein.

»Wohin würdest du gehen wollen, nach Paris?«

»Damit wir die Ulanen einziehen sehen? Wir werden nach London gehen, zu Manuel Garcia.«

Sie hätte den beiden nicht deutlicher zu verstehen geben können, daß sie es an Stolz fehlen ließen; ein Garcia hatte Stolz.

Hortense brach auf; sie sah Pauline Viardot nicht wieder; nur Turgeniew nahm Abschied von ihr. Es war wenige Tage nach diesem Abend, am nächsten Morgen reiste er mit der Familie nach England.

»Werden Sie zurückkehren, wenn der Krieg vorüber ist?« fragte sie ihn.

»Kaum, und dann nur, um zu verkaufen.«

»Sie wollen das schöne Haus, das Sie selbst gebaut haben, verkaufen?« fragte sie ungläubig. »Und der Besitz der Viardots?«

»Sie müssen es verstehen«, erwiderte er, »wird Frankreich besiegt, muß es gar Elsaß und Lothringen abtreten, wovon ihr in eurem Wahnsinn schon sprecht, so setzt kein Franzose mehr den Fuß in die Lichtentaler Allee. Alles, was hier so schön war und Baden-Baden so einzigartig zum Schnittpunkt zweier Kulturen machte, wird ausgelöscht sein, als wäre es nicht gewesen. Der Sieger ist immer unerträglich. Frau Viardot könnte seine Luft nicht atmen, seinen Hochmut nicht ertragen.«

»Wie lange noch«, erwiderte sie, »und Sie werden nicht mehr wahrhaben wollen, was Sie mir erst neulich sagten – daß Sie sich als Deutscher fühlen. Wenn Sie erst wieder in Paris sind, werden Sie uns Barbaren nennen und verleugnen.«

Er widersprach, sie glaubte ihm nicht. Seine Treue zu der Frau, die er liebte, mochte rührend sein, aber sie war auch sklavenhaft – fast war sie hündisch, da sie keinen Widerspruch wagte.

Er ging, und es fröstelte sie. Sie fühlte die Leere im voraus, die sich über den lieben Ort senken würde, wenn er nicht mehr im warmen Schatten seiner lieben Vergangenheit lag. Hanno wurde nicht angenommen, man besaß Soldaten genug. Er hatte zwei Jahre in Amerika gelernt und sprach davon, sich eine Stellung in Europa zu suchen. Hortense nahm ihn nach Brüssel mit. Manfred war bereit, ihn in seinem Hause anzustellen.

»Wenn er geschickt ist, kann er sich eines Tages mit Roger zusammentun.«

Als Hortense und Manfred wieder nach Baden-Baden gingen, war der Frieden schon geschlossen. Turgeniew und Viardot hatten ihre Häuser verkauft und die Einrichtung nach Paris geholt. Alle französischen Besitze und manche russischen standen zum Verkauf, das Angebot war größer als die Nachfrage.

»Wir haben die Auswahl«, sagte Manfred, »man könnte auf Hausse spekulieren, wenn man sicher wäre, daß Baden-Baden die Erschütterung überstehen wird.«

Da die Spielsäle mit dem Ablauf des nächsten Jahres geschlossen werden sollten und kein Angebot Dupressoirs es erreichte, daß man seine Pacht verlängerte, war es sicherer, die Entwicklung abzuwarten und nur das zu kaufen, was man selbst brauchte. Sie kauften einer der galanten Französinnen ihr Haus auf dem Beutig ab und ließen es instand setzen.

SCHLUSS

Roger leitete mit zwei erfahrenen Prokuristen die Firma in Brüssel. Sie erhielt noch einen Juniorpartner, als Hanno Rogers Schwester heiratete. Manfred ließ sich nach dem Tode seines Bruders in den Aufsichtsrat des Karlsruher Hauses wählen, das von einer der neuen deutschen Großbanken übernommen wurde.

Daraus entwickelten sich Beziehungen zum Berliner Geldmarkt, und der Bankkrach, der im Ausstellungsjahr 1873 mitsamt der Cholera über Wien kam, tat ein übriges, um ihn in maßvoller Form wieder zu den Geschäften zurückzuführen. In der Folge verbrachte er mit seiner Frau die Wintermonate in Berlin, wo der Zentrumsabgeordnete Georg Bismarck bekämpfte.

Ungemach war deutscher Untertan geworden. Strakonik holte sich seine zweite Frau aus Straßburg. Benno baute Andenbahnen, er hatte schon zwei Söhne.

Manfred schlug Hortense vor, zu einem Arzt zu gehen und ihn zu fragen, ob sie noch ein Kind haben könne.

»Ich brauche nicht zum Arzt zu gehen«, erwiderte sie, »eine Frau von fünfundvierzig soll nicht mehr Mutter werden – auch wenn der Mann ihr sagt, daß sie noch kein graues Haar hat.«

Er wußte nicht, daß sie seit kurzem angefangen hatte, sich zu färben. Sie tat es, weil er stolz auf ihr Haar war und weil sie fühlte, daß mit jedem Eheschluß ein neues Jungsein beginnt – so mußte am Anfang die Jugend stehen oder ihre Illusion.

Ein Kind im Hause hätte auch ihrem Wunsch entsprochen. Als Liesel Glöck plötzlich und doch nicht unerwartet starb, nahm sie den fünfjährigen Siegmund an Kindes Statt an.

Der Todestag Rainers jährte sich zum zehntenmal: wie

jung war sie damals gewesen. Wie jung noch, als zwei Jahre später Raimund gestorben war. Sie rechnete ihr Leben von dem Tage an, an dem sie Amerika verlassen hatte; wie schön und gefüllt war es gewesen.

Fünf Jahre später, am sechzigsten Geburtstag Manfreds, stieg sie in schwarzem Kleid und weißem Haar die Treppe hinunter. Er stand am Absatz in der Diele, wie jeden Morgen, wenn er hörte, daß sie ihr Zimmer verließ. Sein Arm sank, als er sie erblickte; dann umschlang er sie und führte sie in sein Arbeitszimmer vor ihr Bild aus dem Jahre 1847.

Er hatte das Daguerreotyp in einem alten Buch gefunden und insgeheim vergrößern lassen. Sie weinte, als sie das junge Gesicht mit dem flimmernden Haar und dem Glanz in den grauen Augen sah.

Alle fünf Jahre kam Valentine aus Südamerika herüber. Benno war in chilenische Regierungsdienste getreten. Hortense hatte ihn vergeblich angefleht, sie nicht von dem Kinde zu trennen, das er ihr zu früh genommen hatte.

Turgeniew lebte zwei Jahre länger, als er geglaubt hatte. Die Söhne der Viardot begleiteten die Leiche nach Rußland. Pietsch, der auch alt geworden war, erzählte es Hortense in Berlin.

Auf der Rückreise nach Baden-Baden pflegte sie Aglaia in Dresden zu besuchen. Der Staat hatte sie zum Professor gemacht. Wie einst die Viardot, bildete sie den Nachwuchs aus.

Zu Beginn der neunziger Jahre starb Georg. Ein Jahr später folgte ihm Manfred, als eben der junge Siegmund sein Examen als Maschinenbauer machte. Er schlug alle Anerbieten, die ihn von der zweiten Mutter getrennt hätten, aus und trat in die Karlsruher Maschinenfabrik ein, um der schönen weißen Frau nahe zu sein.

Das neue Jahrhundert begann, Benno verunglückte bei einer Sprengung. Seine Söhne, die im chilenischen Heer standen, heirateten. Nun endlich kehrte Valentine zur Mutter zurück, eine fünfzigjährige Frau.

Wie schwer war altern und altern zu sehen. Kein Menschenherz würde es ertragen haben, wenn es nicht einen Sinn dafür gegeben hätte.

Als Hortense fünfundsiebzig war, fand sie keinen Schlaf mehr, wenn die Amseln im Dämmer des Sommermorgens zu singen begannen. Niemand sah es, daß sie weinte. Vielleicht lag Valentine nebenan und weinte auch, weil das Herz noch jung genug war, um die Schönheit der Welt zu empfinden.

Sie stand auf, zog sich an und ging zur Moltkestraße, die ein Höhendamm zwischen den Tälern war. Die Welt lag da, als sei sie in diesem Augenblick fertig geschaffen, im nächsten höbe das Leben an. Auf den Stock gestützt, noch sicheren Schrittes, ging die Greisin, bis sie dem ersten Milchkarren aus Neuweier begegnete. Musik zu hören, erschütterte sie zu sehr; der linde, sanfte Morgen gab alles, was ein alter Mensch noch brauchte.

Von allen ihren Freunden lebte nur Aglaia noch; Manuel Garcia, der hundertundein Jahr alt wurde, konnte sie nicht dazu rechnen. Sie starb 1908 im einundachtzigsten Jahr; man hatte das Bett ans Fenster gerückt, damit sie das Luftschiff sehen konnte, worin Siegmund saß; er hatte geholfen, die Maschinen zu bauen. Aglaia erlebte noch den Weltkrieg.

Deutschsprachige Literatur der Gegenwart

Ilse Aichinger
Die größere Hoffnung (1423)
Meine Sprache und ich (2081)

Wolfgang Bächler
Traumprotokolle (2041)

Beat Brechbühl
Nora und der Kümmerer (1757)
Kneuss (1342)

Hermann Burger
Schilten (2086)

Hubert Fichte
Mein Lesebuch (1769)
Versuch über die Pubertät (1749)

Marianne Fritz
Die Schwerkraft der Verhältnisse (2304)

Gerd Gaiser
Schlußball (402)

Peter Härtling
Eine Frau (1834)
Zwettl (1590)

Peter Handke
Der Hausierer (1125)

Stefan Heym
Der König David Bericht (1508)
5 Tage im Juni (1813)
Der Fall Glasenapp (2007)
Die richtige Einstellung und andere Erzählungen (2127)

Peter Stephan Jungk
Stechpalmenwald (2303)

Hermann Kant
Die Aula (931)
Das Impressum (1630)

Marie Luise Kaschnitz
Tage, Tage, Jahre (1180)

Günter Kunert
Tagträume in Berlin und andernorts (1437)
Im Namen der Hüte (2085)

Reiner Kunze
Der Löwe Leopold (1534)
Die wunderbaren Jahre (2074)

Jakov Lind
Der Ofen (1814)

Otto Marchi
Rückfälle (2302)

Angelika Mechtel
Die Träume der Füchsin (2021)

Gerhard Roth
Der große Horizont (2082)

Peter Schalmey
Meine Schwester und ich (2084)

Gerold Späth
Unschlecht (2078)

Erwin Strittmatter
Ole Bienkopp (1800)

Dieter Wellershoff
Einladung an alle (1502)
Ein Gedicht von der Freiheit (1892)

Gabriele Wohmann
Ernste Absicht (1297)

Fischer Taschenbücher

Klassiker der Moderne

Joseph Conrad
Der Nigger von der »Narzissus«. Band 2054

Der Freibeuter
Band 2055

Der Verdammte der Inseln
Band 2056

Almayers Wahn
Band 2057

Knut Hamsun
Vagabundentage und andere Erzählungen. Band 2065

Ernest Hemingway
Wem die Stunde schlägt
Band 408

Hermann Hesse
Schön ist die Jugend
Band 1273

Hugo von Hofmannsthal
Das Märchen der 672. Nacht/ Reitergeschichte/Das Erlebnis des Marschalls von Bassompierre. Band 1357

Deutsches Lesebuch
Eine Auswahl deutscher Prosa aus dem Jahrhundert 1750–1850. Band 1930

Gesammelte Werke in 10 Einzelbänden
Herausgegeben von Bernd Schoeller in Beratung mit Rudolf Hirsch.
Band 2159–2168

Franz Kafka
Das Urteil und andere Erzählungen. Band 19

Amerika. Band 132

Der Prozeß. Band 676

Das Schloß. Band 900

Sämtliche Erzählungen
Band 1078

Beschreibung eines Kampfes
Band 2066

Heinrich Mann
Zwischen den Rassen
Band 1812

Thomas Mann
Königliche Hoheit. Band 2

Der Tod in Venedig und andere Erzählungen. Band 54

Herr und Hund. Band 85

Lotte in Weimar. Band 300

Bekenntnisse des Hochstaplers Felix Krull. Band 639

Buddenbrooks. Band 661

Der Zauberberg. Band 800

Joseph und seine Brüder
3 Bände. Bd. 1183–1185

Doktor Faustus. Band 1230

Tonio Kröger/Mario und der Zauberer. Band 1381

Der Erwählte. Band 1532

Die Erzählungen
2 Bände. Bd. 1591/1592

Essays. 3 Bände
Literatur. Band 1906
Politik. Band 1907
Musik und Philosophie.
Band 1908

Klassiker der Moderne

Arthur Schnitzler
Casanovas Heimfahrt
Band 1343

Gesammelte Werke in Einzelausgaben. 15 Bände.
Bd. 1960–1974

Franz Werfel
Das Lied von Bernadette
Band 1621

Die Geschwister von Neapel
Band 1806

Der Abituriententag
Band 1893

Der Tod des Kleinbürgers
Band 2060

Verdi. Band 2061

Die vierzig Tage des Musa Dagh. Band 2062

Virginia Woolf
Orlando. Band 1981

Mrs. Dalloway. Band 1982

Zwischen den Akten
Band 1983

Die Dame im Spiegel
Band 1984

Die Fahrt zum Leuchtturm
Band 2119

Die Jahre. Band 2120

Die Wellen. Band 2121

Carl Zuckmayer
Herr über Leben und Tod
Band 6

Der Seelenbräu. Band 140

Als wär's ein Stück von mir
Band 1049

Eine Liebesgeschichte
Band 1560

Die Fastnachtsbeichte
Band 1599

Engele von Loewen und andere Erzählungen
Band 1729

Stefan Zweig
Phantastische Nacht. Band 45

Sternstunden der Menschheit
Band 595

Die Welt von Gestern
Band 1152

Schachnovelle. Band 1522

Ungeduld des Herzens
Band 1679

Verwirrung der Gefühle
Band 2129

Fischer Taschenbücher

Literarische Wiederentdeckungen

Bernhard Blume
Das Wirtshaus „Zum Roten Husaren"
Roman.
Mit Illustrationen von Eduard Prüssen und einem Nachwort von Luis Trenker.
256 Seiten, Leinen

Pearl S. Buck
Zurück in den Himmel
Erzählung aus China, Japan und Amerika.
389 Seiten, geb.
Wie Götter werden
Roman.
504 Seiten, geb.

Maurice Druon
Die Contessa
Roman.
240 Seiten, geb.
Der Fluch aus den Flammen
Roman.
Die unseligen Könige, Bd. 1,
408 Seiten, geb.
Das Schicksal der Schwachen
Roman.
Die unseligen Könige, Bd. 2
408 Seiten, geb.
Die Wölfin von Frankreich
Roman.
360 Seiten, geb.

C. S. Forester
Das abenteuerliche Leben des Horatio Hornblower
Band 1: Fähnrich zur See/ Leutnant Hornblower.
504 Seiten, geb.
Band 2: Hornblower auf der Hotspur/Kommandant Hornblower.
584 Seiten, geb.
Band 3: Der Kapitän/ An Spaniens Küsten/ Unter wehender Flagge.
600 Seiten, geb.

Th. Th. Heine
Ich warte auf Wunder
Roman.
385 Seiten, geb.

Gabriele Tergit
Käsebier erobert den Kurfürstendamm
Roman.
285 Seiten, geb.
z. Zt. vergriffen. Lieferbar als Fischer Taschenbuch Bd. 2158
Effingers
Roman. 737 Seiten, geb.

Sigrid Undset
Olav Audunssohn
Roman.
Zwei Bände, Leinen

KRÜGER
Wolfgang Krüger Verlag